p l a y 2 l i v e

Kirsty McKay

play2live

Aus dem Englischen von Frank Böhmert

CHICKEN
HOUSE

Für Emma Sear –
gefährlich und mutig

KAPITEL 1

Gegen vier Uhr morgens kommen sie mich holen. Da bin ich längst wach, völlig aufgedreht. Aus Angst, dass sie kommen, und aus Angst, dass sie vielleicht doch nicht kommen. Als endlich das Schloss der Zimmertür klickt, bleibt mir nur eine Sekunde, mich zu wappnen, bevor sie über mir sind.

»Tu, was wir sagen!«

Eine heisere, scharfe Stimme an meinem Ohr.

Ich unterdrücke einen Aufschrei, bevor mir eine Kapuze über den Kopf gestülpt wird – ein Kopfkissenbezug? Eine große Hand presst sich auf meinen Mund und die Nase, quetscht mir die Lippe gegen die oberen Schneidezähne und ich schmecke Blut. Ein Gewicht drückt sich auf meinen Brustkorb und Panik steigt in mir auf, während ich mich ein bisschen winde, um meine Nasenlöcher freizubekommen und wieder Luft zu kriegen. Still und leise werde ich vom Bett hochgehoben. *Effizient.* Die machen das nicht zum ersten Mal.

Ich bin nur in meinem Pyjama und so verfrachten sie mich auf den Fußboden. Sie drehen mich auf den Bauch und reißen mir die Hände hinter den Rücken. Vor Angst krampft sich mein Magen zusammen. Kunststoff kneift, beißt in meine Haut, und meine Hände werden so brutal gefesselt, dass ich spüre, wie der Puls hektisch in den Handgelenken klopft.

»Ein Ton von dir, Cate, und es ist vorbei.«

Ich möchte mich übergeben. Ich will nicken, aber mein Hals ist in einem blöden Winkel verdreht und diese Hand drückt noch immer auf mein Gesicht in der Kapuze. Aber sie begreifen offensichtlich, dass ich mich füge, denn die Hand lässt los, ich werde auf die nackten Füße gezerrt und vorwärtsgeschoben, einen Stolperschritt nach dem anderen. Meine Blase platzt gleich, aber das muss ich unterdrücken, unbedingt, denn hey, wenn ich mir in die Hose mache, bin ich definitiv tot.

Wir gehen. Schultern rempeln mich von links und rechts an und die Hände sind auch wieder da, diesmal an meinen Armen, ziehen mich erst zur einen Seite, dann zur anderen. Licht dringt durch den Kissenbezug, aber mehr als Schatten kann ich nicht erkennen. Meine Füße sagen mir, dass wir mein Zimmer verlassen haben, denn kurz habe ich statt Teppichboden nackte Holzdielen unter mir und dann den Läufer im Flur. Es geht nach links weiter, auf die kurze Treppe zu, die ins Erdgeschoss des Internats führt. Wollen die mich da runterschubsen? Meine Angst ist unbegründet, denn plötzlich hebt mich jemand mit einem Ächzen hoch und trägt mich nach unten.

Ich kenne dieses Ächzen. Seine Stimme eben hat er verstellt, aber das Geräusch ist ihm so rausgerutscht. Ich weiß nicht, ob es mir ein besseres oder ein schlechteres Gefühl gibt, dass *er* mich trägt.

Wieder Dunkelheit. Die kalte Luft der Septembernacht trifft mich, wir müssen das Gebäude durch die Seitentür verlassen haben. Ich werde abgelegt, überraschend sanft, und spüre kaltes, feuchtes Metall durch meinen Pyjama. Eine harte Kante unter meinen Schultern und Knien. Eine Kiste? Eine Art Sarg? Gehen die echt so weit?

Die Panik kehrt zurück. Ich werde gekippt und ziehe die Füße an, um mich gegen die Kante zu pressen. Es wackelt, Steinchen knirschen, dann quietscht etwas.

Alles klar, eine Schubkarre. Das Quietschen verrät es. Ich hole wieder Luft. Die fahren mich in einer Schubkarre und mein Hintern reibt über Regenwürmer und Erde. Finden sie wahrscheinlich witzig.

Langsam zockeln wir den Weg entlang, fast geräuschlos bis auf dieses leise Quietschen bei jeder Umdrehung. Bestimmt sollte jemand das Rad ölen und hat geschlampt. Dafür wird er noch Ärger kriegen.

Ein kleiner Plumps und der Untergrund wird weicher, ich wackele und rutsche wieder herum. Dann geht's richtig los, viel schneller als eben, eine wilde Fahrt. Aus dem Quietschen wird ein durchgehendes Kreischen. Wenn ich mich bloß am Rand festhalten könnte, aber mehr, als mich mit den Füßen zu verkeilen, ist nicht drin und von der Fast-Sit-up-Position brennen mir schon die Bauchmuskeln. Hoffentlich dauert die Fahrt nicht lange. In welche Richtung sind wir unterwegs? Nach Norden zum Wald oder nach Osten zum Damm? Bitte bloß nicht nach Süden zum Klippenweg, der ist ihnen doch bestimmt zu gefährlich. Ich kann's nicht sagen, mir fehlt komplett die Orientierung. Aber während sie dahintraben, höre ich unterdrücktes Kichern und Keuchen, jemand flüstert sogar, wird aber sofort mit einem »Pst!« zum Schweigen gebracht. Sind sie zu dritt? Zu viert? Einer schiebt, die anderen laufen nebenher.

Wir halten an. Ich lausche nach dem Meer, kann aber nur das Blut in meinen Ohren hören. Und dann:

»Wuuhuu!«, kommt die schlechteste Eulen-Imitation der Welt.

»Ki-witt!« Nein, streichen wir das. Vogel Nummer zwei ist noch schlechter.

»Ruuuu-guu!« Der dritte Ruf klingt nach betrunkener Taube und auf einmal kommen mir die ersten beiden sehr realistisch vor.

Unterdrücktes Kichern. Wieder geht es weiter, noch schneller, und jetzt rumpelt links von mir etwas, rechts auch. Weitere Schubkarren? Ja, definitiv, und wir machen ein Wettrennen. Ich bin nicht die Einzige, die sie geholt haben, was beruhigend ist. Am Anfang macht das Rennen fast Spaß oder gibt mir jedenfalls einen Kick – obwohl es eigentlich der totale Horror ist. Gerade als ich denke, mich nicht länger halten zu können, weil meine Knie wehtun und ich meine Füße vor Kälte nicht mehr spüre, bremsen meine Entführer langsam ab. Ein Keuchen, diesmal ganz offen. Jemand flüstert, aber ich kann nicht verstehen, was. Fast da. Die Angst kehrt zurück.

Wieder halten wir an, diesmal endgültig. Die Schubkarre wird unsanft abgestellt, sie ziehen mich raus und stellen mich auf meine kalten, nackten Füße. Mein Kreislauf spielt verrückt und ich schwanke ein bisschen. Ich kralle die Zehen in den Boden und versuche das Gleichgewicht zu halten.

Da ist Sand unter meinen Füßen. Kalt, aber nicht feucht. Trotzdem kann ich keine Wellen hören … Wo sind wir? In der Luft hängt ein Geruch, aber kein salziger – also jedenfalls nicht stärker, als es auf dem Rest der Insel nach Meer riecht. Es ist ein beißender, öliger Geruch. Hier brennt irgendwas.

Ich wage es, die Augen zu öffnen, und durch den Kissenbezug dringt Licht. Orangefarbene, glühende Lichtkugeln, ein Stück über dem Boden. *Na klar.* Auf einmal weiß ich genau, wo wir sind.

Mir wird die Kapuze heruntergerissen. Schemen entfernen sich ins Dunkle, ich blinzele und hoffe, dass der Boden endlich aufhört sich zu drehen.

Ein Amphitheater, in einen Hang hineingeschlagen, und ich stehe auf der Bühne. Öllaternen hängen an Ständern und beleuchten die Szene. Es ist Vollmond – aber er lugt nur ab und zu hinter den blaugrauen Wolken hervor. Meine Entführer sind verschwunden, also schaue ich zu meinen Mitgefangenen, die sich blinzelnd umsehen. Wir sind gerade lauter Wackeldackel, die versuchen das alles zu begreifen.

Neben mir beugt sich Martin Parish schnaufend vornüber und grinst sein doofes Zahnlückengrinsen. Er freut sich einfach, dass sie ihn ausgewählt haben, da ist ihm egal, was sie vielleicht mit uns anstellen. Rechts neben ihm schwankt Tesha Quinn, mit weit aufgerissenen Augen, ebenfalls barfuß und ein bisschen wackelig. Die dunkelblonden Korkenzieherlocken stehen ihr zu Berge wie von einem Stromstoß. Sie kämpft mit der Panik und sieht mich nicht an – weil sie dann wahrscheinlich zusammenbrechen würde. Beide haben gefesselte Hände und tragen Unterwäsche. Zum Glück und dank meines guten Urteilsvermögens habe ich einen anständigen Schlafanzug an. Martin bibbert in Boxershorts und Tesha ist mit Slip und Hemdchen auch nicht viel besser dran. Sie frieren und sind den Blicken der anderen ausgesetzt. Ich kann mich wenigstens hinter Flanell verstecken.

Haben sie heute Nacht nur uns drei geholt? Die letzte Auswahl für dieses Jahr. Das Spiel kann beginnen.

Ich reibe mein Kinn an der Schulter und sehe zu den Umrissen, die sich auf ihre Plätze begeben, aber noch kann ich niemanden erkennen. Zwei Schüler haben sie am Montag geholt, so lautet jedenfalls das Gerücht. Dienstag einen und Mittwoch einen, Donnerstag dann niemand, deshalb sind wir davon ausgegangen, dass heute Nacht noch mal richtig was passiert. Und jetzt bloß wir drei?

Über uns auf der Treppe des Auditoriums erscheint jemand. Er trägt einen langen Umhang, der im Nachtwind flattert. Die Kapuze ist tief in die Stirn gezogen, lässt nur ein eckiges Kinn und wohlgeformte Lippen erahnen.

»Frischfleisch!«

Er hebt den Kopf, sein Gesicht ist von einer schwarzen Halbmaske verdeckt. Trotzdem weiß ich genau, wer das ist. Die Stimme an meinem Ohr vorhin, das Ächzen. Alexander Morgan, Alphamännchen des Abschlussjahrgangs und Drahtzieher dieses ganzen Spektakels hier.

»Willkommen beim Spiel, Frischlinge.« Alex kommt die Stufen herunter zu uns in den Sand und lächelt. »Freut euch. Ihr wurdet auserwählt.«

Ich gestatte mir, mich ein bisschen zu entspannen. Wir haben diese seltsame Dynamik, Alex und ich. Er ist eigentlich nett zu mir, wenn er gerade daran denkt – vor allem, weil diese Insel meinen Eltern gehört –, aber zum coolen inneren Kreis gehöre ich nicht, deshalb ignoriert er mich die meiste Zeit. Also bis auf das eine Mal, als wir geknutscht haben, doch davon weiß fast niemand. Es würde meine Beliebtheit auch definitiv nicht steigern. Die meisten Mädchen und sogar ein paar Jungs stehen nämlich total auf Alex. Er ist groß, blond und sieht auf so eine verdrehte soldatische Art gut aus, wodurch er eigentlich überhaupt nicht mein Typ ist. Das würde einfach nicht zu meinem zugegebenermaßen etwas chaotischen Selbstbild passen. Doch … trotz seiner glatten Art und seines gepflegten Body-Wahns hat Alex auch etwas Wildes an sich. Er ist wie ein Wolf: Er rennt gern, und er mag den Geruch von Angst.

»Tesha!« Alex küsst seine Fingerspitzen und berührt damit sanft ihre Lippen. »Willkommen!«

Sie reißt ihren Kopf weg, dass ihre Locken medusamäßig hüpfen, und sieht ihn böse an. Er geht weiter die Reihe entlang. »Martin, mein Freund!« Er wuschelt ihm durch die stacheligen braunen Haare und Martin grinst zu ihm hoch, ganz der kleine Junge, der er ist.

Und dann steht Alex vor mir. »Cate.« Ich warte auf die Berührung, aber es kommt keine. »Vollständig bekleidet, nicht wie die anderen.« Er lässt es anzüglich klingen, mit sengendem Blick hinter der Maske. Ich hasse es, dass er sich solche Machtspiele erlaubt, bloß weil wir uns ein einziges Mal geküsst haben – als hätte er mir was geraubt. Das ist so eine Art grässlicher Insiderwitz zwischen uns beiden geworden. Er lacht und entfernt sich rückwärts von uns. Zum Glück ist es dunkel genug, dass niemand mein rotes Gesicht sehen kann. »Nun kniet alle nieder vor eurem Meister!«

Ich sehe zu Martin, der bereits im Sand kauert. Er ist dermaßen dankbar, dabei zu sein, dass er unter jeden Umständen vor Alex knien würde. Peinlich. Tesha gehorcht nicht so schnell, der Befehl macht sie anscheinend noch wütender und das gibt ihr Mut. Diesmal fängt sie meinen Blick und wir sinken beide widerwillig auf die Knie.

»Unterwerft euch der Gilde der Assassinen!«, ruft Alex. Irgendjemand schmeißt einen MP3-Player an und Musik setzt ein, gerade so laut, dass außerhalb des Amphitheaters niemand etwas mitbekommt. Es ist »Riders on the Storm« von den *Doors*. Als das Spiel damals gegründet wurde, war der Song bestimmt total hip, aber heute ist er eher nervig und lächerlich und gibt mir vielmehr das Gefühl, in einer obskuren Doku-Soap mitzuspielen.

Die Assassinen bauen sich komplett maskiert vor uns auf. Vier tragen wie Alex einen Umhang: Sie sind die Ältesten, sie bestimmen über das Spiel. Dann kommen zwei Jungen, die das Spiel schon einmal mitgemacht haben. Schließlich die vier Frischlinge, die schon früher in der Woche geholt wurden.

Erst jetzt, wo alle so vor uns stehen, wird mir meine Angst bewusst. Hinter diesen Masken – also hinter zweien jedenfalls – stecken Freunde von mir, trotzdem bleibt die beklemmende Ungewissheit, was als Nächstes passiert. Neben Alex steht Marcia, eine Älteste und meine beste Freundin. Ein paar Strähnen ihrer langen glatten Haare sind der Kapuze entschlüpft und wehen im Wind. Vor ein paar Tagen habe ich sie noch vollgejammert, weil ich nicht geholt worden bin, und da muss sie es schon gewusst haben. Weiter hinten steht Daniel, ein dünner Junge und mein einziger anderer Freund an dieser Schule. Ich wünschte, ich könnte seinen Gesichtsausdruck erkennen.

Ich hole Luft. Das hier wird gleich vorbei sein. Und schließlich habe ich mich doch auf das gefreut, was dann kommt. Auf das Spiel.

Wir nennen es »Killer«.

Es findet immer im Herbst statt, für ein paar kurze, verrückte, herrliche Wochen. Die Gilde der Assassinen holt sich neue Mitglieder und die anderen Schüler rücken zusammen und beobachten, was passiert. Bei uns heißt das Spiel Killer, aber ihr kennt es vielleicht unter einem anderen Namen – Erwischt, Assassinen, Das Mörderspiel. Und wer es nicht kennt: Es ist das abgedrehte Kind von Julklapp und Mord im Dunkeln, aber trotzdem ganz anders.

Die Regeln werden von der Gilde festgelegt. Ein Killer wird ausgewählt und er oder sie muss killen. Also natürlich nicht ernsthaft. Das ist hier zwar kein Spaziergang, aber es ist definitiv ein Spiel mit Grenzen. Der Killer muss sich verrückte, aber jugendfreie Wege einfallen lassen, seine Opfer um die Ecke zu bringen. Tödlicher »Biss« einer Gummischlange im Pult während Geo. Tod durch »Giftgas« mit einer Stinkbombe im Aufenthaltsraum. Tod durch »Ersticken« unter einer mit Isolierband festgeklebten Bettdecke. Es ist witzig, es ist spannend und es ist angenehm unheimlich. Nach und nach werden die Mitspieler gekillt und die Überlebenden dürfen jede Woche raten, wer der Mörder ist. Liegst du richtig, bist du der glorreiche Sieger. Liegst du falsch, bist du tot.

Und tot will niemand sein, denn das heißt zurück ins Leben, zurück in die Wirklichkeit – in den Schulalltag im Internat Umfraville Hall auf Skola Island vor der Küste von Wales, sprich: am Arsch der Welt.

»Fesselt sie!«, ruft Alex und ich werde zurück in die Gegenwart gerissen. *Noch mehr* Fesseln? Wieso das denn? Ich werde es gleich erfahren. Maskierte kommen angelaufen. Wir werden von den Knien auf den Bauch geschubst und bekommen jetzt noch Kabelbinder um die Fußknöchel. Ich spanne die Muskeln an, um ein bisschen Spielraum zu behalten, aber die Assassinen merken das und ziehen fester an. Es tut höllisch weh.

Ein Seil wird am Kabelbinder eingehakt. Ich spüre den Zug. Ich krümme mich und sehe nach hinten. Zwei Maskierte ziehen an dem Seil und es spannt sich. Ein Bungee-Seil! Die Maskierten befestigen das andere Ende an einem Pfahl, der weiter hinten aus dem Boden ragt, und ich bin angebunden wie ein Tier.

Alex klatscht und ein Maskierter trägt etwas auf einem Samtkissen heran. Alex nimmt den Gegenstand und winkt damit in unsere Richtung. Im Licht blitzt eine Klinge. Zwei Klingen. Eine Gartenschere. Mir steigt es bitter auf.

»Freiheit durch die Klinge«, sagt Alex, entfernt sich ein paar Schritte und zeichnet mit dem Fuß ein X in den Sand. Er lässt die Schere zu Boden fallen.

Bevor ich überhaupt abwägen kann, was das soll, trifft mich ein eisiger Wasserschwall am Rücken. Ich keuche schockiert auf. Jemand hat einen Eimer Wasser über mich geschüttet, es schmeckt salzig. Neben mir schreien Martin und Tesha auf, als sie ebenfalls ihre Dusche kriegen.

»Lasst euch läutern durch die Geister der Assassinen der alten Zeit!«, ruft Alex. »Badet in den Seelen derer, die vor euch gestorben sind!«

Noch ein Eimer. Es fühlt sich nach dem Schock des ersten fast warm an. Aber jetzt bin ich völlig durchnässt, mit klitschnassen Haaren und eiskaltem Gesicht. Ich schnappe nach Luft.

»Nein!«, schreit Tesha.

Zuerst denke ich, sie protestiert wegen der nächsten Dusche, aber dann sehe ich, dass wieder jemand mit Kissenbezügen kommt.

»Bitte nicht!«, fleht sie. »Ich hab Platzangst, ich halte das nicht aus!«

Gelächter brandet durch die Runde.

»Über'n Kopf damit«, schreit jemand.

»Über'n Kopf! Über'n Kopf!«, singt ein Grüppchen von Gildenmitgliedern im Chor – wahrscheinlich sind einige ihrer besten Freunde darunter.

»Ja, ignorier die Schlampe!«, ruft jemand.

»Ruhe jetzt!« Alex klingt richtig sauer. Oh-oh. Einer der Neuen ist zu weit gegangen.

»Dein übermäßiges Engagement kannst du dir sparen.« Alex kickt dem Neuen fachmännisch Sand ins maskierte Gesicht. »Tesha.« Er schüttelt den Kopf und die Kapuze wackelt, was ihn noch alberner aussehen lässt. »Du hast mich überzeugt.«

»Buh!«, ruft die Gilde.

»Aber …« Er stellt einen Fuß auf ihren Rücken und rollt sie ein bisschen hin und her. An ihren üppigen Rundungen bleibt Sand kleben, sie sieht aus wie gezuckert. »Damit wir uns richtig verstehen, Tesh. Du schuldest mir was.«

Mehr Gelächter. Ein oder zwei Jungs johlen. *Igitt.*

»Mir ist kalt, Alex –«, setzt Tesha an.

»Klappe!«, bellt er. »Was denn? Dachtest du etwa, das hier wäre leicht?« Er schüttelt wieder den Kopf und genießt seine Macht über sie. »Es darf nicht leicht sein.«

Die kalte Nässe lässt mich unwillkürlich zittern, aber ich bin Tesha dankbar, dass sie das mit den Kissenbezügen verhindert hat. Doch dann sehe ich, was als Nächstes kommt, und frage mich, wieso ich eben noch erleichtert gewesen bin.

»Holt den Topf!«, ruft Alex.

Ein Maskierter tritt vor und ich erkenne ihn sofort. Es ist mein guter Freund Daniel. Er trägt einen Eimer, hält ihn mit diesen seltsam langen, weißen Fingern auf Armeslänge von sich. Ich glaube nicht, dass da Meerwasser drin ist. Alex deutet zu der Stelle im Sand, wo er die Gartenschere hingeworfen hat.

Daniel geht zögernd dorthin und kippt etwas Dunkles, Dickflüssiges auf den Boden, genau auf das Werkzeug.

»Alles«, sagt Alex. Daniel seufzt, dann ruckt er den Eimer nach unten und schlägt mit der flachen Hand auf den Boden wie bei einer Ketchupflasche. Aber das Schlabberzeug ist störrisch. »Mit den Händen«, sagt Alex, als wäre es das Selbstverständlichste von der Welt. Daniel macht eine angeekelte Miene, aber er steckt trotzdem eine Hand in den Eimer und schaufelt den letzten Rest raus. Es kleckert ihm langsam von den schlanken Fingern. Nun kommt auch der Geruch bei mir an: *Kuh.* Das wird kein gutes Ende nehmen.

»So«, fährt Alex fort. »Wie ihr wisst, wird man nur in die Gilde aufgenommen, wenn man eine Prüfung besteht. Ihr habt bereits die reinigenden Wasser empfangen, aber ein Assassine muss sich auch die Hände schmutzig machen.« Gelächter. »Ihr habt bis Sonnenaufgang, euch zu befreien und in eure Betten zurückzukehren, aber davor räumt ihr noch diese Sauerei hier auf, weil Assassinen keine Spuren hinterlassen. Solltet ihr diese Aufgabe nicht ordnungsgemäß erledigen, ist euer Eintritt in die Gilde gescheitert.« Er lächelt. »Viel Glück.«

Wie aufs Stichwort löschen seine Untergebenen die Öllampen und tauchen uns in feuchtes Halbdunkel. Eine Sekunde später sind alle weg.

»Alex!«, kreischt Tesha. »Komm zurück!«

»Sag doch nicht *Alex*«, zischt Martin. Er liegt auf dem Rücken und reißt immer wieder die Füße hoch, um den Pfahl zu lockern, an den er gebunden ist. »Er ist der Meister.«

»Ja, das hätte er wohl gern«, grollt Tesha. »Alex!« Sie denkt offensichtlich, dass sie sich nicht an die Rangfolge halten muss. Letztes Halbjahr ging das Gerücht um, dass sie geknutscht haben, kurz nach der Sache mit uns, also hat sie ja vielleicht wirklich Einfluss auf ihn. Mir hat's allerdings nicht viel gebracht und ihr jetzt anscheinend auch nicht.

Martin hat seine Befreiungsstrategie verändert und bewegt sich jetzt in einer Art Breakdance-Rolle vom Pfahl weg. Er ist zwar nicht der geborene Sportler, aber er kriegt ein Sternchen fürs Bemühen.

Tesha mustert ihn verächtlich. »Was zur Hölle machst du da, Martin? Bah!« Sie stößt einen frustrierten Schrei aus. »Du bist so scheißeifrig, das ist doch nicht mehr normal!« Sie dreht sich zu mir um. »Was sollen wir jetzt machen?«

Ich zucke mit den Schultern. Ich weiß es schon längst, aber ich will sie noch ein paar gnädige Sekunden lang im Unklaren lassen.

Ich winde mich auf dem Bauch vorwärts. Sandkörner kleben an mir. Es ist ziemlich verlockend, mich der Wärme wegen im Sand zu vergraben, aber so schnell werde ich mich nicht geschlagen geben. Nein, ich ziehe das hier bis zum Ende durch.

Martin hat dieselbe Idee und ist schon ein Stück weiter vorn. »Die Gartenschere«, ächzt er. »Damit können wir uns befreien.«

»Aber da ist doch irgendwas drüber. Was ist das überhaupt für ein Mist auf dem Boden?«

»Mist, auf dem Boden«, sagt Martin trocken. Sein Bungee-Seil ist jetzt straff gespannt. Er drückt den Oberkörper nach vorn und wackelt dann wie ein kampfbereites Walross, aber das Seil zieht ihn wieder zurück, zerrt ihn wie zum Spott durch den Sand. »Zu kurz!« Er kämpft sich wieder vor, ächzt und flucht, aber er kommt kein Stück weiter.

Das also ist unsere Prüfung: Wir müssen uns rüber zu dem Mist schlängeln, die Schere da rausholen und uns befreien.

Ich spüre jetzt auch den Zug um meine Knöchel, grabe meine Zehen in den Sand und schiebe mich noch ein Stück auf die Kuhscheiße zu, aber ich bin immer noch eine gute Körperlänge entfernt. Das funktioniert so nicht.

Hinter mir macht Tesha jetzt auch mit. Sie versucht mit den gefesselten Händen unter den Füßen durchzukommen, klar, gefesselte Hände vor dem Bauch sind nützlicher als gefesselte Hände hinter dem Rücken. Tesha ist zwar mollig, aber definitiv sehr gelenkig. Ich probiere es genauso erfolglos. Und irgendwie bin ich auch nicht bereit dazu, mir die Handgelenke zu brechen, nicht einmal für das Spiel.

Martin ruckt wieder an seinem Pfahl, aber er kann ihn nicht lockern. Er bewegt sich zu meinem rüber. »Helft mir, mein Ding rauszukriegen!«, sagt er.

»Gibt für alles ein erstes Mal.« Tesha verdreht die Augen, den Höschenhintern in der Luft, und fällt auf die Seite.

Ich winde mich zu Martin rüber.

»Der sitzt total fest.« Er zieht mit den Händen auf dem Rücken daran. »Grabt mal drumherum, vielleicht kriegen wir ihn so raus.«

»Womit denn graben?« Ich beantworte meine Frage selber, indem ich mich mit dem Rücken zum Pfahl im Sand hinsetze und mit den Händen schaufele, mit wenig Erfolg. Tesha kommt und wir graben zu dritt. Nach einer Minute haben wir ein peinlich flaches Loch zu Stande gebracht.

»Das klappt nicht.« Martin zieht eine Grimasse und greift nach unten. »Der ist mit einer Halterung verbunden.« Er tastet tiefer. »Und die ist einbetoniert. Ich glaube, mit diesen Dingern werden Kulissen gesichert.«

Tesha flucht. Ich kann sie verstehen. Mir wäre es wahrscheinlich auch peinlich, wenn ich bloß Unterwäsche anhätte. Mir kommt eine Idee. »Teamwork.« Ich seufze. »Die richtige Strategie, aber an der falschen Stelle.« Ich stehe mühsam auf und hoppele zu dem Kuhfladen rüber, bis mein Bungee-Seil straff gespannt ist. Dann kauere ich mich hin und fange an, einen kleinen Graben auszuheben. »Okay. Martin, jetzt komm her und zieh, so fest du kannst, an meinem Seil, ich brauche mehr Spielraum. Tesha, hierher.« Ich nicke auf eine Stelle am Boden.

Sie sieht mich an und rührt sich nicht vom Fleck. »Scheiße, du machst mir Angst.«

»Na los! Wir können doch nicht schon beim Aufnahmeritual durchfallen. Das wäre echt peinlich. Außerdem erfriere ich langsam.«

Tesha hüpft herüber und lässt sich neben mich fallen. »Was soll ich machen?«

»Füße in diesen Graben.« Ich zeige es ihr. »Dann streck dich auf dem Rücken aus.«

Sie legt sich widerstrebend auf dem Sand zurecht. »Und jetzt?«

»Jetzt klettere ich über dich rüber.« Ich lehne mich in mein Seil. »Martin, mehr Seil!«

Er legt sich ins Zeug und dann lässt der Zug noch weiter nach. Ich knie mich hin und beuge mich vor, bis ich der Länge nach auf Tesha liege. Sie ist groß und fleischig. Eine gute Startrampe.

»Hey!«, ruft sie unter mir. »Was zur Hölle?«

Trotz ihrer Proteste nutze ich den Widerstand ihres Körpers und winde mich vorwärts. Wir sehen bestimmt aus wie zwei Nacktschnecken, die ihre Bäuche aneinanderreiben. Ich schaffe es komplett über sie rüber, setze meine Füße gegen ihre eine Schulter und schiebe mich das restliche Stück über den Sand zum Misthaufen.

»Aua!«, ruft Tesha. »Du brichst mir alle Knochen!«

»Wir können gern tauschen, wenn du möchtest.« Ich bringe meinen Kopf mit Mühe über den bedrohlichen Fladen. »Jederzeit.« In der Mitte ist eine kleine Erhebung. Die Schere.

»Ach, schon okay, mach nur.« Tesha guckt auch gerade zu dem Haufen und begreift plötzlich, dass sie bei dieser Aktion den besseren Part hat. Ich schiebe noch einmal kräftig und wackele, die Hände auf dem Rücken, winde mich wie eine Kobra über dem Stinkezeug. O *Gott*.

»Nun mach endlich!«, ruft Martin. »Mir tun schon die Arme weh!«

»Manchmal hilft nur Augen zu und durch«, knurre ich.

»Was hast du gesagt?«, ruft er.

»Augen zu und durch.« Ich schüttele mich vor Ekel. Und dann, bevor ich es mir anders überlegen kann, kneife ich die Augen fest zu und stürze mich kopfüber in den dunkelgrünen Schlotz. Ich schiebe das grauenhafte Zeug mit meinem Gesicht umher wie ein Hündchen einen Ball. Nur ist das hier kein Ball. Es stinkt abscheulich, aber am schlimmsten ist, dass es noch warm ist. Es dampft richtig. Es bedeckt meinen Mund, kriecht mir die Nasenlöcher rauf und verklebt meine Augen. Ich spucke das Zeug, so gut ich kann, von den Lippen. Ich möchte schreien, aber ich muss da noch mal runter. Also wühle ich in dem Fladen, bis ich etwas Kaltes und Hartes an der Wange spüre, stupse dagegen, so dass die Griffe ein Stück hochkommen. Zwischen den Griffen ist ein Metallring. Ich versuche meine Nase hindurchzustecken, aber sie ist nicht spitz genug. An meinem Kopf gibt es nur einen Körperteil, der da durchpasst. Meine Zunge.

»Bloß nicht!«, sage ich spuckend, aber was bleibt mir übrig? *Es ist nur Gras, nur Gras, Kühe fressen nur Gras und es ist nur Gras mit den Verdauungsbazillen aus vier Mägen und Fliegeneiern und weiß Gott was sonst alles o nein o nein o nein.*

Ich hab den Ring. Ein Griff fällt mir entgegen, ich beiße mit den Zähnen darauf und dann bin ich weg da, so schnell ich kann. Martins Muskeln haben nachgegeben oder vielleicht ist auch Teshas Schulter aus dem Gelenk gesprungen, jedenfalls werde ich aus dem Grauen rauskatapultiert und rutsche über den Sand bis zurück zu meinem Pfahl. Ich spucke Martin die Gartenschere vor die Füße. Und ich spucke und spucke und spucke. Mit einem *Schnips* sind plötzlich meine Hände frei und meine Füße auch und ich kann zur ersten Reihe des Amphitheaters stolpern und kotze mir die Seele aus dem Leib. Immer wieder wische ich hektisch mit dem nassen Saum meiner Pyjamajacke über den Mund, will dieses warme, stinkige Zeug loswerden.

Die Prüfung ist geschafft.

Das Spiel kann losgehen.

KAPITEL 2

Am nächsten Morgen dusche ich sehr ausgiebig.

Mitten in der Nacht war es zu riskant. Aber jetzt am Morgen schrubbe ich meinen Körper ab, als wäre ich die kleine Miss Zwangsstörung. Ihr könnt euch darauf verlassen, dass ich mir mehr als einmal die Haare shampooniere, die zwar zum Glück kurz und struppig sind, aber leider auch von diesem Spülwasserblond, das rasch mal einen Grünstich annimmt, zum Beispiel wenn man in Dung badet. Und ja, ich putze mir dreimal die Zähne, um auch die allerletzten Aromafitzelchen loszuwerden und die Erinnerung an die *Konsistenz.* Spülung, Zahnseide, das volle Programm. Selbst als ich mit allem fertig bin und wieder in meinem üblichen Outfit stecke, No-Name-Jeans und ein übergroßes Holzfällerhemd, habe ich noch immer nicht das Gefühl, den Geruch komplett losgeworden zu sein. Aber was soll's? Ich werde ihn tragen wie eine Medaille. Ich bin außergewöhnlich gut drauf, denn ich bin im Spiel.

Neues Halbjahr, neue Cate. Auf dem Weg zum Frühstück lasse ich meinen Stolz richtig raushängen und sonne mich im Glanz der schuldbewussten Erregung, im Spiel zu sein. Ich spaziere den eichenholzgetäfelten Flur des Haupthauses entlang und bin überzeugt, dass jeder meine Aura einer Auserwählten sehen kann … oder vielleicht können sie meine Ankunft auch nur riechen. Ich habe das Gefühl, alle Eingeweihten sind sich der gestrigen Nacht absolut bewusst und wissen, wie sehr sie mich verändert hat. So ist es aber nicht. Nur Martin und Tesha wissen wirklich, in was für Abgründe ich vorgedrungen bin. Soweit es die Gilde betrifft, hat einer von uns irgendwie diese Gartenschere aus dem Kuhfladen geborgen, aber niemand weiß, wer von uns und auf welche Weise. Und Martin, Tesha und ich haben einen heiligen Eid geschworen, keine Einzelheiten auszuplaudern. Ehre ist alles, die werden unseren Bund nicht brechen.

Nachdem wir uns in den frühen Morgenstunden befreit hatten, mussten wir noch aufräumen und uns unbemerkt zurück ins Internat schleichen. Das war genauso wichtig wie die eigentliche Prüfung – in mancher Hinsicht sogar noch wichtiger. List und Schläue sind für Assassinen oberste Priorität. Die Lehrer wissen zwar von dem Spiel, aber wir müssen sehr darauf achten, dass sie nicht allzu viel davon mitkriegen. Sie rechnen mit Störungen, und von den Lehrern, die tatsächlich irgendwie menschlich sind, finden es die meisten sogar ganz witzig. Es ist Tradition.

Aber Toleranz hat ihre Grenzen und es ist ein Zeichen der Zeit, dass gewisse Mordmethoden komplett verboten sind. Abführmittel – für einen Tod durch Gift – sind tabu. Bomben müssen absoluten *Symbolcharakter* haben. Und jeder, der eine Handfeuerwaffe besitzt, die realistischer ist als eine knallgelbe Wasserpistole, riskiert einen sofortigen Verweis. Wir halten uns daran. So seltsam dieses Internat auch ist, fliegen will trotzdem niemand. Ich am allerwenigsten.

Vor drei Jahren kam ich hierher, als ich dreizehn wurde. Und so lange dauerte auch meine Eingewöhnungsphase. Das erste Jahr habe ich vor Angst komplett mit verknotetem Magen verbracht. Stellt es euch mal vor: eine kleine, abgelegene, windumtoste Insel, darauf eine mit Wasserspeiern protzende Irrenanstalt von einem Internat, auf das hauptsächlich Superhirne gehen. Die Insel gehört meinen Eltern, aber ich bin mit Abstand die Normalste hier.

Außer Umfraville Hall gibt es auf Skola Island vor der walisischen Küste nichts weiter von Bedeutung. Das Gebäude existiert seit hundert Jahren in wechselnder Funktion. Bis zu den 1960ern war es eine Nervenklinik. Dann beschloss ein Visionär namens Ezra Pendleton es in ein »Exzellenzzentrum« für hochbegabte Kinder zu verwandeln. Heute beherbergt das Internat über hundert Teenager, die vor Talent nur so sprühen. Wir haben Mathematiker, Leichtathleten und Feldsportler, Musiker von Weltrang und Schachmeister. Das Ganze stellt eine wilde Mischung aus Ego, Hormonen und extremem Nerdtum dar. Ezra ist inzwischen steinalt, an einen Rollstuhl gefesselt und total durchgeknallt, aber die Schule liegt ihm immer noch am Herzen.

Nicht alle hier sind Genies, manche haben auch nur superreiche Eltern. Und ich? Wie gesagt, meiner Familie gehört die Insel. Als ich acht war, ist mein Großonkel gestorben und hat meinen Eltern ein bisschen Geld und ein bisschen Wales hinterlassen. Hätten sie die Wahl gehabt, wäre meinen Eltern eine Insel in der Karibik oder im Mittelmeer bestimmt lieber gewesen, aber nun waren es eben vierhundert Morgen Moorland in der Irischen See. Es gibt hier sogar ein paar schöne Strände, doch das Meer ist kalt und die Brandung stark. Unsere Nachbarn sind Kühe und Schafe, das war's. Einsam? Man kann der Liverpool-Dublin-Fähre winken, und wenn wir klares Wetter haben, kann man das Atomkraftwerk drüben auf dem Festland sehen.

Als wir reich wurden, haben meine geliebten Eltern beschlossen in London zu bleiben, nur mit einer schöneren Postleitzahl. Wegen irgendeiner Klausel in der Überschreibungsurkunde konnten sie Ezra und Umfraville Hall nicht von der Insel werfen. Also, was haben sie gemacht? Ihr einziges Kind auf das hiesige Internat geschickt.

Ich hatte das Gefühl zu ertrinken, als ich Umfraville Hall zum ersten Mal betreten habe. Ich bin definitiv keine Intelligenzbestie und meine Begabung macht auch nicht viel her. Das ist kein Gequatsche, weil ich bescheiden bin, sondern die schlichte Wahrheit. In Kunst bin ich ganz gut und zum Glück ist der Fachlehrer, Mr Flynn, nett. Er war der Erste hier, mit dem ich irgendwie reden konnte. Ja toll, Cate, gut gemacht, freundest dich mit einem Lehrer an. Aber nach einer Weile hatte ich auch genau zwei Freundschaften mit Gleichaltrigen auf die Reihe bekommen: erstens mit Marcia, die Chefredakteurin der Schülerzeitung ist und gestern Nacht die eine Älteste in dem Umhang war. Sie hat einen IQ von 156 und keine Ahnung, was sie damit anfangen soll. Am Ende wird sie wahrscheinlich irgendein Schmierblatt leiten.

Und dann ist da noch Daniel, ebenfalls in der Gilde, der Topfauskratzer. Der arme, liebe Daniel. Alex macht es Spaß, ihn zu quälen, aber Daniel beklagt sich prinzipiell selten. Das ist einer der Gründe, warum ich ihn mag. Er spielt wundervoll Geige, ist aber unheilbar schüchtern. Es ist ihm praktisch unmöglich, mit irgendjemandem außer Marcia und mir ein Gespräch zu führen. Er war auf dem Konservatorium von Lausanne, aber jetzt muss er noch ein paar Jahre dranhängen, weil seine Eltern wollen, dass er ein Einser-Niveau schafft und ein Gefühl für Verhältnismäßigkeit entwickelt.

Inzwischen komme ich eigentlich mit den Leuten hier klar. Die meisten sind eh Einzelgänger. Glasglockenkinder, die auf dem Spielplatz nie gelernt haben, dass man nicht mit Sand schmeißt. Bis auf die Sportler natürlich. Die halten total zusammen. Go, Team! Das ist wie mit Elfen und Orks hier, die Geeks und die Sportasse. Und ich dazwischen. Unsichtbar.

Aber jetzt endlich nicht mehr. Jetzt gehöre ich zur Gilde. Jetzt mache ich beim Spiel mit. Jetzt bin ich Teil von Killer.

Als ich um die Ecke biege, dringt lebhaftes Stimmengewirr aus dem Speisesaal. Lauter als üblich, weil Samstag ist, und zwar ein Samstag, wie er jedes Halbjahr nur ein paarmal vorkommt. Alle freuen sich darauf, aufs Festland entfliehen zu können. Bei Ebbe ist die Dammstraße befahrbar und heute passen die Gezeiten endlich wieder.

Zweimal am Tag öffnet sich ein Zeitfenster, in dem sich die Straße gefahrlos überqueren lässt. An Samstagen haben wir bis Mittag Unterricht und alle Schüler müssen spätestens um 21 Uhr wieder auf der Insel sein. Wenn also die Ebbe günstig fällt, bringt uns ein Bus mittags zum Festland und holt uns abends wieder ab. Diese Gelegenheit ergibt sich nur ungefähr einmal im Monat, und manchmal nicht mal das, weil aus Sicherheitsgründen noch ziemlich blöde Grenzwerte für Wind und schlechte Wetterbedingungen eingehalten werden müssen. Viel ist auf dem Festland auch nicht los – ein paar Läden, ein Café, ein Pub, wo sie nur manchmal nach dem Ausweis fragen –, aber man kommt wenigstens mal von der Insel.

Und genau darum brummt der Speisesaal jetzt auch. Außerdem riecht es nach Toast, was mir immer das Wasser im Mund zusammenlaufen lässt – nur nicht nach Nächten, die ich damit verbracht habe, in Exkrementen Apfelfischen zu spielen.

Die Tische am hinteren Ende sind von der Gilde besetzt. Die meisten sehen, wie ich reinkomme, und wer es verpasst, wird rasch mit dem Ellbogen angestupst. Alex bildet den Mittelpunkt. Mit einer

Kopfbewegung wischt er die blonden Haare aus den Augen und winkt mich lässig heran. Ich steuere auf den letzten freien Platz am Ende des hintersten Tisches zu, wo auch Martin und Tesha sitzen, beide mit einer dampfenden Schale Porridge vor sich. Mir krampft sich der Magen zusammen. Meine Toleranz gegenüber breiigen Sachen, die dampfen, ist echt erschöpft. Aber an meinem Tisch haben alle so einen Pamps vor sich. Ich gehe die Reihe der Gesichter durch. Ich bin die Letzte. Als ich mich setze, stellt mir jemand so eine Schale hin. Jetzt heißt es Zähne zusammenbeißen.

»Nun schaufel schon los!«, ruft Alex. Jedes Augenpaar im Saal ist auf uns gerichtet, als ich den Löffel aus der Schale hebe. Es ist noch was anderes als Porridge darauf. Ich ziehe es vorsichtig aus dem Haferschleim.

Ein Armband aus schwarzem, geflochtenem Leder, mit einer schönen silbernen Spange.

Ich sehe mich um. Alle haben die gleiche Überraschung.

Die Gilde bricht in Jubelgeschrei aus, das auch einige andere Schüler ansteckt, bis der ganze Saal schließlich applaudiert und johlt.

»Fröhliches Sterben!«, ruft jemand.

»Aaaaargh!«, ertönt ein scherzhafter Schrei. Noch mehr Gelächter.

»Na gut, schön!« Mr Flynn – mein Kunstlehrer, wie gesagt – hat das Pech, heute Aufsicht im Speisesaal zu führen. Aber er ist ja einer von den Guten. Er tut so, als hielte er das Spiel für albern, aber man merkt genau, wenn er wieder siebzehn wäre, würde er so was von mitmachen.

Ich kann das Lächeln auf meinem Gesicht nicht verhindern. Ich lutsche das Porridge von meinem Armband, wische es ab und mache es mir ums linke Handgelenk, genau wie die anderen Frischlinge am Tisch. Das Tintenschwarz des Leders ist unglaublich und das blanke Silber hebt sich glänzend von meiner Sonnenbräune ab. Am Handgelenk ist auch genug Platz, denn ich glaube, ich habe gestern Nacht meine Uhr verloren. Das ist scheiße, aber ich reiße mich nicht darum, meine Schritte zurückzuverfolgen und im Sand zu wühlen. Fürs Erste reicht mir das schwarze Armband als Ersatz. Die Spielregeln besagen, dass das Band abgeschnitten und im Aufenthaltsraum ans Schwarze Brett gepinnt wird, wenn der Killer mich kriegt. Einige Gildenmitglieder tragen noch den blutroten geknoteten Faden vom letzten Jahr. Alex hat ein sehr ausgeblichenes buntes Band vom Jahr davor. Solche Veteranen sind rar gesät, nur Alex, meine Freundin Marcia und ein Junge namens Carl befinden sich in ihrem dritten Spiel, aber Alex ist als Einziger nie gekillt worden, darum hat er noch alle Armbänder. Mir gefällt der Schmuck von diesem Jahr. Der wird da hoffentlich bleiben bis zum Ende des Spiels.

Ich bekomme mein Porridge nicht herunter, ich bin zu aufgedreht. Stattdessen trinke ich Kaffee und spiele mit dem Armband. Das für alle sichtbare Zeichen, dass ich jetzt beliebt bin, jedenfalls beliebt genug, um mitmachen zu dürfen. Mich killen lassen zu dürfen. Niemand von uns isst sein Porridge. Der Übermut entlädt sich in einer Schleimklumpenschlacht und Mr Flynn verliert fast seine Geduld, was bemerkenswert ist.

Jemand legt ein hübsches kleines Buch vor mich hin. Es ist in dasselbe Leder eingebunden, aus dem auch die Armbänder bestehen. Ich sehe auf. Marcia steht hinter mir und teilt die Bücher an die Neuen aus.

»Lest das, es ist das Regelbuch.« Sie ist total geschäftsmäßig.

Dann beugt sie sich vor, tunkt ihre langen braunen Haare fast in mein Porridge und flüstert: »Komm, wir treffen uns vor dem Unterricht noch. Übliche Stelle.«

Ich nicke ein bisschen zu eifrig.

»Wir haben am Nachmittag was vor«, sagt sie.

»Warte mal. Fährst du nicht rüber zum Festland?«

Sie schüttelt den Kopf. »Wir bleiben alle hier. Ist eine zu gute Gelegenheit für eine Versammlung.«

Rechts neben mir rumst es. Jemand hat einen vergilbten Totenschädel auf den Tisch geknallt. Alex und der Rest der Gilde brechen in einem Durcheinander von Gelächter, Toastkrümeln und scheppernden Tellern auf.

»Ruhe!«, donnert Mr Flynn. »Und bilden Sie sich bloß nicht ein, Sie wären zu fein zum Aufräumen!«

»Wir haben Leute, die das für uns erledigen, Mr Flynn, das wissen Sie doch!«, ruft Alex nach hinten und wieder wird gelacht.

Mr Flynn sieht ihn böse an, aber dann sind die Gildenmitglieder schon weg und es ist zu spät für eine Erwiderung. Nur wir Neuen bleiben allein an unserem Tisch zurück, zusammen mit unserem gruseligen Freund, dem Schädel.

»Hier steht's!«, ruft Martin und hält das schwarze Buch hoch. Dann fällt ihm ein, dass die anderen Schüler alle noch da sind, also beugt er sich vor und zitiert dramatisch flüsternd aus dem Buch. »Hier steht, ein Totenschädel bedeutet, dass eine Versammlung einberufen wird. Alle Gildenmitglieder sind aufgefordert, sich im Allerheiligsten einzufinden.«

Tesha hebt den Schädel mit den Fingerspitzen hoch und spitzt ihre vollen Lippen. »Mmm, ein Date. Wo und wann?«, fragt sie den Schädel.

»Hier!« Whitney, ein Mädchen aus meinem Jahrgang, zupft ein aufgerolltes Stück Papier aus der einen Augenhöhle. Sie hält uns den Zettel mit schwungvoller Geste hin. Es steht eine Vier darauf, in schwarzer Tinte.

»Heute Nachmittag um vier?«, rate ich.

Whitney blinzelt mich mit ihren großen babyblauen Augen durch den kunstvoll zerfransten schwarzen Pony hindurch an. Sie hat einen Bruder in einer Rockband und ein nicht wirklich geheimes Tattoo und hält sich für total hip. »Du wirst mit deinem Detektivverstand noch weit kommen, Cate.«

»Die erste Versammlung!«, trötet Martin. »Der Killer wird bestimmt! Ich kann's kaum erwarten.«

»Was ist das Allerheiligste?«, frage ich. »Das Amphitheater?«

»Viel zu bekannt«, sagt Whitney. »Und tagsüber schreien da immer die ganzen Theaterleute rum, oder was sie da sonst so machen.«

»Hey, hier ist eine Landkarte!« Das kommt von Emily, einer langbeinigen Sportlerin, die Anfang der Woche als Erste geholt wurde. Hinten in dem schwarzen Buch auf der Innenseite des Deckels ist eine sehr einfache Karte von Skola Island eingezeichnet. Sie tippt mit einem kurzen petrolfarbenen Fingernagel auf eine Stelle. »AH. Ich wage mal die Vermutung, dass das ›Allerheiligstes‹ heißt. Hier am Weststrand.«

»Am Strand?«, fragt Tesha. »Brrrr!«

»Nein, in den Höhlen.« Martins Augen funkeln, die Pupillen sind ganz groß vor Freude.

»Ernsthaft?«, frage ich. »Okay …«

»Gefährlich«, sagt Tesha. »Aber wir wollten es ja wohl so.«

Es klingelt zum Ende des Frühstücks und wir stecken unsere Bücher ein. Wie von Alex angekündigt räumen wir den Dreck weg, den die Gilde hinterlassen hat. Ich werfe einen Blick zur Wanduhr, zwanzig Minuten bis Unterrichtsbeginn, welch' Freude. Aber gerade noch genug Zeit.

Ich verschwinde raus in den Flur, eile zur Seitentür und überquere zügig den Hof des Haupthauses. Dann noch ein kurzer Spurt an den Ateliers entlang zu dem kleinen Fertighaus, in dem *The Loathsome Toad* untergebracht ist – die Schülerzeitung. Gleich dahinter stehen ein paar Kiefern und ein Schuppen. Dort finde ich Marcia. Sie sitzt auf einem großen flachen Felsen, guckt aufs Meer raus und raucht eine Zigarette.

»Dann warst du also gestern Abend die Glückliche, ja?« Sie macht sich nicht die Mühe mich anzusehen, fährt sich nur mit einer Hand durch das schwere braune Haar. Sie hat extrem lange Haare, die absolut toll aussehen, wie sie ihr als dichter Vorhang den Rücken hinabfließen.

»Inwiefern?« Ich setze mich neben sie auf den Fels. Der Rauch sticht mir in die Nase und lässt meine Augen tränen. Sie hält mir die Zigarette hin und ich schüttele wie immer den Kopf. Sie mustert mich. Ihre haselnussbraunen Augen mit den schweren Lidern glitzern, in der einen Wange zuckt vor Amüsiertheit ein Grübchen.

»Du musstest einen Köpper in die Kacke machen.«

Ich schnaufe. »Martin und Tesha haben geschworen, dass sie es für sich behalten.«

»Entspann dich. Sie haben kein Wort verraten.«

Ich sehe sie stirnrunzelnd an. »Und woher –«

»Die Gilde weiß alles, Schätzchen«, schnurrt sie mit voller, tiefer Stimme und nur dem Hauch eines spanischen Akzents. »Sobald du das erst mal akzeptierst, wirst du dich besser fühlen, Frischlingsmädchen.« Sie zwinkert und versucht nicht zu lächeln. »Aber was für eine Prüfung!« Sie drückt meine Hand. »Du musst uns verzeihen. Das war echt hart.«

Ich beiße die Zähne zusammen und habe wieder diesen Geschmack im Mund. »Es war voll scheiße, Marcia.«

Sie nickt ernst. Wir sehen uns an. Wir kreischen, sie umarmt mich.

»Ich bin dabei!«, rufe ich und wiege sie hin und her. Ihre langen Haare bedecken mein Gesicht, sie duften süß und nach Gewürzen.

»Und wie du dabei bist!« Sie kichert. »Das wird ein Fest, meine Liebe!«

Wir kippen um und purzeln vom Felsen, was uns erneut kreischen lässt. Dann stehen wir lachend wieder auf.

»Puh!« Ich sehe hoch zum Himmel und genieße die Erleichterung, die durch meinen Körper läuft. »Ich hab echt nicht daran geglaubt. Ich bin total geflasht!« Mit Marcia kann ich ehrlich sein, aber wahrscheinlich nur mit ihr. Bei allen anderen muss man cool bleiben. Ich strahle sie an. »Und heute Nachmittag gibt es eine Versammlung! Dann wird der Killer bestimmt, richtig?« Ich hole das Buch raus. »Das ist dein Werk, oder?«

Sie neigt den Kopf zur Seite. »Teilweise. Die Regeln ändern sich von Jahr zu Jahr kaum, aber man muss sie auf neue und spannende Weise aufschreiben. Und manchmal gibt es kleine Kniffligkeiten.«

»Hmm.« Ich blättere das Buch durch. »Davon gehe ich aus. Nette Schrift übrigens.«

Sie lacht. »Danke, Süße. Ich meine, *Thriller* wurde doch langsam langweilig …« Sie macht einen bildschönen Flunsch.

»Und die Versammlung findet in den Höhlen statt?« Ich schüttele staunend den Kopf. »Dort hängt ihr also im Herbst immer rum?«

»Nein.« Sie drückt die Zigarette aus, schnippt den Stummel ins

Gras und lässt Rauch zwischen ihren roten Lippen aufsteigen wie ein Drache. »Das ist für uns auch was Neues. Die Oldies haben sich da immer getroffen, ganz am Anfang, aber dann hat Ezra das Betreten der Höhlen verboten.«

Ich nicke. »Weil es zu gefährlich ist? Wegen der Gezeiten?«

»Wegen der Gezeiten und der Gänge und dem Treibsand.« Sie zuckt mit den Schultern. »Außerdem haben sie da immer getrunken und irgendwelche beknackten Spiele gemacht.«

»Ah, verstehe.« Ich grinse. »So was werden wir natürlich auf keinen Fall tun.«

Sie zieht eine Augenbraue hoch. »Dort wird uns niemand entdecken und niemand stören. Das ist die Hauptsache.« Sie sieht mich nachdenklich an. »Wo wir gerade von Quatschmachen und Spielen reden, hast du schon mit Daniel geredet? Also richtig?«

Prompt ist meine Aufregung getrübt.

»Nein.«

Marcia seufzt. »Hast du dich in den Ferien mal mit ihm getroffen?«

Ich sage nichts.

»Ihm geschrieben?« Sie verdreht die Augen. »Oder sonst irgendwas?«

»Hör auf, mich fertigzumachen!«, grummele ich. »Er hat ja auch nicht mit mir geredet. Es gehören immer zwei dazu.«

»Hmm. Zu dem, was letztes Halbjahr am Schwimmbecken passiert ist, auch …« Sie schnalzt.

»Das war bloß ein blöder Kuss!«

»Kann ja sein. Aber du musst ihm schon sagen, dass du nicht interessiert bist.«

»Wieso?«

Sie mustert mich. »Weil er es *ist.*« Sie legt mir eine Hand auf den Arm. »Interessiert. An dir. Auf diese Art.« Ich sehe verlegen weg, aber sie fährt fort. »Dieses Gespräch bist du ihm jedenfalls schuldig. Er ist ein guter Freund, Cate. Und machen wir uns doch nichts vor, die kannst du an einer Hand abzählen.«

»Vielen Dank!«, fauche ich. Aber es lässt sich kaum bestreiten. Sie hat mit beidem Recht.

»Komm, wir sind spät dran.« Sie steht auf und nimmt ihre große Stofftasche. »Ach, ich kann's kaum erwarten, bis du die Höhle siehst, die ist voll gruselig! Gruselig!« Sie zieht die »u«s in die Länge, schwingt sich die Tasche über die Schulter und macht sich auf den Weg zurück in die relative Zivilisation. »Wir sehen uns.«

»Irgendwelche Tipps?«, rufe ich ihr hinterher.

Sie dreht sich um, runzelt die Stirn. »Wegen Daniel?«

»Nein! Fürs Spiel.«

Sie lacht und geht weiter. »Lass dich nicht killen!«

Ich bleibe auf dem Felsen. »Aber wenn ich nun die Killerin bin, Marcia? Hast du dich mal gefragt, was dann passiert?«

Das bremst sie, sie dreht sich um und blinzelt mich an, plötzlich total ernst. »Dann hätte ich Angst. Richtig Angst.« Sie salutiert, lacht und geht mit wehenden Haaren davon.

»Dann sind wir schon zwei«, brumme ich.

KAPITEL 3

Wichtige Dinge gehen mir durch den Kopf, aber Daniel gehört nicht dazu.

Wobei ich durchaus nachvollziehen kann, wie es ihm geht. Ich weiß, wie es ist, wenn man jemanden toll findet und nichts daraus wird, es macht einen fertig. Ich hatte das mit Alex. So ähnlich jedenfalls. Mit Alex hatte ich dieses eine Knutschfest und dann erwartete er von mir, dass ich wiederkommen und mir mehr holen würde, was ich aber bemerkenswerterweise nicht getan habe. Hätte ich zwar gern, muss ich zugeben, aber seine Liebeleien enden immer ziemlich chaotisch und er fährt deutlich mehr auf sich selber ab als auf jemand anders. Trotzdem ist er beliebt, heiß und kann toll küssen, aber ich wusste einfach, dass ich es besser bei dem einen Mal belasse.

Und tatsächlich hat Alex mich danach ein bisschen umworben, was für ihn wohl eine Premiere war – und mich gleichzeitig geschockt und gefreut hat. Er schaltete wieder auf charmant und wisst ihr was? Ich hab trotzdem nicht angebissen. Er hat es mit Lässigkeit überspielt, aber ich glaube, es hat seine Welt richtig erschüttert. Ein Nein ist er nicht gewohnt.

Auch ich war von der ganzen Sache so durch den Wind, dass ich meinen besten Freund geküsst habe, um darüber hinwegzukommen. Daniel. Immer zur Stelle. Jetzt habe ich Angst, dass er vielleicht denkt, wir wären mehr als Freunde. Seit Schulbeginn haben wir uns nur Hallo gesagt, gelächelt, Höflichkeiten ausgetauscht. Ich hoffe, er erwartet nicht, dass wir uns bald süße Zärtlichkeiten zuflüstern.

Das wird nämlich nicht passieren. Ich mag ihn als Freund, aber ich stehe nicht auf ihn. Er sieht auf seine drahtige, hipstermäßige Art gar nicht so schlecht aus. Wuschelige Haare, Schokoladenaugen. Außerdem ist er witzig, klug und versponnen und hält mein Hirn auf Trab. Andererseits ist er einfach zu extrem und, ehrlich gesagt, hat er Probleme.

Wenn ich ein sozialer Außenseiter war, als ich hier ankam, war Daniel das Insekt an meiner Schuhsohle. Eigentlich sogar das Insekt auf einer Wiese in einem anderen Land, er war so *abwesend*. Vermutlich die klassische Geschichte vom Musikgenie. Verrückte Eltern, Wunderkind, stundenlang eingesperrt, um einen Bogen über Saiten zu ziehen. Null Sozialisation. Dann plötzlich Schule, und damit auch Mobbing. Seine Eltern waren nicht reich und er musste auf eine Schule in der Innenstadt mit Hunderten von Kindern. Er wurde getriezt, verprügelt, gedemütigt, das volle Programm. Er meint, die Musik hat ihm da hindurchgeholfen, und sie hat ihm definitiv da rausgeholfen. Es kam ein Stipendium für eine Privatschule, aber das Mobbing hörte damit nicht auf, seine Peiniger hatten jetzt nur eine vornehmere Ausdrucksweise. Er behauptet, die Probleme folgen ihm überallhin. Ich glaube, manche Leute sind immer die Opfer. Jedenfalls hatte er auf dem Konservatorium einen kleinen Nervenzusammenbruch und einer seiner Lehrer hat seinen Eltern eine Standpauke gehalten. Sie haben ihn runtergenommen und nach

Umfraville geschickt in der Hoffnung, es würde ihm ein bisschen Normalität geben. So viel dazu …

Nach ein paar Monaten hat Marcia ihn für *The Loathsome Toad* interviewt. Dadurch haben sie sich angefreundet. Sie sammelt Einzelgänger und Verlierer, sie hat schließlich auch mich aufgelesen. Über sie wurden Daniel und ich schließlich Freunde. Und auf der Sommerparty letztes Halbjahr dann mehr als Freunde, aus Ferienvorfreude heraus und weil die ganze Alex-Sache so wehtat.

Egal … Marcia springt jedenfalls zwischen den verschiedenen sozialen Gruppen hin und her. Letztes Jahr hat sie Daniel dann mit ins Spiel geholt, was mir gar nicht gefiel, weil sie mich außen vor ließ. Aber sie meinte, dass sie nur ein neues Mitglied aussuchen durfte, und Daniel brauchte es dringender. Jetzt gehöre ich auch dazu und wir werden viel miteinander zu tun haben, ob ich will oder nicht.

Ach verdammt. Ich muss mit ihm reden. Bald.

Aber heute zählt nur das Spiel.

Es ist quasi ein Naturgesetz, dass die Zeit langsamer vergeht, wenn man sich auf etwas freut. Schule am Samstag ist immer hart. Es verstößt irgendwie gegen die natürliche Ordnung der Welt. Samstagmorgende sollte man es sich mit mehreren Schalen Cornflakes gemütlich machen, schlechte Sendungen im Kinderprogramm gucken und sich in aller Ruhe mit Freunden schreiben, um Pläne für den Rest des Tages zu machen. Aber in den letzten drei Jahren konnte ich nie im Bett bleiben. Mir mit meinen Freunden schreiben auch nicht, aber dazu kommen wir später.

Eigentlich darf ich mich nicht beklagen. Letztes Jahr hatte ich samstags Mathe und eine Doppelstunde Franz, was echt anstrengend war. In diesem Halbjahr ist der Samstag ganz entspannt: drei Stunden Kunst. Ich liebe Kunst, ich gehe richtig darin auf. Die drei Stunden rauschen vorbei wie nichts. Komplett versunken. Ich werde nicht an die Daniel-Katastrophe denken oder daran, dass meine Eltern nicht angerufen haben. Ich werde auch nicht überlegen, ob ich heute richtig zu Abend essen werde oder es für einen Schokoriegel und einen flacheren Bauch ausfallen lasse. In Kunst bin ich einfach eins mit der Arbeit und das fühlt sich gut an.

Und mein Kunstkurs ist ziemlich locker drauf. Klar, es sind auch ein paar totale Überflieger dabei, die zum Beispiel in London und New York ausgestellt haben und nicht nur bei ihren Eltern am Kühlschrank – aber die sind cool. Bekloppt, aber gechillt. Und Mr Flynn leitet den Kurs, was absolut wundervoll ist.

Okay, das mit Mr Flynn klären wir am besten gleich, damit kein falscher Eindruck entsteht. Entspannt euch, Leute. Kommt gar nicht erst auf die Idee, dass ich mir über Mr Flynn irgendwelche unanständigen Gedanken mache – oder, igitt, er sich welche über mich. Wir haben eine streng platonische Beziehung. Zugegeben, es ist ein *bisschen* mehr als Schülerin-Lehrer, aber damit haben wir kein Problem. Ich glaube, Ezra und ein paar von den Lehrern hätten dazu vielleicht etwas anzumerken, und ich weiß, dass meine Eltern ausrasten würden, wenn sie wüssten, dass wir befreundet sind, weil Erwachsene in solchen Dingen eine schmutzige Fantasie haben. Jugendliche natürlich auch. Meine Freunde haben mich damit echt getriezt, vor allem Marcia. Daniel nimmt eher eine harte Haltung ein, wahrscheinlich weil er eifersüchtig ist. Aber mal ehrlich, ich bin auch nicht interessant genug, um bei der allgemeinen Schülerschaft für Gerede zu sorgen. Und Mr Flynn würde sich komplett zurückziehen, sobald er irgendwelche Gerüchte über uns hören würde.

Das ist alles: Wir verbringen manchmal Zeit miteinander. Wie gesagt, er war der Erste hier, zu dem ich irgendeine Verbindung spürte, der *Einzige*, der mich als Mensch wahrgenommen und mit mir geredet hat. Es fing damit an, dass ich in meiner Freizeit zum Arbeiten ins Atelier gegangen bin, was nicht weiter ungewöhnlich ist. Die meisten Schüler, die Kunst ernst nehmen, wohnen praktisch dort. Aber dann habe ich an einem Projekt mit Treibholz gearbeitet. Mr Flynn hat mir geholfen und mir die Stellen gezeigt, wo das beste Material angespült wird, und es in seinem Schrottauto vom Strand ins Atelier geschafft. Wir haben uns über Kunst und Musik und Filme und London unterhalten. Wir haben festgestellt, dass wir über dieselben Dinge lachen und Granatäpfel irgendwie gruselig finden. Ich habe mich aber vor allem deshalb mit ihm angefreundet, weil er mir zuhört, wenn ich Unsinn quatsche und meine Unsicherheiten rauslasse. Er versteht mich besser als alle anderen hier. Oh, ich weiß, das klingt total nach Beziehung und als ob ich irgendwie losermäßig in ihn verknallt wäre, aber da werdet ihr mir einfach vertrauen müssen. Außerdem ist er alt. Ein Achtzigerjahre-Typ. Fünfunddreißig oder vierzig, keine Ahnung. Klar, er ist attraktiv. Aber auf eine Weise, die eher euren Müttern gefällt. Als ich dann Marcia und Daniel hatte, haben Flynny und ich es ein bisschen runtergefahren, aber er ist definitiv immer noch mein Lieblingslehrer.

Der Uhr zufolge komme ich fünf Minuten zu spät zum Unterricht, was man erst mal schaffen muss. Ich war ja mit Marcia nur ein Stück den Weg runter. Als ich das Atelier betrete, ist Mr Flynn schon voll in Schwung und umreißt die Themen des vor uns liegenden Halbjahrs. Er wirkt irgendwie aufgeregt. Er kam mit einer Woche Verspätung aus den Ferien zurück, niemand weiß warum. Die Gerüchte waren breit gestreut – eine Trennung von seiner Freundin, der

Tod eines Elternteils oder, am pikantesten, eine Verhaftung. Fantasie haben wir an dieser Schule auf jeden Fall. Wahrscheinlich wird er mir irgendwann erzählen, was los war.

Er kommentiert meine Verspätung nicht, also gehe ich leise auf meinen Platz und packe meine Sachen aus. Ich bin froh, wieder zu Hause zu sein. Hier im Kunstraum.

Die nächsten drei Stunden fliegen an mir vorbei und die Schlussglocke reißt mich richtig aus einer anderen Welt, es strengt mich richtig an, in die Realität zurückzukehren. Aber es gelingt mir und ich spüre diese herrliche Vorfreude, weil ich ja etwas vorhabe, das noch besser ist. Die Versammlung! Als ich mein Zeug zusammenpacke und aus dem Fenster nach Marcia sehe, kommt Mr Flynn an meinem Tisch vorbei. Er nickt zum Gildenarmband an meinem Handgelenk.

»Dann machen Sie dieses Jahr auch bei diesem Mumpitz mit.«

Ich lächele freundlich, während Schüler an uns vorbeigehen. »Höre ich da etwa einen Hauch von Neid heraus?«, frage ich leise.

Er mustert mich mit unbeweglichem Gesicht. »Wäre ich gern an Ihrer Stelle? Ähm, nein, Cate, wirklich nicht. Was für Teufeleien in den nächsten Wochen auch ausgeheckt werden, sie bedeuten für alle anderen nur einen Haufen Arbeit.« Dann gibt er sich einen Ruck. »Aber ich hoffe, Sie genießen es.«

Ich werfe die restlichen Sachen in meine Tasche und stehe auf. So gern ich mit ihm plaudere, ich muss los. Die anderen sind inzwischen weg, die meisten wollen den Bus zum Festland kriegen.

Mr Flynn legt mir eine Hand auf die Schulter. Mein Magen macht einen Satz und ich sehe ihn verblüfft an. Körperkontakt zwischen uns ist etwas völlig Neues, bestimmt weil er weiß, was das auf andere für einen Eindruck machen würde.

»Pass einfach auf dich auf, ja?« Seine Augen sind grau, kühl.

»Einige ihrer Aktionen sind echt durchgeknallt. Lass dich da nicht zu sehr mit reinziehen.«

Ha, wenn du wüsstest, was ich gestern Nacht getan habe.

Er nimmt die Hand weg. »Ich will damit nur sagen, verlier nicht dein Ziel aus den Augen. Die nächsten Jahre sind entscheidend für dich und du musst deine Energie in die richtigen Bahnen lenken.« Sein Blick wandert durchs Atelier. »Du gehörst hierher. Wir wollen dich doch auf die Kunstschule bringen, oder?«

Ich nicke, lächele, aber innerlich dreht mein Herz durch. Verdammt. Musst du denn gleich an deinem ersten Tag nach den Ferien solchen Druck machen, Flynny? Ich hab noch zwei volle Jahre hier vor mir und so lange kann ich noch in Ruhe überlegen, was ich mit meinem Leben anfangen möchte. Im Gegensatz zu den meisten Leuten hier habe ich noch keinen konkreten Plan.

»Klar.« Ich nicke verbissen und sause zur Tür. Als ich zurückschaue, sieht er mich immer noch an. Irgendwas stimmt nicht. Ist er vielleicht *wirklich* wegen irgendeiner traumatischen Geschichte zu spät aus den Sommerferien zurückgekommen? Und ich hab gedacht, er war auf irgendeinem Musikfestival.

Während ich am Haupthaus entlanggehe, drängen sich bereits die meisten Schüler in die beiden Busse.

Den eigentlichen Schulhof umschließen der Uhrturm mit der Bibliothek und die Gebäude, in denen der Aufenthaltsraum und die Studierzimmer des Abschlussjahrgangs untergebracht sind. Hier sind noch ein paar Schüler unterwegs, aber das kleine Studierzimmer, das ich mir mit Marcia teile, ist leer. Ich werfe die Kunstsachen auf meinen Schreibtisch und checke am Laptop, ob neue Nachrichten übers Intranet eingegangen sind.

Jawohl, In-*tra*-net. Umfraville Hall ist echt komisch und kann ganz schön nerven, weil es auf einer Insel liegt, von der wir nur alle paar Wochen mal runterkommen. Aber wir sind noch auf viel schlimmere Weise von der wirklichen Welt abgeschnitten. Wir haben keine Handys, kein Internet.

Ich weiß. Können Teenager so überhaupt leben?

Ich hab auch ein bisschen übertrieben. Wir haben schon Empfang – stellenweise, im Norden der Insel, fast zwei Meilen vom Internat entfernt –, aber die Benutzung von Handys ist überall strikt verboten. Wir müssen sie abgeben, wenn wir hier ankommen, und kriegen sie nur für die seltenen Samstagsausflüge wieder ausgehändigt. Im Wohngebäude und auf der kalten Veranda des Aufenthaltsraums gibt es jeweils ein Münztelefon.

Wir haben natürlich Computer … und Laptops, Tablets, E-Book-Reader. Wir sind hier nicht im Mittelalter und angesichts der hochbegabten Schüler hier kann man uns auch nicht den Zugang zum World Wide Web verwehren. Aber Ezra verabscheut 95 Prozent des Internets. Nach seiner Ansicht ist Umfraville Hall eine Exzellenzakademie und seine Wunderkinder haben wichtigere Aufgaben, als sich von virtuellem Dreck ablenken zu lassen. Wir verfügen dafür über ein schuleigenes Intranet, das die Informatiklehrerin Ms Lasillo eingerichtet hat und überwacht. Also können wir Nachrichten schreiben, die Newsseite der Schülerzeitung lesen sowie auf Stundenpläne und allgemeine Dateien zugreifen. Und einmal am Tag, während der abendlichen Lernzeit, darf man für ganze sechzig Minuten online gehen und mit dem Rest der Welt Kontakt halten – der Familie E-Mails schicken und genehmigte (sprich: pädagogisch wertvolle) Seiten aufrufen. Aber keine sozialen Netzwerke, kein Klatschseiten. Man könnte wahrscheinlich eher nach einer Bauanleitung für Bomben suchen, als sich einen Filmtrailer oder neue Schuhe anzusehen.

Klar, wenn man eine bestimmte Seite besuchen will, die von der Firewall blockiert wird, kann man sich an Ezra wenden und vielleicht erlaubt er es dann. Unter Aufsicht natürlich. Denn Ezra weiß: Ist erst mal eine Scharte in der Rüstung, ein Leck im Damm, dann fällt uns im Nu der Himmel auf den Kopf. Und wenn wir nicht hier vor der Welt geschützt sind, wo dann?

Man führt natürlich keine Schule voller Geeks und Freaks, ohne damit zu rechnen, dass sich hin und wieder jemand als Hacker versucht. O ja, da gab es schon einige. Aber Ms Lasillo ist richtig gut in ihrem Job und legt Wert darauf, den Schülern immer zwei Schritte voraus zu sein. Nach dem, was Marcia so hört (oder was ich Mr Flynn entlocken kann), hat sie meistens Erfolg, und wenn einmal nicht, dann eigentlich nur, weil sie sehen will, was der Hacker genau vorhat. Sie hängt sich an ihn ran, gewinnt dadurch nützliche Informationen zum Schließen von Sicherheitslücken und erfährt vor allem, wie der jeweilige Schüler tickt.

Igitt! Ich finde das alles ziemlich gruselig, und selbst wenn ich wüsste, wie man so etwas macht, würde ich doch lieber brav in meinem Käfig hocken. Sich das ziellose Surfen abgewöhnen ist echt hart, aber man kann seine Zeit dadurch definitiv wertvoller nutzen.

Keine neuen Nachrichten. Ich werde heute Abend noch mal schauen, ob mir meine Mutter oder mein Vater eine E-Mail geschrieben haben. Ich bezweifle es.

Durch das Kunstkoma und die bevorstehende Versammlung bin ich zu aufgedreht, um hungrig zu sein. Aber ich werde mich trotzdem blickenlassen und ein paar Nudeln auf dem Teller rumschieben. So kann ich prima Zeit totschlagen, bis ich rüber zu den Höhlen muss. Ich schließe die Tür meines Studierzimmers und gehe zurück zum Haupthaus.

Die Sonne scheint, aber die Luft ist kühl und riecht kräftig nach Salz. Ich atme tief ein. Dann stecke ich mir behutsam meine Kopfhörer in die Ohren und drehe die Lautstärke auf. Das ist ein tolles Gefühl. Einfach toll, hier mal rumzuspazieren und es passiert wirklich was.

Die Busse fahren gerade ab, als ich über den Hof gehe, und außer mir ist keine Menschenseele mehr da. Aber die anderen Assassinen stecken hier irgendwo, das ist klar. Ich sehe dem letzten Bus nach, bis er verschwindet. Aufregung sprudelt in mir hoch und mich überläuft richtig ein Schauer vor Nervosität und köstlicher Vorfreude. Ich drehe mich um und will wieder zum Haupthaus –

– und laufe direkt in jemanden hinein.

Er schreit, ich schreie, teils vor Schock, teils vor Verlegenheit. Ich lasse meine Tasche fallen und stürze sogar nach vorn auf die Hände, Hintern in der Luft, Kopfhörer rausgeploppt.

Ich kauere da, wische mir Steinchen von den Händen, raffe mein Zeug zusammen.

Eine Hand erscheint. Ich gucke hoch in das Gesicht eines Fremden, der mich anstarrt.

»Cate.« Er lächelt. »Du hast bestimmt gedacht, dass du mich nie mehr wiedersehen würdest.«

KAPITEL 4

Ich starre das Gesicht an.

Vertraut und fremd zugleich, das Gesicht gefällt mir. Es ist schmal, aber nicht hager, und lang genug, um nicht süß auszusehen. Hohe Wangenknochen, eine gerade Stupsnase, deren Spitze jungenhaft ausläuft. Die Haut ist von einem warmen Braunton und seine fast schwarzen Haare glänzen, sind an den Seiten und hinten kurz geschoren, aber oben mit längeren Wellen, die sich leicht bewegen, als der Junge mich leise anlacht.

»Hallo«, sagt er. Dieser Mund … volle Lippen umrahmen weiße Zähne in einem freundlichen, offenen Lächeln. Aber seine Augen sind das eigentlich Einzigartige: grünlich-haselnussbraun, mit goldenen Flecken, Freude tanzt darin. »Du weißt noch, wer ich bin, oder?« Seine hellen Augen – ein unglaublicher Kontrast gegen seine braune Haut – funkeln vor kaum verhohlener Belustigung.

Bevor ich es realisiere, erwidere ich sein Lächeln schüchtern, aber innerlich runzele ich verwirrt die Stirn. Es ist, als würde ich ein altes Foto betrachten, das in der Sonne verblichen ist, oder ein Puzzle, das ich fertig zusammengesetzt habe … aber trotzdem nicht wirklich weiß, was es darstellt. Vertraut und fremd zugleich.

O Gott. Das Foto wird wieder scharf, die Puzzleteile ergeben endlich einen Sinn.

Ich habe bestimmt gedacht, dass ich ihn nie mehr wiedersehen würde?

Das ist eine Untertreibung.

Der Schock lässt nach und ein anderes Gefühl macht sich bemerkbar, ein Unbehagen, das ich nicht einordnen kann.

»Vaughan?« Sein Name kommt als Keuchen heraus, fast als dürfte man ihn nicht aussprechen. Ich habe diesen Namen schon seit Ewigkeiten nicht mehr gesagt.

»Puh.« Er seufzt erleichtert. Dann wieder das leise Lachen. »Das hätte voll peinlich werden können.« Seine ausgestreckte Hand kommt weiter runter, auf mich zu. »Brauchst du Hilfe?«

Bevor ich es mir anders überlegen kann, ergreife ich die Hand mit der glatten braunen Haut und lasse mich auf die Füße ziehen. Die Hand ist viel größer und kräftiger als in meiner Erinnerung. Ich stehe vor ihm, unangenehm nah. Er ist größer – na logisch, er ist schließlich kein kleiner Junge mehr, aber trotzdem, er ist groß – und das Gesicht, irgendwas daran befremdet mich immer noch. Keine Ahnung, warum. Und dann wird mir klar: Weil da ein Bartschatten ist. O *Scheiße*. Ich kann das grad echt nicht verarbeiten. Wie lange ist das jetzt her? Sieben, acht Jahre?

»Du warst eine dünne Achtjährige, als ich dich das letzte Mal gesehen habe«, antwortet er mir wie ein Gedankenleser. Er guckt an mir rauf und runter. »Hast dich ganz schön verändert.«

Es klingt nicht eklig, sondern ist einfach nur eine Feststellung. Trotzdem wird mir total heiß und ich weiß nicht, was ich antworten soll.

»Du aber auch«, sage ich und es klingt fast wie ein Vorwurf.

»Wir haben uns beide zum Besseren verändert.« Er beugt sich verschwörerisch vor. »Hormone, hm?«

Ich konzentriere mich voll darauf, nicht vor Verlegenheit zu sterben. Das liegt zum Teil an seiner Stimme, tief und kräftig. Ich erinnere mich noch an den weinerlichen Tonfall, den er als Kind draufhatte, wenn er mir sagen wollte, dass er es besser wusste, oder die verrücktesten Streiche und Pläne ausheckte, und nun ist seine Stimme … die eines *Mannes*. Sie ist … nett. Aber sie macht mich definitiv ganz kirre.

»Scheint so.« Ich reiße mich zusammen, will die Verlegenheit abschütteln. Es hat angefangen zu regnen – dieses feine, wenig bedrohliche Nieseln, das einen völlig durchnässen kann, wenn man es unterschätzt. »Tja, ähm, Vaughan … was – was in aller Welt machst du hier?«

»Ah!«, dröhnt er viel zu laut und ich ertappe mich dabei, wie ich mich umsehe, ob das jemand mitbekommt. »Das ist die Eine-Million-Dollar-Frage, stimmt's?« Er zeigt zum Wald. »Kletterst du immer noch gern auf Bäume?«

»Was?« Ich sehe zum Wald oben beim Weg hinter dem Hof. »Auf die da?«, frage ich dümmlich, als würde es einen Unterschied machen und als wäre ich wählerisch, was Kletterbäume betrifft.

»Hmm.« Er mustert mich wieder von oben bis unten. Ich wünschte, er würde damit aufhören. »Ich bin mir gar nicht so sicher, ob du überhaupt noch klettern *kannst*. Schauen wir mal. Erster!« Und damit rennt er los, volles Tempo Richtung Wald.

Bitte was? Ich sehe mich erneut um, weil ich mir total blöd vorkomme und Sorge habe, dass uns jemand beobachtet – Alex? Daniel? Und dann, ich glaube es selbst kaum, lassen meine Füße den Schotter aufspritzen und ich jage Vaughan hinterher und versuche ihn einzuholen und zu besiegen, genau wie früher. Nur sieht es diesmal nicht danach aus, dass ich es schaffen werde. Er erreicht das Gras vor mir. Früher war ich die Schnellere und er hatte Mühe hinterherzukommen, jedenfalls wenn es um sportliche Sachen ging. Aber wie er schon sagte, da haben wir uns wohl verändert. Ich ziehe das Tempo an, renne, so schnell ich kann, und die Bewegung tut mir gut – die Beine fliegen, die Gedanken überschlagen sich nicht mehr und das unbehagliche Gefühl, das ich nicht richtig benennen kann, verblasst. Er ist schon fast beim Wald, mein Überraschungsbesuch aus der Vergangenheit, diese Komplikation, die ich nicht in meinem Leben brauche … und ich *jage* ihm nach.

Er verlässt den Weg und schlängelt sich zwischen den Bäumen hindurch, als wüsste er, wohin er will, als sei er hier nicht zum ersten Mal. Ich hänge immer noch zurück und einen Moment später ahne ich plötzlich, was sein Ziel ist. Bei der großen Eiche bremst er ab, springt wie eine Bergziege auf den Stamm und zieht sich mit seinen langen Armen an den kurzen Holzbrettern hoch, die da immer noch in Abständen angenagelt sind. Vier, fünf Meter weiter oben gibt es knorrige Äste, auf die man leicht klettern kann. Als ich am Fuß des Baumes ankomme, sitzt Vaughan schon auf den Überresten des Baumhauses oben in der Krone.

Na dann. Ich tue so, als würde mir das Klettern leichtfallen, aber die Äste sind schlüpfrig vom Regen und das verlangsamt mich. Schließlich erreiche ich die Baumhausruine, unterdrücke ein Schnaufen und will mir auch nicht anmerken lassen, dass mir die Höhe jetzt zusetzt – ich bin keine furchtlose Achtjährige mehr. Hier oben hat sich früher mal die Gilde getroffen, vor vielen Monden, aber mittlerweile ist nur noch der Boden stabil, die Wände fehlen größtenteils und vom Dach ist auch nicht mehr viel übrig. Vaughan guckt mich nicht mal an, er liegt auf dem Rücken, ein Knie angewinkelt, und atmet schwer.

Ich setze mich so weit weg von ihm wie möglich und lasse meine Beine über die Kante baumeln, als würde mir das nichts ausmachen, was es aber definitiv tut. Ich sehe nach unten, wir sind ganz schön hoch und es knarrt ziemlich, aber immerhin sind wir vor dem Nieselregen geschützt.

»Ein ›Schön, dich zu sehen‹ wäre nett gewesen«, weht Vaughans Stimme herüber.

»Was?« Ich hab das Gefühl, der Boden bewegt sich, aber das ist wohl der Baum.

»Nach der langen Zeit, weißt du«, sagt er pseudolässig. »Ein ›Wie ist es dir so ergangen?‹. Eine Umarmung habe ich nicht erwartet – wir sind schließlich fast schon erwachsen, da wäre das peinlich. Aber ein bisschen mehr Begeisterung über das Wiedersehen hätte ich schon erwartet.«

Das Adrenalin des Wettrennens verflüchtigt sich und stattdessen bringen seine Worte das Gefühl zurück, das ich unterdrücken wollte. Rums, ist es wieder da, ein Tritt in den Magen, und diesmal kann ich es genau benennen.

Schuld.

»Ist schon okay, Cate, weißt du. Ich hab ja nicht ernsthaft mit einer Entschuldigung dafür gerechnet, dass du mich *im Stich gelassen* hast.«

Und damit hängt er in der Luft, der Grund, warum das hier nicht das wunderbare Wiedersehen zweier Kindheitsfreunde ist. Aus dem Schuldgefühl wird Wut, so heftig und schnell, dass es mich schockt. Das ist unfair, total unfair von ihm. Ich fahre herum und sehe ihn an, wie er da immer noch liegt und ins Leere blickt.

»Was hast du gesagt?«

»Eine Entschuldigung ist nicht nötig.« Er setzt sich auf und schenkt mir ein fast mitfühlendes schiefes Lächeln, als hätte ich versehentlich seine Teetasse umgekippt. »Aber eine Erklärung wäre schön. Irgendeine Art von Begründung, irgendwann. Wenn du so weit bist.«

Ich atme schwer, gucke runter zu meinen gespreizten Fingern auf den rauen Brettern. Ich will die Wut unterdrücken. Und auch die Schuldgefühle. Das mit den Schuldgefühlen ist der schwierige Teil. Alles rührt immer von der Schuld her.

»Oder wir erledigen es jetzt gleich. Bringen diesen ganzen krassen Gefühlskram hinter uns.« Er macht eine Pause. »Geht auch in Stichpunkten, wenn dir das lieber ist.«

Ich lache, ein kurzer, erstickter Laut, der sofort wieder vorbei ist. Tiefer Atemzug. Na gut, neuer Anlauf.

»Vaughan, ich war noch ein Kind, ich hab dich nicht im Stich –« Ich kann es nicht mal aussprechen. »Ich meine, das ist doch verrückt! Wieso bist du hier? Du hast immer noch nicht meine Frage beantwortet. Was zur Hölle machst du hier auf Skola Island? Hast du nach mir gesucht?«

Er sagt nichts. Denkt nach.

»Ich bin hier als Schüler angemeldet, was denn sonst.« Er steht auf, testet ein Wandbrett mit dem Stiefel, greift nach oben und macht an einem Ast über uns einen Klimmzug. Als er landet, bebt die Plattform. »Ich werde nicht in allen deinen Kursen sein, weil ich die normalen Abschlussprüfungen schon vor einer Weile geschrieben habe – aber vorläufig gehe ich hier zur Schule. In Cambridge haben sie gesagt, ich soll erst mal erwachsen werden und in einem Jahr wiederkommen.« Er springt nach einem höheren Ast.

»Cambridge? Du warst schon auf der Uni?« Ich starre ihn an. »Und was hast du studiert?«

Er schüttelt den Kopf. »Nicht auf einen Abschluss hin, das hab ich schon hinter mir. Ich forsche. Aber in Cambridge wollten sie, dass ich … 'ne Pause mache. Hey-ho. Vielleicht sage ich ihnen dann ja *adios amigos* und düse rüber ans MIT, um da meinen PhD beim AI-Lab zu machen. Dann schauen wir mal, wie ihnen das schmeckt.«

»MIT, PhD, AI-Lab?« Ich schüttele den Kopf. »Kannst du dich auch verständlich ausdrücken?«

Er lacht leise. »Ich studiere Informatik, Cate. Ich erforsche kognitive Architekturen, vor allem im Hinblick auf Hybridsysteme –«

»Klingt toll«, unterbreche ich ihn. »Ehrlich, aber nach ›Informatik‹ hab ich abgeschaltet. Und du hast mir immer noch nicht gesagt, wieso du jetzt hier aufs Internat gehst.«

Wieder dieses Lachen. Mir dreht sich der Kopf und er sitzt einfach da und lacht sich eins. Verdammt, er nervt. Und verdammt, er sieht auch noch *gut* aus, er hat was, irgendwie passt alles total zusammen, das Gesicht und die Augen und dieser blöde Wuschelkopf. Vaughan sieht aus wie eine Reklame für etwas, das gesund ist und gute Laune macht. Ganz anders, als ich ihn in Erinnerung habe.

Das letzte Mal, dass wir uns gesehen haben, hat er geweint. Der Umzugswagen mit unseren bescheidenen Besitztümern stand in der Auffahrt unserer Doppelhaushälfte und meine Mutter machte eine große Show daraus, zum allerletzten Mal die Tür abzuschließen.

»Macht's gut und auf Nimmerwiedersehen«, sagte sie, das erinnere ich noch. Also eigentlich weiß ich nicht mehr, was sie genau gesagt hat, weil ich schließlich erst acht war, aber das jedenfalls hatte sie ausdrücken wollen. Vorhänge bewegten sich, die Nachbarn hatten alle gehört, dass wir jetzt Geld besaßen. Aber in der Burnfield Avenue Nummer 4 war ein Gesicht hinter der Scheibe. Das bleiche Gesicht eines Jungen. Hände an das Glas gepresst. Tränenströme.

Ich saß im Auto meines Vaters. Von seinem Geld hatte er sich als Erstes diesen albernen roten Sportwagen gekauft und fuhr immer mit runtergekurbelten Scheiben in unserem alten Viertel herum. Voll der Idiot. Heute würde er das nicht mehr machen, also denke ich, dass ihm das Geld am Ende auch ein bisschen Klasse verschafft hat. Okay, zurück zum Auto – es gab nicht mal einen richtigen Rücksitz, ich hing praktisch aus dem Fenster.

»Wir sehen uns bald wieder!« Ich winkte Vaughan zu. Ich weiß noch, dass ich das gerufen habe, weil ich es nie vergesse, wenn ich lüge. Da wusste ich nämlich schon, dass er nicht mehr Teil meines Lebens sein würde. Meine Mutter hatte unmissverständlich deutlich gemacht, dass unser Leben – und unser Freundeskreis – jetzt, wo wir Geld hatten, ganz anders aussehen würde. Vaughan hatte eine jamaikanische Mutter und einen irischen Vater, was in den Augen meiner Mutter das ultimative Rezept für faul und dumm war. Am liebsten würde ich sie jetzt anrufen und ihr das mit Cambridge erzählen. Da würde ihr die rassistische Spucke wegbleiben.

Vaughan und ich waren beste Freunde, Bruder und Schwester seit der Zeit, wo wir uns in der Spielgruppe mit Bauklötzen auf den Kopf bollerten. Wir haben zusammen unsere Milchzähne verloren, sind zusammen zur Schule gegangen, haben hinten im Garten Hütten gebaut und den Nachbarn Streiche gespielt. Es war wie das ganze Jahr Halloween. Vaughan war so extrem clever, das konnte einem richtig Angst machen. Er dachte sich den Flaschenzug aus, mit dem wir aus dem großen Ahornbaum ein Gespenst auf ahnungslose Spaziergänger hinabsausen lassen konnten. Ich bin nur den Baum raufgeklettert und hab das Ding oben festgenagelt. Wie jedes Mal: Vaughan war der Erfinder, ich die Praktikerin. Er hat sich die Falle ausgedacht, ich hab sie zuschnappen lassen.

Aber dann haben meine Eltern ein Vermögen geerbt und wir sind weggezogen.

An diesem Tag hab ich im Auto so bitterlich geweint, dass mein Vater Angst um die Ledersitze hatte. Ich wollte in Kontakt bleiben, ich wollte, dass Vaughan zu Spieltreffen in das neue, luxuriöse Haus im schicken Viertel kommt. Aber ich war acht. Ohne die Unterstützung meiner Mutter hatte ich keine Möglichkeit, den Kontakt zu halten.

Vaughan hat es versucht. Er hat geschrieben, er hat angerufen. Als meine Mutter ihn das erste Mal am Telefon abfertigte, hab ich einen Wutanfall bekommen. Doch bald gab es lauter Neues in meinem Leben – neues Spielzeug, neue Schule, Reiten, Ballett. Praktisch alles, von dem man als Kind denkt, dass man es unbedingt braucht, und dann kriegt man es und ein paar Wochen lang ist es total toll und dann wird es normal und langweilig und schon hat es einen verdorben.

Vaughan hat mir schrecklich gefehlt, so richtig, mit nächtlichem Hochschrecken und Hautausschlägen und dieser überwältigenden Traurigkeit. Doch mit der Zeit wurde es langsam zu einem dumpfen Gefühl, als hätte ich irgendwo meinen alten Lieblingsteddy liegengelassen oder beim Anziehen ein Kleidungsstück vergessen. Dann habe ich mich daran gewöhnt, was noch schlimmer war.

Und nun steht er hier vor mir, in einem Baumhaus, und hüpft rum wie ein verwirrend attraktiver Trottel. Wie passt er jetzt in mein Leben? Zu meinen Freunden zum Beispiel? Warum genau ist er hier? Darauf werde ich wohl erst mal keine Antwort kriegen.

Aber ich muss ihm etwas sagen.

»Es ist schön, dich zu sehen.« Das klingt schrecklich banal und ist auch nicht ganz wahr. Aber er hält inne und strahlt mich an.

»Danke. Ich hab mich total darauf gefreut, dich wiederzusehen. Wirklich.« Das Lächeln wirkt erleichtert und ehrlich, aber mir ist klar, dass er mich noch nicht vom Haken lässt – hätte der alte Vaughan jedenfalls nicht.

»Du bist einfach mit dem Bus hergekommen?«, frage ich.

»Jepp.« Er grinst. »Der Koffer wurde vorab geschickt. Ich sollte eigentlich letzte Woche zum Schulanfang schon da sein, aber Dad hat mich auf eine Exkursion nach Honduras mitgenommen und wir haben uns im Dschungel verirrt.«

Ach, stimmt. Sein Dad hat immer diese verrückten Reisen für wenig Geld an die abgefahrensten Orte gemacht, also ist das wahrscheinlich nicht mal gelogen.

»Na ja, du wirst dich bestimmt schnell eingewöhnen«, sage ich. Eine glatte Lüge. Ich sehe auf die Uhr, bevor mir einfällt, dass ich die ja verloren habe. In der Tasche taste ich nach meinem Handy, aber wir sind hier ja in der handylosen Schule. Egal. Wenn ich mich noch beim Mittagessen sehen lassen möchte, muss ich sowieso dringend los. »Hier sind alle ziemlich nett«, lüge ich erneut. »Aber ich muss jetzt wirklich in den Speisesaal.« Ich schlurfe zum Rand des Baumhauses und gebe mir Mühe, beim Abstieg nicht allzu bescheuert und ängstlich auszusehen. Unten angekommen, sehe ich verstohlen hoch. Vaughan sitzt jetzt auf meinem Platz, baumelt mit den Beinen und starrt in die Blätter rauf – es sieht nicht danach aus, als ob er mir folgen möchte. Es fühlt sich komisch an, ihn einfach zurückzulassen, aber er hat alleine zum Baum gefunden, da wird ihm der Rückweg nicht schwerfallen. Ich gehe los, Richtung Waldweg. Schatten tanzen auf dem Boden und der Wind wirbelt die ersten Herbstblätter auf. Ich brauche bald meine dicke Jacke.

»Wir sehen uns später«, ruft Vaughan mir schließlich nach. »Ich bin doch hoffentlich noch rechtzeitig hier, um beim Spiel mitzumachen?«

Ich bleibe stehen und sehe ihn an.

»Du weißt schon, Killer.« Er stürzt sich in halsbrecherischer Geschwindigkeit den Baum hinunter und kommt lächelnd angelaufen. »Noch kann man der Gilde doch beitreten, nehme ich an.«

»Da liegst du falsch.« Es stößt mir bitter auf. »Woher weißt du überhaupt davon? Du bist doch gerade erst angekommen.«

Er joggt direkt an mir vorbei.

»Woher weißt du vom Spiel, Vaughan?«, frage ich erneut, aber er bleibt zu meinem Ärger nicht stehen und guckt nicht mal nach hinten. »Also man kann jedenfalls nicht einfach so mitmachen«, rufe ich ihm nach, und weil ich mich beeile ihn einzuholen, klinge ich irgendwie panisch. »So läuft das nicht.«

Da bleibt er stehen und dreht sich um. »Wie läuft es denn dann, Cate?« Eine Windbö wirbelt orange Blätter um uns herum, als ich bei ihm ankomme.

»Das ist geheim.« Wow, hört sich das bescheuert an. Aber etwas anderes fällt mir nicht ein. Und ich traue mich nicht, noch mehr zu sagen.

»Hmm, lass mich raten.« Vaughan reibt sich sein Stoppelkinn. »Ihr werdet auserwählt? Nachts aus euren Betten gezerrt? Und als Aufnahmeritual müsst ihr irgendeine unangenehme Prüfung bestehen … die ganz schön stinkt?« Er breitet die Hände aus. »Wie nah bin ich dran?«

»Woher in aller Welt weißt du das?« Meine Stimme zittert.

Er geht langsam im Kreis um mich herum. »Und heute Nachmittag ist eine Versammlung.« Er lächelt, seine Stimme ist tief und samtig. »Weil du nämlich total scharf darauf bist, hier wegzukommen. Du willst erst noch deinen verwischten Lidstrich nachziehen und dein geilstes Ninja-Outfit anziehen, bevor du dich mit deinen Assassinenkollegen triffst. Habe ich Recht, Catey-Cate?«

Ich schiebe mich an ihm vorbei, komme mir verspottet und albern vor und bin mir sicher, dass er mir folgt, dass ich ihn nicht abschütteln kann, dass er mir jetzt, wo er hier ist, alles verderben wird. Ich renne los und er lacht hinter mir. Nach ein paar Schritten sehe ich über die Schulter und da steht er zwischen den wirbelnden orangen und gelben Blättern, groß und gut aussehend wie jemand in einer grässlichen Werbung für Pullis. Ich laufe weiter, und als ich noch mal nach hinten schaue, ist er weg.

Fast als hätte ich ihn mir nur eingebildet.

KAPITEL 5

Ich renne den Klippenweg runter und es regnet, echt eine scheiß Kombination. Das sind alles Kreidefelsen hier, dichte Grasbüschel halten die Erde zusammen. Einmal ausrutschen oder mit dem Knöchel umknicken und ich könnte in den Tod stürzen, runter auf die Felstrümmer. Ich bin stinksauer, dass ich so spät dran bin – ich hatte alle Zeit der Welt, aber irgendwie habe ich nach dem Mittagessen total getrödelt, bin mindestens eine Stunde in meinem Zimmer auf und ab gegangen und hab mir wegen Vaughan Sorgen gemacht. Warum ist er hier? Woher weiß er vom Spiel? Wieso beschäftigt mich das überhaupt? Ich werfe einen Blick nach hinten und rechne fest damit, dass er plötzlich hinter einem Stechginsterstrauch hervorspringt. Ich hab keine Ahnung, wie ich ihn vom Spiel fernhalten soll. Ich hab keine Ahnung, wie ich ihn überhaupt fernhalten soll, Punkt.

Aber darüber kann ich mir ein andermal den Kopf zerbrechen, ich werde mir das nicht von ihm verderben lassen. Dafür habe ich mich schon viel zu lange darauf gefreut.

Anfangs ist der Pfad gut einsehbar, doch je weiter er die Klippe hinunterführt, desto mehr windet er sich und umso höher werden der Stechginster und was es hier an der Küste sonst noch für wirre

Sträucher gibt. Ich kann nicht sagen, wer mir vielleicht folgt oder hinter der nächsten Ecke wartet. Ich war schon ein paarmal hier, aber der Weg wird eigentlich kaum benutzt. Außer Meeresvögeln ist hier unten nicht viel: ein dünner Streifen Sand und Schiefer, eine felsige Landzunge, die hinaus ins Meer ragt, und ein paar Höhlen. Für alles ist der Zutritt verboten. Damit geht die Gilde ein großes Risiko ein. Wenn die Schule erfährt, wo unser Treffpunkt ist, werden die uns so was von zur Schnecke machen. Aber ich verstehe schon, warum sie diesen Ort gewählt haben, zur Geheimhaltung nämlich. Eine Zeit lang wurde die Gilde von der Schülerschaft respektiert, aber in den letzten Jahren gab es unter den Außenstehenden immer mehr Spielverderber. Sie wollten entweder lauschen oder mitmachen oder der Gilde sogar Streiche spielen und sie sabotieren. Natürlich sind die Gildenmitglieder zum Schweigen verpflichtet und müssen den Versammlungsort geheim halten, aber irgendjemandem rutscht immer was raus. Und die Anzahl geeigneter Verstecke auf der Insel ist begrenzt.

Ein Windstoß erwischt mich unvorbereitet. Ich ziehe meinen Parka enger und stelle plötzlich mein Outfit in Frage. Sehe ich auch assassinenmäßig genug aus? Hätte ich ein Bettlaken als Umhang nehmen sollen? Oder Make-up und Accessoires? Ist das ein Anlass für elegante Kleidung? Ich will doch nicht schlampig rumlaufen, erst recht nicht vor Alex. Ich verurteile mich für diesen Gedanken. Will ich etwa immer noch, dass er mich will?

Am Strand entdecke ich im Sand Fußspuren und bekomme prompt eine Gänsehaut. Ich hatte mich gefragt, wie ich die Höhlen eigentlich finden soll. Die Karte ist ungenau und ich habe nie nach ihnen gesucht, sondern wusste bloß, dass sie hier irgendwo sind. Ich hatte überlegt, ob es ein Schild geben würde oder einen aus

Zweigen gelegten Pfeil. Nun kann ich einfach der Spur folgen. Ich sehe nach hinten, aber nein, niemand kommt noch später als ich. Ich muss mich beeilen. Der Wind peitscht eine fiese Gischt vom schiefergrauen Meer hoch und die legt sich klebrig auf mein ungeschütztes Gesicht. So viel zum Thema Altweibersommer, diese Kälteperiode geht hoffentlich vorbei und wir kehren wieder zurück zu Nebel und überreifer Natur.

Die Spuren führen am Fuß der Klippe entlang und über den Sandstreifen zur Landzunge. Dort deutet nichts auf einen Höhleneingang hin, keine baumelnden Öllampen, keine winkende Kapuzengestalt. Aber ich bin mir sicher, dass es drinnen ganz anders aussehen wird. Bestimmt tragen die Gildenmitglieder auf so einer Versammlung ihre Zeremoniengewänder und ziehen alle möglichen Formalitäten durch. Ich hoffe wirklich, dass ich den Anfang nicht verpasst habe oder dass sie mich deswegen zumindest nicht rausschmeißen. Ich husche mit gesenktem Blick immer den Spuren nach.

Doch dann gibt es plötzlich keine mehr. Das sind ja wahrscheinlich die Spuren der gesamten Gilde, also folge ich nicht nur einer Person. Sie enden bei dem Streifen aus Grasbüscheln, der die Klippenwand säumt. Ich sehe zu den Felsen, die teilweise von längerem, hängendem Gras bewachsen sind und an denen sich vereinzelte Bäumchen oder Stechginstersträucher festhalten. Es geht steil hoch, aber nicht senkrecht. Und ich kann von hier aus keinen Eingang sehen. Ich gehe in gerade Linie über die Grasbüschel, weil doch bestimmt jeder den kürzesten Weg zur Höhle nehmen würde. Aber vor mir ist nur Fels. Ich sehe hoch und Regen fällt mir ins Gesicht, vom Anblick der Tropfen wird mir schwindelig. Ich soll doch da nicht etwa raufklettern?

Während ich noch überlege, fallen mir Anzeichen auf, dass jemand das kürzlich gemacht hat. Grasbüschel sind abgerissen und haben nackte Erde hinterlassen, zu meinen Füßen sind lose Steine, die noch nicht lange dort liegen. Trotzdem finde ich eine Trittstelle und stemme mich ein Stück hoch, mein Magen zieht sich zusammen. Ich strecke mich und greife einen Stein. Er löst sich, also springe ich wieder runter. Das ist echt gefährlich. Ich gucke genauer hin. Die Spur endet nur ein kleines Stück weiter oben. Ach, Cate. Das ist alles Teil des Spiels. Sie wollten, dass du denkst, hier wäre die Höhle. Ist sie aber nicht.

Ich drehe mich um und gehe Richtung Landzunge. Diese Fußspuren im Sand sollen uns Frischlinge eindeutig verwirren – oder eventuelle Außenseiter, die hier rumschleichen. Der Eingang zu den Höhlen wird weiter unten am Grasstreifen sein. Ich gehe schneller und behalte die Felswand im Auge. Sie wird steiler, bis die Klippe zurückweicht und eine graslose Fläche bleibt. Nur diese felsige Landzunge liegt noch zwischen mir, dem Meer und der Klippenwand. Jetzt kratze ich mich aber wirklich am Kopf. Die Wellen plätschern gerade nur gegen das Gestein, weil Ebbe ist, aber zu anderen Zeiten geht es hier bestimmt ganz schön ab. In dem Fels ist eine bogenförmige Öffnung, groß genug für ein Ruderboot, aber es ist keins zu sehen. Die werden doch bestimmt nicht erwarten, dass ich schwimme. Ist irgendwo eine Kante oder kann man sich an der Felswand festhalten und so unter den Bogen gelangen? Nein, nichts. Ich sehe wieder an der Wand hoch. Für diesen Anstieg bräuchte es richtig Können und Ausrüstung und davon ist nichts in Sicht. Das kann nicht der richtige Weg sein. Ich kann mir absolut nicht vorstellen, dass Marcia zustimmen würde, aus den Versammlungen eine Art Extremsporttraining zu machen.

Ich lehne mich an den Fels, schaue zurück über die kleine Bucht und merke, wie ich langsam Panik bekomme. Die wollen mich doch nicht. Vielleicht haben sie sich am Strand nur getroffen und sind dann noch woanders hingegangen. Sie haben nicht auf mich gewartet, weil ich zu spät dran war, und nun bin ich schon aus der Gilde rausgeflogen. Ich hole mein schwarzes Buch aus der Tasche, schirme es mit einer Hand vom Regen ab und blättere zur Karte. Könnte das eine Prüfung sein, die ich als Einzige nicht bestanden habe? Vielleicht findet die eigentliche Versammlung ganz woanders statt? Könnten die Infos auf dieser Karte verschlüsselt sein – Positionen der Orte, unsichtbare Tinte, Wortspiele – oder sonst irgendwas, das ich nicht rauskriegen kann, weil ich zu normal und blöd dafür bin? Ich fluche, packe das Buch weg und starre die Bucht entlang zu der Stelle, von der ich gekommen bin. Ich hab's verbockt.

Und dann sehe ich sie. Die ausgewaschenen Löcher an der Brandungskante. Direkt am Wasser sind noch mehr Fußspuren – und sie folgen nicht der Klippe, sondern führen quer über die Bucht in direkter Linie zurück zum Pfad. Da, wo ich runtergeklettert bin, wächst ein Riesenhaufen Stechginster, aber erst von hier aus kann ich sehen, dass dahinter ein Fels aufragt, und ich meine, ich kann eine Öffnung erahnen.

Hahaha, Assassinen. Da habt ihr uns ja fein in die Irre gelockt.

Ich gehe über die Landzunge zurück zum Strand und folge den Fußspuren derer, die vor mir zu derselben Erkenntnis gekommen sind. Ich bin heilfroh, dass das Spiel für mich vielleicht doch nicht vorbei ist, bevor es angefangen hat, aber es schmerzt, dass die anderen das wahrscheinlich gemeinsam entdeckt haben, nicht allein und mit Verspätung.

Und tatsächlich: Am Fuß des Klippenwegs, hinter dem großen

Gestrüpp finde ich den dunklen Bogen eines Eingangs. Er ist mit einem dicken, geölten Seil abgesperrt, an dem ein kleines Holzschild baumelt.

Betreten strengstens verboten
Ezra Pendleton

Jackpot. Ich trete über das Tau hinweg und in die Höhle.

Der Eingang ist fast schmal genug, dass ich beide Seiten berühren kann, aber die Höhle öffnet sich rasch zu einer großen Kammer. Beim Gehen bleibt Sand an meinen Schuhen hängen. Es ist trocken hier drin, was mir wenigstens ein bisschen Zuversicht gibt, dass wir keine Dummheiten machen und dorthin schwimmen müssen. Ich lasse das Tageslicht hinter mir und trete ins Unbekannte. Hier ist niemand, doch auf der gegenüberliegenden Seite sehe ich ein paar schattige Nischen. Vielleicht Gänge zu anderen Kammern? Vorsichtig überquere ich den Sand und komme bei der ersten Öffnung an. Es ist ein Gang, ein sehr schmaler – ich folge ihm, er wird noch enger, biegt dann abrupt nach links ab. Das Licht bleibt zurück. Es ist dunkel hier drin, erstickend dunkel. Etwas summt leise, eine Maschine – ein Generator? Die Fingerspitzen an beiden Wänden, taste ich mich langsam voran, doch plötzlich verschwindet die rechte Wand. Puh. Egal, einfach weitergehen. Wie ist Tesha wohl mit ihrer Platzangst hier klargekommen? Die Wände sind glatt und schleimig. Die triefen bestimmt vor Fledermausdreck. Echt, wir haben doch alle einen Knall … Mein Gott, es muss doch hier irgendwo rausgehen.

Ich bleibe stehen. Geräusche. Musik. Die Zeremonie läuft wohl schon. Ich folge den Tönen, mutiger jetzt.

Ein schwaches Glühen weiter rechts. Das Summen wird auch lauter. Ich riskiere es und lasse die Wand los.

Ein blassgelber Lichtschein quillt hinter einer Felskante hervor. Das Summen stammt von einem niedrigen Kasten, aus dem ein dickes Kabel ragt. Ich lag richtig, das ist ein Generator. Ich atme durch und trete ins Licht.

Und da sind sie. Ich kann nur staunen.

Es sieht aus wie ein Piratenversteck, überall brennen Kerzen und Öllampen, die in Einbuchtungen im Fels stehen. Die Kammer ist kleiner als erwartet, gerade groß genug für ein gutes Dutzend Jugendliche, die es sich auf Kisten, alten Teppichen und Kissen bequem gemacht haben. Wie haben sie das ganze Zeug hier herunterbekommen? An der Rückwand stehen zwei Holztische. Es lässt sich eine klare Hackordnung ablesen. Die düsteren Ältesten sitzen an den Tischen, Marcia am kleineren, vor sich einen Samtbeutel, einen Laptop und eine altmodische Schreibtischlampe. Sie spielt mit einer ihrer fließenden Haarsträhnen. Am größeren Tisch sitzen Carl – ernste Wangenknochen und dunkelrote Haare – und Cynthia – eine gertenschlanke Schönheit mit wachsamen Augen, die zwanghaft mit einer Chipstüte spielt, ohne sie zu öffnen. Alex und sein bester Kumpel, Muskelprotz Rick, fläzen sich zwischen den Tischen auf großen Sitzsäcken. Rick ist fast so breit wie hoch, mit kurzen Beinen, gerunzelter Stirn und raspelkurzen schwarzen Haaren, die er mit beiden Händen schrubbt, als würde es ihn jucken. Die beiden besten Kisten werden von Spielern besetzt, die zum zweiten Mal dabei sind: der gute Daniel und Roger, ein freundlicher Dicker mit Brille. Ich spüre Daniels Blick, der sich durch den Vorhang seiner Haare in mich bohrt, aber weiche ihm aus.

Unter der niedrigen Decke baumeln kleine Lampions. Vor einem

Durchgang hinten links hängt ein Vorhang, glitzernde Perlenketten auf Samt. Die anderen bemerken mich und wenden sich mir zu. Hier trägt niemand Masken, festliche Roben oder tief gezogene Kapuzen. Es sind bloß ein paar Jugendliche, die Jimi Hendrix hören. Ich bin die letzte der Neuen. Martin, Emily und Tesha, die wieder mit ihren ebenfalls aufgenommenen Freundinnen vereint ist – Anvi und die »hippe« Whitney –, sitzen schon da. Und dann noch Becky, nicht wirklich Teil der Clique, aber offiziell das heißeste Mädchen der Schule, deshalb wollten die Ältestenjungs sie natürlich in der Gilde haben. Dreizehn Spieler, ein Meister.

»Meine Fresse, Cate!«, erklingt Marcias Stimme. »*Muy tarde, mi amiga.*«

Bevor ich antworten kann, wirft jemand etwas in meine Richtung. Instinktiv reiße ich eine Hand hoch und fange es. Eine Getränkedose, kalt und bedrohlich zischend.

Damit habe ich jetzt nicht gerechnet. Das Ganze kommt mir vor, als wäre ich gerade in irgendein Boho-Künstlerzimmer getreten. Die Atmosphäre hat gar kein Glanz-und-Gloria-Feeling. Das hier ist eine richtige Chillzone und ziemlich gemütlich. Was mich gleichzeitig enttäuscht und erleichtert.

Alex wirft mir einen betont desinteressierten Blick zu. Er ist halb auf den riesigen Sitzsack zurückgelehnt, aber seine Coolness ist total übertrieben. Ich verwette mein Leben in diesem Spiel, dass er es nicht erwarten kann, endlich loszulegen. »Na schön, Cate, zieh dir einen Fels heran«, witzelt er. »So, Leute, nun sind endlich alle da. Ich bin froh, dass ihr hierhergefunden habt, allzu viel Hirnschmalz brauchte es dafür ja auch nicht.« Er schießt einen Blick zu mir rüber. »Mit einer Ausnahme.«

Ich will erklären, dass ich wegen einer heftigen Begegnung mit der Vergangenheit zu spät gekommen bin, nicht wegen mangelnder Intelligenz. Aber dann verkneife ich es mir, weil es nur teilweise stimmt. Ich lasse mich auf ein freies Stück Teppich zwischen Tesha und Emily plumpsen.

»Marcia hat unser kleines Regelbuch zusammengestellt.« Alex lehnt sich zu ihr rüber und hebt eins hoch. »Ihr habt das doch hoffentlich inzwischen auswendig gelernt?« Er sieht sich amüsiert um. »Falls nicht, erklärt Rick jetzt die groben Züge.«

Rick steht auf und lehnt sich gegen den Fels, einen Fuß lässig auf einer Getränkekiste. Ich sehe ihn immer als Alex' Handlanger. Ebenfalls ein Sportler – Rugbyteam –, aber der eigentliche Grund für seine Aufnahme ins Internat war sein fotografisches Gedächtnis, das ihn in allen Wissensfächern brillieren lässt. Er kann garantiert jeden einzelnen Satz im Regelbuch auswendig, auch wenn er vielleicht nicht alle Wörter versteht.

Die Musik wird abgestellt und alle Augen ruhen auf Rick, der sich von der Wand abstößt. Er genießt das Scheinwerferlicht nicht so wie Alex und verlagert sein enormes Gewicht von einem Riesenfuß auf den anderen. Aber er gehört den Ältesten an und ist ein Alphatier, also wird er auch nicht vor Nervosität umkippen.

»Willkommen im Spiel«, sagt er barsch.

Ich rutsche auf dem Teppich ein bisschen hin und her. Von der kalten Dose, die ich halte, tun mir die Finger weh, aber ich will sie auch nicht aufmachen und eine Störung riskieren.

»Damit wir uns recht verstehen, Gildenmitglieder«, Rick macht im flackernden Licht ein finsteres Gesicht und sieht aus wie irgendein mythisches Wesen, halb Teenager, halb Minotaurus, »das hier ist nicht Dungeons & Dragons. Das ist nicht Vampires oder Assassin oder sonst so ein Standardspiel.« Er reibt seine Pranken aneinander, strafft die Schultern und starrt uns an. Seine Augen funkeln unter den dicken Brauen und ein seltenes Grinsen huscht über sein rundes Gesicht. »Das hier ist Killer und ihr seid alle zum Spielen eingeladen. Und ihr solltet spielen, als würde euer Leben davon abhängen.«

KAPITEL 6

Nervöses Kichern. Jemand knackt eine Dose auf, offensichtlich sind nicht alle so feierlich drauf wie ich.

»Klar doch, macht's euch gemütlich«, sagt Rick unwirsch. »Chillt, solange ihr noch könnt. Schließlich geht das Spiel in ein paar Minuten los und dann ist niemand mehr sicher. Du«, er stößt seinen Wurstfinger in die Richtung des trinkenden Mädchens – eine Neue, Whitney. »Du wirst nie wieder einfach so ein Getränk aufmachen, jedenfalls für die nächsten Wochen nicht. Weil alles, was die ganze Zeit total normal für euch war, essen, trinken, in den Unterricht gehen oder auf dem Klo hocken, das Radio anmachen oder ein Buch aufschlagen, demnächst komplett anders laufen wird. Ihr werdet nicht eine Minute lang sicher sein und könnt nichts und niemandem mehr vertrauen. Euch werden versteckte Fallen erwarten und anderer Mist. Denn dann tritt der Killer in Aktion und will uns fertigmachen. Jeden Einzelnen von uns.«

Rick läuft langsam warm. Alex sieht von seinem Sitzsack aus zu und findet das gut. Rick fährt fort. »Frischlinge, ihr seid auserwählt worden, weil wir euch a) gut leiden können – jedenfalls gut genug, um mit ansehen zu wollen, wie ihr jämmerlich sterbt – und b) vertrauen können. Das hier ist ein Spiel, aber keins für kleine Kinder. Wer ein kleines Kind ist, geht jetzt besser.«

Rick wartet tatsächlich ab und guckt, ob sich jemand verkrümelt. Wir rühren uns nicht vom Fleck, wagen uns kaum zu bewegen. Die Kerzen flackern in der leichten Brise von draußen her, trotzdem kommt es mir so vor, als wären wir in einem Versteck tief unter der Erde.

»Das Ganze läuft folgendermaßen.« Alex beugt sich vor und sein rotblonder Pony fällt ihm über die Augen, wachsame Augen, die von einer Person zur nächsten zucken und deren Blick uns bannt. »Ich bin der Meister, ich leite das Spiel.«

Als hätten wir daran gezweifelt. Ich weiß, dass er schon ewig auf diese Position giert, er hat es mir letztes Halbjahr selbst erzählt, bei unserem kurzen Ausbruch aus der Freundschaftszone. Vor einigen Jahren hat sein großer Bruder – ein echtes Technikgenie – das Spiel geleitet und darüber reden die Leute noch heute. Brüderchen muss also in mächtig große Fußstapfen treten und jetzt ist sein Moment gekommen. Alex gilt weder als Superhirn noch als Sport-Ass oder megakreatives Wunderkind. Er ist eigentlich ziemlich normal, so wie ich. Er ist beliebt und schlagfertig und kann vieles besser als der Durchschnitt, aber er *ragt* nicht *heraus*. Damit sein Name in die Annalen des Internats eingehen kann, braucht er das Spiel.

Die Position hat er, jetzt muss er was draus machen. Alex lässt sich einen Moment Zeit und genießt die Spannung. »Nachher zieht jeder eine Karte.« Er deutet zu dem großen Samtbeutel neben Marcia auf dem Tisch. »Auf jeder Karte steht ein Wort und der Killer weiß dann, dass er's ist.« Er lacht leise, gutmütig, aber nur kurz. »Hört zu!« Er breitet zur Betonung die Hände aus. »Sagt niemandem, was auf eurer Karte steht, ist das klar?« Er fixiert uns. »Niemand außer mir weiß, wer der Killer ist, und ich weiß es nur, weil der Killer es mir sagt. Das ist seine oder ihre erste Aufgabe.«

»Wie jetzt, hier, heute Abend?«, fragt Tesha. »Wie soll das gehen?«

»Nein, nicht heute Abend, Dummerchen.« Alle lachen und Alex schüttelt den Kopf. »Sobald ihr könnt, ohne eure Tarnung auffliegen zu lassen. Und denkt bloß nicht, ihr könnt es mir dadurch verraten, dass ihr mich umbringt. Der Meister kann weder der Killer sein, noch gekillt werden.« Er lässt seine weißen Zähne blitzen, aber es ist eher ein Fletschen als ein Lächeln. »Steckt mir einfach einen Zettel zu, schreibt mir eine Nachricht oder flüstert es mir ins Ohr, wie ihr wollt. Hauptsache, ich weiß vor dem ersten Kill Bescheid. Nur dann werden sie gezählt.«

»Wir anderen«, fügt Rick hinzu, »sind die potenziellen Opfer. Und nur wir. Nichtgilde ist tabu.«

Neben mir reißt Martin eine Hand hoch. Alex verdreht die Augen. »Wir sind hier nicht bei den Pfadfindern, Martin. Was ist?«

Martin strahlt, bringt sein Zahnlückengrinsen voll zur Wirkung. »Und wenn ich nicht gekillt werden will?«

Lachen.

»Klar, ihr könnt euch im begrenzten Maße wehren.« Marcia streicht sich die Haare aus dem Gesicht und nickt ihm aufmunternd zu. »Wenn euch ein maskierter Angreifer mit einer Gummimachete jagt, ja, dann könnt ihr weglaufen.« Sie winkt mit dem Regelbuch in unsere Richtung. »So steht es hier. Aber deshalb ist es auch total wichtig, dass wir alle fair spielen. Seid ihr gekillt worden, dann bleibt auch tot. Ehrenkodex.«

»So ist es, Marcia«, sagt Rick. »Und denkt daran, Tote reden nicht. Wenn ihr wisst, wer euch beseitigt hat, dann haltet ihr den Mund, anderenfalls droht der Ausschluss aus der Gilde.«

Alex lächelt wieder. »Und wenn ihr es schafft, am Leben zu bleiben? Das ist was anderes. Es dreht sich alles darum, den Killer zu entlarven. Jedes Wochenende gibt es eine Versammlung. Wir hängen rum, wir reden –«

»Wir machen Par-tay!«, ruft Roger, ein Junge, der auch zum zweiten Mal mitspielt, und alle jubeln.

»Wir *stimmen ab.*« Alex' Worte beenden den Tumult. »Alle, die noch im Spiel sind, geben ihre Stimme ab. Wenn ihr wisst, wer der Killer ist, schreibt den Namen hin. Wenn nicht, schreibt irgendwas anderes – Micky Maus, Ezra oder ›Keine Ahnung‹. Und ganz wichtig: unterschreiben.« Er schlägt sich mit der Hand vor die Brust. »Ich lese die Stimmzettel, als Einziger. Wer richtig rät, hat den Killer enttarnt und gewonnen. Wer einen falschen Spieler beschuldigt, ist tot und aus dem Spiel.«

Rick übernimmt wieder. »Der Killer kann so oft oder selten töten, wie er will, aber seid keine Idioten und langweilt uns zu Tode. Lasst euch unterhaltsame Mordmethoden einfallen. Sorgt für ordentlich Gesprächsstoff.« Er schaut auf uns hinab und verschränkt mit Mühe seine muskulösen Arme vor der Brust. »Ja, wenn ihr euer Opfer allein antrefft, könnt ihr alles machen, was ihr wollt – es mit einer Wasserpistole erschießen, mit einem Gummimesser erstechen oder sonst was. Aber öffentliche Kills sind viel lustiger. Ich weiß – ich weiß, dass wir mit dem Spiel nicht ›den Schulalltag stören‹ sollen«, er deutet die Anführungszeichen mit seinen Wurstfingern an, »aber macht 'ne gute Show draus, okay? Das haben wir verdient.«

Alle Spieler lachen zustimmend, bis auf uns Frischlinge.

»Lauft nicht rum und klebt Leuten Totenschädel-Sticker an!«

»Seid nicht die Dumpfbacke, die jemandem einen Zettel auf den Schreibtisch legt, auf dem ›Bumm!‹ steht!«

»Wenn der Killer mir eine Nachricht mit ›Du bist tot‹ schickt, dann lasse ich ihn auffliegen.«

»Bloß nicht, das gab's schon hundertmal!«

Marcia mischt sich ein. »Das ist inzwischen offiziell als langweilig verboten. Schaut in euer Buch.«

»Ja, lest es euch gründlich durch«, betont Alex. »Die verbotenen Sachen stehen alle drin – keine Paintballwaffen, keine Feuerwerkskörper. Keine Computerviren und nichts, was zu Verletzungen führt oder Ezra einen Grund gibt, die Anti-Terror-Einheit zu rufen. Killt mit Stil. Steckt einen Wecker in ein ausgehöhltes Buch oder lasst einen Luftballon platzen, aber sorgt bloß nicht dafür, dass sie uns das Spiel verbieten, dann habt ihr nämlich komplett verschissen.«

Marcia dreht ihr Haar mit einer Hand zu einem dicken Tau. »Eine wesentliche Regel haben wir noch nicht erwähnt. Es sind keine Mehrfachkills möglich, nur ein Opfer zur Zeit. Der Killer ist ein Serienmörder, kein Massenmörder. Ansonsten tobt euch aus.«

Langsam krieg ich richtig Angst, dass ich der Killer sein werde. Was für ein Druck!

»Also«, fährt Alex fort. »Achtet auf die Sicherheit, lasst euch was Spektakuläres einfallen und beschränkt euch auf eine Person. Und denkt daran, eure Opfer sind zwar zum Schweigen verpflichtet, aber die besten Killer arbeiten heimlich. Es ist viel befriedigender, den Ninja in euch rauszulassen und euch unbemerkt zu bewegen.«

Rick funkelt uns an. »Noch Fragen?«

»Nö. Alles sonnenklar, Schatz.« Becky lächelt Rick an. Ich muss fast lachen, weil er Mühe hat, unter ihrem Blick nicht dahinzuschmelzen.

»Und wenn niemand errät, wer der Killer ist?« Neben mir streckt Emily ihre langen Beine auf dem Teppich aus.

Alex gafft kurz auf ihre Beine, dann antwortet er. »Das Spiel läuft so lange, bis nur noch drei Leute übrig sind, den Killer eingerechnet. Dann wird so schnell wie möglich eine Versammlung einberufen. Der Killer muss sich entscheiden, ob er die Überlebenden vor der Versammlung noch rasch tötet oder es auf die letzte Wahl ankommen lässt und darauf vertraut, dass niemand ihn errät.«

Wir lassen das alle sacken. Ich nehme mir fest vor, unter den letzten dreien zu sein, ob Killer oder nicht.

»Genug geredet!« Alex steht auf, er hält den Samtbeutel hoch, der mit einer verschlissenen goldenen Kordel verschnürt ist. »Zeit für die Bestimmung eures Schicksals.«

Alle richten sich ein Stück auf. Ich halte den Atem an. Alex entknotet die Kordel und öffnet den Beutel gerade weit genug, dass man die Hand hineinstecken kann.

»Lest eure Karte erst, wenn alle eine gezogen haben.« Die Ältesten ziehen zuerst. Jeder nimmt feierlich eine gefaltete mattschwarze Karte heraus. Dann bewegt Alex sich zwischen den Leuten hindurch, die alle vorsichtig eine Hand hineinstecken. Ich komme ziemlich zum Schluss dran. Bevor ich hineingreife, überlege ich, ob das einen Vorteil oder einen Nachteil darstellt, aber da ich kein Mathegenie bin, kann ich die Wahrscheinlichkeit nicht ermitteln. Ich strecke die Hand zum Beutel aus und befürchte kurz, dass sie von irgendetwas dadrin vielleicht abgebissen wird. Ich taste nach den Karten, nur zwei oder drei sind noch drin. Einen Moment lang spiele ich mit ihnen, dann ziehe ich eine heraus und presse sie an meine Brust, als könnte sie mir aus der Hand springen und mich verraten.

Die letzten Karten werden gezogen. Alex geht zurück auf seinen Platz, setzt sich und lächelt uns an. Er sagt nichts. Wir warten. Wir warten noch ein bisschen länger.

»Köstlich, nicht wahr?« Seine Stimme ist heiser und trieft vor Vergnügen. »Die Anspannung? Das ist einer der besten Momente, der Moment davor, der Moment, wenn niemand und zugleich jeder der Killer ist.«

Keiner antwortet. Im Hintergrund brummt der Generator. Die Lampen flackern leicht, lösen Unruhe aus, unterdrückte Schreie und nervöses Gelächter.

»Ja.« Alex nickt, lächelt. »Die Geister der Assassinen der alten Zeit weilen unter uns! Ich zähle jetzt runter und ihr öffnet eure Karten. Drei, zwei, eins …«

Ich wage es kaum. Ich hab nicht nur Angst vor dem, was da steht, sondern auch davor, wie ich reagieren werde. Ich darf mich ja nicht verraten. Ich schirme die Karte mit meinen Händen ab und klappe die steife Pappe langsam auf – in Zeitlupe. Die Innenseite der Karte ist blutrot mit schwarzer Schrift darauf. Ich sehe das große K und Adrenalin schießt mir das Rückgrat hoch in den Kopf. Als die Lampen erneut flackern, lese ich mit zusammengekniffenen Augen:

KICKER

Enttäuschung, dann gewaltige Erleichterung, dann Angst.

Ich sehe noch mal nach, weil ich mich ja vielleicht verlesen habe. Aber nein, ich bin ein Fußballer, kein Mörder. Sehr witzig, Alex. Ich frage mich, auf wie viele verschiedene K-Wörter er gekommen ist, die uns einen Herzinfarkt verpassen. Ich sollte wohl froh sein, dass ich kein »Kiffer« oder »Keiler« bin.

Jetzt gucke ich mir natürlich erst mal schnell die anderen an und versuche ihre Reaktionen einzuschätzen. Und sie tun genau dasselbe. Alex lacht sich eins. Wir müssen echt einen witzigen Anblick bieten.

Ob er erkennen kann, wer die Killer-Karte gezogen hat? Derjenige sucht ja wahrscheinlich nicht schnell in den Gesichtern der Mitspieler nach einem Zeichen, das sie verrät. Jedenfalls für den Bruchteil einer Sekunde nicht und darauf wird Alex gewartet haben. Eine von unzähligen Möglichkeiten für ihn, seinen Spaß an der Sache zu haben.

»Gut, Leute, und jetzt weg mit den Karten«, sagt er. »Ihr müsst sie behalten, damit ich überprüfen kann, ob der Killer wirklich der Killer ist. Aber tut sie irgendwohin, wo niemand anders sie finden kann.«

»Es wird spät.« Marcia beugt sich über eine Felskante und pustet ein paar Kerzen aus. »Wir müssen uns beim Abendessen blickenlassen, sonst schicken sie Suchtrupps aus.«

Ich verstaue meine Karte – sie fühlt sich glühend heiß an – in der Innentasche meines Parkas.

»Gut, wir hauen ab«, sagt Alex. »Gestaffelt, nicht alle auf einmal.«

»Genau, Mädels«, höhnt Rick und sieht Tesha, Whit und Anvi an. »Wisst ihr, ihr müsst nicht *alles* zusammen machen.«

Alex und Carl kichern, die Mädchen erwidern Ricks höhnisches Grinsen. Weitere Kerzen werden ausgepustet. Martin und Anvi fangen an die Öllampen zu löschen und Martin wirft eine um, sie zerbricht am Felsen.

»Leute, ihr sollt im Verborgenen agieren!«, zischt Alex und sieht Carl an, der den Kopf schüttelt. »Gib mir Kraft. Wenn der Killer etwas taugt, dann gebe ich diesen Frischlingen eine Woche, mehr nicht.« Er steht auf. »Ich bin heute Abend hier, falls jemand mit mir reden möchte.« Er zwinkert. »Lest euer Buch und vergesst nicht, auf dem Schwarzen Brett im Aufenthaltsraum nach Neuigkeiten zu sehen.«

Plötzlich wird es stockdunkel in der Höhle.

Ein paar Leute schreien auf, Emily neben mir kreischt.

»Sauber, Rick«, sagt Carl. »Hast du den Generator nicht vollgetankt?«

»Natürlich!«

Ich höre Alex leise lachen. »Echt mal, Killer. Schon Blut geleckt?«

Stille. Jemand hat mich am Arm gepackt. Ich glaube, es ist Tesha. Ich hoffe, es ist Tesha.

Nichts passiert.

»Na schön. Rick?« Alex seufzt. »Das ist der Generator. Wo sind die Taschenlampen?«

Eine Taschenlampe geht an, aber keine von der Gilde. Eine große Gestalt steht in der Höhlenöffnung, mit wehendem Umgang, in der anderen Hand blitzt ein Dolch. Die Gestalt vollführt brüllend einen Stich ins Leere.

»Was zum –?«, fragt Alex.

Jemand zischt an mir vorbei zum Ausgang. Man hört ein Handgemenge, der Strahl der Taschenlampe tanzt über die Wand und plötzlich brummt der Generator wieder und die Lampen gehen an.

Rick liegt keuchend auf dem Boden. Die Gestalt steht über ihm und lacht die versammelte Gilde aus. Sie streift die Kapuze des Umgangs zurück und schreit: »Zeit zum Sterben!«

Das ist *Vaughan*. Zeit zum Sterben, allerdings.

»Wer zur Hölle bist du?« Alex ist knallrot. Ich hab ihn noch nie so außer Fassung erlebt.

»Ich bin Vaughan«, sagt mein alter Kindheitsfreund und lächelt. Er winkt. »Hallo.«

»Du gehörst nicht der Gilde an!« Rick kommt mühsam hoch. »Scheiße, Alex, er geht nicht mal auf unsere Schule!«

Alex bewegt sich auf Vaughan zu und mein Magen verknotet sich. Aber dann bleibt unser Meister stehen und ich sehe etwas, das ich noch nie gesehen habe: Alex hat Angst.

»Oh, ich gehe auf eure Schule, das kann ich dir versichern!«, sagt Vaughan munter. »Zugegeben, ich bin neu hier. Hab die erste Woche verpasst, bin tatsächlich erst heute angekommen – aber am Montag sitze ich zusammen mit euch im Unterricht, versprochen.« Er mustert die Runde. »Also jedenfalls mit den Schlauen.«

Alex, Rick und Carl stürzen auf ihn los, aber er ist schneller. Er macht einen Satz nach hinten.

»Seit wann bist du schon hier?«, will Alex wissen.

»Lange genug«, sagt Vaughan. »Ihr spielt ein Spiel. Es ist geheim. Jemand ist ein Mörder.« Er schnalzt missbilligend. »Und ihr solltet wirklich nicht in dieser Höhle sein.« Er schüttelt den Kopf. »Ihr verstoßt gegen sämtliche Regeln ...«

»Wehe, du sagst jemandem was, sonst –«

»Ach, keine Sorge, das habe ich nicht vor! Ich will nur mitmachen.«

Alex stößt ein Lachen aus. Alle im Raum entspannen sich ein bisschen. Ein paar andere lachen auch, aber Rick nicht, der steht kurz vor einer Explosion, er brodelt richtig.

»Kumpel«, sagt Alex. »Du hast Mumm, das gebe ich zu. Aber nun tu dir selber einen Gefallen und verzieh dich, bevor wir dich rauswerfen.«

Vaughan macht eine verletzte Miene. »Aber wieso darf ich nicht mitmachen?«

»Weil man sich der Gilde nicht einfach anschließt, du Loser«, faucht Rick, »sondern eingeladen wird.«

»Na klar, das weiß ich doch«, flötet Vaughan. »Aufnahmeritual, bla-bla, Kuhfladen und solche Sachen. Aber ihr lasst mich trotzdem mitmachen, weil ich euch nämlich das geben kann, was ihr unbedingt haben wollt.«

»Na schön«, sagt Alex. »Ich werde noch für ein paar Sekunden nett sein, *Vaughan.* Wenn du dann noch nicht weg bist, machen wir dich echt fertig. Wenn du also nicht noch unbeliebter werden willst, dann geh jetzt besser.«

Vaughan runzelt die Stirn. »Hmm. Cate meinte schon, dass ihr mich nicht mitmachen lassen würdet, aber ich habe ihr nicht geglaubt.«

Echt jetzt? *Vielen Dank auch, alter Freund.*

Alle sehen mich an. Alex' Blick könnte fast so töten wie der Dolch in Vaughans Hand – wo zum Geier hat er in der Schule einen verflixten Dolch her? Ich möchte am liebsten im Boden versinken. *Zieh mich da bloß nicht mit rein, Vaughan.* Aber ich sage nichts, weil ich ihn in diesem Leben schon einmal im Stich gelassen habe und es nicht noch mal tun werde, selbst wenn er mich gildentechnisch gerade vor den größten Bus überhaupt geschubst hat.

»Nein, gebt nicht Cate die Schuld«, sagt Vaughan. »Wir waren früher mal beste Freunde, aber sie hat hiermit nichts zu tun. Wie ich jedenfalls gerade sagte, ich habe etwas, das ihr dringend braucht, und darum werdet ihr mich beim Spiel mitmachen lassen.«

»Was könntest du uns denn schon geben, das wir haben wollen?«, höhnt Rick.

»Ich kann euch ein soziales Netzwerk einrichten. Wäre das nicht toll? Das Schwarze Brett im Aufenthaltsraum ist so schrecklich oldschool – wenn mir das Wortspiel gestattet ist –, also wäre es nicht deutlich mehr 21. Jahrhundert, wenn ihr euer eigenes soziales Netzwerk hättet? Profile, Privatnachrichten, Postings und Forenthreads?

Denkt an all die Möglichkeiten. Updates, News, Strategie, Theorien? Und Bilder. Selfies mit dem Killer? Ihr seid doch quasi auf einer Internet-Diät, oder nicht? Ein richtiges soziales Netzwerk ganz für euch allein, stellt euch das nur mal vor.«

»Hatten wir schon, Kumpel«, sagt Carl. »Es hat schon öfters jemand versucht, ein Schülernetzwerk einzurichten. Sobald die Schule es findet, fliegt es wieder vom Server.«

»Dieses werden sie aber nicht finden. Führt es euch mal richtig vor Augen. Raum, um alles zu posten, was ihr wollt. Hinweise, Hitlisten, die Möglichkeiten sind endlos. Plus Lokalisierung einzelner Nutzer, die Option, jederzeit zu sehen, wer online ist und von wo aus. Wie cool wäre das? Es würde ein völlig neues Element ins Spiel bringen.«

»Und wie es das würde«, sagt Rick spöttisch. »Lass mal sehen, die Bücherei, die Studierzimmer und eine Handvoll Unterrichtsräume? Die einzigen Orte in der Schule, wo wir WLAN haben?«

»Ach, es gibt noch mehr Orte. Stimmt's, Marcia?« Vaughan sieht zu meiner Freundin. »Orte, an die nie jemand denkt.« Er deutet zum Laptop auf dem Tisch. »Die Redaktion der Schülerzeitung hat WLAN, wenn ich mich nicht irre. Ihr könnt sogar im Atelier online gehen. Und vom Sekretariats-PC im Haupthaus. Die Geräte der Lehrer in ihren Privaträumen – da gibt es geschütztes WLAN.« Vaughan zuckt mit den Schultern. »Trotzdem, selbst wenn man diese Zugänge nicht nutzt … ein Kill passiert, während die Hälfte der Nutzer in der Bücherei eingeloggt sind? Ihr wisst sofort, wo diese Nutzer sind. Könnte interessant sein.«

»Das wäre toll, keine Frage«, sagt Marcia. »Aber sie würden es innerhalb von einer Woche finden und wieder vom Server nehmen. Und das Spiel wahrscheinlich auch gleich kippen, weil der Rektor solche Angst hat, dass wir tatsächlich online gehen könnten, der wird das sofort als Rebellion einstufen.«

»Sie werden es nicht finden«, wiederholt Vaughan.

»Okay, okay«, sagt Alex. »Du hast die Nerven, hierherzukommen und deine Karten auf den Tisch zu legen? Gut, reden wir. Aber zuerst«, er sieht sich in der Höhle um, »müsst ihr Droogs in die Zivilisation zurückkehren. Nur die Ältesten bleiben.«

Die anderen ächzen und zockeln los. Ich will hier auch so schnell wie möglich weg, aber trotzdem hab ich Angst, was Vaughan ihnen dann erzählen wird. Doch ich bekomme gar nicht die Gelegenheit zur Flucht.

»Cate!«, sagt Alex. »Dieser Spinner ist ein Kumpel von dir? Du kannst bleiben.«

Na toll.

Alle gucken mich an, während sie gehen. Besonders Daniel.

Als sie weg sind, setzt Alex sich, und wir – Carl, Rick, Marcia, Cynthia und meine Wenigkeit – folgen seinem Beispiel. Nur Vaughan nicht. Er steht mitten in der Höhle, immer noch in diesem Umhang, und sieht ein bisschen aus wie eine Krähe, die von einem Gewitter zerzaust worden ist. Aber seine Augen funkeln und er wirkt siegesgewiss. Könnte ein bisschen verfrüht sein.

»Ich weiß, ihr habt alle ein Vertrauensproblem.« Vaughan grinst Alex an. »Das ist nur vernünftig. Aber ich hab so was echt drauf. Fragt sie.« Er sieht wieder zu mir.

Genau wie Marcia. Ihr Gesichtsausdruck gefällt mir gar nicht.

»Er *ist* gut in so was«, bestätige ich. »Also, glaube ich jedenfalls. Ich habe ihn mit acht Jahren das letzte Mal gesehen. Aber schon damals hat er Computer auseinander- und wieder zusammengebaut und Spiele für uns programmiert und so weiter. Dann hab ich ihn …

aus den Augen verloren … und wie ich höre, ist er ein ziemliches Genie. Er hat in Cambridge studiert, glaube ich?« Ich sehe Vaughan an. Er nickt aufmunternd. »Er kennt sich bestimmt ein bisschen mit Computern aus.«

Vaughan schnaubt. »Ein *bisschen*?« Dann lächelt er wieder Alex an.

Der mustert ihn von oben bis unten. »Falls dir das noch nicht aufgefallen ist, uns fehlt es hier nicht an Talenten. Meinst du nicht, wenn jemand so ein Netzwerk einrichten könnte, ohne dass es entdeckt wird, wäre das schon längst geschehen? Was macht dich so sicher, deine Seite würde nicht entdeckt werden?«

»Weil sie bis jetzt noch nicht entdeckt worden ist.« Vaughan deutet mit seinem Dolch zum Laptop. »WLAN. Haben wir hier Empfang?«

»Gerade mal so«, sagt Marcia. »Wir haben auf der Klippe Repeater stehen, die das Signal vom Haupthaus hierher weiterleiten, aber es ist schwach.«

»Trotzdem, sehr gut.« Vaughan geht zum Laptop. »Darf ich?«, fragt er niemanden Bestimmtes und ruft die Homepage des Internats auf. Er tippt mit seinen schlanken, flinken Fingern drauflos. »*Et voilà*. Ein Portal.«

Ein Kunstwerk öffnet sich auf dem Bildschirm. Da Kunst das Einzige ist, womit ich mich auskenne, erkenne ich das Bild. Es stammt von William Blake. Ich stehe mehr auf moderne Sachen, aber Blake gefällt mir, er weiß, wie man unheimliche Stimmungen erzeugt. Auch in diesem Gemälde ist ihm das gelungen. Es zeigt einen Wald, durch den zwei Leute gehen, und in den Bäumen sitzen drei seltsame eulenhafte Wesen. Man sieht es nicht unbedingt auf den ersten Blick, aber die Bäume bestehen aus Menschen, in den Stämmen sind Gesichter und Körperteile, als wären die dort drin gefangen. Schwere Kost. Den Titel weiß ich nicht mehr, irgendwas mit Morden?

»Entschuldigt die plumpe Anspielung. Aber ich konnte nicht widerstehen.« Vaughan bewegt den Mauszeiger in einem Muster über die Eulenwesen, dann klickt er und über der Signatur am unteren Rand klappt eine Passwortabfrage auf. Er tippt rasch etwas ein und das Bild explodiert in tausend Pixel. Es wird durch einen blassroten Hintergrund ersetzt und im Header steht vor dem Foto eines Totenschädels das Wort CRYPT. Darunter ist so etwas wie ein Newsfeed und eine Fotospalte an der Seite.

»Sobald ich wusste, dass ich hierherkommen würde, habe ich das Intranet von Umfraville Hall gehackt und diese Seite eingerichtet. Mit regelmäßigen Updates. Komische Sache, was zu posten, das niemand liest. So nach dem Motto: Wenn im Wald ein Baum umfällt und niemand kann es hören, gibt es dann trotzdem ein Geräusch?« Er grinst. »Die Seite ist jetzt seit vier Monaten online. Genug Zeit, dass sie auf dem Radar hätte auftauchen müssen.«

»Ein Teil davon waren Ferien.« Alex liest kopfschüttelnd etwas auf dem Bildschirm. »Da hat niemand aufgepasst.«

»Ganz im Gegenteil. Den Sommer über wurde viel am Intranet geschraubt. Jemand hat kräftig programmiert, um Leute wie mich draußen zu halten. Nur ist niemandem aufgefallen, dass ich schon da war.«

Marcia macht ein verblüfftes Gesicht. »Ich habe bei der Zeitung ein paar Leute, die ständig am Intranet rumfummeln, weil sie sich raus ins Web oder, ähm, in die Schulakten hacken wollen.« Sie zuckt mit den Schultern, eine halbe Entschuldigung. »Crypt ist seit vier Monaten online, sagst du?« Und als Vaughan nickt: »Dann hätten meine Jungs es längst finden müssen.« Sie sieht Alex an. »Er muss wirklich sehr gut sein, wenn er es so lange verstecken kann.« Sie beugt sich vor und scrollt den Feed durch, klickt auf Links zu anderen Seiten. »Das ist unglaublich. Was uns das für Möglichkeiten eröffnet, Alex!«

»Aber nur kurz.« Rick betont seine Missbilligung, indem er weder auf den Laptop guckt noch zu Vaughan oder sonst jemandem. »Schon allein die Tatsache, dass du es gerade vor der Gilde hinausposaunt hast. Sie werden reden, die Lehrer werden es mitbekommen und dann ist Schluss.«

»Die Gilde wird reden. Ts.« Vaughan schüttelt den Kopf. »Ich dachte, das ist eine Geheimgesellschaft? Aber egal, selbst wenn jemand Außenstehendes Wind davon bekommt, wird er es trotzdem nicht finden.« Er steht auf und macht eine schwungvolle Geste zum Bildschirm hin. »Sag auf Wiedersehen!« Er drückt ein paar Tasten und schwupp, ist wieder die Intranet-Homepage von Umfraville Hall zu sehen. Vaughan wendet sich ab und geht. Am Ausgang dreht er sich theatralisch zu uns um. »Nehmt euch vierundzwanzig Stunden Zeit und sucht nach dem Netzwerk. Setzt eure besten Köpfe darauf an. Wenn ihr irgendeine Spur findet, egal welche, wenn ihr auch nur das Portal entdeckt, die William-Blake-Seite – schön, dann mache ich nicht mit. Aber wenn ihr nichts findet, und davon gehe ich aus, dann bin ich mit dabei. Abgemacht?«

Alex' Kiefer mahlen und er drückt die Brust raus, nur ein ganz klein bisschen. Er macht immer noch einen auf lässig, aber wenn man weiß, worauf man achten muss, dann kann man ihm seine Unentschlossenheit ansehen. »Eigentlich schade, Vaughan, weil mir deine dreiste Art fast gefällt. Du hast Mumm, das muss man dir lassen. Aber mehr auch nicht, weil wir die Seite nämlich finden werden. Du hältst dich für ein Informatik-Ass? Du bist jetzt in Umfraville. Da bist du nichts Besonderes, sondern einfach nur Durchschnitt. Also gewöhn dich besser daran.«

Vaughan blinzelt. »Ähm. Okay.« Er lacht. »Cool, endlich habe ich einen Ort gefunden, wo ich reinpasse.« Er sieht mich an. »Und dann noch unter alten Freunden.« Er wirft den Dolch, der vor meinen Füßen im Sand stecken bleibt.

»Viel Spaß beim Suchen, Alex.« Er zwinkert ihm zu. »Den wirst du nämlich haben.«

Und damit ist er weg.

KAPITEL 7

Den Sonntag über tauche ich ab. Vor dem Killer, vor Daniel, vor Vaughan und vor den Fragen zu Vaughan, die mir Marcia und Alex unausweichlich stellen würden. Ich schlage im Atelier mein Lager auf und bin sogar ziemlich produktiv. Mr Flynn wird sich freuen.

Sonntagnacht träume ich, dass ich in einem Baum festhänge, der in unserem früheren Garten stand, vor unserem Umzug. Ich rufe nach Vaughan, damit er kommt und mir hilft, was bescheuert ist, weil das so in Wirklichkeit nie war. Da war immer er es, der nicht mehr runterklettern konnte. Daniel erscheint am Fuß des Baumes, aber er sieht mich nicht. Er sitzt nur da unten auf der Erde und weint und weint. Ich fühle mich schrecklich. Zum einen, weil ich hier festhänge, zum anderen, weil ich nicht will, dass Daniel mich sieht.

Klasse. Der Wecker kreischt los und ich wache in Superstimmung auf.

Aber Marcias miese Laune übertrifft meine noch. Wir teilen uns ein Zimmer und sie ist kein Morgenmensch. Es gibt Tage, da muss ich sie buchstäblich aus dem Bett zerren, bevor unsere Hausaufsicht kommt und sie wegen zu späten Aufstehens nachsitzen lässt.

Für eine so fortschrittliche Schule haben wir noch eine ziemlich altmodische Vorstellung von Pünktlichkeit. Genialität hält sich nicht an festgesetzte Zeiten, Umfraville jedoch größtenteils schon. Ich stehe auch nicht gern früh auf – welcher geistig gesunde Teenager macht das schon? –, aber ehrlich gesagt tut mir diese Normalität des Alltags gut.

Diese Woche haben Marcia und ich jedoch Weckdienst. Jedes Wohnhaus rotiert und diesmal sind wir die Glücklichen. Wir haben ein Eckzimmer, dort, wo der Ost- und der Südflur des Mädchenflügels aufeinanderstoßen, und so beginnt unser Kriegszug hier um Viertel nach sieben. Dann schälen wir uns aus unseren Schlafanzügen und gehen zum Duschraum.

»Ich hasse Montage. Und es ist scheißkalt.« Marcia zittert, während wir den Gang runtergehen. Sie ist nackt unter dem kamelfarbenen Badetuch, in das sie sich fest eingewickelt hat, und trägt pinkfarbene Hasenpantoffeln an den Füßen. »Dabei haben wir erst September! Daran werde ich mich nie gewöhnen.«

Es ist ein bisschen frisch, da hat sie Recht, ich ziehe den Kragen meines Bademantels enger zusammen. Die Heizkörper hier sind wahrscheinlich noch die von damals. Wenn man sie berührt, verbrennt man sich, aber die Räume wärmen sie kaum. Die Wasserleitungen sind auch uralt. Wenn wir heute mehr als lauwarm duschen können, ist das schon toll.

»Bist du wach genug, mir zu erzählen, was die Ältesten wegen Vaughan entschieden haben?«, flüstere ich. Diese Frage brennt mir schon seit gestern auf der Zunge. Marcia ist erst zur Nachtruhe ins Zimmer gekommen und hat kein Wort mehr gesagt. »Habt ihr die Website gefunden? Habt ihr gestern den ganzen Tag danach gesucht?«

Marcia dreht mir ihre großen braunen Kulleraugen zu. »Hast du mit Vaughan geredet?«

Ich schüttele den Kopf. »Ich hab ihn seit Samstagabend in der Höhle nicht mehr gesehen.«

»Und ihr beide wart als Kinder mal befreundet?«

»Mit acht.« Ich schaue nach vorn. »Seit wir da weggezogen sind, habe ich ihn nicht mehr gesehen.«

»Das weiß ich doch, Liebes«, trällert Marcia. »Sonst hätte ich längst von ihm gehört. Den nenne ich mal *ansehnlich.* Durchgeknallt, aber *muy hermoso.*« Sie pfeift.

Warum werde ich denn jetzt rot? Aber zum Glück kommen wir gerade beim Waschraum an und ich kann mich von ihr abwenden. Hier herrscht schon reges Treiben. Es gibt nur sieben Duschkabinen und die sind alle besetzt. Der Trick ist, eine zu ergattern, die so dicht beim Fenster ist wie möglich. Von dort kommt die Leitung und da ist das Wasser am heißesten. Bis es die letzte Kabine erreicht, beschert es einem nur noch Gänsehaut und Frostbeulen.

»Okay, erzähl es nicht weiter, aber so viel will ich dir verraten.« Wir stellen uns an und Marcia lässt ihren Kulturbeutel neben mir auf die Fliesen plumpsen. »Wir konnten die Homepage nicht finden.« Ihre Stimme ist so leise, dass ich sie über dem Rauschen des Wassers kaum hören kann. »Alle waren damit beschäftigt, das ganze Wochenende über. Alex und ich sind sogar in Ms Lasillos Büro eingebrochen, um an ihre Kiste und den Hauptserver zu kommen. Nicht die kleinste Spur. Vaughan hat echt was drauf.«

»Also ist er dabei?«

Sie sieht mich skeptisch an. »Möchtest du das denn?«

Als ich nicht antworte, fährt sie fort. »Wir werden sehen. Alex ist total scharf auf die Homepage, aber er muss einen Weg finden, wie er die Regeln brechen und Vaughan einladen kann, ohne sein Ansehen zu verlieren. Ein paar der anderen sind absolut dagegen. Vor allem Rick.«

Keine Ahnung, ob ich mich freuen oder Angst haben soll. Einerseits gefällt es mir gar nicht, dass Vaughan jetzt hier auf dem Internat ist. Er gehört zu meinem alten Ich und erinnert mich daran, wie ich ihn im Stich gelassen habe. Aber wenn er schon hier ist, wäre es vielleicht auch gut, ihn in der Gilde zu haben.

Marcia sieht zu den Duschkabinen und macht ein finsteres Gesicht. »Warum brauchen die alle so lange?«

Montagmorgendliche Scheu vor dem kalten Duschstrahl, deswegen.

Die vorderste Kabine hat sich Becky gekrallt, wie immer. Früh aufstehen, rein in die Laufschuhe und diese längst perfekten Muskeln weiter formen. Ihre Belohnung ist die heißeste Dusche. Irgendwie passend, sie ist ja schließlich auch ein heißes Mädchen. Sie spricht sechs Sprachen fließend, hat eine Superfigur und die glänzendsten schwarzen Haare, die ihr je gesehen habt. Und dann spielt sie auch noch Harfe, verdammt. Sie war ein todsicherer Tipp für die diesjährige Jagd nach Frischlingen, jede Wette, dass sie als Erstes ausgewählt wurde. Irgendwann wird sie bestimmt mal Generalsekretärin der UN, aber vorläufig ist sie erst mal das Traumgirl jedes heterosexuellen Jungen hier auf dem Internat.

Und was würden die nicht dafür geben, zu sehen, was ich gerade sehe. Sie hängt ihr hellgelbes Badetuch an den Haken neben der Kabine und ich bewundere die perfekte Karamellhaut, die langen Beine und sanften Kurven. Sie stellt das Wasser an, tritt vorsichtig in die Kabine und schließt die Tür. Dampf steigt auf und lässt das Glas beschlagen.

»Aaah!«

Ein tropfnasser Kopf guckt aus der letzten Kabine. Tesha.

»Es kommt nur Kaltes!«, keift sie mit bösem Blick zu Beckys Kabine hin, während das Wasser von ihren Locken abprallt.

Keine Antwort. Tesha geht wieder rein, weil sie weiß, wie sinnlos ihr Protest ist. Becky kann nichts dafür, dass ihre Dusche kein heißes Wasser für die anderen Duschen mehr übrig lässt, ebenso wenig wie sie etwas dafür kann, dass ihre Klugheit und Schönheit alle Mädchen hier in den Schatten stellen. Stimmt schon, sie sichert sich diese Kabine jeden einzelnen Morgen, indem sie sich Zeit fürs Ausziehen lässt und oft mehrere Minuten damit verbringt, aus ihrem Süßholzhaar einen glänzenden Knoten oben auf ihrem Kopf zu formen, bevor sie sich aus ihrem Handtuch schält und hineintritt. Und mit ihrer Dusche lässt sie sich dann gerade genug Zeit, dass sich alle aufregen, aber nicht so viel Zeit, dass irgendjemand sie deswegen zur Rede stellt. Ich gucke zu der Kabine. Hinter der beschlagenen Scheibe bewegen sich ihre Hände, massieren Shampoo in dieses schöne Haar und im Abfluss außerhalb der Kabine sammelt sich Schaum. Sie stützt sich mit einer Hand an der Tür ab. Die Handfläche wird hell auf dem Glas und dann ... sehe ich das Rot.

Rot.

Beckys Handfläche auf dem Glas zerdrückt das Rot und es läuft in Tropfen die Innenseite der Tür runter, in langen, eleganten Linien. Der Schaum im Abfluss ist jetzt rosa. Ich keuche und mache einen kleinen Schritt auf die Kabine zu. Hinter dem Dampf wird das Rot deutlicher, es läuft ihren Körper hinunter, tropft von ihren Haaren. Hat sie sich geschnitten? Sie merkt es nicht einmal. Soll ich es ihr sagen –?

»*¡Dios mío!* Was ist das?« Marcia hat es auch entdeckt.

Die anderen Mädchen in der Schlange gucken und reden durcheinander.

Beckys Schreie übertönen alles. Die Tür fliegt auf und sie stolpert raus, die Hände entsetzt vor sich gestreckt. Blut und Schaum laufen ihren glitzernden Körper hinunter.

»Was passiert hier?«, heult sie. Blut sammelt sich auf den weißen Fliesen.

Whitney rennt zu ihr, schnappt sich das gelbe Handtuch und wirft es ihr um die Schultern, jemand anders hält Becky bei den Armen fest und sucht nach der Wunde.

»Meine Haare! Gehen sie ab?«, wimmert Becky.

»Nein, sind alle noch dran«, sagt Marcia ruhig neben mir. Ich folge ihrem Blick. Sie sieht in die Duschkabine. Die Tür steht immer noch offen, das Wasser läuft. Und es ist rot. Aus dem Duschkopf fließt Blut.

Mehr Leute werden darauf aufmerksam – wer noch unter der Dusche war, kommt jetzt raus und guckt sich die Blutdusche an. Ich sehe die Reihe der Kabinen entlang. Dort fließt überall klares Wasser.

»Killer«, flüstert Marcia mir zu. Sie schiebt sich an den anderen vorbei, beugt sich in die Kabine und dreht das Wasser ab, total geschäftsmäßig. »Becky, du wurdest gerade gekillt.«

»Was?«

Marcia schraubt den Duschkopf ab, rotes Farbpulver kommt zum Vorschein, zu einer schmierigen Paste aufgelöst. Aus Beckys Entsetzen wird Erleichterung, dann Wut und schließlich Enttäuschung. Sie ist aus dem Spiel und das Schlimmste daran ist, sie war die Erste.

Rasch wird fertig geduscht und wir kehren alle zum Anziehen auf unsere Zimmer zurück. Die Neuigkeit verbreitet sich im Flur.

»Ihr hättet ihr Gesicht sehen sollen, voller Flecken!«

»Ob sie das Zeug je wieder aus den Haaren kriegt?«

»Woher wusste der Killer, dass sie in dieser Kabine sein würde?«

»Weil sie die immer nimmt!«

»Trotzdem, der Killer muss ein Mädchen sein! Wer sonst hätte wissen können, dass ein Gildenmitglied in dieser Kabine sein würde?«

Ich schließe hinter Marcia unsere Tür und wir ziehen uns an. Mein Herz klopft wie wild.

»Es hat also angefangen.« Wider Willen bin ich total aufgeregt. »Meinst du, es ist wirklich ein Mädchen? Dafür brauchte es ja schon irgendwie Insiderwissen.«

Marcia mustert mich mit einer hochgezogenen Augenbraue. »Nicht unbedingt. Weißt du noch letztes Halbjahr nach Sport, als wir alle zum Rauchen an der Klippe waren? Wie ein paar Mädchen sich über Becky lustig gemacht haben, weil sie sich immer diese Dusche krallt? Das war der große Lacher. Die meisten Gildenmitglieder dürften dabei gewesen sein, das kann jeder gehört haben.«

»Wow. Du hast ein gutes Gedächtnis.« Ich zwinkere. »Es sei denn, du willst mich nur täuschen. Du könntest der Killer sein.«

»Oder du.« Sie lächelt. »Und du tust nur so, als ob du dich nicht mehr an das Gespräch erinnerst.«

»So schnell hätte ich das gar nicht organisieren können. Es ist ja gerade mal Montag! Dass es so schnell losgeht, damit habe ich echt nicht gerechnet.«

»Manchmal läuft das so.«

»Aber die Vorbereitung! Dieser Killer hat das doch schon im Ärmel gehabt, nur für den Fall, dass er es wird.«

»Pff«, macht Marcia und zuckt mit den Schultern. »Rotes Farbpulver im Duschkopf? Kein Problem. Gab es in den Neunzigern schon ein paarmal. Derjenige brauchte sich nur ins Atelier zu schleichen und *voilà*!« Sie sieht mich an und tut so, als würde sie es jetzt erst begreifen. »Oooh! Das *Atelier*!«

Ich lache. »Nein, das wäre echt zu auffällig!« Ich wünschte, ich könnte ihr sagen, dass ich nicht der Killer bin. Ich wünschte, sie könnte mir versichern, dass sie es auch nicht ist.

Im Laufe des Tages wird irgendwann Beckys schwarzes Armband an die Pinnwand im Aufenthaltsraum genagelt. Kill Nummer eins. Die erste Spielerin ist raus und alle sind in heller Aufregung. Becky ist eine kleine Berühmtheit. Zuerst ist es ihr peinlich, doch während sich die Nachricht in der Schule verbreitet, findet sie offenbar langsam Gefallen an der Aufmerksamkeit. Bis Tagesende ist sie bestimmt schon süchtig danach.

Nach Unterrichtsschluss kann ich zum ersten Mal ein bisschen Detektiv spielen, ganz allein. Ich gehe zum Wohntrakt, da ist um diese Tageszeit eigentlich nie jemand. Als Erstes knöpfe ich mir die Duschen vor.

Ich öffne die Tür zum Badezimmer und da steht *er* drin. Vaughan. Die Hände in die Hüften gestemmt, mustert er die Reihe Duschkabinen. Ich schließe leise hinter mir die Tür.

»Becky nimmt immer dieselbe Kabine?« Er dreht sich nicht um.

»Du wirst dir einen Riesenärger einhandeln, wenn sie dich hier erwischen«, sage ich leise und trete hinter ihn. »Du kannst froh sein, dass ich es bin. Woher *wusstest* du überhaupt, dass ich es bin?«

Er dreht sich um, sieht mich wieder auf *diese* Weise von oben bis unten an und lächelt. »Keine Ahnung. Pheromone?« Bevor ich antworten kann, wendet er sich ab und geht zum Fenster. »Nur die kleinsten Fenster haben Griffe und die Vierkantschlösser sind mit Farbe vollgeklatscht. Wahrscheinlich ein schwerwiegender Verstoß gegen die Bauvorschriften, aber Ezra scheint mir nicht gerade wie jemand, der deswegen schlaflose Nächte hat.« Er befühlt sämtliche Rahmen. »Immerhin wissen wir jetzt, dass der Killer hier nicht reingekommen ist.«

»Ähm, nein.« Ich trete zu ihm. »Aber wieso sollte sie auch, wo sie doch einfach durch die Tür gehen kann?«

»Ah! Damit legst du dich aber auf ein Mädchen fest!«

»Du etwa nicht? Es spricht doch für einen weiblichen Killer. Dieser Kill wurde nachts vorbereitet und das bedeutet keinen leichten Zugang für jemanden mit einem Y-Chromosom. Außerdem kennen wir Mädels Beckys Routine. Und sieh dir die Zahlen an: Ohne Alex, der nicht der Killer sein kann, sind es dreizehn Gildenmitglieder – acht Mädchen und nur fünf Jungen.«

Vaughan verzieht das Gesicht. »Die Zahlen sagen nicht viel aus. Nein, ein Tod unter der Dusche spricht eindeutig für einen männlichen Killer.« Er geht zur Kabine und schraubt den Duschkopf ab. »Du warst dabei?« Ich gehe näher ran, nicke und betrachte den Duschkopf. Jetzt ist nur noch eine winzige Spur von Rot übrig. »Aber die Frage bleibt, wie er reingekommen ist. Ihr Mädchen mit eurer Angst vor Körpergeruch duscht doch meistens abends auch noch mal, oder?« Ich verdrehe die Augen, kann es aber nicht verneinen. Er fährt fort. »Dann muss der Killer in den frühen Morgenstunden hier gewesen sein, um den Duschkopf mit Farbe zu füllen.« Er sieht mich an. »Wo ist dein Zimmer?«

»Was?«

»Kann ich mir da mal die Fenster ansehen?« Er öffnet die Tür und tritt hinaus auf den Flur.

»Vaughan!«, zische ich. »Du kannst hier doch nicht einfach rumspazieren! Und wieso überhaupt *mein* Zimmer?«

Irgendein sechster Sinn lenkt ihn richtig. Er geht bis zur Ecke, bleibt genau bei meinem Zimmer stehen und sieht mich an. »Hier, oder?« Bevor ich antworten kann, tritt er ein. Ich folge ihm und schließe rasch die Tür.

»Oh.« Er strahlt. »Das *ist* dein Zimmer. Hallo, Wuffy, alter Kumpel.«

Argh. Mein uraltes Stofftier liegt oben auf meinem Kissen. Voll peinlich.

Vaughan geht zum Bett, setzt sich und greift nach Wuffy. »Wie ist es dir ergangen, Wuff? Lange nicht gesehen.«

»Vaughan.« Ich lasse meine Stimme fest klingen. »Du musst jetzt gehen. Du spielst doch nicht mal mit. Da riskierst du Ärger für nichts.«

»Bis jetzt.« Er betrachtet Wuffy, setzt ihn sorgfältig wieder aufs Kissen.

»Was meinst du damit?«

»Ich spiele *bis jetzt* noch nicht mit.« Er schnieft und bleibt auf meinem Bett sitzen. »Du hast meine Frage nicht beantwortet. Wie schwierig ist es für Jungs, sich nachts hier reinzuschleichen?« Er streicht mit einer Hand über meine Tagesdecke. Ich versuche mir nichts anmerken zu lassen. Ich glaube, er macht das unbewusst, aber es stört mich total.

Ich beiße mir auf die Lippe. »Na ja, du hast dich ja gerade reingeschlichen. Wie schwer war es für dich?«

Er schüttelt den Kopf. »Jetzt ist es mitten am Tag. Das ist etwas anderes.« Er legt sich auf mein Bett und streckt seine Beine aus. »Bequem.«

»Hey!« Ich gehe zu ihm, schnappe mir seine Hand und versuche ihn hochzuziehen. Aber er rührt sich kein Stück, hält nur meine Hand fest und starrt mich an.

»Willst du mir damit sagen, dass hier nachts nie Jungs raufkommen, Cate?«

Ich sage nichts. Es ist fast so, als ob er das mit Alex wüsste, aber das ist völlig unmöglich.

Letztes Halbjahr hatte Marcia eine Lebensmittelvergiftung und schlief im Krankenzimmer. Ich war mit Alex in seinem Studierzimmer, weil wir ein Psychologie-Projekt zusammen vorbereiten mussten. Wir machten diese Psychotests und das war irgendwie peinlich, aber auch lustig. Keine Ahnung, wie es eigentlich dazu gekommen ist, aber nach einer Weile waren wir bei ziemlich ernsten Gesprächsthemen angelangt. Wir redeten hauptsächlich über unsere Familien und er zeigte mir eine andere Seite von Alexander Morgan. Wie schlecht er damit zurechtkommt, dass er nie mit seinem genialen Bruder mithalten kann, und dass er unter der Oberfläche genauso zu kämpfen hat wie wir anderen auch. Ich fühlte mich geehrt, dass er mir das erzählte, dass er sich ausgerechnet *mir* anvertraute und sich das von der Seele redete.

Kurz vor der Nachtruhe brachte er mich mit einem Schlenker durch den Wald hierher zurück und da war schon klar, dass noch mehr passieren würde. Unter der großen Eiche mit dem Baumhaus hielt er meine Hand und küsste mich. Klar, ich erwiderte den Kuss, obwohl mir ziemlich schnell klar wurde, dass der »sensible Alex« im Studierzimmer wahrscheinlich nur eine plumpe Masche gewesen war. Es fühlte sich alles gefährlich an und ich ließ es geschehen, weil – na ja, wegen Alex. Das Alphamännchen. Der, den alle wollen. Die ultimative Aufnahme durch den Anführer der Meute.

Später machte ich mich bettfertig, immer noch ein bisschen albern drauf, löschte das Licht … und war schon am Einschlafen, als Alex in mein Zimmer geschlüpft kam, total verrückt, und mich zu

Tode erschreckt hat. Keine Sorge, ich hab ihn rausgeworfen. Freundlich, aber sehr bestimmt. Beim Gehen gab er sich absolut cool, als wäre das keine große Sache, aber seine Augen im trüben Licht meiner Nachttischlampe sprachen Bände. Er sah verärgert aus, ein bisschen verlegen … doch da war auch noch etwas anderes. Panik, glaube ich. Wahrscheinlich hatte zum ersten Mal in seinem Leben jemand Nein zu ihm gesagt.

Die Erinnerung an den Abend und dass Vaughan jetzt meine Hand hält, lassen meine Wangen heiß werden und ich hoffe, man kann es mir nicht ansehen.

Plötzlich knallt es irgendwo weiter weg im Flur. Ich fluche, Vaughan springt auf und wir huschen beide zur Tür und lauschen Seite an Seite, die Ohren gegen das Holz gepresst. Keine sich nähernden Schritte. Nach einem Moment sieht Vaughan mich an.

»Genau wie früher«, flüstert er. »Macht's Spaß?«

»Du solltest gehen.« Ihm so nahe zu sein, hat einen seltsamen Effekt auf mich, über den ich jetzt nicht nachdenken möchte. Außerdem will ich auf gar keinen Fall erwischt werden.

Er nickt. Wir warten noch kurz, dann öffne ich langsam die Tür und gucke, ob im Flur jemand ist.

»Bleib hier. Ich check mal die kleine Treppe.« Ich husche den Flur und dann die Stufen hinunter. Niemand. Ich laufe wieder hoch zu meinem Zimmer. »Die Luft ist rein.«

Er lächelt. »Danke, Catey-Cate.«

Ich tue beleidigt, dass er mich bei meinem Spitznamen nennt, und er kichert wie damals als Achtjähriger. Es bricht mir das Herz. Auf einmal möchte ich ihm sagen, wie leid es mir tut, dass ich vor all diesen Jahren ins Auto gestiegen bin und nie mehr zurückgeblickt habe. Ihm sagen, dass ich diesen verrückten, witzigen Typen mag, zu dem mein bester Freund geworden ist. Aber das tue ich natürlich nicht. Ich fertige ihn mit einem knappen Grinsen ab und klopfe ihm leicht auf die Schulter, so wie ich einen Hund tätscheln würde.

Und dann geht er. Ich folge ihm den Gang entlang und dann ein Stück die Treppe hinunter, dann lasse ich ihn ziehen.

Auf dem Rückweg überkommt mich das Bedürfnis, noch einmal in den Duschraum zu huschen – wo ich aber nur mein Spiegelbild überprüfe. Sehe ich okay aus? Meine Haare? Mein Gesicht? Ich werde rot. Als ob das eine Rolle spielt. Als wäre mir wichtig, was Vaughan denkt.

Wir haben die Zimmertür offen gelassen. Ich verlasse den Duschraum und gehe zurück, um sie zu schließen. Als ich dort ankomme, ist irgendwas komisch und ich bleibe im Rahmen stehen. Was stimmt hier nicht? Ich kann es nicht genau sagen – steht die Tür ein Stück weiter auf als eben? Die Luft fühlt sich anders an, frischer, als hätte jemand ganz kurz das Fenster aufgemacht. Ich trete vorsichtig ein, mit Blick zum Fenster. Es ist verschlossen und nichts deutet darauf hin, dass es eben offen war. Ich will schon zurück ins Bad, als mir auf dem Kopfkissen neben Wuffy etwas auffällt.

Meine Uhr.

Ich gehe langsam näher, als könnte sie jeden Moment explodieren. Hat sie eben schon dort gelegen? Auf keinen Fall. Sie wäre mir aufgefallen, während ich vor Scham über meinen plüschigen Freund gestorben bin.

Wer hat die Uhr da hingelegt?

Ich wirbele herum, sehe hinter mich und wieder zur Tür. Niemand da. Ich werfe einen Blick auf Marcias Bett. Ist sie kurz hier gewesen, nachdem Vaughan und ich rausgegangen sind? Ich beuge mich vor, nehme die Uhr. Am Kunststoffarmband klebt Sand, aber sie ist nicht verkratzt und tickt noch. Ich bemerke, dass halb unter Wuffy etwas hervorguckt: ein weißer Streifen Papier. Ich lasse die Uhr auf die zerwühlte Tagesdecke fallen und hebe den Zettel auf. Darauf sind Worte in blutroter Tinte geschrieben:

DIR LÄUFT DIE ZEIT DAVON

Blut schießt mir in den Kopf, mir wird schwindelig. Ich sinke aufs Bett und lese den Zettel noch mal, als könnte jetzt etwas anderes darauf stehen. Wessen Handschrift? Keine, die ich kenne.

Ich zwinge mich aufzustehen und sehe rasch noch mal am Fenster nach, dann auf dem Gang, dann sogar unter dem Bett. Doch es ist niemand da.

»Hallo?« Mein Herz klopft.

Aber es antwortet natürlich keiner. Schließlich falte ich den Zettel zusammen, schiebe ihn in meine Hosentasche und renne zum Speisesaal.

KAPITEL 8

Der Tag vergeht, und obwohl mir »die Zeit davonläuft«, bin ich am Donnerstagmorgen noch am Leben. Ich verstecke den Zettel in einem Psychologie-Lehrbuch in meinem Studierzimmer. Da findet ihn garantiert niemand.

Donnerstag haben wir Sport, schlimmer noch: Schwimmen. Umfraville verfügt über ein tolles Sportbecken. Oder jedenfalls wäre es toll, wenn das Internat auf irgendeiner Tropeninsel läge, aber da wir uns mitten in der Irischen See befinden, ist es ein eiskalter Albtraum.

Ezra fand, wir bräuchten ein olympiataugliches Becken – nur für den Fall, dass wir einmal einen Olympiaschwimmer in unseren Reihen hätten. Das Becken wird beheizt, daher scheuchen sie uns fast jeden verdammten Tag zwischen April und Oktober ins Wasser. Bloß vergessen sie dabei natürlich, dass die Luft nicht beheizt wird. Das Becken liegt oben auf den Klippen und setzt uns wie auf einem Silbertablett dem brutalen Wind aus. Das hat Ezra wohl nicht bedacht, als er den Bauarbeitern sagte, wo er es hinhaben will. Zur einen Seite hin verschmilzt die Wasserlinie perfekt mit dem Meer unten, es ist also ein Panorama-Pool, aber wahrscheinlich der kälteste der Welt.

Sehr hübscher Anblick. Es gibt sogar eine richtige Zuschauertribüne mit darunterliegenden Umkleiden, und dorthin rennen wir nach der Sportstunde immer tropfend, genervt und durchgefroren.

Marcia hat es irgendwie hingebogen, dass ihr diese Qual erspart bleibt. Redaktionsschluss wahrscheinlich, die Schülerzeitung verschafft ihr einige Privilegien. Ich schlurfe in Flipflops und Riesen-Pulli, das Handtuch um die Hüfte geschlungen, aus der Umkleidekabine. Die Schwimmfreaks laufen sich am Beckenrand warm, natürlich darf niemand ins Wasser, solange noch keine Aufsicht da ist. Ein paar Schüler – hauptsächlich Gildenmitglieder – sitzen auf der Tribüne, fast ganz oben. Ich steige zu ihnen rauf.

Wir haben dieses armselige Ritual entwickelt, so lange wie möglich nicht ins Wasser zu gehen. Der Sportlehrer, Mr Churley, taucht also plötzlich aus einem unterirdischen Gang auf oder wo sie ihn sonst aufbewahren, und ruft uns ins Becken. Wir zockeln los, aber so langsam wie möglich. Das erspart uns vielleicht eine Minute Schwimmen, doch es geht dabei ja vor allem um Macht in einer Situation, in der wir keine haben. Während ich hochklettere, beobachte ich die anderen. Die meisten Jungs balancieren auf den Bänken, während Rick irgendeinen Witz erzählt und seine nackte Brust in den Wind reckt. Die Mädchen und die übrigen Jungs hocken ein Stück abseits und flüstern. Becky hat ihre schönen langen Haare unter einer Badekappe versteckt, wahrscheinlich will sie sie nicht noch weiteren Chemikalien aussetzen.

Daniel sitzt oben alleine und sieht elend aus. Geiger sollten wirklich nicht zu körperlicher Betätigung gezwungen werden, das ist einfach nur grausam. Er ist groß wie Goofy, trägt einen langen grünroten Bademantel und hat seine haarigen Beine ausgestreckt. Er sieht mich nicht, sondern schaut hinaus aufs Meer und klopft mit seinen langen Zeigefingern wie mit Trommelstöcken einen Rhythmus auf seine Knie. Vielleicht hat er mich aber auch gesehen und hat bloß keine Lust zu reden. Wir müssen ja noch irgendwann dieses Gespräch führen, und je mehr Zeit vergeht, desto mehr fürchte ich mich davor. Ich frage mich, ob er das Ganze bereits abgehakt und es durch leichtes Desinteresse ersetzt hat. Jungs können so was richtig gut.

Na schön, anstatt mit Daniel kann ich ja mit *euch* über diese peinliche Sache reden. Ihn halte ich vielleicht hin, aber euch kann ich's ja verraten.

Es gibt in Umfraville jedes Jahr ein Sommerfest. Das war ursprünglich mal die Idee eines Abschlussjahrgangs, der nach den Prüfungen entspannen und gleichzeitig einen legitimen Rahmen für die Partys finden wollte, die es sowieso gegeben hätte, ob nun mit Erlaubnis durch die Schulleitung oder ohne. Nach ein paar Jahren haben sich jedoch die unteren Jahrgänge beschwert und Ezra beschloss im Sinne der Gleichheit, das Fest für alle anzubieten.

Die Party letztes Jahr war richtig klassisch. Es war ausnahmsweise mal eine warme Nacht, auf dem Rasen stand ein Festzelt, so dass jeder Teenager, der nicht vollkommen egozentrisch war, den Sonnenuntergang über dem Meer genießen konnte. Schulbands spielten, es gab Essen und man konnte sogar im Sportbecken schwimmen. Irgendjemand hatte den Fruchtpunsch aufgepeppt und ich hatte einen leichten Schwips. Nach der Sache mit Alex fühlte ich mich einsam und war voller Selbstzweifel und Daniel war da und so passierte etwas, das sich schlecht wieder rückgängig machen lässt. Wir küssten uns, gleich hier auf der Tribüne. Damals war ich ganz sorglos, jetzt liegt es mir schwer im Magen.

Wie gesagt, ich stehe nicht auf Daniel. Ich hab's versucht, weil es einfacher wäre, aber er ist ein Freund. Er bringt mich zum Lachen und wir haben herrlich alberne, wirre Gespräche miteinander, die mich immer total umhauen, weil er so klug, sprunghaft und versponnen ist. Wir mögen dieselbe traurige Musik – bis auf das Geigenzeug, das ich nicht so abkann – und wir fahren beide auf Animes und Sci-Fi-Filme ab. Wir können zusammen bescheuert sein, und das tut gut. Aber *normalerweise* will ich ihn nicht küssen und leider beruht das nicht auf Gegenseitigkeit.

Ach, ich habe keine Ahnung, was damals in mir vorging. Sommerlicher Übermut, der eklige Punsch und der idiotische Versuch, Alex' Nachgeschmack loszuwerden, mehr nicht. Daniel und ich haben am nächsten Tag nicht darüber geredet und seitdem kaum miteinander gesprochen, ziemlich traurig. Wie Marcia mir so freundlich dargelegt hat: Er weiß, dass ich nicht mit ihm zusammen sein will, und er weiß auch, dass ich weiß, dass er es will. Das klingt beknackt, fühlt sich aber noch viel beknackter an.

Ich parke mein Hinterteil also ein paar Reihen unter ihm auf einer Bank, für mich allein. Langsam wird dieses gegenseitige Ignorieren einfach nur dämlich. Wer von uns wird zuerst nachgeben und diese Freundschaft wieder aufleben lassen? Ich schaue raus auf das kalte, schiefergraue Meer, dann runter in das wärmere, hellblaue Schwimmbecken. Heute wohl keiner von uns.

»Hach, ist das erfrischend!«

Ich fahre zusammen. Vaughan hat sich neben mich gepflanzt. Er trägt nur so eine tangamäßige Schwimmerhose. Ach du *heilige Scheiße.*

»Andererseits, als ich Schwimmen auf dem Stundenplan gesehen habe, dachte ich, wir würden uns alle einfetten und rüber nach Irland kraulen. Enttäuschend zahm, muss ich sagen. Wie ich gehört habe, sind die Quallen sehr anregend für den Kreislauf.«

»Warte, bis du aus dem Wasser kommst«, witzele ich. »Das ist kalt genug. Und wir machen das bestimmt noch bis zu den Ferien.«

Vaughan klatscht sich auf die Schenkel. »Umso besser!«

Ich versuche ihn nicht anzugucken. Ich glaube, das letzte Mal, als ich ihn halb nackt gesehen habe, sind wir durch den Rasensprenger eines Nachbarn gehüpft. Daher macht es mich nervös, dass er jetzt in seiner knappen Pracht vor mir steht. Aber aus dem Augenwinkel checke ich ihn heimlich ab. Obwohl er so groß und schlank ist, hat er nicht diese unansehnliche Schlaksigkeit der meisten Jungs. So wie Daniel, denke ich und hasse mich für den Vergleich. Vaughan ist kein Bodybuilding-Freak wie Rick, aber seine Muskeln sind definitiv … definiert. Während wir hier sitzen, fällt mir die Aufmerksamkeit auf, die er von weiter oben bekommt – das anerkennende Geflüster der Mädchen. Abwarten, bis die Jungs ihn sehen, die machen ihn fertig.

Unten taucht Mr Churley auf.

»Schafft eure faulen Ärsche hier runter!«, schreit er. Ich glaube, das macht ihm Spaß. Wenn er je da rauskommen und niemand auf der Tribüne sitzen würde, wäre er garantiert enttäuscht. Uns anzubrüllen ist seine Vorstellung von Aufwärmen.

»Die Pflicht ruft.« Vaughan lächelt und steht auf. Ich sehe ihn an – also nur sein Gesicht – und er zwinkert mir zu. »Hopp, hopp!«, bellt er schroff, genau wie eben Mr Churley. »Raus aus den Klamotten!«

Ich schlucke und habe keine Ahnung, was das kleine Funkeln in seinen Augen bedeutet. Macht er sich lustig über mich oder flirtet er? Oder spielt sich das alles nur in meiner schrecklichen Fantasie ab?

Genau in dem Moment kommt Daniel an unserer Reihe vorbei. Er hat das eindeutig gehört. Er guckt mich total bedröppelt an, aber hinter der Traurigkeit liegt Wut. Das schockiert mich genauso wie

Vaughans Worte eben. Ich will eine Unschuldsmiene aufsetzen, aber es ist zu spät, er ist weg.

»Ich werde dich auch nicht nass spritzen, versprochen.« Zack, bin ich wieder bei Vaughan, der erneut so seltsam lächelt. Denkt er etwa, er flirtet? Oder denke ich das? O Mann, mit acht hatten wir solche Probleme nicht. Während ich meine Fassung wiederfinde, schleppen sich die Mädchen langsam die Stufen runter und verdammt, jede Einzelne von ihnen checkt im Vorbeigehen Vaughan ab, aber nicht so dezent wie ich eben.

»Bewegung!«, brüllt Mr Churley unten.

Die Gildenjungs springen auf der anderen Seite die Bänke runter. Vaughan wirft einen Blick zu ihnen rüber und seine Augen glitzern.

»Soll ich dir was verraten? Sie haben mich aufgenommen!«

Ich stocke. »Was?«

»Ich gehöre jetzt zur Gilde.« Er strahlt. »Oder quasi. Alex und die anderen Ältesten sind gestern Abend in mein Studierzimmer gekommen. Es gibt demnächst noch irgendein Aufnahmeritual – ist ja logisch! Ich wäre enttäuscht, wenn sie darauf verzichten würden! Und die Regeln müssen natürlich ein bisschen gedehnt werden, weil alle wissen, dass ich nicht der Killer bin.« Er lässt sich kaum Zeit zum Luftholen. Unter uns platschen und schreien die ersten Schwimmer im Wasser. »Aber ich *kann* gekillt werden, also wird's spannend!«

»Ich … das freut mich für dich.« Mehr fällt mir nicht ein und das stimmt wenigstens.

Er kneift seine grünen Augen zu Schlitzen zusammen. »Aber nicht für dich?«

Ich gucke die Schwimmer an, weil ich ihm nicht ins Gesicht sehen kann, und ich kann mir definitiv nicht irgendetwas anderes an ihm ansehen. Unten sind jetzt fast alle im Wasser und schwimmen die ersten Bahnen. Nur ein paar Nachzügler ziehen erst ihre Bademäntel aus oder reden mit Mr Churley, um ihn abzulenken und noch ein paar kostbare trockene Sekunden herauszuschinden.

»Willst du denn nicht, dass ich mitspiele, Cate?« Vaughan macht einen Schmollmund, spielt gekränkt. Aber vielleicht ist es ja doch ernst gemeint. Mein Gesicht wird immer wärmer.

»Doch, schon.« Bin ich mutig genug, ihm die Wahrheit zu sagen? »Es ist nur komisch, dich wiederzusehen. Es ist nett –« Jetzt glüht mein Gesicht bestimmt. »Aber komisch. Alte und neue Freundschaften auf einmal vermischt«, stottere ich. Das klingt fast förmlich. »Und das Spiel ist was Besonderes, weißt du? Auserwählt zu werden. Ich hab mich da sozusagen hochgearbeitet …«

»Und ich komme einfach angetanzt und bin drin?« Er mustert mich intensiv, jedes Detail an mir. »Das kann ich verstehen.«

Ich beiße mir auf die Lippe. »Ich weiß immer noch nicht, warum du unbedingt beim Spiel dabei sein willst. Ich meine, mal ehrlich, du hast mir nicht gesagt, warum du hier bist und wie du so viel über die Insel und die Schule und Killer weißt.« Er sieht weg, konzentriert sich plötzlich auf das Becken. »Und vor allem, wieso es dich überhaupt interessiert.«

Eine Minute lang antwortet er nicht. Na ja, vielleicht sind es auch bloß dreißig Sekunden, aber es kommt mir wie volle sechzig vor. Wolken verdecken die Sonne. Jeden Moment wird Mr Churley Luft holen und uns anschreien, weil wir jetzt als Einzige noch hier stehen. Gerade als ich denke, dass Vaughan nichts sagen wird und ich ebenso gut ins Wasser springen kann, antwortet er.

»Ich mag Herausforderungen, Cate. Ich brauche sie.« Er sieht mich immer noch nicht wieder an und seine Stimme ist so leise, dass ich mich rüberbeugen muss, um ihn zu verstehen. »Das Spiel.

Ja klar, krimimäßig rumraten, wer es war und so weiter, ein Problem beheben, eine Lösung finden.« Er winkt ab. »Aber das ist noch nicht alles. Eigentlich interessiert mich das *soziale* Spiel. Es geht nicht um Intelligenz oder Algorithmen oder darum, so hart zu büffeln, dass du denkst, dein Hirn brennt durch.« Er zieht die Schultern bis zu den Ohren und seufzt, will seine Anspannung loswerden. »Soziale Anerkennung. Darum geht es doch, stimmt's? Es sollte keine Rolle spielen, aber mir ist es wichtig, weil ich nie welche hatte. Ich will einfach sehen, ob ich das schaffe. Meine ultimative Herausforderung.« Er sieht kurz zu mir und dann wieder aufs Wasser. »Und daher ist das hier mein Versuchslabor«, er deutet zum Schwimmbecken, »mein soziales Experiment, mein Test, mich zu integrieren. Wenn ich es hier, in dieser Schule der Freaks und Geeks nicht schaffe, dass sie mich mögen, wo dann? Bis dahin muss ich einfach so tun, als ob. ›Durch Schein zum Sein‹.« Er sieht mich jetzt an. »Na ja, und dass du hier bist …« Er verzieht das Gesicht und setzt plötzlich eine alberne Miene auf, als wolle er dem Gesagten die Schwere nehmen. »Es kommt mir einfach richtig vor. Du warst immer ein guter Sidekick.«

Ich müsste ihn jetzt scherzhaft boxen und mich selbst als Heldin hinstellen und ihn als den treuen Begleiter. Aber ich lasse es. »Danke«, sage ich und zwinge mich, ihn anzusehen. In seinen Augen leuchtet plötzlich eine Hoffnung, die meinem Herz einen Stich versetzt. »Für die Erklärung. Und dafür, dass du mir, ähm, noch eine Chance gibst.«

Er hustet so halb und guckt weg. Ich auch. Das ist ganz schön tiefgründiges Zeug gerade. Ich habe mich praktisch entschuldigt. Ich werde unruhig. »Wir sollten jetzt besser runter.« Ich deute vage zu den Schwimmenden und spiegele damit Vaughans dramatische

Geste eben. Das kommt mir plump vor. Ich presse die Hand an meine Seite, damit das nicht noch mal passiert.

Vaughan runzelt die Stirn. »Was ist das denn?«

Zuerst denke ich, er meint mich, aber dann begreife ich, dass er zum Becken sieht.

»Dort, in der Ecke.« Er kommt meiner Frage zuvor und zeigt hinüber zum tiefen Bereich. Da ist irgendein Fleck im Wasser, eine dunkle Stelle in dem hellen Blau.

»Toll«, sage ich. »Ist das Öl oder Schlamm oder so?«

Die Wolken ziehen weiter und die Sonne kommt wieder hervor. Der Fleck ist leuchtend rot.

»Oder so«, sagt Vaughan. Ich könnte schwöre, er leckt sich die Lippen.

In der Ecke schwimmt jemand. Cynthia, eine Gildenälteste.

Sie bemerkt das Zeug hinter sich offenbar nicht. Sie tritt auf der Stelle und fummelt mit ihrer Badekappe herum. Ihre Arme sehen total dünn aus, während sie versucht diese beneidenswerten blonden Locken unter das Gummi zu zwängen. Dann schwimmt sie zum Rand, stößt sich ab und fängt eine neue Bahn an. Eine rote Spur folgt ihr.

»Blutet sie?«, fragt Vaughan laut.

»O bitte nicht.« In mir zieht sich alles zusammen. Mein erster Gedanke ist: *Periode.* Der absolute Albtraum jedes Mädchens. Mutter Natur meldet sich im Schwimmunterricht und ruiniert dich für den Rest deiner Schulzeit.

Die rote Spur ist ganz schön fett. Das ist ein richtiger Teppich hinter ihr, während sie durch das Becken pflügt, rotes Kielwasser. Und sie ist in seliger Unwissenheit.

Aber jetzt fällt es anderen auf. Die kleine Gruppe am Beckenrand hat es gesehen und auch ein paar der anderen Schwimmer. Leute kreischen und schreien: »Boah, eklig!«, und bevor ich es richtig mitkriege, sind Vaughan und ich schon unten beim Pool. Mr Churley steht einfach bloß da und guckt, gleichzeitig besorgt, verärgert und peinlich berührt. Schwimmer klettern zitternd vor Kälte und Adrenalin aus dem Becken oder werden rausgezogen, als würde da unten im Chlorwasser der Weiße Hai kreisen.

Und Cynthia schwimmt immer noch weiter.

»Beruhigt euch, Leute!«, sagt Mr Churley und trottet am Rand entlang. »Cynthia! Cynthia, meine Gute!«

Wow. Das erste Mal, dass er jemanden seine Gute genannt hat.

Ein paar von Cynthias Freunden folgen ihm. Sie diskutieren, ob sie reinspringen und Cynthia irgendwie »retten« sollen, aber mal ehrlich, niemand will was von dem roten Zeug abkriegen und niemand will derjenige sein, der es ihr sagt.

Sie erreicht das andere Ende und reckt den Kopf hoch, um kurz Luft zu holen.

»Cynthia!« Mr Churley kreischt praktisch.

Sie stoppt, hält sich am Beckenrand fest und sieht zu ihm hoch, dann zu ihren Freunden, zu uns. Total verwirrt. Sie begreift, dass wir ins Wasser sehen. Und dann sieht sie es. Die roten Wolken, die Schleier, die um ihre Beine wirbeln, ihr folgen, sich hinter ihr sammeln. Entsetzen im Gesicht, dann – o Gott, wie grausam – das endgültige Begreifen …

Ein kleines gelbes Etwas ploppt neben ihr an die Wasseroberfläche. Sie greift danach und hebt es vorsichtig aus dem Wasser.

Plopp! Plopp! Plopp!

Mehr von diesen gelben Dingern tauchen auf, im ganzen Becken. Jetzt will Cynthia doch langsam mal raus. Sie zieht sich an der Leiter in der Ecke hoch, rote Rinnsale laufen ihre dünnen, hellen Beine hinab. Eine Freundin wickelt sie in ein weißes Handtuch ein, auf dem sofort rosa Flecken erblühen.

Neben mir platscht es und ich sehe, dass jemand ins Flache gesprungen ist. Vaughan taucht wieder auf, schüttelt sich das Wasser aus den Haaren und greift sich so ein gelbes Ding. Er watet durchs Wasser zum Rand und wirft mir das Ding vor die Füße wie ein gut erzogener Labrador. Ich zucke zurück, als es gegen meine Flipflops kullert.

Eine Gummiente.

Ich bücke mich langsam, hebe sie mit Daumen und Zeigefinger auf, als wäre sie vergiftet – was sie ja vielleicht auch ist.

Jemand hat mit schwarzem Edding große Vampirzähne auf den Schnabel gemalt.

Drüben am tiefen Ende des Beckens fummelt Cynthia hinten an ihrem Badeanzug herum. Es dauert ein paar Sekunden, dann hält sie es vor sich. Ich kann es von hier aus schlecht erkennen, aber es tropft rot, wie ein riesiger blutiger Teebeutel.

»Gekillt!«, ruft Vaughan im Wasser. »Cynthia, du bist gekillt!« Er klettert heraus und läuft am Rand entlang zu ihr.

Ekel und Zorn zeichnen sich auf Cynthias hübschem Gesicht deutlich ab. Sie schleudert den Teebeutel ins Wasser, kommt mit großen Schritten in unsere Richtung und das lange weiße Handtuch bläht sich hinter ihr auf. Ihre feinen Züge sind wutverzerrt, die knochigen Fäuste geballt. Alle lachen jetzt, es werden noch mehr Killerenten aus dem Becken geborgen, und als Cynthia an uns vorbei in Richtung der Umkleide stampft, quakt jemand. Cynthia wirft demjenigen einen bösen Blick zu. Oh-oh. Jetzt wird sie sich die Quakerei noch ewig anhören müssen, da bin ich mir sicher. Aber sie sieht auch erleichtert aus, zwar ist sie ab jetzt die Duck Queen, aber wenigstens nicht das Period Girl. Das wäre wirklich der absolute Horror.

»Sieh dich um, wer ist alles hier?« Das Flüstern an meinem Ohr lässt mich zusammenzucken. Vaughan steht neben mir, seine nasse Haut glitzert im Sonnenlicht. »Komm!« Er nimmt mich beim Arm und zieht mich aus dem Gedränge zur Tribünenseite. »Guck mal, was ich mit dem Poolnetz rausgeangelt habe!« Er hält ein durchweichtes Rechteck aus sehr dünnem Material hoch, das ungefähr so groß wie ein Handy ist, der blutige »Teebeutel«, der an Cynthia geklebt hatte. Da tropft es immer noch rot raus.

»Ziemlich clever«, sagt Vaughan. »Musselin, mit einer Innenschicht aus Polymer, würde ich sagen. Und wahrscheinlich derselbe Farbstoff, den der Killer auch im Duschkopf versteckt hatte.«

»Dieser kleine Beutel hat das ganze Rot im Wasser verursacht?«

Vaughan nickt schadenfroh. »Zusammen mit Donald und Daisy.« Er hält zwei Enten hoch. »Guck – an dieser hier klebt sogar hinten noch ein bisschen Polymer.«

»Ähm, Poly-was?«

»Wasserlösliches Polymer. Kennst du diese Folie, in der Geschirrspüler-Tabs stecken? Sie löst sich auf, wenn sie mit Wasser in Berührung kommt.« Er lacht. »Ziemlich genial.«

»Wer zur Hölle hat so was in seinem Spind rumliegen?« Hier im Schatten zittere ich vor Kälte.

»Da kommt man leicht ran. Darin werden Zeitschriften eingeschweißt, weil's umweltfreundlich ist. Oder du kaufst es online.« Er zuckt mit den Schultern. »Vielleicht kriegt man es sogar im Chemielabor? Oder der Killer hat es selber mitgebracht, nur für den Fall?« Er späht um die Ecke, hinter der Mr Churley gerade sagt, dass alle sich umziehen gehen sollen. »Viel wichtiger ist, dass der Killer jetzt auf jeden Fall gerade hier ist. Jemand hat Cynthia das hinten festgeklebt, während sie geschwommen ist, ansonsten hätte sie es vorher bemerkt. Und jemand hat die Enten unten am Boden platziert.« Er runzelt die Stirn. »Ich frage mich, wie. Vielleicht waren sie mit irgendwas beschwert. Oder irgendwie festgeklebt? Der Killer konnte sie aber unmöglich lange im Voraus da platziert haben, weil sich der Kunststoff relativ schnell auflöst.«

Ich verziehe das Gesicht. »Okay … Hast du denn gesehen, wie jemand da unten ganz viele Enten montiert hat, Vaughan?«

»Nein. Mann, ich würde total gern wissen, wie er das gemacht hat! Meinst du, Churley kriegt es mit, wenn ich da schnell noch mal reinspringe und nachsehe?«

»Bestimmt. Weil er nämlich garantiert stinksauer ist, dass jemand sein kostbares Sportbecken ruiniert hat, und sich wohl gerade fragt, wie in Bloody Marys Namen er Ezra erklären soll, wieso das Teil gereinigt werden muss.« Ich halte Vaughan am Arm fest. Er ist überraschend warm, wenn man bedenkt, dass er nass ist und praktisch nichts anhat. »Außerdem warst du doch immer wasserscheu, oder nicht? Wir müssen uns umziehen gehen.«

Auch wenn ich gerade einen auf Mutter mache, läuft in meinem Kopf eine Liste durch, wer heute Morgen beim Schwimmbecken gewesen ist – darauf könnt ihr Gift nehmen! Ich betrete die Mädchenumkleide. Von der Gilde waren alle hier, bis auf Marcia. Die kann ich wahrscheinlich von der Liste der Verdächtigen streichen. Als ich meine Sachen aus dem Spind nehme, seufze ich. Wäre ja andererseits die perfekte Täuschung, oder? In der Umkleide ist es ungewöhnlich still, während wir uns anziehen. Wir sind angespannt, ich am meisten. Ich rechne fest mit einem Zettel im Schuh, »Du bist die Nächste!«, oder einem »Halte dich bereit!« in der Sporttasche, aber nichts.

Als ich angezogen bin, befühle ich das schwarze Bändchen an meinem Handgelenk und gehe los, noch immer am Leben, noch immer im Spiel. Draußen trödele ich herum und warte, dass Vaughan rauskommt – vergeblich. Gerade als ich aufgeben will, fällt mir etwas Leuchtendes und Vertrautes in der Hecke auf, die den Weg zum Schwimmbecken säumt. Ich trotte dorthin, greife vorsichtig zwischen die Brennnesseln und ziehe an dem Lederhenkel, bis die Hecke ihren Schatz freigibt.

Marcias Handtasche. Unverwechselbar. Wie ist die da hingekommen? Ich sehe hinein, aber sie ist leer. Wasser tropft vom Stoff, als hätte sie in einer Pfütze gestanden und nicht in einer Hecke gesteckt.

Ich renne damit zum Büro der Schülerzeitung und lege mir im Kopf Fragen an Marcia zurecht. Der Türknauf klebt in meiner Hand, ich drehe ihn und stoße die Tür auf.

»Marcia!«

Meine Stimme hallt durch den Raum, sie klingt streng. Alles ist dunkel.

Ich stelle die Tasche neben ihrem Schreibtisch auf den Boden und gehe zurück zur Tür, aber die will nicht aufgehen. Ich drehe den Knauf hin und her, ziehe und schiebe, aber sie klemmt wieder mal. Während ich noch mit ihr kämpfe, klopft mein Herz immer schneller. Gerade als meine Panik mich fast schreien lässt, geht die Tür doch auf und ich stolpere nach draußen und renne den ganzen Weg bis zum Haupthaus wie eine Gejagte.

KAPITEL 9

Samstagmorgen. Zwei Tote, aber ich gehöre nicht dazu.

Alex knallt den gelben Schädel auf den Frühstückstisch und ein Brüllen erfüllt die Luft. Die Versammlung ist für 16 Uhr einberufen, wir warten schon darauf.

Heute fährt kein Bus zum Festland und gegen Mittag wimmeln nach Unterrichtsschluss überall Leute im Spätseptembersonnenschein herum. Was ich gar nicht gut finde. Mir wäre es lieber, wenn sich alle Nichtassassinen verkrümeln und die Insel uns überlassen würden. Nach den spektakulären Kills dieser Woche werden wir uns höllisch Mühe geben, nicht aufzufallen.

Alex schickt eine Rundmail mit der strikten Anweisung, dass wir uns so leise und unauffällig wie möglich verhalten, uns einzeln auf den Weg machen und eventuelle Verfolger auf die falsche Fährte bringen sollen. Das dürfte für den Killer natürlich die ideale Gelegenheit sein, jemanden allein zu erwischen, und das wäre tödlich.

Aber vor Spaß und Spiel muss ich noch etwas hinter mich bringen. Daniel. Es ist Zeit. Einerseits fehlt er mir, andererseits bin ich seine Hundeblicke leid, die er mir quer durch den belebten Speisesaal zuwirft. Außerdem scheint heute die Sonne und irgendwie kommt es mir dadurch *sicherer* vor, das jetzt anzupacken. Denn abgesehen von dieser Sache ist zwischen uns ja wirklich alles sonnig und leicht und schön, und wir werden diese blöden dunklen Wolken schon vertreiben, bevor sie uns komplett das Licht nehmen.

Ich probiere es als Erstes beim Musikraum. Es überrascht mich, dass er nicht dort ist, aber nur ein bisschen. Am Wochenende geht er gern zum Üben auf die Klippen, ein Straßenmusiker, der den Möwen ein Ständchen bringt. Ich hab wohl einen kleinen Spaziergang vor mir. Ich überquere zunächst den Hof, um mir aus meinem Studierzimmer rasch einen Schal zu holen, denn am Meer wird es trotz des strahlenden Herbstwetters windig und kalt sein. Der Hof kriegt immer viel Sonne ab und entsprechend voll ist es hier gerade. Leute sitzen auf Bänken, ein paar fahren Skateboard und machen Quatsch, wie er nur am Wochenende erlaubt ist. Der Hof wird auf drei Seiten von einem durchgehenden einstöckigen Gebäude umschlossen, in dem sich die Studierzimmer des Abschlussjahrgangs befinden. Die Zimmer sind winzig – gerade genug Platz für zwei Schreibtische und ein kleines Sofa – und gehen von einem schmalen Flur ab, der zum Hof hin liegt. An der vierten Seite steht die Bibliothek, ein zweistöckiges Gebäude in künstlichem Tudorstil mit einem Uhrturm. Dieser Hof ist der Mittelpunkt unseres Internatslebens.

Ich betrete unser Studierzimmer. Marcia ist sehr selten hier, aber heute muss sie schon da gewesen sein, denn die Vorhänge sind zugezogen und nur ein schmaler Lichtstreifen erhellt den Raum. Ich seufze. Auf ihrem Schreibtisch liegt ein unförmiger Schatten – ihre Stofftasche. Nach dem Schwimmunterricht habe ich Marcia schließlich im Aufenthaltsraum gefunden, ihr erzählt, dass ich ihre Tasche klitschnass in der Hecke gefunden hatte, und sie gefragt, wie sie da hingekommen ist. Aber Marcia hat kaum zugehört, weil sie sich gerade über Alex' und Ricks Erzählung von Cynthias Ermordung amüsierte, und irgendwie verstand sie stattdessen, dass *ich* mir ihre Tasche *geliehen* hatte. Prompt stellte sie jetzt die Fragen – wozu hatte ich sie gebraucht? Wieso war sie jetzt nass? Ich gab es auf, sie zu korrigieren. Manchmal versteht man sich in solchen Gesprächen einfach nicht und dann muss man eben die Segel streichen. Oder vielleicht war sie auch einfach nur sehr, sehr clever.

Ich mache Licht und betrachte die Farbexplosion – Poster bedecken jeden Quadratzentimeter Wand, außerdem hängen da noch ein mit Troddeln verziertes Halstuch aus Spanien in Rot und Fuchsia und einige meiner experimentelleren Acrylbilder in leuchtenden Grundfarben. Marcias Tisch hat den besten Platz an der gegenüberliegenden Wand beim Fenster. An der einen Seitenwand steht ein Sofa, und zwei kleine Bücheregale sind hier auch noch irgendwie reingestopft worden. Mein Tisch ist der bei der Tür … mit einem dampfenden Becher darauf, aus dem es nach heißer Schokolade duftet.

»Mhh.« Mir läuft das Wasser im Mund zusammen. Es riecht extrem gut.

An dem Becher lehnt eine rote Karte – ein Valentinsherz, ich klappe es auf. Getippte Worte springen mir entgegen:

LASS UNS WIEDER FREUNDE SEIN!
TRINK MICH

Ich werde rot, während ich das Herz betaste, und weiß sofort, von wem die Karte ist: Vaughan. Wer sonst. Wir haben als Kinder immer heiße Schokolade zusammen getrunken. Das war eines der Dinge, die uns verbunden haben. Bei ihm zu Hause haben wir ganz schön für Chaos gesorgt und auf dem Herd Schokoladentafeln geschmolzen – seine Eltern ließen uns so was machen, hätten meine nie erlaubt – und von der heißen, klebrigen Masse ist uns regelmäßig schlecht geworden.

Außerdem fand er schon immer *Alice im Wunderland* toll, daher das »Trink mich«-Zitat. Ach *Vee*, das ist doch voll kitschig! Aber gleichzeitig auch voll süß.

Ich nehme den Becher, umschließe die Wärme mit beiden Händen. Auch auf dem Schaum ist ein Herz, aus Schokoladensirup. Ich stelle mir vor, wie ich einen großen Schluck aus dem Becher nehme und dieser Schaum zärtlich meine Oberlippe berührt und die warme Flüssigkeit mich sättigt. Vielleicht ist es ja doch nicht so komisch, dass Vaughan jetzt hier ist. Beim weiblichen Teil des Abschlussjahrgangs kommt er jedenfalls schon mal gut an.

Ich führe den Becher an die Lippen, atme den süßen, sahnigen Duft ein.

Dann reiße ich schlagartig die Tasse weg, so dass die Flüssigkeit auf meine Hand kleckert und mich verbrüht. Ich schreie auf und lasse den Becher blöderweise fallen. Die Flüssigkeit klatscht auf meine Jeans und auf den Boden, der Becher rollt unter meinen Tisch.

»Was zur Hölle hast du dir dabei gedacht?« Ich greife mir an die Kehle. »Wie blöd kann man denn sein?«

Wir sind mitten im Spiel *und* ich habe gerade erst meine Uhr zusammen mit einer gruseligen Nachricht zurückbekommen. Nun stellt mir jemand eine heiße Schokolade auf den Schreibtisch mit der Anweisung, sie zu trinken?

Und ich denke, das war Vaughan? *Wach auf.* Dieser Gruß ist vom

Killer. Ernsthaft, kann man noch amateurhafter sein? Manchmal bin ich echt naiv.

Ich setze mich schwer atmend an meinen Schreibtisch. Vaughan fand damals *Jabberwocky* toll, nicht *Alice*. Ich wische mir die Hand an einem trockenen Stück Hose ab und beäuge den Becher unter meinen Schreibtisch, als würde er gleich hochspringen und mir in den Hals beißen. Zwar sind Abführmittel heutzutage beim Spiel verboten, aber es könnte trotzdem was drin sein, wer weiß. Gar nicht witzig. Na ja, und Chilisoße oder sonst irgendwelche fies schmeckenden, harmlosen Substanzen sind absolut erlaubt – und absolut widerlich. Wenn ich bei einem dermaßen beknackten Kill draufgegangen wäre, hätte ich mich obendrein noch voll lächerlich gemacht!

Ich schnuppere an meiner Hand. Das riecht nicht nach Chilisoße. Aber das heißt ja nichts. Ich gehe runter auf alle viere, greife nach dem Becher und sehe nach hinten zum Fenster. Beobachtet mich jemand? Oder ist hier irgendwo eine Kamera versteckt? Ich sehe mich im Zimmer um. Die anderen Kills waren immer öffentlich, dieser hier kommt mir merkwürdig privat vor. Und falsch.

Ich tauche unter den Tisch und hebe den Becher vorsichtig auf. Es ist das übliche weiße Schulgeschirr. Keine Auffälligkeiten. Ich stehe auf und gucke in den Becher.

ICH HAB DICH IM BLICK

Die gleichen krakeligen roten Buchstaben wie auf dem Zettel bei der Uhr. Fast lasse ich den blöden Becher wieder fallen. Echte Angst steigt in mir auf, brodelt in mir hoch, bis mir ganz heiß und schwindelig ist. Schon mal ein totes Insekt am Boden deiner Tasse entdeckt?

Das hier ist schlimmer, viel, viel schlimmer. Zum Glück habe ich nicht davon getrunken.

Ein Schatten bewegt sich am Rand meines Blickfelds und ich reiße den Kopf zum Fenster herum. Ich springe zum Vorhang, ziehe ihn aber nicht auf. Wenn nun der Killer da draußen steht? Womit muss ich rechnen? Der Sonnenschein und das Geschrei der Schüler auf dem Hof geben mir Mut. Ich ziehe die Vorhänge zurück.

Nichts. Rasen, ein paar Bäume. In der Ferne harkt ein Gärtner, hinter ihm liegt der ummauerte Rosengarten. Sonst sehe ich niemanden. Ich hole Luft und sehe wieder in den Becher.

Die Angst verfliegt und es bleibt ein mulmiges Gefühl zurück. War das ein Kill? Bin ich jetzt aus dem Spiel? Aber ich hab den Kakao nicht getrunken, und selbst wenn, da steht doch nur: »Ich hab dich im Blick.« Müsste dann nicht eher »Du bist tot« oder »Hab dich« darauf stehen? Nein, er oder sie will mich einfach nur nervös machen. Wie mit der Uhr. Ich stelle den Becher wieder auf den Tisch. Soll ich das melden? Für mich behalten? Ich erinnere mich nicht mehr an die Spielregeln. Könnte sein, dass ich nicht die Einzige bin, die von dem Killer solche Liebesbriefe bekommt.

Ein Klopfen an der Tür lässt mich hochschrecken.

Soll ich öffnen? Gehört das zum Plan des Killers?

Ich steige auf den Tisch, schnappe mir meinen Hockeyschläger, stapele ein paar Schulbücher aufeinander und stelle mich da drauf. An den Türrahmen gelehnt, drücke ich mit dem Schläger die Klinke runter und öffne die Tür langsam. Ich spähe oben durch den Spalt.

Dort steht Daniel, den Geigenkoffer in der Hand. Erleichterung erfüllt mich, selbst Daniel ist besser als der Killer.

»Cate?« Er wirkt ziemlich entgeistert, weil ihm eine Unsichtbare die Tür aufmacht. Und er hat nichts anderes in der Hand. Ich werde es riskieren.

»Hi!« Ich winke losermäßig von oben. »Dachte nur, du bist vielleicht der Killer.«

»Oh! Hallo da oben.« Er lächelt leicht. »Der Killer? Bin ich ja vielleicht, aber deshalb komme ich nicht.«

»Nein, offenbar nicht.« Ich hüpfe runter und schiebe den Becher hinter die Kunstbücher, damit er ihn nicht sehen kann. »Jedenfalls kann ich mir nicht vorstellen, dass du als Killer anklopfen würdest. Das wäre viel zu banal für dich.«

Das gefällt ihm, er nickt. Es folgt das unweigerliche Schweigen, mit dem ich gerechnet habe. Schließlich bricht er es. »Ich hab nach dir gesucht.«

»Ich auch«, sage ich und gehe an ihm vorbei nach draußen. Irgendwie will ich die ganze Bechergeschichte erst mal für mich behalten. Ich weiß noch nicht genau, mit wem ich mich über Spieldetails unterhalten will – außer mit Vaughan.

Daniel folgt mir und ich schließe die Tür, während ich dämlich vor mich hin brabble. »Also mit ›Ich auch‹ meinte ich, dass ich auch schon nach dir gesucht habe und nicht nach mir selber, so existenziell-selbstfindungsmäßig oder so.« Ich ziehe eine Augenbraue hoch und seufze. »Wir müssen reden, oder?«

Er schluckt und wird rot. Ups, zu direkt. Zum Kern der Sache kommen, das kann ich.

»Ja«, sagt er schließlich. »Ich weiß, dass du mir ausweichst.«

Hmm. Das lasse ich mal lieber so stehen. Ich schließe hinter uns ab. Normalerweise können wir in sämtliche Studierzimmer einfach rein, aber während des Spiels hat Normalität eine Pause, darum sagt Daniel auch nichts. Wir gehen den Flur runter und hinaus auf den

Hof, der immer noch belebt ist. Ein paar Leute spielen Fußball und in der einen Ecke sehe ich Alex mit seinen Kumpels und Groupies. Er spielt Gitarre und ist ganz in seiner Rolle des verkannten Rockstars. Kurz wünsche ich mir, ich würde auch dort sitzen, aber diesen Gedanken verbanne ich lieber schnell.

»Wollen wir spazieren gehen?«, frage ich. »Weg von den wimmelnden Massen?«

»Auf jeden Fall.« Daniel sieht erleichtert aus. Mehr als zwei Leute sind für ihn wimmelnde Massen.

Wir überqueren den Hof, weichen den Skatern aus, ducken uns unter dem Fußball hindurch und halten auf den Torbogen zu. Dann ein Aufschrei hinter uns. Wir wirbeln beide herum.

Tesha, die vor der Bibliothek auf einer Bank gesessen hat, steht jetzt und schüttelt die Hände, von denen irgendwelche Tropfen wegfliegen. Ihre Freundinnen Whitney und Anvi sind aufgesprungen, von der Bank kleckert irgendetwas Schleimiges.

Platsch! Platsch!

Kleine Explosionen auf dem Boden und das Schleimzeug klatscht auf Zement. Da fällt irgendwas vom Himmel.

»Rot«, murmelt Daniel.

»Woher kommen die?« Die Sonne scheint mir ins Gesicht und ich schirme meine Augen mit der Hand ab.

»Da oben.« Er zeigt zum Uhrturm. Und tatsächlich fliegen aus einem Fenster unterhalb des Zifferblatts bereits weitere Geschosse.

»Der Killer!«

Ein Ruf vom Torbogen her – Vaughan. Er rennt in unsere Richtung und zeigt zur versammelten Gilde. »Schnell, Cate, präge es dir ein, wer ist da und wer fehlt? Der Killer muss im Turm sein, jetzt erwischen wir ihn!«

Schon läuft er weiter, sprintet über den Hof zur Bibliothek. Ich folge ihm. Und Daniel, sonst kein Fan von kurzen Sprints, folgt mir. Wir rennen an den drei Hexen vorbei – Tesha, Anvi und Whitney, die jetzt alle verschieden heftige Splatter-Kluft tragen – und weiter ins Gebäude. In der Eingangshalle bleibt Vaughan stehen und sieht sich um, aber ich laufe an ihm vorbei.

»Hier lang!« Ich winke ihn zu einer Tür in der Ecke herüber. Vaughan weiß nichts von der Treppe, die in den Uhrturm führt. Der ist für Schüler eigentlich verboten, aber letztes Halbjahr durften wir mit dem Kunstkurs da rauf, um die Aussicht aus genau dem Fenster zu zeichnen, durch das gerade die Geschosse geflogen kamen. Ich renne einen Flur runter, durch eine weitere Tür und dann die Treppe rauf. Während mein Verstand meine Füße langsam einholt, versuche ich mich zu erinnern, welche Gildenmitglieder auch in diesem Kurs waren.

»Ist das der einzige Weg rein und raus?« Vaughan zieht an mir vorbei.

»Glaube schon!«

Irgendwo über uns knallt eine Tür.

»Schnell!« Vaughan springt die Stufen rauf und wirkt in keiner Weise angestrengt. Ich bin ihm dicht auf den Fersen, Daniel ist irgendwo weiter hinten.

Vaughan rennt an einer Tür vorbei – aber ich bleibe stehen. »Hier!«, zische ich. »Das ist der Raum mit dem Fenster!«

Er kommt die Stufen wieder runtergelaufen. »Was ist da drin?«

»Ein bisschen Zeug. Ist ein Lagerraum.«

»Und da oben?« Er zeigt die Treppe rauf. »Nur die Uhr?«

»Soviel ich weiß.«

Vaughan nickt. »Du«, er zeigt auf Daniel, der jetzt auch hier ist und sich keuchend vornüberbeugt, »bleibst hier. Wenn der Killer die Treppe runterkommt, schrei.«

Daniel sieht ihn mit hochgezogenen Augenbrauen an. »Ähm, nö.«

»Bitte, Daniel«, flüstere ich. »Wir sind gleich wieder da.«

»Ich weiß nicht mal, wieso ich überhaupt hier bin, ehrlich gesagt.«

Vaughan sieht verblüfft aus, fassungslos sogar. »Du gehörst doch der Gilde an, oder nicht? Du willst den Killer finden.«

Daniel seufzt, nickt aber. »Na gut, dann macht. Ich bin dabei. Aber wenn ich gekillt werde, während ich hier rumstehe, dann seid ihr schuld.«

Vaughan klopft ihm auf den Rücken. »Alles klar. Guter Mann.«

Ich merke, wie Daniel erstarrt, aber er sagt nichts und Vaughan fällt es wohl nicht auf. Er nickt mir zu und guckt zur Tür. »Nach dir.«

Na, vielen Dank. Ich bedenke ihn mit einem Blick, öffne die Tür einen Spalt und luge hindurch.

Zunächst einmal ist verdächtig, dass da drin Licht brennt. Zwischen den frei liegenden Balken des Schrägdachs brummen Leuchtstoffröhren, die hier überhaupt nicht reinpassen. Jemand hat den Staub aufgewirbelt, er kratzt mir in der Kehle und lässt meine Augen tränen. Ich blinzele. Der Raum ist groß und fast leer, bis auf ein paar aufeinandergestapelte Stühle, zwei Klapptische und ein halbes Dutzend Bücherkisten. Nichts, was wirklich als Versteck dienen würde.

Ich mache einen Schritt ins Innere und die nackten, lackierten Dielen knarren gruselig. Einen Meter von der Tür entfernt steht eine Säule und verdeckt den Blick zum Fenster. Vaughan und ich schleichen zur Säule und spähen herum.

Wupp. Wupp. Wupp.

Das Fenster steht offen und rote Kugeln fliegen hindurch. Unter dem Fenster steht ein schwarzer Kasten mit einer Art großen Schale obendrauf.

Wupp. Wupp.

Die Kugeln kommen aus einer Maschine geflogen.

Vaughan stellt sich dahinter.

»Das ist eine Tennisballmaschine.«

Ich trete neben ihn und nehme einen schmierigen roten Tennisball aus der großen Schale. Damit bewahre ich ihn vor seinem Schicksal. In der Schale ist ein Loch, da fallen die Bälle nacheinander durch und Sekunden später spuckt die Maschine sie in beachtlicher Geschwindigkeit aus. Ich drücke den Ball leicht, ein langer Schlitz öffnet sich, der ihn fast in zwei Hälften teilt, und grellroter Schleim tritt aus. Ekelig und höchst effektiv.

»Der Killer steht definitiv auf Blut.« Ich schüttele den Kopf. »Der bleibt seinem Motto wohl gerne treu.«

»Er geht mit den tradierten Motiven durchaus erfinderisch um. Die Dusche, der Uhrturm – diese Kills könnte man fast klassisch nennen.«

»Der im Schwimmbecken war einfach bloß eklig. Und Dreck gemacht haben sie alle.« Ich lege den Ball in die Schale zurück und wische mir am Rand die Finger ab.

»Der Killer ist ein Junge. Jungs machen gern Dreck. Sie sind wie Hunde, sie wollen ihr Revier markieren.«

»Igitt, also bitte.« Ich weiche seinem Blick aus. »Du musst deine eigene Ekelhaftigkeit nicht gleich auf das gesamte männliche Geschlecht ausweiten.«

»Wir sind alle gleich, Cate.« Er kommt einen Schritt näher und diesmal zwinge ich mich, ihn anzusehen. Als er merkt, wie viel Anstrengung mich das kostet, lächelt er. »Wir sind Tiere, ich sag's dir.«

Hinter uns ertönt eine Stimme. »Und?«

Ich wirbele herum. Daniel. Er kommt zu uns.

»Ich hab oben nachgesehen. Tür zu, kein Zugang. Und hier ist auch niemand, wie ich sehe.« Daniels Blick fällt auf die Maschine. Nur mein suppender Ball ist noch übrig, er fällt ins Loch und zischt mit einem letzten *Wupp* davon. »Clever. Der Killer musste gar nicht hierbleiben.«

Vaughan untersucht den Apparat. »Er musste sogar nicht mal zum Einschalten hier sein. Das Teil funktioniert per Fernbedienung.«

»Muss man dafür nicht in Sichtlinie sein?«, frage ich.

Er schüttelt ungeduldig den Kopf. »Funk, nicht Infrarot.« Und als ich ihn fragend ansehe: »Die Fernbedienung läuft nicht mit Infrarot wie bei deinem Fernseher, sondern mit Funkwellen. Wie bei einem Autoschlüssel. Die dringen durch Wände und haben locker dreißig Meter Reichweite.« Er deutet nach unten zum Hof. »Der Killer hat sich wahrscheinlich zusammen mit den anderen gesonnt.« Er packt mich beim Arm. »Hast du Gesichtspuder dabei?«

»Musst du dein Make-up auffrischen?« Ich ziehe eine Augenbraue hoch. »Ich kann leider nur mit Lippenbalsam dienen.«

»Mist!« Vaughan läuft auf und ab. »Ich hätte mich besser vorbereiten sollen. Die Maschine wäre perfekt, um ein paar Fingerabdrücke zu nehmen.«

»He, was ist denn hier los?«

»Habt ihr die Teile geworfen?«

Plötzlich füllt sich der Raum mit Spielern, die nun ebenfalls auf die Idee gekommen sind, hier nachzusehen. Das Triumvirat der Schönheit ist auch dabei: Tesha, Anvi und Whitney sehen aus wie Unfallopfer und diskutieren wild.

»Das war kein rechtmäßiger Kill!«, sagt Tesha. Ihr Gesicht hat denselben Ton wie das rote Zeug auf ihren Klamotten. »Wir haben zwar alle drei was abgekriegt, aber diese Bälle hätten neben jedem landen können!«

»Die Regeln sagen, keine Mehrfachkills und nichts, was Außenstehende treffen könnte.« Whitney ist ruhiger, aber nur ein bisschen. »Wir werden diese Kills auf gar keinen Fall akzeptieren.«

»Und außerdem«, keift Anvi, sie ist knallrot unter ihrer Bräune und ihr gebleichter Pferdeschwanz wackelt, »hab ich eh kaum was abbekommen, nur ein bisschen was auf den Schuh, und Tesha ist voll von oben bis unten!«

»Ja, aber aus Versehen!« Tesha, von deren Locken kleine Klumpen ›Blut‹ kleckern, kämpft um ihr Leben. »Die Bälle sind dichter bei dir runtergekommen, aber die ersten paar sind in meine Richtung gehüpft. Das war total Zufall!«

Inzwischen fummeln Leute an der Maschine rum und Vaughan ist sichtlich sauer, weil er sie jetzt nicht mehr CSI-mäßig auseinandernehmen kann. Ehrlich gesagt überrascht es mich, dass er nicht die entsprechende Ausrüstung in der Hosentasche hat.

»Rick, Carl, schafft die Maschine weg.« Alex ist da. »Frischlinge, säubert den Hof. Wir bringen das hinter uns, bevor irgendwelche Lehrer was mitbekommen.«

»Alex!«, kreischt Tesha. »Scheiße, ich bin doch nicht tot, oder?«

Er prustet los. »Du siehst jedenfalls scheißtot aus.« Alle lachen. »Egal, dafür ist jetzt keine Zeit. Sieh zu, dass du sauber wirst, alles Weitere besprechen wir nachher auf der Versammlung.«

Ich sehe mich um und Vaughan ist weg. Als ich die Treppe runtergehe, kommt Daniel hinterher.

»Wenn Alex denkt, dass ich Kunstblut von den Steinplatten putze, dann hat er sich geschnitten«, grummelt er.

»Ich schätze, er will der Schule nicht noch zusätzliche Munition liefern, das Spiel zu beenden.« Wir erreichen das Erdgeschoss. »Das mit dem Schwimmbecken war ein teurer Streich.« Draußen hat Martin bereits einen Eimer Wasser organisiert und wischt das Blut weg. Ich drehe mich zu Daniel. »Möchtest du immer noch hier weg und reden?«

Er sieht hinauf in den Himmel, als stünde die Antwort in den Wolken. »Nicht nötig. Ich glaube, wir wissen beide, woran wir sind. Wir sehen uns später.« Er geht schnurstracks Richtung Torbogen, ohne sich noch mal umzusehen.

»Na super, Daniel, das bringt's!«, rufe ich ihm nach. Martin sieht von seiner Putzarbeit auf, aber das ist mir egal. Und eigentlich ist mir jetzt auch Daniel egal. Er ist eine Dramaqueen, aber nicht auf die lustige Art, sondern saugt einem einfach nur Energie aus. Schon vor der bescheuerten Knutscherei hat er nur Arbeit gemacht. Ich habe endlose Stunden damit verbracht, mich an seine Launen anzupassen und mir sein endloses Maulen à la I-Aah anzuhören, und was war der Lohn? Hin und wieder ein wundervoller, lustiger Nachmittag, an dem er eher manisch als depressiv gewesen ist? Und jetzt soll ich ein schlechtes Gewissen haben, nur weil ich den Fehler gemacht habe, mit ihm zu knutschen?

Ich schließe die Augen und ächze. Ich *habe* ein schlechtes Gewissen. Ich wollte in Daniels Armen Trost finden und Alex wehtun, bevor er mir wehtun konnte – aber der Einzige, der schließlich wirklich leiden musste, war Daniel. Und nun denkt er wohl, dass ich jetzt auch noch Vaughan toll finde. Was für ein blödes Durcheinander. Daniel ist mein Freund, und egal was für schlechte Liebesgeschichten in meinem lachhaften Leben ablaufen, ich muss das irgendwie geradebiegen.

»He, warte!« Ich laufe ihm nach.

»Was ist denn?« Erstaunlicherweise bleibt er wirklich stehen und sieht mich bestürzt an.

»Das mit uns! Ich will nicht, dass es so komisch zwischen uns ist, und ich hab die Nase voll von deinem Verhalten. Ich weiß, dass dir das unangenehm ist und dass wir uns, na ja, *geküsst* haben, aber können wir das nicht einfach hinter uns lassen?«

Er schaut auf seine Füße hinunter und dann mich an. Die Wut in seinem Blick überrascht mich.

»Hinter uns lassen? Einfach so?« Er sieht wieder nach unten. »Du hast keine Ahnung, oder?«

»Wovon – dass du mich ›magst‹?« Ich mache mit den Fingern Anführungszeichen. »Können wir nicht einfach Freunde bleiben? Das haben wir doch gut hingekriegt.« Ich hole tief Luft. »Du fehlst mir, weißt du? Es ist schade, dass du nicht mehr da bist.«

»Aber ich bin doch da!«, faucht er. »Du nimmst mich bloß nicht wahr! Besonders jetzt, wo du andere Leute auf dem Schirm hast.«

»Auf dem Schirm …?« Mir bleibt der Mund offen stehen. »Was soll das denn heißen? Wen um Himmels willen habe ich denn auf dem Schirm?«

Er bleibt mir die Antwort schuldig, wendet sich ab und geht weiter Richtung Musikräume.

»Du bist doch gar nicht da! Wann siehst du mich denn mit diesen ganzen Leuten, die ich auf dem Schirm habe?«

Er fährt auf dem Absatz herum und starrt mich an. »Oh, ich sehe dich, Cate. Du bemerkst mich vielleicht nicht, aber ich bin die ganze Zeit da.«

Er wendet sich ab und verschwindet im Musikgebäude. Ich stöhne frustriert auf. Was meint er damit, dass er die ganze Zeit da ist? Was soll dieses geheimnistuerische Gerede?

Erst als ich zurück in mein Studierzimmer schlurfe, fällt mir der Becher wieder ein.

Ich hab dich im Blick …

KAPITEL 10

Samstagnachmittag und mein Herz schlägt noch. Wenn auch nur knapp.

Zur zweiten Versammlung bin ich superpünktlich und trotzdem ist die Höhle bereits mehr als zur Hälfte gefüllt. Daniel sitzt hinten neben Marcia und ist in ein altes, staubiges Buch vertieft. Keine Ahnung, ob es hier drin überhaupt genug Licht zum Lesen gibt, aber schauspielern kann er. Im Hintergrund läuft ein Golden Oldie von Evanescence und es herrscht helle Aufregung, bestimmt wegen der Pseudo-Kills heute Mittag. Es gab ohnehin schon einiges zu besprechen, aber jetzt reden alle so laut, dass man es bald vielleicht sogar noch draußen am Strand hören kann.

»Ist dir jemand gefolgt?«, ruft Alex herüber. Ich schüttele den Kopf. »Sicher?«, hakt er nach.

»Niemand!« Ich schüttele nachdrücklich den Kopf. Verflucht. Wir müssen ab jetzt wohl noch vorsichtiger sein. Ich finde einen Sitzplatz auf einer Kiste. Es ist kalt hier drin, vielleicht sogar noch kälter als draußen. Der Generator schweigt und die Höhle wird nur von einer einzelnen Öllampe und der Hälfte der Kerzen beleuchtet. Alles wirkt hastig vorbereitet. Ich sehe sehnsüchtig zu dem elektrischen

Heizlüfter, aber Alex will wohl Strom sparen, bis wir ihn wirklich brauchen. Ich nehme meine Handschuhe aus den Parkataschen. Dabei fällt alles heraus – meine Schlüssel, das Regelbuch, Taschentücher, Lippenbalsam. Ich sammle die Sachen auf und stecke sie wieder ein.

Nach und nach füllt sich die Höhle. Immer wieder trudeln kleine Grüppchen ein. Wahrscheinlich sind ja alle allein losgegangen, wie von Alex verlangt, aber irgendwo unterwegs haben sie dem Herdentrieb doch nachgegeben.

»Hinsetzen, schnell«, sagt Alex. »Wir haben jede Menge zu besprechen.« Er sieht sich um. »Sind alle da?«

»Tesha wäre fast nicht gekommen«, sagt Carl mit süffisantem Lächeln. Er will die Sache in Bewegung bringen, ist aber ganz entspannt dabei und stützt das Kinn in die Hände. Seine braunen Haare sehen im Kerzenlicht verblüffend rot aus. »Sie ist beleidigt wegen ihrer eingesauten Oma-Strickjacke. Coole Aktion, Killer.«

»Halt die Klappe, Carl.« Tesha seufzt. »Die ist aus Kaschmir und ich kriege die Farbe nicht raus.«

»Du wirst es überleben, Tesh.« Alex kann sein Grinsen nur ansatzweise unterdrücken. Er freut sich jedes Mal, wenn seine Verflossenen irgendwie blöd dastehen. »Die anderen Toten sind auch da und die heulen nicht rum.« Er sieht zu Cynthia und Becky.

Tesha steht kurz vor der Explosion. »Aber wir sind nicht tot – oder, Alex?« Sie guckt ihre Freundinnen an, damit die ihr beistehen, doch Whit und Anvi sitzen reglos da, den schwarzen und den blonden Kopf aneinander, Yin und Yang, Zwillinge im Negativ. Ihre Chancen sind am größten, wenn sie sich jetzt ruhig verhalten und darauf hoffen, dass Tesha zum Opfer erklärt wird. »Es war ein Mehrfachkill und die sind nicht erlaubt –«

Alex hebt die Hand. »Dazu kommen wir noch, Tesha, mach dir

nicht in die Hose.« Vereinzeltes Kichern. »Also, können wir jetzt anfangen?«

»Wir sind vollzählig.« Marcia hat durchgezählt.

»Einer fehlt.« Rick schiebt den Unterkiefer vor.

»Nein«, sagt Marcia. »Dreizehn Spieler, ein Meister.«

»Du vergisst unseren Neuzugang ...«, knurrt Rick.

»Hallo, Leute!« Wie aufs Stichwort kommt Vaughan aus dem Gang und winkt wie ein überdrehter Clown. »Ich dachte, ich lass euch Zeit, die Sache zu klären, bevor ich hier aufschlage.« Sein Auftritt ist nicht so verrückt wie letztes Mal, aber er ist definitiv genauso beeindruckend.

»Neuzugang?«, ruft Martin. »Dann ist er jetzt wirklich drin?«

»Drin wie Flynn!« Vaughan grinst, dann sieht er mich an. »Oh – war nicht böse gemeint, ich weiß ja, wie sehr du auf deinen ›Mentor‹ stehst.«

Mir wird schlecht. Ich würde am liebsten sterben und im Erdboden versinken, aber das soll niemand merken.

»Wir stimmen nicht darüber ab?«, meldet sich Daniel zu Wort. Weil das so selten vorkommt, sehen ihn alle an.

»Ach, du bist noch hier, Daniel?«, fragt Vaughan superfreundlich. »Dabei hast du heute Mittag keinen sonderlich engagierten Eindruck gemacht. Hast eigentlich null Lust gezeigt, der Sache auf den Grund zu gehen. Das sollte sich der Killer merken und dich bis zum Ende des Spiels verschonen. Aber vielleicht ist das natürlich auch nur eine kunstvolle Täuschung und *du* bist der Killer.« Vaughan legt einen Finger an die Wange und lässt sich das durch den Kopf gehen. »Nein, ich glaube nicht, dass du es bist. Ganz schön viel Blut, hm?« Er schnalzt mitfühlend. »Da fehlt es dir vielleicht doch ein bisschen an Mumm.«

Daniel steht auf, was in Daniels Welt einem Schlag ins Gesicht entspricht.

»Kriegt euch ein, Jungs.« Marcia steht ebenfalls auf. »Es ist entschieden. Vaughans Plädoyer für die Aufnahme hat es in dieser Art noch nie gegeben und die Ältesten haben für ihn gestimmt. Alles, was er über seine Intranet-Seite gesagt hat, scheint wahr zu sein, und Crypt wird dieses Spiel auf ein neues Level bringen.«

Ein Murren erfüllt die Höhle, vor allem von Seiten der Jungs, und ich kann mir denken, wieso. Leute haben jahrelang darauf gewartet, es ins Team zu schaffen, und dieser Neue kommt einfach daherspaziert und wird mal eben aufgenommen.

Alex bringt alle zum Schweigen. »Die Regeln sind wie folgt: Vaughan ist natürlich nicht der Killer. Er darf mit abstimmen und er kann gekillt werden. Das wär's.«

»Finde ich gut.« Whitney klimpert Vaughan unter ihrem schwarzen Fransenpony hervor an. »Willkommen.«

»Weise Entscheidung, Älteste.« Emily lächelt ebenfalls und schlägt diese langen, braun gebrannten Beine übereinander.

»Keine Sorge, er bekommt schon noch sein spezielles Aufnahmeritual.« Rick leckt sich die Mundwinkel.

Die Jungs lachen. Jede Wette, dass sie das Ritual längst besprochen haben. Rick Muskelhirn freut sich eindeutig schon darauf, jemand Neues auf ausgefallene Weise quälen zu können.

»Und jetzt zu den Kills«, sagt Alex. Vaughan setzt sich auf eine freie Kiste neben mir. Ich merke, wie die Mädchen ihn ansehen, und zu meiner eigenen Überraschung hab ich ihn selbst gern bei mir.

»Unser Killer ist sehr fleißig gewesen«, sagt Alex. »Dafür kann ich ihn nur loben. Ich kann mich an kein Jahr erinnern, in dem wir gleich in der ersten Woche drei Kills hatten.«

»Zwei!«, kommt es von Tesha. »Nur zwei!«

Alex schließt die Augen und sagt einen Moment lang nichts. »Der erste Kill. Wir Jungs waren nicht dabei, aber wir haben unsere Spione natürlich überall, sogar im Duschraum der Mädchen.«

Die Jungs lachen, ein paar Mädchen ächzen und tun empört.

»Als ob ihr da eine Kamera installieren würdet!«, sagt Whitney und genießt die Vorstellung ein bisschen zu sehr.

»Hey, Vaughan.« Carl strahlt über das ganze Sommersprossengesicht. »Können wir in diesem neuen Intranet auch Videos posten?«

Vaughan nickt. »Na ja, möglich ist das auf jeden Fall.« Er knackt mit den Knöcheln. »Aber das lassen wir lieber.«

»Das reicht!«, ruft Alex. »Wie ich gerade sagte, der erste Kill. Wir eröffnen mit einem Klassiker: die Blutdusche. Unser Killer legt damit einen tollen Start hin und ehrt die Tradition. Gut gemacht, wer immer du bist.«

Niemand sagt etwas. Wir beäugen einander und fragen uns, wer der Täter ist.

»Bei seiner zweiten Aktion jedoch dreht unser Killer auf«, fährt Alex fort. »Und der Stil bleibt leider auf der Strecke.«

»Das beschreibt es nicht mal ansatzweise«, sagt Cynthia stockend und zieht schützend eine Decke um ihren schmalen Körper.

»Tja, nun«, sagt Alex. »Cynthia zieht eine Blutspur hinter sich her und das Schwimmbecken kann für den Rest des Halbjahrs nicht mehr benutzt werden.« Er setzt sich ein bisschen auf. »Was für sich genommen vielleicht gar nicht so schlimm ist, aber hier hat der Killer die oberste Regel verletzt: nicht den Zorn der Schulleitung auf uns ziehen. Die tolerieren unseren Blödsinn und die eine oder andere Sauerei, aber kostspielige Maßnahmen wie eine Grundreinigung des Schwimmbeckens findet Ezra gar nicht gut.«

Carl beugt sich vor. »Wir haben die Wasservögel zwar entfernt und die Farbe war ein paar Minuten später komplett verdünnt, aber trotzdem. Das Becken muss geleert werden. Ezra hat Alex und mich in sein Büro bestellt und uns gefragt, was wir darüber wissen. Wir wussten natürlich nichts und haben erklärt, dass das irgendein Streich war, der nicht zum Spiel gehörte. Also will er die Sache auf sich beruhen lassen – dieses Mal. Aber noch so eine Aktion und das Spiel ist gefährdet.«

»Und das willst du natürlich nicht«, sagt Roger. »Wo du doch noch ein paar Kills auf Lager hast, Carl.«

Carl grinst verschlagen und zwinkert ihm zu. *Könnte* er es sein? Carl hat etwas Beunruhigendes an sich. Er ist der eigentliche Stratege der Ältesten. Alex ist das Sprachrohr und Marcia eindeutig der Verstand, aber ich hege den Verdacht, dass viele Ideen von Carl kommen. Er wirkt wie ein Erwachsener, der sich als Teenager tarnt, und das macht mich ein bisschen nervös.

»Womit wir bei Kill Nummer drei wären – oder jedenfalls bei Versuch Nummer drei«, fügt Alex hinzu, bevor Tesha sich wieder einmischen kann. »Also vor der Grundidee kann ich nur meinen Hut ziehen. Toller Einfall, aber eine total hirnrissige, unpräzise Sauerei. Zunächst einmal, Killer, vergiss nicht, dass du ein psychopathischer Serienmörder bist, kein Massenmörder. Ein Kill nach dem anderen. Du kannst meinetwegen erst das eine Opfer töten und fünf Minuten später das andere. Aber es müssen getrennte Kills sein und nicht das Ergebnis davon, dass du mit Blut gefüllte Tennisbälle auf die Allgemeinheit schießt. Da war auch Nichtgilde anwesend, und wäre von denen jemanden erwischt worden, wärst du längst aus dem Spiel. Nun wissen wir alle, dass du drei Frischlinge vollgematscht hast: Tesha, Whitney, Anvi. Also wer ist jetzt tot?«

Die drei setzen sich auf, jetzt kommt die Entscheidung.

»Wir Ältesten haben uns beraten«, sagt Marcia langsam.

»Und es sieht so aus, als seist du das Ziel gewesen, Tesha«, sagt Cynthia. Teshas Miene verfinstert sich. Selbst die Locken hängen ein bisschen durch.

»Aber«, sagt Alex, »wir können uns da nicht sicher sein. Der Kill war zu unpräzise. Und deshalb dürft ihr alle drei weiterhin um euer Leben kämpfen.« Er wartet, bis sie mit ihren Jubelrufen fertig sind. »Achte auf Genauigkeit, Killer. Das ist deine erste und letzte Verwarnung. Wenn so etwas noch einmal passiert, ist deine Herrschaft vorbei. Und –«, er wendet sich an die Mädchen, »seid auf der Hut! Wie es aussieht, hatte der Killer eine von euch im Visier. Macht es ihm nicht leicht.«

Alex atmet durch und macht sich ein Getränk auf. »So, bevor wir unsere Tipps abgeben, wer der Killer ist, wird es Zeit, dass Zuckerberg hier uns eine Führung durch unser neues digitales Zuhause gibt. Schmeißt den Generator an.«

Rick geht raus auf den Gang und die Lampions erwachen zum Leben. Der Generator brummt, während Marcia auf dem Laptop tippt und ihn dann an Alex weitergibt. Er dreht ihn so, dass wir auf den Bildschirm gucken können.

»Die Ältesten haben festgelegt, wie das Ganze ablaufen soll, aber wie es funktioniert, soll euch der Schöpfer persönlich erklären. Vaughan?«

Vaughan springt auf und übernimmt bereitwillig die Bühne. Er tippt auf die Tastatur und die schuleigene Intranetseite erscheint. Es ist ein Foto des Gebäudekomplexes mit Links zur Nachrichten-App, Pinnwand der Schule und der Onlineversion der Schülerzeitung. Oben rechts befindet sich das Schulwappen, eine große rote Blume auf einem gelben Schild, hinter dem ein Phönix aufsteigt. Vaughan lächelt in die Runde.

»Ich bin mir bewusst, dass die meisten hier von überragender Intelligenz sind, aber für die Sportler unter uns habe ich den Login-Vorgang einfach gehalten.«

Rick täuscht ein Lachen vor und flucht dann leise. In diesem Teil der Schülerschaft wird Vaughan sich keine Freunde machen.

»Das erste Einloggen muss von einem Laptop aus stattfinden. Das ist ganz einfach, seht her.« Vaughan redet wie mit kleinen Kindern und bewegt den Mauszeiger, bis er genau im Auge des Phönix steht. »Linksklick und dabei gleichzeitig Steuerung und K, I, L halten, so hier.«

»Ach ja?«, höhnt Rick. »Und wie viele Finger brauchen wir dazu, hä?«

»Ihr braucht beide Hände, also wirst du die eine kurz aus deiner Hose nehmen müssen«, sagt Vaughan ernst. Rick funkelt ihn an. Es stimmt, er spielt ständig Taschenbillard. Die Mädchen – und Alex und Carl – belohnen Vaughan mit einem Lachen.

Rick zeigt zum Bildschirm. »Da tut sich aber nichts. Ohh, ist wohl kaputt.«

»Ich will dir mal durchgehen lassen, dass du das denkst, Rick«, sagt Vaughan. »Aber stell dir vor – du musst die Tasten noch einmal drücken! Die Kombi muss nach mindestens fünf und höchstens zehn Sekunden wiederholt werden. Also einfach einundzwanzig, zweiundzwanzig und so weiter bis sechsundzwanzig, erneute Tastenkombi und du bist drin. Ein Kinderspiel … also vorausgesetzt, du kannst so weit zählen.«

»Haha«, sagt Rick. »Noch einen auf Lager? Ich mach mir schon in die Hose.«

»Ach je.« Vaughan sieht ihn besorgt an. »Du armes Ding.« Er drückt die Tasten, ohne den Blick von Rick abzuwenden, und das Gemälde von William Blake erscheint. »So, da wären wir. Jetzt die Eule anklicken, und wenn das Passwortfenster erscheint, gibst du ›Neandertaler Ricky‹ ein und –«

»Willst du mich verarschen?«, brüllt Rick.

»Gut erkannt.« Vaughan grinst ihn an. »Wollte ich. Man muss ›Live2playPlay2live‹ eingeben.« Er schnappt sich Marcias Klemmbrett und Stift, reißt ein Stück Papier ab und schreibt das Passwort auf. »Merkt es euch. Nicht aufschreiben. Diese Notiz wird sich in zehn Sekunden selbst zerstören.« Er hält den Zettel hoch, damit wir uns die Schreibweise einprägen können, und dann zerknüllt er ihn, stopft ihn sich in den Mund und kaut drauflos.

»Spinner«, sagt Rick.

Vaughan kaut und kaut, dann schluckt er endlich, leckt sich die Lippen und drückt Enter. Ein zweites Fenster öffnet sich. »Nun müsst ihr ein Profil anlegen. Sobald das alle erledigt haben, werde ich für schnellen Zugang ein Osterei auf die Schulseite packen.«

»Ein Osterei?«, höhnt Rick. »Bist du ein Plüschhase, oder was?«

»Er meint ein *Easter Egg*, Rick. Etwas Verstecktes zum Anklicken«, mischt Tesha sich ein. »Hast du denn überhaupt keine Ahnung?«

»Sind ja nicht alle hier Nerds«, schießt Rick zurück.

»Danke für diese klare Bestätigung meiner Eingangsbemerkung.« Vaughan lächelt ihn mitfühlend an. »Keine Sorge. Jedem wird gesagt, wo man es findet. Dann könnt ihr euch von jedem Laptop, Tablet und so weiter ins Netzwerk einloggen.« Er tippt schnell und drückt Enter. »Und los geht's!« Die Seite mit dem Totenschädel baut sich auf. »Ladies and Gentlemen, willkommen auf Crypt.« Vaughan lächelt den Bildschirm liebevoll an.

»Alle, auch die kürzlich Verstorbenen«, er nickt zu Cynthia und Becky hin, »können ein Profil anlegen. Es bleibt euch überlassen, ob ihr euren Namen verratet. Ich schlage aber vor, dass wir alle inkognito bleiben. Das macht das Rätsel größer, stimmt's?« Vaughan sieht sein gebanntes Publikum an. »Sobald ihr euch mit eurem individuellen Nutzernamen und Passwort angemeldet habt, funktioniert dieses hübsche Teil wie jedes andere soziale Netzwerk auch. Hier ist die Pinnwand, wo alle offiziellen Sachen von Alex, Marcia oder mir erscheinen werden, und hier der Livefeed mit den Posts von allen anderen. Man kann Texte und Bilder und sogar Fotos posten.« Er lächelt uns an. »Wobei wahrscheinlich niemand sein Handy zur Hand hat. Aber wer es traditionell mag, kann sich mit einer richtigen Kamera austoben.«

»Und wenn jemand die Seite sieht, während man gerade aktiv ist?«, fragt Anvi. »Kommt mir ganz schön riskant vor.«

»Na ja, ihr werdet natürlich euer Bestes tun, damit es gar nicht erst dazu kommt«, sagt Vaughan. »Wir dürfen ja alle in gewissem Umfang ins World Wide Web, also wird ein Lehrer oder Nichtspieler sich nicht automatisch wundern, wenn er einen kurzen Blick auf die Seite wirft. Aber wenn ihr an eurem Endgerät für sechzig Sekunden völlig inaktiv seid – keinerlei Browsen, Tippen, Scrollen –, dann leitet euch Crypt zurück zur Schulhomepage. Und im Notfall drückt Escape oder End und ihr landet sofort wieder auf Umfraville Central.«

»Und was ist das mit den Nachrichten?«, fragt Tesha. »Wie funktioniert das?«

»Danke für die Frage.« Vaughan klickt auf einen Link und am unteren Bildschirmrand erscheint ein Fenster. »Das ist euer normaler Intranet-Nachrichtendienst. Crypt benutzt dieses Fenster einfach mit, es legt eure Killer-Nachrichten hier ab, sowohl die öffentlichen als auch die privaten.« Er sieht uns an. »Der einzige Unterschied ist, eure öffentlichen Killer-Nachrichten sind auch von Crypt aus einsehbar und erscheinen in eurem Newsfeed. Alles klar? Auf diese Weise könnt ihr, wenn ihr auf Crypt eingeloggt seid, gleichzeitig Sachen machen, die total erlaubt sind, und trotzdem ein Auge auf das Spiel haben.«

»Hast ja wirklich an alles gedacht«, höhnt Rick.

»Erzähl ihnen vom Tracking«, sagt Alex ruhig.

»Alles klar!« Vaughan klatscht in die Hände. »Also, Leute – wenn ihr auf dieses kleine Landkarten-Icon klickt, dann könnt ihr sehen, welche User an welchem Ort eingeloggt sind.«

Er klickt und eine Karte von Skola Island öffnet sich. Ein paar Leute kichern. Sie ist in einem bauklotzartigen, pseudomittelalterlichen Stil gehalten, sehr Minecraft-mäßig. Es laufen sogar kleine Leute rum, die Bücher tragen.

»Wie süß!« Whitney strahlt Vaughan an. »Und ganz schön beeindruckend. Das hast du alles alleine gebaut?«

Vaughan nickt und gibt sich cool, aber ich kenne ihn gut genug, um zu wissen, dass er gerade vor Freude platzt.

Die Karte *ist* cool. Ich erkenne das Haupthaus, dann die verschiedenen Nebengebäude – den Wohntrakt der Jungs, die Ateliers, Unterrichtsräume und Labore, den Hof mit der Bibliothek und den Studierzimmern, die Aula, die Turnhalle und die Wohnanlage der Lehrer – und schließlich das Schwimmbecken, den Sportplatz, das Amphitheater.

»Ihr könnt rein- und rauszoomen.« Vaughan zeigt es uns. Ich beuge mich vor. Die Höhlen sind eingezeichnet und der Dammweg zum Festland. Vaughan hat die Insel eindeutig ziemlich intensiv erkundet – wann hatte er dazu Gelegenheit? Jeder Strand und jedes

Stück Wald ist dargestellt und auf den Feldern im Norden der Insel grasen kleine eckige Schafe und Kühe.

»Tracking. Also, wie funktioniert es?« Vaughan räuspert sich. »Wie uns allen schmerzlich bewusst ist, gibt es nur vier Orte mit verlässlichem WLAN für das Umfraville-Intranet: den Hof, den Computerraum, Marcias Redaktionsbüro und jetzt die Höhlen hier. Aber für ein bisschen mehr Spannung«, Vaughan strahlt, »habe ich auf dieser Karte jeden Computerarbeitsplatz der Schule eingetragen.«

»Und das heißt was?«, frage ich.

»Das heißt …«, Vaughans Augen glänzen im Kerzenlicht, »jedes Endgerät, das über Kabel mit dem Intranet verbunden ist, kann ebenfalls euren Standort verraten. Der PC in Ezras Büro zum Beispiel oder Mr Flynns Mac in seinem Häuschen.« Er zwinkert mir zu. »Falls ihr es schafft, an einen dieser Computer zu kommen, dann tut es auf jeden Fall! Das peppt das Ganze noch etwas auf. Ihr erscheint dann auf der Karte als kleiner roter Totenschädel, der mit eurem Usernamen bezeichnet ist, und dann wissen wir alle, wo ihr seid.«

»Verstehe ich nicht.« Martin schüttelt seinen dunklen Stachelkopf. »Was ist denn so toll am Tracking?«

»Dass wir dann wissen, wer wo ist und wann«, antwortet Marcia an Vaughans Stelle. »Wenn du weißt, dass die Spieler A, B und C in der Bibliothek online waren, als jemand in der Aula gekillt worden ist, dann kannst du vielleicht abschätzen, wer diese Spieler sind und sie von deiner Liste der Verdächtigen streichen.«

»Und das ist nur der Anfang.« Vaughan nickt Alex zu. »Unser Meister hat entschieden, das Tracking vorläufig nicht zu aktivieren, aber wenn es so weit ist …« Vaughan pfeift leise. »Dann haltet euch fest …«

»Schön.« Alex schlägt auf den Tisch. »Ihr habt vierundzwanzig

Stunden. Meldet euch an und erstellt ein Profil. Dann haltet euch für mein erstes Posting bereit.«

Er steht auf und nimmt den Samtbeutel vom Tisch. »Rick, mach den Generator aus. Es wird Zeit für den eigentlichen Anlass. Wir müssen unsere Stimmen abgeben.« Er tritt in die Nische und zieht den Vorhang auf. Wir, die zum ersten Mal dabei sind, keuchen hörbar auf, als wir den Altar erblicken. Er ist größer, als ich gedacht habe. Von einer dunklen Mittelsäule gehen in zufälliger Anordnung verschieden hohe Regalbretter ab wie Äste von einem Baumstamm. Jedes Bord wird von Votivkerzen erhellt und ist vollgestopft mit Fotos und Erinnerungsgegenständen früherer Spiele. Verschnörkelte Porträts alter Gildenmitglieder: maskierte Teenager mit einem bösen Lächeln im Gesicht. Ein Kelch aus Zinn, dessen Rand mit irgendetwas Scheußlichem verkrustet ist, eine Schulkrawatte, die zu einem Galgenstrick geknotet wurde, und eine schwarz glänzende »Bombe« mit Zündschnur. Auf dem obersten Bord grinst der gelbe Totenschädel und drumherum sind die zerschnittenen Armbänder früherer Opfer angehäuft.

Alex schüttet aus dem Samtbeutel kleine Zettel in eine große Messingschale auf dem Altar und dreht sich zu uns um. »Wenn ihr an der Reihe seid, nehmt ihr einen Zettel, schreibt einen Namen darauf, setzt eure Unterschrift darunter und steckt ihn in den Beutel. Wenn ihr nicht wisst, wer der Killer ist, dann schreibt irgendwas hin – Elvis, Micky Maus – Hauptsache, da steht was. Wenn ihr wisst, wer der Killer ist, dann schreibt ihr ihren oder seinen Namen. Aber nur, wenn ihr euch wirklich sicher seid, denn wenn ihr euch geirrt habt, seid ihr aus dem Spiel.«

Wir kommen in der Reihenfolge dran, wie wir geholt worden sind. Ich als Letzte. Dadurch kann ich in Ruhe beobachten, wie jeder in die Nische tritt, sich hinkniet und etwas aufschreibt. Manche sind total schnell, manche lachhaft langsam. Endlich bin ich dran. Ich knie mich auf das dunkle Kissen auf dem kalten Sandboden und nehme einen Zettel. Ich greife nach dem Stift des Unheils – ein übergroßer Holzstift, in den Totenschädel geschnitzt sind. Er liegt schwer und schlecht ausbalanciert zwischen meinen Fingern und ich bekomme verschwitzte Handflächen. Ich spüre die Blicke der anderen im Rücken. Weiß ich, wer der Killer ist?

Nein.

Ich schreibe: *Der Weihnachtsmann.*

Als es dort steht, zögere ich. Ich wünschte, mir würde noch was Geistreicheres einfallen. Tut es aber nicht. Ich unterschreibe und falte den Zettel, einmal, zweimal, dreimal.

Dann schiebe ich ihn in den Beutel. Durch die schmale Öffnung kann ich ein paar Zettel sehen. Ich versuche Namen zu erkennen, aber alle sind sehr gründlich mit ihrem Origami gewesen.

Als ich aus der Nische trete, steht dort schon Alex.

»Ich werde die Stimmen nun auswerten«, verkündet er, tritt in die Nische und zieht den Vorhang zu.

Wir gucken auf den schweren Stoff und spitzen die Ohren. Das Meeresrauschen im Hintergrund ist richtig gruselig, keine klaren Wellen, die am Ufer brechen, sondern eher ein tiefes Grollen, das sich durch die Höhlen fortpflanzt. Ich höre genauer hin. Vielleicht bilde ich es mir nur ein, aber ich glaube, ich kann Papier rascheln hören, während Alex die Zettel entfaltet, liest, beiseitelegt.

Er lacht leise. Irgendjemand hat eindeutig etwas Kreativeres geschrieben als ich. Eine Minute später wieder ein leises Auflachen. Dann nichts. Wir warten. Und warten. Dann wird es langsam lächerlich. Alex lässt sich mehr Zeit beim Lesen, als wir zum Schreiben gebraucht haben. Ist er eingeschlafen? Oder durch ein Kaninchenloch verschwunden? Ich schaue zu dem kleinen Spalt unter dem Vorhang, versuche eine Bewegung von Füßen auszumachen, einen Schatten, irgendwas.

Plötzlich wird der Vorhang zurückgezogen und ich unterdrücke einen Schrei.

Vor uns steht eine Gestalt in einem Umhang, maskiert, mit einer lodernden Feuerschale in den Händen.

»Asche zu Asche! Staub zu Staub!« Alex spricht wieder in seiner zeremoniellen Stimme. Das klingt eigentlich ziemlich witzig, aber wir Neuen erschrecken uns total. Die anderen amüsieren sich köstlich.

Alex stellt die Schale auf den Boden, nimmt eine Handvoll Sand und löscht die Flammen. Er richtet sich auf in seinem Umhang und der Maske und breitet die Arme aus.

»Auf dieser Versammlung wurde kein ernsthafter Name genannt«, dröhnt er. »Aber ›Killer Kardashian‹ und ›Deine Mudda‹ haben mir gefallen.«

Gelächter. Alex nimmt Maske und Umhang ab und legt alles auf den Tisch.

»Der Killer lebt und wird weiter töten. Und ihr anderen spielt bisher ziemlich vorsichtig«, sagt er jetzt wieder mit seiner normalen Stimme. »Legt eure Profile an und wir sehen uns im Cyberspace.«

Nacheinander gehen wir und halten nach Gildenfremden Ausschau, die uns sehen könnten. Vaughan zischt als einer der Ersten ab, das enttäuscht mich ein bisschen. Ich wollte ihm zu seiner Aufnahme gratulieren und meine blöde Reaktion beim Schwimmbecken wiedergutmachen. Ich bin nicht das einzige weibliche Gildenmitglied, das er enttäuscht, besonders Whitney und Emily ziehen einen Flunsch.

Ich trödele, bis Daniel weg ist und außer mir nur noch Alex und

Carl da sind, dann haue ich ab, so schnell ich kann. Nach der Hälfte des Klippenwegs kann ich noch immer keine Menschenseele sehen, weder Gilde noch sonst jemand. Es wird schon dunkel. Ich stecke die Hände in die Taschen und ziehe meinen Schlüsselbund heraus. Manchmal fühle ich mich mutiger, wenn ich den Schlüssel zu meinem Studierzimmer in der Hand halte wie einen Dolch. Aber er ist nicht da. Ich starre auf die Schlüssel, als könnte ich ihn plötzlich doch noch entdecken. Die beiden kleinen Schlüssel für die Schließfächer sind da, aber nicht der fürs Studierzimmer. Mist. Ich wollte mir schon lange einen neuen Schlüsselbund besorgen, das Ding ist nicht zum ersten Mal aufgegangen. Habe ich den Schlüssel in der Höhle verloren, als mir die ganzen Sachen aus der Tasche gefallen sind? Mist und Doppelmist. Inzwischen ist es fast dunkel. Marcia hat natürlich auch einen Schlüssel, aber die ist wahrscheinlich schwerer zu finden als mein eigener. Hilft alles nichts. Ich drehe mich um. Hätte ich bloß eine Taschenlampe mitgenommen, die würde mir in diesem Zwielicht echt helfen.

Als ich beim Höhleneingang ankomme, ist dort alles duster und die Luft riecht nicht mehr nach Salz, sondern nach dem Rauch der gelöschten Kerzen. Alex und Carl sind mir auf dem Klippenweg nicht begegnet, wohin können sie verschwunden sein? Vielleicht gibt es noch einen anderen Weg, den ich nicht kenne, aber irgendwie gruselt es mich schon, dass sie einfach so an mir vorbeischlüpfen konnten.

In der vorderen Kammer ist noch ein bisschen Licht, aber die hintere liegt stockdunkel und still da. Ich kann absolut nichts sehen. Panik schnürt mir die Brust zusammen. Bloß schnell meinen Schlüssel holen und wieder weg hier! Ich taste mich an der Wand entlang, an dem Generator vorbei. Im Allerheiligsten bleibt mir nichts anderes übrig, als auf allen vieren nach meinem Sitzplatz zu suchen. Schließlich habe ich, glaube ich, die richtige Kiste gefunden und streiche mit den Fingern durch den Sand drumherum. Metall, eine Zackenkante. Das ist er! Ich stoße ein Dankgebet aus und krabbele wieder zur vorderen Kammer, wo ich mich aufrichte und an der Wand orientiere.

Und dann höre ich es. Das gespenstische Heulen einer Todesfee in der Ferne. Ich erstarre, presse mich gegen die Wand.

Da ist es wieder – kein Schrei oder Kreischen, eher ein leises, hoffnungsloses Wimmern. Ich atme bewusst. Komm, Cate, sei realistisch. Ist das ein Seehund? Manchmal sind hier in der Gegend graue Seehunde auf den Felsen, und die machen die merkwürdigsten gruseligen Töne. Und diese blöden Meeresvögel gibt's auch noch. Vielleicht ist es einer von denen?

Da, wieder.

Nein, das ist ein Mensch, ein lebender, tieftrauriger Mensch. Ich taste mich vorsichtig die Wand entlang auf das Dämmerlicht draußen zu und das Geräusch wird lauter. *Oh, Scheiße.* Das ist hier, irgendwo in den Höhlen, in einem anderen Gang oder einer anderen Kammer, die ich noch nicht kenne – tiefer im Stein. Ich bleibe wieder stehen und lausche. Da sind Schluchzer und Schnieflaute und dieses leise, verzweifelte Wimmern.

Das ist Vaughan.

Ich erkenne dieses Weinen. Denn, genau wie Lachen, verändert sich Weinen nie wirklich. Die Stimme wird tiefer, älter, aber das Weinen bleibt gleich. Ich habe es gehört, als er mit sieben von einer Mauer gefallen ist und sich den Arm aufgeschürft hat. Ich habe es in meinem Kopf gehört, als wir damals in Dads blödem Sportwagen davongefahren sind.

Vielleicht sollte ich zu ihm gehen, irgendwo dahinten in der

Dunkelheit. Warum weint er? Ist denn vorhin nicht alles so gelaufen, wie er es sich gewünscht hat? Seine Aufnahme ins Spiel? Unser Staunen über Crypt? Ich bewege mich von der Wand weg auf die Schluchzer zu.

Da verstummen sie. Ich stehe still da. Hat er gemerkt, dass jemand kommt?

Ich lausche angestrengt. Jetzt rauscht nur noch das Meer. Ich mache noch einen Schritt in die Richtung, aus der die Schluchzer gekommen sind, aber irgendetwas lässt mich wieder stehen bleiben. Ein Frösteln überkommt mich. War das wirklich Vaughan? Ich zweifele allmählich daran. Meine Nackenhaare richten sich auf. Ich bin kurz davor zu rufen, da hält mich etwas zurück. Ich möchte doch nicht mehr, dass dieses Wesen, von dem diese Geräusche stammen, weiß, wo ich bin. Doch so laut, wie ich atme, hab ich mich bestimmt schon verraten. Vielleicht ist es der Killer. Vielleicht hat er oder sie gesehen, wie ich noch mal zurückgekommen bin, und will mich tiefer in die Höhlen locken, wie eine Sirene in den Wellen. Vielleicht habe ich mir nur eingebildet, dass es wie Vaughan klang, weil er mich gerade sehr beschäftigt.

Egal, ich bleibe jedenfalls nicht länger hier. Ich drehe um und laufe auf das Dämmerlicht draußen zu. Als ich den Strand erreiche, renne ich los, und erst als ich drei Viertel der Strecke hinauf zum Klippenweg geschafft habe und stehen bleiben muss, weil ich außer Atem bin, schaue ich noch einmal nach hinten.

Unten auf dem Strand steht ein schattenhafter Umriss und sieht zu mir hoch. Ich kneife die Augen zusammen, versuche das Gesicht zu erkennen, aber es ist ein formloser Fleck. Und der Umriss bewegt sich kein bisschen. *Du dummes Ding*, das ist ein Felsen.

Ich hole Luft und renne weiter, obwohl mir schon die Beine wehtun, und werde erst langsamer, als vor mir die gelben Lichter der Schulgebäude auftauchen, helle Inseln in der Dunkelheit.

Beim Abendessen sitzt Vaughan bei Alex, Carl und Marcia am Tisch, redet und lacht mit ihnen. Rick sitzt woanders, bei Leuten, die nicht zur Gilde gehören.

Ich muss mir das vorhin eingebildet haben. Vaughan strahlt. Er genießt das alles total. Er ist mittendrin, da, wo es abgeht, bei den beliebtesten Leuten. Genau das, was er wollte. Da kann er doch nicht in der Höhle gesessen und geweint haben.

Aber wer dann?

KAPITEL 11

Früh, sehr früh am Sonntagmorgen: nicht wach, aber noch immer im Lande der Lebendigen.

Ich schlafe und doch weiß ich, dass ich gleich eine Hand auf meinem Arm spüren werde. Irgendwie fühle ich im Traumland seine Anwesenheit. Mein Körper bekommt von der Welt nichts mit, aber in meinem Kopf reihen sich lang vergessene Bilder aus unserer Kindheit aneinander – Stürze in die Brennnesseln, eine verbrannte Hand beim Feuerwerk, ein Ausflug zum Strand und eine tote Krabbe. Und dann liegt plötzlich eine Hand auf meinem Arm und ich bin wach und liege im Internat in meinem Bett und der Wecker zeigt 01:23 Uhr.

Vaughan schlüpft zu mir ins Bett. Einfach so, als wäre es das Natürlichste und Unschuldigste der Welt. Ich mache ihm Platz, als würde das jede Nacht passieren. Das Bett ist schmal und die Wand, an die ich mich presse, weg von ihm, ist kalt. Sein Körper strahlt eine enorme Hitze aus, als wäre er den ganzen Weg hierher gerannt. Die Arme halte ich vor mir, was sich komisch anfühlt, wie ein Schutzschild, damit er nicht noch näher kommt. Unsere Beine berühren sich kurz, bevor ich meine zurückziehe. Er ist komplett angezogen, Jeans, Pulli. Gott sei Dank.

»Dann hast du also einen Weg rein gefunden«, flüstere ich. Ich rechne mit einem Lächeln, aber ich glaube, sein Gesicht ist ernst. Sein Kopf liegt neben meinem auf dem Kissen, doch ich kann seine Augen nicht richtig sehen, nur ganz allgemein die Gesichtszüge und den Umriss seiner Haare vor dem dunklen Hintergrund des Zimmers.

Er nickt.

Wie anders es sich anfühlt als damals mit Alex hier auf dem Bett. Das war aufregend, gefährlich, aber das jetzt … das ist besser. Mit Vaughan fühle ich mich auf Augenhöhe. Bei Vaughan fühle ich mich zu Hause.

»Es ist heute Nacht, oder?«, flüstert er. »Mein Aufnahmeritual?«

»Ach so. Keine Ahnung«, krächze ich. »Mir hat niemand was gesagt.«

Er schüttelt leicht den Kopf. »Na klar. Dir nicht. Aber es muss heute Abend sein. Kein Grund, länger zu warten.« Er richtet sich ein Stück auf. Ob er zum Wecker sieht oder zur Tür, kann ich nicht sagen. Mir fällt auf, dass es im Zimmer stiller ist, als es sein sollte. Ich setze mich ebenfalls ein Stück auf und gucke rüber ins andere Bett.

»Sie ist nicht da«, sagt Vaughan. »Ein klares Zeichen. Ich sollte wohl besser … zurückgehen und warten.« Doch er tut es nicht. Wir lassen uns beide wieder aufs Kissen sinken, Seite an Seite. Meine Augen haben sich jetzt an die Dunkelheit gewöhnt und ich kann sehen, dass er sich Sorgen macht. Und das ist doch bestimmt sein Herzschlag, den ich da durch die Matratze spüre. Auf einmal fallen die Jahre von mir und es ist, als wären wir wieder acht. Er hat Angst.

»Ich dachte, du wolltest das?«, frage ich leise. Es klingt merkwürdig und peinlich, als würde ich darüber reden, dass wir hier zusammen in meinem Bett sind.

»Will ich ja auch!« Er schließt die Augen und atmet aus. »Aber du weißt schon. Ich bin kein Masochist. Ich will das einfach hinter mich bringen.«

Ich möchte ihn in den Arm nehmen, ihn halten und ihm sagen, dass es schon nicht so schlimm werden wird, aber das kann ich natürlich nicht, weil wir nicht mehr acht sind und weil wir zusammen im Bett liegen. Und weil es ja vielleicht doch schlimm wird. Ich habe keine Ahnung, was Alex und die Ältesten für ihn geplant haben, aber sie werden es ihm bestimmt nicht leicht machen.

Er öffnet die Augen wieder. Wir warten, dass einer von uns etwas sagt, dass ich ihm Mut mache.

»Ich sollte gehen«, sagt er schließlich. Wir hören einander atmen, wobei ich die Luft anhalte, glaube ich. Er sieht mich eindringlich an und fast überwältigt mich das Verlangen, meine Lippen auf seine zu legen und seine Sorgen wegzuküssen. Das macht mir Angst.

Ich öffne den Mund, will etwas – irgendetwas – sagen, das diesen Moment enden lässt. Doch plötzlich bewegt er sich wieder und ist so schnell und leise aus dem Bett, wie er hereingeschlüpft ist. Im nächsten Moment huscht er aus dem Zimmer und hinterlässt eine riesige leere Stelle in meinem Winzbett. Ich atme aus. Ich wünschte, ich hätte mehr sagen können, irgendetwas, das geholfen hätte. Oder auch einfach etwas, das dafür gesorgt hätte, dass er hier bei mir im Bett geblieben wäre, weil das nämlich schön war. Mir fällt ein, dass sie mich wahrscheinlich vor ihm holen. Hoffentlich läuft er ihnen auf dem Weg hierher nicht in die Arme. Kann nicht mehr lange dauern.

Ich drehe mich auf den Rücken und schiebe eine Hand auf die warme Stelle, wo er gelegen hat. Die Wärme fühlt sich schön an.

»Steh auf. Es ist Zeit.«

Marcia beugt sich über mich, mit einer Taschenlampe. Ich kann die Augen erst ein paar Minuten zugehabt haben. Hoffentlich hat sie Vaughan nicht gesehen. Ich sollte die Gilde ein bisschen aufhalten, damit er zurück in sein Zimmer gelangen kann. Aber dann fällt mein Blick auf den Wecker und der leuchtet mir mit 03:02 Uhr entgegen. Ich habe wohl doch geschlafen.

»Mach schon!«

Ich ziehe mich rasch an. »Was habt ihr mit ihm vor?«

Sie antwortet nicht. Fröstelnd nehme ich Jacke und Schal vom Haken an der Tür. Marcia schiebt sich an mir vorbei, öffnet die Tür, knipst die Taschenlampe aus und sieht in beide Richtungen, bevor sie den Gang hinunterschleicht, mit wehendem Umhang. Ich folge ihr und das weiß sie auch. Sie bleibt kaum einmal stehen, den ganzen Weg die Treppe hinunter nicht, klappt nur kurz ihre Kapuze hoch, als sie hinaus in die Nachtluft tritt, und geht über die Freifläche Richtung Bäume. Wir haben abnehmenden Mond, hell genug, dass man den Boden gut sieht. Ich hole sie ein, weil ich schneller bin und voll unter Adrenalin stehe.

»Wohin gehen wir?«, zische ich.

»Wir müssen uns beeilen.« Sie macht die Lampe wieder an und biegt nach links ab, Richtung Ateliers. Wir gehen also zum Klippenweg – zur Höhle? Dann sind wir wieder aus den Bäumen raus und nur der Stechginster verbirgt uns jetzt, während wir uns der Küste nähern. Ein aufgescheuchter Meeresvogel fliegt voraus, kündigt unser Kommen mit Warnschreien an und führt uns hinunter zum Strand. Aber an der Stelle, wo wir nach unten gehen müssten, eilt Marcia nach links weiter, die Felskuppe entlang. Ich verlangsame. Das Kap. Der Felsvorsprung.

»Jetzt komm!«, drängt Marcia. »Sie haben bestimmt schon angefangen!«

Ich bleibe stehen. Weil ich plötzlich weiß, was sie mit ihm vorhaben und warum Marcia mich so spät abholt.

»Marcia, er kann nicht schwimmen.«

Jetzt bleibt sie auch stehen und sieht mich an. »Natürlich kann er das. Beim zweiten Kill … Alle haben gesagt, er ist ins Becken gesprungen.«

Ich schüttele den Kopf. »Am flachen Ende. Er kann nicht schwimmen. Er kann nicht schwimmen!« Ich entreiße ihr die Taschenlampe und renne den sandigen Weg zum Kap, so schnell, wie ich mich traue. Noch kann ich niemanden sehen, weil erst eine kleine Senke kommt, bevor der Weg zu dem Klippenüberhang runterführt, der sich hinaus ins Meer erstreckt. Aber ich weiß, wo sie sind. Ich weiß genau, wo sie sind.

Vor zwei Jahren gab es einen ungewöhnlich heißen Sommer und da dachten ein paar Leute, es wäre doch lustig, ein bisschen Turmspringen zu machen. Es gibt auf dem Kap, eine Stelle, wo man ein Stück nach unten klettern kann und dann auf eine natürliche Absprungstelle stößt. Sie ist vielleicht zehn Meter hoch und unten ist ein beruhigend hellblauer Fleck zu sehen, der anzeigt: keine Felsen. Ein natürliches Sprungbecken, könnte man sagen. Also wenn man völlig irre ist, könnte man das sagen. Springer müssen nämlich aufpassen, dass sie diese eine sichere Stelle treffen. Zu weit links oder rechts und man ist Fischfutter auf den Felsen unter der Wasseroberfläche. Ich war damals noch zu neu hier und wurde nicht mitgenommen. Aber ich hab trotzdem gesehen, wie sie gesprungen sind, weil es in dem Sommer damals immer wieder passiert ist und alle davon wussten. Und dann haben es natürlich die Lehrer gehört und dem ein Ende gesetzt. Die Sache verlor schnell ihren Reiz, als die Wassertemperatur um mehrere Grad zurück auf sterbenskalt fiel und für den Fall einer Zuwiderhandlung der Schulverweis drohte.

Und jetzt wird es Vaughans Aufnahmeritual. Alex lässt ihn da runterspringen.

Ich erreiche die Felskuppe und da sind sie. Lichtflecken bewegen sich auf dem Boden, ein paar Laternen. Die Frischlinge stehen dicht beieinander und beobachten, die erfahrenen Gildenmitglieder haben sich am Klippenrand aufgereiht. Ihre Umhänge blähen sich leicht in der Brise.

Ihn kann ich nirgends sehen.

»Vaughan?«, murmle ich. »Vaughan!« Diesmal kommt es als Schrei heraus. Die Ältesten drehen sich um und da entdecke ich ihn zwischen ihnen. Er leuchtet richtig vor ihren schwarzen Umhängen, vor dem dunklen Himmel und dem Meer. Er trägt nur eine Unterhose. Steht einfach da, die Hände vor dem Bauch gefesselt. Auch die Füße sind zusammengebunden. Mein Blick gleitet die Kapuzengestalten entlang, ich suche nach Alex, aber ich kann niemanden erkennen. Ich finde meinen Atem und meine Stimme wieder. »Ihr wollt ihn da runterspringen lassen?«

Niemand sagt etwas und das genügt mir als Antwort. Dann höre ich Ricks Lachen.

»Nein!«, schreie ich.

»Cate.« Marcia ist neben mir. »Das wird schon gut gehen.«

»Nein, wird es nicht!«, sage ich und marschiere zu der Gruppe. Rick tritt vor und will mich mit einer fleischigen Hand bremsen. Ich schlage sie mit einer Kraft beiseite, die sich nur selten zeigt. Er brüllt auf, stinksauer und will mich packen, doch Alex zieht ihn zurück und kommt auf mich zu.

»Misch dich nicht ein, Cate«, warnt er mich. »Es muss ein Ritual geben.«

»Aber doch keines, das ihn umbringt!«

Alex lacht schallend. »Jetzt mach doch hier nicht so ein Drama.«

Marcia legt mir von hinten die Hände auf die Schultern und drückt sie beruhigend. »Lass sie einfach machen«, haucht sie mir ins Ohr. »Ihm passiert schon nichts.«

»Und ob ihm was passiert!«, schreie ich sie alle an. »Er kann nicht schwimmen!«

Alex runzelt die Stirn.

»So ein Quatsch.« Wieder Rick. »Wir haben doch gesehen, wie er ins Wasser gesprungen ist.«

»Ja, im Nichtschwimmerbereich«, sage ich. »Wenn ihr ihn zwingt, da runterzuspringen, dann ertrinkt er.«

»Alex«, sagt Marcia leise. »Wenn er wirklich nicht schwimmen kann, dann sollten wir ihn das nicht machen lassen.«

Alex seufzt und beißt sich auf die Lippen. Das hier läuft eindeutig nicht so, wie er wollte.

»Ach komm, Mann!«, sagt Rick. »Wir nehmen ihm die Fesseln ab.« Eine Messerklinge blitzt auf und Rick bückt sich, um Vaughans Füße zu befreien. »Er kann ja Hundepaddeln machen!«

»So weit ist es ja nicht vom Ufer und außerdem so flach wie ein Mühlteich.« Carl spielt die Stimme der Vernunft. »Befrei auch seine Hände. Wenn er Probleme hat, ziehen wir ihn raus.«

»Na klar, toller Plan!«, schreie ich. »Habt ihr sie noch alle? Er kann keinen Meter schwimmen, er wird ertrinken!«

Vaughan steht weiter nur da und starrt auf den Boden, sieht mich nicht an. Rick befreit widerstrebend seine Hände und Vaughan rührt keinen Muskel, zittert nicht mal.

»Fragt ihn!«, sage ich verzweifelt.

»Na schön …« Alex ist sauer, weil es ihn ganz schön Punkte kosten wird, wenn er das jetzt nicht durchzieht. Ganz zu schweigen davon, dass er sich was Neues ausdenken muss. »Also, kannst du schwimmen, Vaughan?«

Vaughan hebt den Kopf und sieht an ihnen vorbei zu mir.

»Wie ein Fisch.«

»Ha!«, ruft Rick triumphierend. »Springen! Springen!«

Panik steigt in mir auf. »Er lügt. Vaughan, mach keinen Quatsch, sag es ihnen!«

Vaughan lächelt mich an, als würde er mich jetzt erst sehen, dann macht er einen Schritt nach hinten Richtung Meer und Vergessenheit, dann noch einen, bis er direkt an der Kante steht, mit dem Rücken zum Meer. Die ganze Zeit über sieht er mich an.

»Springen! Springen!«, ruft Rick. Einige andere stimmen mit ein.

»Nein!« Meine Worte klingen erstickt, nicht laut genug. »Nicht von ganz oben, niemand springt von ganz oben!«

»Nun spring, du Loser!«, ruft Rick.

Vaughan lächelt ihn an, breitet die Arme aus und gibt ihm den Ein-Finger-Gruß.

Rick stürzt sich auf ihn und versetzt ihm einen mächtigen Stoß. Die Wucht schiebt Vaughan in gerader Linie über den Rand und für einen total schrägen Sekundenbruchteil scheint er einfach in der Luft zu hängen, wie der Coyote mit strampelnden Beinen. Dann verschwindet er aus dem Blickfeld, als wäre er nie da gewesen.

Wir lauschen alle nach dem Platscher. Es kommt keiner. Wir rennen zum Rand, sehen nach unten, können aber nicht viel erkennen. Nicht einmal mit dem Licht der Taschenlampen auf den Wellen.

»Wo ist er?«, keuche ich. Und renne los, den Weg zurück, den ich gekommen bin, ohne zu wissen, ob ich eigentlich wirklich auf einem richtigen Pfad bin oder quer durchs Gelände laufe und unten auf den Felsen den Tod finden werde. Dann sind Leute um mich herum, Alex überholt mich und ist genauso in Panik wie ich. Er will nicht für jemandes Tod verantwortlich sein. Er wollte Vaughan wahrscheinlich nicht mal zwingen, da runterzuspringen, sondern ihn nur verhöhnen, bedrohen, erniedrigen. Alex bringt Sachen einfach nur ins Rollen und wäscht seine Hände dann in Unschuld. Das ist eher sein Stil. Wir klettern die Klippen runter, erreichen den Strand und rennen über den Sand zum Meer, Rick und Carl dicht hinter uns.

Kein Platschen, keine Hilferufe, nur das Geräusch der Wellen, die sanft ans Ufer laufen.

»Vaughan!«, rufe ich.

»Leise!«, faucht Rick. »Sonst hört dich jemand!«

Mir doch egal. Ich schüttele meine Jacke ab, meine Schuhe und wate ins Wasser. Die eisige Kälte klatscht mir an die Beine. »Vaughan!«

Jetzt sind alle am Strand und die Lichtkegel der Taschenlampen streichen über das Wasser. Einer findet einen bleichen Umriss, der über einem der Felsen liegt. Er bewegt sich nicht.

»Da!«, rufe ich und weitere Lichtkegel legen sich auf den Umriss. »Vaughan! Geht es dir gut?« Ich kann sein Gesicht nicht sehen. Die Strahlen der Taschenlampen zucken über den hellen Umriss wie Feuerschein und ich glaube, ich kann die Rundung seines Rückens ausmachen, seine Füße, einen merkwürdig nach hinten abgespreizten Arm. Ich suche nach Blut, nach dem beruhigenden Heben und Senken des Brustkorbs, aber er ist zu weit weg und die Taschenlampen sind nicht hell genug.

Wir stehen alle einfach nur da. Alex, Marcia und Carl sind jetzt auch bei mir, knietief in den plätschernden Wellen. Trotz des Versprechens vorhin, ihn rauszuziehen, unternehmen wir nichts, weil es kein verzweifeltes Ankämpfen gegen das Ertrinken gibt und weil das Wasser zwar wirklich flach ist, aber auch sehr, sehr kalt. Was passiert ist, ist passiert. Er liegt auf den Felsen. Entweder ist er da raufgeknallt, dann ist er wahrscheinlich tot, oder er hat sich da raufgerettet, dann lebt er wahrscheinlich. Ich hasse mich für mein Zögern.

»Alex!«, zischt eine Stimme hinter uns. »Da kommt jemand!«

Und sofort drehen wir uns um. Martin steht auf halber Höhe der Klippe.

»Ich hab Autoscheinwerfer gesehen und jemand hat gerufen!« Jetzt gucken alle Martin an. »Wir müssen abhauen!«

Kaum hat er das gesagt, kommt Bewegung in die Menge. Küchenschaben, die vor dem Licht fliehen. Ich halte Alex beim Arm fest. »Hilf mir, wir müssen Vaughan holen.«

Er antwortet nicht, aber Carl watet ans Ufer. »Alex, wir müssen weg hier, solange wir noch können.«

Marcia zieht an meiner Hand. »Komm, Cate. Wir können hier nicht bleiben.«

Ich drehe mich zu ihr um. »Ist das dein Ernst? Vaughan ist verletzt, wir müssen ihm helfen!«

Ihre Augen blitzen. »Wie denn? Wenn da grad jemand kommt, kann der ihm helfen.« Und damit platscht sie zum festen Boden und ich bleibe entgeistert zurück. Unglaublich! Ich suche zwischen den fliehenden Gestalten nach Daniel, ohne viel Hoffnung und ohne Erfolg. Ich bin mir nicht mal sicher, ob er überhaupt hier war. Nur Alex ist mir noch geblieben, er hält schwer atmend nach der geheimnisvollen Gestalt Ausschau, die bestimmt dafür sorgen wird, dass er von der Schule fliegt.

Die Taschenlampen sind verschwunden, aber weil ich weiß, wo Vaughan liegt, kann ich seinen Umriss in dem grauen Licht noch immer erkennen. Ich gebe mir einen Ruck und mein Kopf beginnt wieder zu arbeiten. Ich platsche zum Ufer, reiße mir meinen Pulli herunter und schleudere ihn aufs Trockene. Dann gehe ich zurück zu Alex, der immer noch wie angewurzelt dasteht und die Klippen beobachtet.

»Komm schon! Hilf mir!« Ich schüttele ihn, bis er endlich reagiert und sich losreißt, aber er starrt immer noch gebannt auf die Klippen.

»Der fremde Partygast«, murmelt er.

Ich folge seinem Blick und oben auf den Klippen leuchten Scheinwerfer. Martin hatte Recht. Die Küchenschaben sind verschwunden und nur wir sind noch da. Ich verspüre keine Panik, bloß Erleichterung. Da kommt Hilfe. Wir können Vaughan retten.

»Alex, wir müssen es ihnen sagen. Sie können einen Krankenwagen verständigen, jemanden, der –«

Alex dreht sich wütend zu mir um. »Machst du Witze? Dann fliegen wir von der Schule und kassieren bestimmt auch noch eine Anzeige. Das wäre mein Ende!« Er packt meinen Arm und zerrt mich Richtung Ufer. »Wir müssen uns verstecken, wir müssen hier weg!« Ich winde mich in seinem Griff, aber das Adrenalin macht ihn stärker und ich kann mich nicht losreißen. Ich stemme meine Füße in das Schiefergestein und den Seetang, will ihn abbremsen, aber er hat zu viel Kraft. Also lasse ich mich ins Wasser fallen, ganz schlaff, und merke dabei kaum, wie kalt es ist. Alex ist stark, aber doch nicht stark genug, um mich so schnell ans Ufer zu ziehen, dass ihm noch Zeit zur Flucht bleibt, also lässt er meine Hand los und rennt in die Dunkelheit davon.

Ich gehe hoch auf alle viere und schüttele mir die nassen Haare aus dem Gesicht. Salz brennt in meinen Augen. Die Kälte lässt mich keuchen, aber das ist nicht weiter schlimm, nasser kann ich nicht mehr werden. Ich springe auf, drehe mich zum Meer und kämpfe mich durchs Wasser auf Vaughans Umriss zu. Ich habe keine Ahnung, wer in dem Auto oben auf der Klippe sitzt, und es ist mir auch egal. Ich will nur zu Vaughan.

Das Schwimmen ist trotz der Kleidung, die mich runterzieht, kein Problem. Zum Glück gibt es keinen Wellengang. Als ich vielleicht noch einen Meter weit weg bin, kratzt mein Knie über scharfkantige Felsen und ich fange an zu klettern. Das ist ziemlich schwierig, weil es total rutschig ist und sich jede abgesplitterte, spitze Felskante für meine Handflächen wie eine Messerklinge anfühlt. Doch ich schaffe es, allerdings finde ich dort nicht mehr den zusammengekrümmten Körper vor, sondern eine nackte Gestalt, die mit dem Kopf in den Händen dasitzt wie eine Parodie von Rodins *Denker*.

»Vaughan!« Ich will noch mehr sagen, aber mir fehlt die Luft.

Er hebt den Kopf und ich weiß sofort, dass es ihm gut geht. Ich eile zu ihm, knie mich hin, lege die Hände an sein Gesicht und suche nach blutenden Wunden oder hervorstehenden Knochen. Nichts dergleichen. Schrammen und Kratzer, klar, aber keine fehlenden Gliedmaßen oder blutspritzenden Schlagadern. Keine Ahnung, wie er das geschafft hat, aber er ist noch ganz. Er zittert vor Kälte und Schock und ich kann nichts dagegen machen. Ich sehe mich nach etwas um, das uns helfen könnte, oder nach einem Weg, der die Felsen entlang zum Strand oder zu den Klippen raufführt, aber da ist nichts.

Die Scheinwerfer oben sind verschwunden. Ich weiß nicht, ob ich mich freue oder enttäuscht bin, aber die Rettung durch den geheimnisvollen Autofahrer fällt aus. Uns bleibt nur eine Option.

»Wir müssen noch mal ins Wasser«, sage ich. Er nickt und steht bibbernd auf. »Ich bin eine gute Schwimmerin.« Ich schiebe einen Arm unter seiner Achsel durch, umfasse seine Rippen und helfe ihm über die Felsen. Vom Zittern abgesehen steht er erstaunlich sicher auf den Beinen. »Du machst toter Mann, ich ziehe dich an Land.«

Er nickt erneut, offensichtlich erfüllt von einem Vertrauen in mich, von dem ich nicht weiß, ob es gerechtfertigt ist.

Wir klettern die Felsen runter und ich lasse mich ins Wasser hinab. Wieder umfängt mich diese Eiseskälte. Vaughan rutscht aus und klatscht neben mir ins Wasser, aber ich stehe noch auf Fels und kann ihn greifen. Ich drehe ihn mir fürs Schwimmen zurecht. Dann kommt der Moment, wo ich keinen Grund mehr unter den Füßen habe, mit den Beinen ins Nichts schlage und versuche nicht in Panik zu geraten. Aber Vaughan ist total ruhig, voller Zuversicht in mich, und liegt so flach und entspannt im Wasser, dass ich kurz befürchte, dass er ohnmächtig geworden ist. Ich ziehe ihn wie nach Lehrbuch, mit einer Hand unter dem Kinn, genau wie Mr Curley es uns im Schwimmunterricht beigebracht hat, genau wie ich mir nie hatte vorstellen können, es einmal wirklich in die Praxis umsetzen zu müssen. Nach einer Minute spüre ich Schiefer unter den Füßen und wir schleppen uns an Land und brechen im Sand zusammen, gleich neben meinen ausgezogenen Sachen.

Ich hole erst mal Luft, dann lege ich ihm meinen Parka um die Schultern und reibe seine Arme und seinen Rücken, damit er wieder warm wird. Er streift die Ärmel über und zieht den Reißverschluss zu und ich bin heilfroh, dass ich den übergroßen Anorak genommen habe und nicht meine Slim-Fit-Bikerjacke. Ich zerre mir das nasse T-Shirt vom Leib, schnappe mir den Pulli und ziehe ihn rasch an. Vaughan sieht mir dabei unverhohlen zu. Er war die ganze Zeit praktisch nackt und ich hab nicht mal hingeguckt – wir hatten ja schließlich Wichtigeres zu tun –, aber kaum bin ich eine Sekunde lang nur im BH, schon kann er seine Augen nicht mehr von mir lassen. Jungs sind echt unmöglich.

»Danke, dass du mich gerettet hast.« Er bibbert. »Danke, echt.«

Ich knie mich neben ihn. »Bist du verletzt?«, frage ich schließlich. »Bist du auf die Felsen geknallt, als du unten angekommen bist?«

Er schüttelt den Kopf. »Nur ins Wasser, aber das hat gereicht.«

»Wie hast du es da rausgeschafft?«

Er streicht sich mit den Händen die tropfnassen Haare aus dem Gesicht. »Keine Ahnung. Ich hab irgendwie um mich getreten und geschlagen. Und Salzwasser geschluckt.« Er kneift die Augen zu, drängt die Erinnerung zurück. »Schrecklich. Dann hab ich zum Glück einen Felsen erreicht.«

»Gott sei Dank. Ich verstehe nicht, warum du ihnen nicht gesagt hast, dass du nicht schwimmen kannst.« Wieder steigt Zorn in mir auf und wärmt mich. »Bist du irgendwie lebensmüde? Hast einen eingebauten Selbstzerstörungsmechanismus oder so?« Ich fluche leise. »Dafür wird Rick zahlen, das kannst du mir glauben.«

»Ich durfte ihnen meine Schwäche nicht zeigen, sie hätten mich in Stücke gerissen.« Er zittert so sehr, dass ich die Worte nur mit Mühe verstehen kann. »Außerdem haben sie jetzt Angst vor mir. Sie denken, ich bin irre.«

»Und das steigert deine Beliebtheit?« Ich reiße fassungslos die Arme hoch.

»Es steigert meine Akzeptanz bei ihnen.« Er rubbelt sich die Haare, Tropfen fliegen in alle Richtungen. »Ein Spinner mehr im Irrenhaus.« Dann hebt er die Hand und deutet hinter mich. »Guck, da.«

Ich drehe mich um und auf dem Klippenweg ist eine Gestalt, die langsam zum Strand herunterkommt. Mein Herz macht einen Satz – Marcia, die doch noch Vernunft angenommen hat? Nein, es ist ein Mann, da bin ich mir sicher. Alex vielleicht? Aber wieso sollte er? Es ist wohl eher der geheimnisvolle Autofahrer. Und er muss uns entdeckt haben, denn wieso sollte er sonst hier runterkommen?

»Kannst du gehen?«, frage ich Vaughan und er nickt. Auf einmal bin ich gar nicht mehr so scharf darauf, dass wir gerettet werden. Das Schwerste liegt hinter uns. Zwar haben wir uns wahrscheinlich eine Lungenentzündung eingefangen, aber es wäre bescheuert, jetzt noch erwischt zu werden. Außerdem frage ich mich, wieso jemand um diese aberwitzige Uhrzeit auf der Insel herumfahren sollte. Irgendwie beunruhigend. Ich ziehe Vaughan hoch und wir stolpern über den Sand in den Schatten der Klippen. »Kannst du ihn sehen?« Ich beuge mich ein Stück vor und halte nach der Gestalt Ausschau.

»Nein.« Vaughan zittert immer noch. »Meine Füße … sie brennen ein bisschen.« Er hebt den einen an und wischt den Sand ab. Aus der einen Parkatasche ragt Marcias Taschenlampe, ich nehme sie und schirme sie mit der Hand ab, bevor ich sie einschalte. Die Fußsohle ist aufgerissen, Blut tropft von der Ferse und sammelt sich zwischen den Zehen. Vaughan setzt den Fuß vorsichtig wieder auf und nimmt den anderen hoch. Der ist nicht ganz so übel zugerichtet, aber immer noch schlimm genug.

»Autsch«, sage ich leise. »Kannst du gehen?«

»Was ist die Alternative? Die Höhlen?« Er nickt zur anderen Seite der Bucht, wo das Versteck der Gilde liegt. Das dürfte wohl der beste und nahegelegenste Ort zum Aufwärmen und Kräftesammeln sein.

»Gute Idee, Batman.« *Schauder.* Wie doof klang das denn? Aber es bringt ihn trotz seines Zitterns zum Lachen, also war es wohl okay.

Wir laufen weiter und halten uns so dicht an die Klippe, wie es geht, bleiben aber wegen Vaughans nackten Füßen auf dem Sand, wo wir auch schneller vorankommen. Bald erreichen wir die stechginstergesäumte Treppe, die ich am Tag der ersten Versammlung heruntergekommen bin. Die Höhlen liegen gleich um die Ecke.

»Ich muss … anhalten … nur ganz kurz«, keucht Vaughan. Er hält sich wieder den schlimmer zugerichteten Fuß und lehnt sich gegen das Geländer der Treppe. »Vielleicht kurz hinsetzen.« Er sinkt auf die unterste Stufe.

»Nein, komm weiter! Wir sind fast da.«

Aber Vaughan schüttelt den Kopf und mir wird klar, dass er nicht nur seinen Füßen eine Pause gönnt, sondern auch selber eine braucht, damit er die Fassung behält, anstatt in Tränen auszubrechen, und Kraft schöpfen kann. Denn vielleicht treffen wir in der Höhle auf andere Gildenmitglieder, die ebenfalls auf diese Idee gekommen sind. Klar, die meisten werden sich einfach auf ihre Zimmer verkrümelt haben, aber es würde mich nicht überraschen, wenn Alex und seine Ältesten noch rasch eine Krisensitzung abhalten, bevor sie ins Internat zurückkehren. Vaughan ist offenbar auf denselben Gedanken gekommen und deshalb will er sich noch kurz einen Moment sammeln, bevor er ihnen gegenübertritt.

Ich lasse mich neben ihn sinken und sehe aufs Meer hinaus. Alles ist trügerisch still. »Schon gut«, sage ich und tätschele sein Knie, als wäre ich sein altes Tantchen. »Du packst das. Wir machen kurz Pause und dann sehen wir zu, dass wir trocken werden und irgendwie deine Füße verbinden. Den Typen, der uns verfolgt hat, haben wir ja schon mal abgehängt.«

»Nein, habt ihr nicht.« Die Stimme hinter uns lässt mein Herz einen Schlag aussetzen.

KAPITEL 12

Ich fahre so schnell herum, dass ich fast von der Stufe rutsche.

Auf der Treppe steht Mr Flynn. Das weiß ich auch ohne Taschenlampe, doch ich leuchte ihm trotzdem ins Gesicht. Hätte ich das bloß bleibenlassen, ich habe noch nie jemand so wütend gesehen.

Vaughan dreht sich um und guckt nach oben, dann seufzt er wie ein resignierter Hund, der zu oft getreten wurde. Flynn wirkt kurz verblüfft, dann sieht er Vaughans nackte Beine, die unter meinem Parka hervorgucken.

»Sagen Sie mir, dass Sie beide wohlauf sind.« Mr Flynn richtet sich an mich, an mich allein, und streckt die Hände vor, als würde er seine Wut wegschieben.

»Wir … sind wohlauf«, sage ich vorsichtig, weil wir eigentlich meilenweit von diesem Zustand entfernt sind.

»Was in aller Welt machen Sie hier draußen?«, fragt Mr Flynn.

»Was machen *Sie* hier draußen? Sie schleichen hier rum, das ist total verdächtig.« Keine Ahnung, wieso ich mir einbilde, so mit ihm reden zu können, und seiner Reaktion nach zu urteilen, sieht Mr Flynn das ähnlich. Er springt mit einem Aufschrei die Treppe runter, packt mich beim Arm und reißt mich hoch.

»Cate, das hier geht über eine Dummheit weit hinaus! Ich kann nicht fassen, dass Sie sich dermaßen selbst gefährden. Sich nachts aus dem Haus schleichen? Wieso sind Sie nass? Waren Sie *schwimmen*? Was haben Sie sich dabei gedacht?«

Mein entgeistertes Gesicht bringt Mr Flynn offensichtlich wieder etwas runter und er lässt meinen Arm los. Vielleicht aber auch, weil Vaughan auf seine blutenden Füße gesprungen ist und einen halbherzigen Versuch unternimmt, Flynn von mir wegzuzerren.

»Stopp!«, ruft Mr Flynn und reißt die Hände nach oben. »Das reicht!«

Vaughan weicht erleichtert zurück.

»Es war eine Mutprobe«, improvisiere ich. »Wir mussten nur kurz im Meer untertauchen.« Meine Güte, das klingt echt total dämlich. »Uns rausschleichen, untertauchen und wieder reinschleichen.«

Man sieht richtig, wie Mr Flynn tief Luft holt und bis zehn zählt. »Wo sind die anderen?«

»Es gibt keine anderen.« Ich schütze nicht sie, ich schütze das Spiel. »Nur uns.«

»Und woher wissen diejenigen dann, dass Sie die ›Mutprobe‹ bestanden haben?« Das ist ein Argument.

»Na ja, wenn wir klatschnass und durchgefroren zurückkehren, müssen sie uns ja wohl glauben.« Das aber auch.

»Und seine Sachen?« Flynn dreht sich um und deutet auf Vaughan.

»Ach, die sind unten am Wasser.« Ich mache eine vage Geste Richtung Meer.

»Ja? Wo? Führen Sie mich hin.«

»Ähm, ich weiß nicht mehr genau, wo wir sie gelassen haben …«

Ich spaziere ein Stück den Strand runter und Mr Flynn ist direkt hinter mir. »Dort drüben?« Ich leuchte mit dem Strahl der Taschenlampe auf eine Stelle, wo die Sachen ganz bestimmt nicht liegen. Aber woher soll ich denn wissen, wo er sich vor der Gilde hat ausziehen müssen? So wie diese Nacht sich entwickelt, könnte ich die Stelle glatt finden. Tue ich aber nicht. Also übertreibe ich mein Zittern noch ein bisschen. »Äh, vielleicht auch weiter drüben.« Ich leuchte mit der Taschenlampe umher und hoffe, dass Vaughan irgendwann dieses Jahr noch mal den Mund aufkriegt und mir hilft. Wobei es angesichts der Dynamik zwischen den beiden vielleicht besser ist, wenn er sich raushält. Trotzdem könnte ich ein bisschen Hilfe gebrauchen.

Mr Flynn hat eindeutig denselben Gedanken.

»Sie – Vaughan, nicht wahr? Zeigen Sie mir, wo Sie Ihre Sachen abgelegt haben!« Er dreht sich im Kreis und ich drehe mich jetzt auch um – zu niemandem. Vaughan ist weg. Wie vom Erdboden verschluckt, in Luft aufgelöst, jedenfalls von jetzt auf gleich verschwunden.

»Vaughan!«, ruft Mr Flynn. Auch ich will rufen, doch lasse es. Ist er die Treppe raufgestiegen? Oder hat er sich in die Höhlen abgesetzt? Wir könnten wahrscheinlich der Blutspur folgen, aber auf die Idee muss Mr Flynn schon selber kommen. Wir stehen da, warten darauf, dass Vaughan wieder zum Vorschein kommt.

Mr Flynn flucht. Das macht er im Unterricht oft, und wenn wir allein sind sogar noch öfter. Ich glaube, es hat ihn dermaßen erschüttert, mich mitten in der Nacht tropfnass auf Abwegen vorzufinden, dass ihm das Fluchen erst mal vergangen ist. Jetzt findet er eindeutig langsam sein Gleichgewicht wieder. Was irgendwie beruhigend ist.

»Wir müssen dich zurück zur Schule bringen.«

Kaum sind wir miteinander allein, entspannt er sich ein bisschen.

»Ja.« Jetzt zittere ich richtig und spüre die Kälte zum ersten Mal bis in die Knochen. »Mir ist kalt.«

»Was hast du denn erwartet?« Er sieht mich vorwurfsvoll an, dann wird sein Blick weicher. Er zieht seine Jacke aus und legt sie mir um die Schultern. »Na komm.«

Ich folge ihm mit ein paar Schritten Abstand wieder den Strand entlang, wo er einen Weg die Klippen hinauf einschlägt, den ich noch gar nicht kannte, und ich komme nur mit Mühe hinterher. Immerhin wird mir durch den Aufstieg wieder warm. Oben auf den Klippen wartet sein verbeulter schwarzer Kleinwagen auf uns. Mr Flynn steigt wortlos ein.

Ich öffne die Beifahrertür und stecke den Kopf ins Wageninnere. »Ich bin total nass.« Ich reibe mir die Beine, was voll peinlich ist.

»Das werde ich verkraften.«

Ich steige ein und er fährt los. Mir fällt auf, dass er zwar die Heizung angemacht hat, aber ohne Licht fährt. Wir holpern langsam über den unebenen Boden, bis wir eine Schotterstraße erreichen. »Wieso waren Sie mit Ihrem Auto unterwegs?« Die Frage rutscht mir einfach so raus.

»Ich denke, du bist mir erst mal ein paar Antworten schuldig, nicht umgekehrt.« Er hält den Blick nach vorn gerichtet. »Aber wenn du es wissen willst, der Dammweg war offen und ich bin gerade vom Festland zurückgekommen.« Keine weiteren Einzelheiten. War er vielleicht mit einer Frau zusammen?

Wir fahren schweigend dahin. Bringt er mich zu seinem Cottage? Nein, wahrscheinlich setzt er mich einfach beim Wohnhaus ab.

»Was werden Sie jetzt machen?« Ich traue mich kaum zu fragen, aber es muss sein.

Er lässt mich noch eine volle Minute still leiden, dann hält er neben einer hohen Hecke, hinter der das Haupthaus liegt.

»Cate, das weiß ich noch nicht genau.« Er seufzt und senkt den Blick, sieht dann mich an. »Und geht's dir wirklich gut?«

Ich nicke eifrig.

»Dann schleich dich auf demselben Weg zurück in dein Zimmer, den du gekommen bist. Lass dich *nicht* erwischen.«

»Und dann?«

Er schüttelt den Kopf. »Und dann werde ich das Ganze überschlafen.«

Ich nicke. Viel Schlaf wird er wohl nicht bekommen.

»Muss ich nach diesem dummen Jungen noch suchen oder wird er Verstand genug aufbringen und in sein eigenes Bett zurückkehren?«

Bei »eigenes Bett« zucke ich zusammen. »Er kriegt das hin.« Das glaube ich jedenfalls. Ich meine, er hat zwar kaputte Füße, aber er wird nicht verbluten oder so. Und durch den Wald zurück zur Wohnanlage humpeln, ist bestimmt immer noch angenehmer, als fünf Minuten lang in Flynnys Auto verhört zu werden.

Mr Flynn nickt höflich. »Geh.«

Ich gehe.

Marcia ist schon im Bett und schläft anscheinend. In der ganzen Aufregung hatte ich völlig vergessen, wie sie mich im Stich gelassen hat, aber als ich sie jetzt daliegen sehe, werde ich so sauer, dass ich ihr am liebsten die Decke wegreißen und sie aus dem Bett zerren würde.

Ich lasse es. Sie kann nicht ernsthaft schlafen, oder? Sie wartet bestimmt ab, was ich mache. Also mache ich gar nichts. Ich lasse sie einfach im Unklaren, wie Mr Flynn gerade mich. Das erscheint mir nur passend.

Aber morgen mach ich ihr die Hölle heiß.

KAPITEL 13

Es ist Sonntag. Ich bin definitiv noch am Leben, aber mehr weiß ich nicht.

Ich wache auf und bin total desorientiert. Das ist mir hier am Anfang ständig passiert, aber inzwischen habe ich mich dermaßen an den Ritus des Internatslebens gewöhnt, dass ich nicht mehr aufwache, wenn zig Leute möglichst schnell in ihre Klamotten schlüpfen und gerade noch pünktlich beim Frühstück erscheinen wollen – um nicht nachsitzen zu müssen. Heute früh ist es jedoch total still, und das ist wohl der Grund, warum ich mich so komisch fühle. Durch den Vorhangspalt scheint die Sonne herein.

Plötzlich stürzen Erinnerungen an gestern Nacht auf mich ein. Ist das wirklich passiert? *Vaughan.* Ich hätte mich vergewissern sollen, ob er es wirklich zurückgeschafft hat. Soweit ich weiß, kann er ebenso gut irgendwo halb nackt im Graben liegen. Oder vielleicht habe ich mir das Ganze auch nur eingebildet.

Erst mal rüber zu Marcias Bett schielen. Es ist leer und gemacht. Das bedeutet, sie ist aufgestanden und schon rausgegangen. Sie weicht mir aus, soll sie ruhig.

Ich setze mich auf. Laut Wecker ist es 11:13 Uhr. Perfekt. Dann habe ich das Frühstück verschlafen. Ich schwinge die Beine unter der Bettdecke hervor und meine Füße landen auf einem Haufen kalter, nasser Sachen. Okay, dann *ist* das also passiert. Ich habe in der Irischen See herumgeplantscht.

Zwischen meinen durchweichten Sachen liegt Mr Flynns Jacke. Hoffentlich kann ich ihm die zurückgeben, ohne dass es jemand merkt, sonst überschlagen sich die Gerüchte.

Ich ziehe mich rasch an, weil es kalt im Zimmer ist und ich am Bibbern bin. Mein Hals ist kratzig, meine Stirn fühlt sich heiß an. *Aber was ist mit Vaughan?* Wieder dieser Gedanke, denn wenn es mir schon schlecht geht, in welchem Zustand ist er dann erst? Ich verlasse das Zimmer, renne leise zur Treppe und gehe nach draußen. Es ist warm, ein knallblauer Himmel spannt sich über dem orangen und gelben Herbstlaub. Ich rieche ein Lagerfeuer irgendwo. Weit und breit kann ich niemanden sehen, und das ist auch gut so. Ich muss Vaughan finden. Wir können uns zusammensetzen und überlegen, was wir jetzt machen. Ich renne über den Rasen vorm Haupthaus zum Hof – und komme mir prompt ein bisschen blöd vor, weil hier im Internat niemand rennt, der älter als zwölf ist, erst recht nicht am Wochenende. Hat Vaughan sich in seinem Studierzimmer vergraben oder irgendwo anders versteckt? Ich schlüpfe in den Haupteingang und biege nach links in den Flur zu Vaughans Zimmer ein, das ganz am hintersten Ende liegt. Wird er jetzt, mit etwas Abstand, noch weiterspielen wollen? Wird er Rick und Alex und alle anderen melden – denn ehrlich, wer könnte ihm das verübeln? Ich muss dringend rauskriegen, wie er darüber denkt, denn es geht ihm doch bestimmt total mies …

Von hinten kommt dröhnendes Gelächter, gedämpft durch eine Tür. Ich bleibe stehen und wirbele herum. Wieder das Lachen, vom Aufenthaltsraum her. Ich gehe dorthin. Ich höre Ricks Stimme, dann

Marcias. Na *super*. Worüber reden sie? Und lachen sie echt über gestern Nacht? Meine Verärgerung kehrt zurück. Ich drücke die Türklinke runter und trete ein.

Der Aufenthaltsraum ist groß und luftig. Direkt bei der Tür ist die Fernsehecke mit einer zerschlissenen Sitzgruppe. Weiter hinten sind Sitzsäcke um einen niedrigen Tisch gruppiert, auf dem meistens die Zeitung vom Vortag liegt, von der nur das Kreuzworträtsel fehlt. Und dann gibt es links eine Wohnküche mit Herd, Tresen und Spüle, wo man sich Toast und Kaffee machen kann, wenn man sich beim Büffeln ein bisschen aufpäppeln muss.

Aber niemand macht Toast oder guckt fern oder lümmelt auf einem Sitzsack. Alle – Rick, Alex, Marcia, Martin und das Triumvirat der Schönheit: Tesha, Whitney, Anvi – sind um einen der sechs Computerarbeitsplätze am anderen Ende des Raums versammelt. Und Vaughan mittendrin.

Er lacht von allen am lautesten.

»Manche sind echt so was von klar!« Tesha grölt vor Lachen. »Ich meine, ›IceColdBlonde‹? Cynthia. Und ›Penissocke‹ schreit förmlich nach Roger!«

»Tja, na ja«, sagt Vaughan. »Für die Wahl der Nutzernamen bin ich nicht verantwortlich. Und wer weiß? Könnte ja alles kunstvolle Tarnung sein.«

»Roger macht nichts Raffiniertes.« Anvi kichert. »Könnt ihr euch vorstellen, wie er versucht etwas anderes hinzuschreiben?« Sie streckt ihre Hände vor. »›Darf. Das. Nicht. Tippen.‹« Sie ächzt wie eine Mumie, mit ausgestreckten Armen. »›Darf. Nicht. Ach, scheiß drauf, Penissocke ist cool.‹«

Wieder lachen alle und dann sieht Vaughan auf und zwinkert mir zu. »Hey, Catey. Komm und sieh dir Crypt an.«

Er weiß genau, dass ich es nicht leiden kann, wenn man mich Catey nennt. Ich gehe langsam hinüber. »Ähm, ist das nicht ein bisschen riskant?«

»Wenn die falsche Person reinkommt, ist nichts mehr zu sehen.« Er strahlt mich an.

»Ich hätte die falsche Person sein können.«

»Bist du aber nicht!« Er zwinkert erneut.

»Ich bin dem Lachen gefolgt. Ihr solltet damit aufhören.«

»Damit, uns Crypt anzusehen, oder mit Lachen?« Er grinst in einer Tour.

»Hey, wir machen uns doch nur ein bisschen schlau. Entspann dich, verdammt«, sagt Tesha, als hätte ich vorgeschlagen, dass sie alle etwas total Unvernünftiges machen sollen, wie, keine Ahnung, eine Klippe runterspringen oder so.

»Suchst du deine Jacke, ist es das?«, fragt Vaughan. »Ich hab sie in dein Studierzimmer gelegt.«

Rick pfeift bedeutungsvoll, Tesha lacht laut auf, Whitney bedenkt mich mit einem Todesblick.

Ich erstarre. Der Himmel allein weiß, was er ihnen über gestern Nacht erzählt hat. Ich sehe instinktiv zu Alex, doch er weicht meinem Blick aus und trommelt mit den Händen auf den Schreibtisch.

»Na schön! Machen wir Schluss.« Alex steht auf und klopft Vaughan auf die Schulter. »Tolle Sache dein Crypt, echt, Mann«, sagt er und stolziert zur Tür.

Vaughan gibt Alex ein dümmliches Daumen-hoch, während der die Tür öffnet. Marcia, Rick, Tesha, Anvi und Martin folgen Alex. Marcia lächelt mir im Vorbeigehen flüchtig zu. Mein Magen krampft sich zusammen. Nein, *Freundin*, das ist noch nicht abgehakt, nur weil Vaughan es abgehakt hat. Noch lange nicht.

Als Rick den Raum verlässt, reckt er imaginäre Pistolen hoch und erschießt Vaughan, dabei zwinkert er pseudofreundlich. Dann ist er weg. Ich unterdrücke den Brechreiz und lenke meine Aufmerksamkeit wieder auf Vaughan. Whitney steht vorgebeugt hinter ihm, drückt sich mit voller Absicht, aber wie aus Versehen, gegen seine Schulter, und zeigt auf den Bildschirm.

»Nun komm, Whit«, ruft Anvi.

Whitney sagt leise etwas zu Vaughan und sie lachen beide. Anvi sieht mich an, verdreht die Augen und ruft im Rausgehen: »Leg dein Spielzeug weg, Whitney.«

Die zockelt nun doch los, mit einem flüchtigen, mitleidsvollen Blick in meine Richtung, und dann haben Vaughan und ich den Raum für uns allein.

»Vielleicht willst du dir erst mal den Sabber vom Kinn wischen«, sage ich.

Er sieht mich mit hochgezogenen Augenbrauen an, dann greift er rüber zum Nachbarcomputer und tippt etwas. Er klopft auf den Stuhl davor. »Setz dich.«

»Wieso? Kommst du nicht mehr hoch? Hat sie deine Beine in Wackelpudding verwandelt?«

Er schnaubt, schüttelt den Kopf und tippt wieder etwas.

Ich bleibe, wo ich bin. »Ich kann nicht fassen, dass ihr heute plötzlich die besten Freunde seid.«

»Wieso denn nicht? Ich mache jetzt beim Spiel mit.«

»Rick hat dich von einer Klippe gestoßen.«

»Ich habe darum gebeten.«

»Wow.« Ich gehe zu dem Stuhl, auf den er geklopft hat, und setze mich vor den Bildschirm. Crypt erstrahlt in voller Pracht. »Wenn das nicht nach Opfersprache klingt, dann weiß ich auch nicht.«

Vaughan gibt mir keine Antwort, tippt nur eifrig auf seiner Tastatur, mehr kann ich von hier aus nicht erkennen.

Ich drehe mich vom Bildschirm weg und sehe Vaughan an. »Dann vergessen wir jetzt praktischerweise einfach, was letzte Nacht passiert ist, oder wie?«

Seine Finger flitzen über die Tasten und garnieren das Geschriebene mit ein paar besonders festen Klicks. »Nein, das vergessen wir nicht.« Er spreizt die Hände. »Aber wir kümmern uns vor allem um das Spiel. Weil ich nämlich sonst gestern Nacht umsonst einen Peter Pan ins Meer gemacht habe.«

»Und was ist mit Mr Flynn?«

Vaughan tippt weiter. »Was soll mit ihm sein?«

»Machst du dir keine Sorgen, was er jetzt unternimmt?«

»Er unternimmt gar nichts, sonst hätte er es längst getan.« Vaughan beugt sich vor und starrt konzentriert auf seinen Bildschirm. »Ihr habt eine ›besondere Beziehung‹, oder?« Bevor ich darauf antworten kann, redet er weiter. »Dann wird er dir sicherlich einen Riesenvortrag darüber halten, dass du dich nicht davon ablenken lassen darfst, mit Bravour deine Prüfungen zu bestehen, damit du demnächst auf der Kunsthochschule glänzen kannst. Aber davon abgesehen wird er uns wohl keine Probleme bereiten.« Er hält inne und sieht mich an. »Bist du denn gar nicht neugierig? Auf Crypt?«, flüstert er. Als ich nicht antworte, beugt er sich herüber, nimmt meine Hand und legt sie sanft auf die Maus. »Sieh es dir mal an.«

»Ich kann nicht glauben, dass du das einfach so stehenlässt.« Ich nehme die Hand weg.

»Was?« Er ist ernsthaft verwirrt. »Ach so, das mit dem Aufnahmeritual?« Er schnalzt missbilligend. »Cate, das ist *so was* von zwölf Stunden her.«

»Noch nicht mal!«, rufe ich.

»Na gut, okay.« Er seufzt. »Sei versichert, Cate, ich vergesse nichts. Aber was hab ich davon, mich jetzt darüber aufzuregen? Im Moment konzentriere ich mich hierauf.« Er tippt an den Bildschirm.

Ich sehe grummelnd an die Decke.

»Genauso wenig habe ich vergessen, dass du mich gerettet hast«, sagt er leise. »Werde ich nie. Danke.«

Na gut. Wenigstens etwas. Ich brumme einigermaßen anerkennend und wir sitzen beide einen Moment lang in unbehaglichem Schweigen da.

»Und jetzt bitte ich dich – flehe ich dich an«, Vaughan deutet wieder zum Bildschirm, »lass es die Mühe wert gewesen sein und sieh es dir mal an … ja?«

Ich drehe mich langsam wieder zum Bildschirm und diesmal lese ich auch, was da steht.

Dort an der Pinnwand ist eine Liste sämtlicher Nutzer, die sich bis jetzt angemeldet haben:

Meister
CharlotteCorday
Dead McTavish
ich_wars
Penissocke
AllKillerNoFiller
*13*is*my*lucky*number*
IceColdBlonde

Vaughan beobachtet mich. »Das ist jetzt also das erste Mal, dass du dir diese Liste ansiehst. Demnach hast du dich noch nicht angemeldet.«

»Das ist ziemlich optimistisch, woher willst du das wissen? Vielleicht hab ich mich angemeldet, während du dir das Salzwasser abgeduscht hast.«

»Wohl wahr.« Er lacht glucksend. »Ich weiß nur, dass du nicht mit mir unter der Dusche warst. Ansonsten tappe ich im Dunkeln.«

»Außerdem«, sage ich und fahre mit den Fingern die Schreibtischkante entlang, »kannst du doch bestimmt sagen, wer jeder ist. Du bist doch der mächtige Webmaster oder wie das heißt.«

Er schüttelt den Kopf. »Nee. Ich hab nicht gelogen, das läuft wirklich komplett anonym.«

»Aber du meintest doch auch, dass wir hier private Sachen aufschreiben können, in Dateien, die nicht geteilt werden?« Ich klicke ein paar Posts an. »Was hindert dich daran, dich über einen anderen Account einzuloggen und in den Notizen rumzustöbern?« Ich sehe ihn an. »Abgesehen von Anstand und Ehre.«

»Das ist ja das Tolle!« Er beugt sich aufgeregt vor. »Der schwierigste Teil war, die Passwörter sogar vor mir geheim zu halten. Weil das System ein Passwort mit einem Nutzernamen verknüpfen und das gleichzeitig so machen muss, dass niemand es auslesen kann. Ich misstraue mir da nämlich durchaus.«

»Was meinst du? Hat der Killer sich schon angemeldet?«

Vaughan lehnt sich zurück, denkt nach. »Nein. Drei versuchte Kills in der ersten Woche? Der Killer ist total versessen darauf, Eindruck zu machen – er würde dafür über Leichen gehen, wenn du mir das Wortspiel gestattest. Aber er will auch sehen, was die anderen machen. Er wird nicht die Deadline verpassen, aber er wird seine Anmeldung so lange hinauszögern, wie er kann.«

Die Liste aktualisiert sich. Ein neuer Name ist dabei:

Vaughan lacht bellend. »Cooler Schachzug!«

Ich beuge mich vor. »Jemand ist gerade woanders online?«

»Ja!« Er ist begeistert. »Wenn das Tracking schon aktiviert wäre, könnten wir sehen, von wo aus. Und ich brenne darauf, es zu aktivieren. Aber das ist Alex' Entscheidung, darum werde ich mich zusammenreißen.« Er grinst und tippt wieder. »Sobald das Tracking läuft, schnappe ich mir den Killer, du wirst sehen. Ich kriege den Burschen.«

Ich seufze. »Sag mal, warum beharrst du ständig darauf, dass einer von den Jungs der Killer ist?«

Er sieht zu Boden und schüttelt lächelnd den Kopf. »Du enttäuschst mich. Weißt du wirklich nicht, warum?«

Ärger durchzuckt mich. »Nein, wirklich nicht. Erleuchte mich mit deiner Weisheit.«

Er setzt sich gerade hin. Er erklärt total gern Sachen. Schon immer. »Sieh dir die Opfer an. Alles Mädchen.«

»Ja und?« Ich überlege. »Das ist doch immer so. Das hat praktisch Tradition.« Ich hole das schwarze Buch aus der Hosentasche und blättere es durch, bis ich die gesuchten Seiten finde. Ganz hinten im Buch stehen die Listen mit den Spielergebnissen. Die Opfer sind in der Reihenfolge aufgeführt, wie sie getötet wurden. Ich lese, überlege wieder. »Ja wirklich, so erbärmlich es auch ist. Zuerst werden die Mädchen erledigt. Wahrscheinlich glauben die Killer, man könne sie leichter töten. Früher war die Gilde ja mehr ein Jungsclub – da hätte es als respektlos gegolten, die hohen Tiere zuerst zu killen. Also fängt man mit ein paar Frischlingen an und macht dann mit den richtigen Spielern weiter.« Ich kratze mich am Kopf. »Mies, das ist echt voll beleidigend.«

Vaughan nickt knapp, weil es ihm darum nicht geht. »Man könnte es für das Muster ›Mädchen zuerst‹ halten, aber es geht darüber hinaus. Sieh dir die Abfolge an. Becky, Cynthia und dann wahrscheinlich Tesha oder Whit.«

»Ja und?« Ich zucke mit den Schultern und gehe nicht darauf ein, dass er *Whit* gesagt hat. »Cynthia ist eine Älteste, also passt nicht ganz, was ich gerade gesagt habe, aber weiblich ist sie trotzdem.«

»Und genau in der Reihenfolge werden sie gekillt.«

»In welcher?«, frage ich verzweifelt. »Ich kann da kein Muster erkennen.«

Er lacht und es klingt wie ein Bellen. »Na, wie *weiblich* sie sind. Wie scharf. Sexy.« Er lehnt sich herüber und berührt mein Knie. »Kannst du mit irgendeinem dieser Begriffe etwas anfangen?«

»Hey!« Ich weiche zurück. »Finger weg! Und ob ich das kann.« Ich spüre, wie ich rot werde. »Ist jedenfalls eine Theorie. Eine ziemlich abwertende, wenn ich so darüber nachdenke.«

»Was?« Nun ist Vaughan verwirrt, aber nicht lange. »Ach du meine Güte, typisch Frau. Du bist tatsächlich beleidigt, weil du nicht sexy genug bist, schon gekillt worden zu sein. Du wärst lieber tot und heiß als lebendig und Durchschnitt.«

»Durchschnitt?«, fauche ich.

»Nein! Nein!« Er hebt eine Hand. »Ich finde nicht, dass du Durchschnitt bist, ich meine nur, dass du, wenn es nach dem Killer geht, nicht unter den ersten dreien bist.« Er will mir wieder ans Knie fassen, aber ich bin schneller. Er seufzt, gibt auf. »Falls es dich tröstet, ich glaube, du bist als Nächste dran.«

»Was?« Ich bin – zugegeben – entsetzt und erfreut zugleich.

»Aber ja.« Vaughan steht auf und geht während des Redens hin und her. »Ich meine, das ist natürlich schrecklich subjektiv, aber nach allgemeinem Standard müsstest du als Nächste an der Reihe sein. Du hättest eigentlich vor Tesha drankommen müssen, aber wir können ja nicht wissen, auf wen diese verfluchten Bälle gezielt waren. Du hattest Recht mit dem, was du im Uhrturm gesagt hast. Dieser Killer hat ein Thema: Blut.« Er hält kurz inne. »Er saut gern rum. Weißt du noch, wie ich gesagt habe, er markiert sein Revier? Es ist, als würde er seine Opfer anpinkeln.«

»Würg, ich muss gleich kotzen. Bitte erspare mir weitere Ausführungen.« Ich gebe ihm auch gar nicht Gelegenheit dazu. »Also auch wenn diese Korrelation mit der Attraktivität zutrifft, ist der Killer ja vielleicht trotzdem kein Junge – es könnte auch ein eifersüchtiges Mädchen sein oder meinetwegen auch ein lesbisches.«

»Nein, nein, nein. Das mit dem eifersüchtigen Mädchen haut nicht hin, weil diese unsauberen Kills – wie schon lang und breit erklärt – etwas sehr Männliches haben. Hm, und ein lesbisches Mädchen kann es natürlich auch nicht sein, weil dann nämlich *du* als Erste gekillt worden wärst.«

Ich reiße die Augen auf, aber strafe ihn mit Schweigen. Er fügt hinzu: »Du wärest ganz oben auf ihrer Liste.«

»Danke«, sage ich vorsichtig. »Wo du doch Experte für so was bist.«

»Oh, ich habe ›so was‹ studiert, glaub mir.« Er meint das ernst. Er sieht mir ganz offen in die Augen.

»O Gott, hörst du dir eigentlich selbst zu?« Ich werde jetzt *nicht* rot.

Stattdessen überlege ich, ob ich ihm von den Botschaften, der Uhr und dem Spruch in der Tasse erzählen soll. Wenn er mir diese kleinen Liebesbriefe hinterlassen hat, dann wird er sich fragen, warum ich sie nie erwähnt habe. Doch je mehr ich darüber nachdenke, desto sicherer bin ich, dass er das nicht war. Er nimmt das Spiel viel zu wichtig, als dass er damit irgendwelche Späße treiben würde. Und wenn die Botschaften kein Spaß sind, dann lässt sich ein »Ich hab dich im Blick« auf dem Boden eines Kaffeebechers nur als Einschüchterungsversuch verstehen. Vielleicht gehört das nicht zum Spiel, sondern irgendjemand will mir bloß Angst machen? Oder vielleicht hat Vaughan Recht und ich bin die Nächste?

»Oh!« Vaughan zeigt zum Bildschirm. »Ein neues Posting!«

Nehmt eure Sicherheit in Anspruch!

Denkt ihr, eure Zeit ist abgelaufen? Für diese Woche habt ihr die Chance, Unverwundbarkeit zu erlangen. Sie muss verdient werden. Findet euer rotes Armband im Sand des Höhleneingangs. Gibt es genug für alle ...? Wenn ihr eines findet, tragt es mit Stolz und dem Wissen, dass ihr sicher seid ... vorläufig.

Euer höchsteigener Meister xoxo

»Nett.« Vaughan nickt anerkennend. »Die ganze Woche lang sicher? Da wird jeder eins erbeuten wollen. Gehen wir graben?«

»Nein.« Irgendwie bin ich noch nicht bereit, schon wieder an den Strand zu gehen. Oder vielleicht bin ich nur nicht bereit, mit Vaughan dahinzugehen. »Ich – ich lasse es vielleicht drauf ankommen. Ich muss dringend duschen und ein bisschen im Atelier arbeiten.«

Sein Gesicht zuckt. »Alles klar.« Er fährt den Computer runter und schiebt den Stuhl zurück. »Stell dich gut mit mir, Cate. Wenn ich zwei Armbänder finde, gebe ich dir vielleicht eins ab.«

Ich weiß nicht, ob er mich verarscht. »Danke.« Jetzt kann er nicht sagen, ob ich ihn verarsche. Ich wechsle das Thema. »Was machen deine Füße?«

»Geht so.« Er schlurft zur Tür. »Aber ich stehe auf Hinken. Voll Keyser-Söze-mäßig.«

Ich lächele ihn an. »War ja klar, dass dir *der* Film gefällt.« Ich rufe mir den genauen Spruch in Erinnerung. »›Der größte Trick, den der Teufel je gebracht hat, war, die Welt glauben zu lassen, es gäbe ihn gar nicht.‹«

Er lächelt und nickt erfreut. »›Und einfach so‹«, er bläst auf seine Fingerspitzen, »›ist er weg.‹« Er verschwindet durch die Türöffnung.

Während ich auf die Stelle gucke, wo Vaughan eben noch stand, fasse ich einen Entschluss. Wenn Vaughan das gestern Nacht auf sich beruhen lässt, muss ich es auch. Ich habe das Gefühl, dass er Recht hat mit Flynny. Als Nachspiel droht da höchstens ein Vortrag. Und das Spiel läuft weiter und Vaughan macht mit. Ich sehe auf den Bildschirm und klicke auf »Neuen Nutzer anlegen«. Ein Fenster öffnet sich und ich tippe los. Wenn ich ehrlich bin, finde ich es echt toll, im Spiel noch am Leben zu sein, und Crypt ist ziemlich cool.

Ich tippe. Logge mich mit meiner neuen Identität ein. Die Nutzerliste aktualisiert sich erneut und unten tauchen zwei neue Namen auf:

Clouseau
Skulk

Ooh, da hat sich gleichzeitig noch jemand anders angemeldet. Ich gehe die komplette Liste durch und spekuliere ein paar Minuten lang, wer wohl wer ist. Aber ich komme auch nicht viel weiter, als die anderen waren, bevor ich die Party gesprengt habe. Vielleicht wird das Ganze ja deutlicher, wenn sich alle angemeldet haben.

Nach Alex' Ankündigung der Unverwundbarkeitsbänder im Höhlensand trudeln ein paar Nachrichten ein.

CharlotteCorday: Können wir so viele Bänder mitnehmen, wie wir finden?

Meister: Nur zu. Geht graben, meine Schönen.

Professor Chaos: Eimer, check. Schaufel, check. Schon unterwegs!

Trotz meiner Vorbehalte vorhin möchte ich nun doch sofort runter zu den Höhlen rennen. Aber was ich anfange, bringe ich auch zu Ende. Als ich mich gerade ausloggen will, öffnet sich eine neue Nachricht.

Skulk: Dreht euch nicht um, der Skulk geht um

Ich lache leise. Das wird echt lustig.

KAPITEL 14

Ich schiebe den Gang zu den Höhlen so lange hinaus, wie es geht. Ich will dort wirklich nicht zusammen mit Vaughan sein. Aber nachdem ich eine Stunde lang allein in meinem Studierzimmer rumgehangen habe und mich vor lauter Grübeleien nicht mal zum Arbeiten im Atelier aufraffen konnte, bringt es nichts, das noch weiter hinauszuschieben.

Als ich bei den Höhlen ankomme, bin ich dort zum Glück allein. Der Boden der vordersten Höhle ist total zerwühlt, wie durch eine Meute Hunde, die darin nach Knochen gesucht hat. Soweit meine Taschenlampe reicht, sind überall nur Furchen und Hügel.

Ich trete ein paar Löcher in den Sand und habe wenig Hoffnung, dass noch Bänder übrig sind. Wo ich jetzt zum ersten Mal richtig bei Tageslicht in der Höhle bin, wird mir klar, dass sie viel größer ist, als ich dachte. Ich gehe den Rand entlang und suche nach Stellen, wo der Sand noch unberührt ist, aber meine Mitspieler waren offenbar sehr gründlich. Ich passiere den Gang, der zum Allerheiligsten führt, und gehe weiter die Felswand entlang. Das Licht als Verbindung zur Außenwelt hinter mir wird immer schwächer. Bei dem unerforschten Gang, der tiefer unter die Klippen führt, bleibe ich stehen. Nein, da such ich lieber nicht. In Alex' Posting stand nur etwas von der ersten Höhle, daran halt ich mich gern. Aus diesem Gang kam gestern das seltsame Weinen.

Ich gehe den Außenrand ab, aber stoße auf keine weiteren Gänge oder unberührten Sandstellen. Alle, die vor mir hier waren, haben sorgfältig gearbeitet. Garantiert waren viele Gildenmitglieder zusammen da, was wahrscheinlich richtig Spaß gemacht hat. Jetzt bereue ich es doch, dass ich das verpasst habe.

Ich muss nicht länger hierbleiben. Nur lässt mich seit ein paar Minuten ein Gedanke nicht los: Ich muss mir doch den Gang ansehen, aus dem das Weinen kam. Könnte da nicht gleich vorn noch ein Band versteckt sein? Ich gehe zur Rückseite und leuchte in den Gang.

Die anderen haben Alex beim Wort genommen, der Sand ist hier vollkommen unberührt. Aber ich weiß, dass Alex raffiniert sein kann. Ob ich besser mal nachsehe?

»Alex, du kannst mich mal.«

Ich trete ein. Der Sand weicht rasch unebenem und rutschigem Fels. Ich bewege mich vorsichtig vorwärts und die Decke wird unvermittelt niedriger. Ich muss den Kopf einziehen, aber im Licht der Taschenlampe sieht es so aus, als würde es nach ein paar Metern wieder höher werden. Also weiter. Hier geht es nicht nur um Unverwundbarkeitsbänder, sondern auch um diese Geräusche neulich. Ich muss die Stelle sehen, wo Vaughan – oder wer auch immer – so kläglich geweint hat. Ich ducke mich tief runter und dann, nach einem Meter, öffnet sich die Decke weit nach oben und ich kann wieder aufrecht stehen.

Eine gewaltige Kammer – ich leuchte umher, aber der Strahl erreicht die gegenüberliegenden Wände nicht. Hoch ist sie auch. Es hallt wie in einer Kirche. Ich zittere in meinem Parka. Hier gibt es kein natürliches Licht, und obwohl über und vor mir so viel Raum spürbar ist, kriege ich Beklemmungen. Als wäre ich tief unter der Erde in einer Kuppel eingeschlossen.

Irgendwo hinter mir ein Geräusch, ich fahre herum und sehe in den Gang hinein.

Ein Schlurfen? Ich mache die Lampe aus und presse mich an die Wand. Das Geräusch kam aus der ersten Kammer – bestimmt nur ein Gildenmitglied, das nach einem Band sucht und genau wie ich zu spät zur Party kommt. Ich lausche nach Schritten, einer Stimme, dem Scharren einer Schaufel, doch nichts. Und dann doch noch etwas: ein Lachen. Leise, hoch.

Angst legt sich kalt und schwer auf meine Schultern. Jemand – oder etwas – ist zwischen mir und dem Tageslicht und das gefällt mir überhaupt nicht. Auf einmal wird mir klar, wie dumm es war, allein herzukommen. Der Killer konnte davon ausgehen, dass alle hier nach den schützenden Bändern suchen würden. Der perfekte Ort für den nächsten Kill.

Adrenalin schießt heiß durch meinen Körper, drückt das kalte Grauen beiseite und drängt mich zu fliehen. Vaughan meinte, dass ich die Nächste auf der Liste bin, und ich habe nicht auf ihn gehört. Warum zur Hölle bin ich nicht vorhin zusammen mit den anderen hier gewesen und habe mir ein Band geholt? Wie blöd kann man denn sein? Vorn in den Schatten lauert jemand und hinter mir warten die Verzweiflung der Finsternis und die unbekannten Tiefen der Höhlen. Ich komme hier nicht weg.

Ich vibriere richtig, klebe aber wie eine Fliege an der Wand. Ich warte. *Atme.* Versuche runterzukommen.

Jetzt ist es still. Ich strenge meine Ohren dermaßen an, dass ich glaube, sogar das Meer draußen und den fernen Schrei einer Möwe hören zu können. Vielleicht war das vorhin auch nichts anderes? Aber lieber noch kurz warten, ich muss sichergehen.

Schließlich reicht es mir. Schon allein deshalb, weil ich so dringend pinkeln muss und kurz davor bin, mir gleich hier ein Loch zu buddeln und mich hinzuhocken.

Na schön, los geht's. Raus hier. Ich werde die Taschenlampe anmachen und auf den Boden leuchten, damit ich weiß, wo ich in dem niedrigen Tunnel hintreten muss, und wenn ich dann am anderen Ende der ersten Kammer den Fleck Tageslicht sehe, renne ich einfach los und bleibe erst beim Internat wieder stehen. Ich bin schnell und ich habe das Überraschungsmoment auf meiner Seite. Solange der Killer mich nicht rugbymäßig zu Boden wirft, schaffe ich es an ihm vorbei und bin raus aus dieser grässlichen dunklen Höhle. Und wenn er mich im Freien erwischt und killt, ist das wenigstens nicht so schrecklich wie in dieser Gruft.

Oder vielleicht ist da auch niemand.

Ich lache leise. Vielleicht habe ich mir auch nur selber Angst gemacht.

Ich bücke mich, mache auf Kniehöhe die Taschenlampe an und schirme den Strahl ein bisschen mit der Hand ab. Ich muss nur erst unter diesen Felsen hindurch sein, dann kann ich rennen wie der Teufel.

Bei meinem linken Fuß ist eine rote Schlange.

Ich zucke mit einem Aufschrei zurück und lasse die Taschenlampe fallen. Sie geht auf den Felsen sofort aus und die Dunkelheit verschluckt mich, erstickt mich, erdrückt mich. Wie anders sich die Schwärze anfühlt, jetzt, da ich keine Taschenlampe mehr habe. Ich werfe mich auf die Knie und taste auf dem harten, kalten Gestein herum. *Bitte, bitte lass dich finden. Ich schaff das nicht ohne dich. Ich weiß nicht, wie ich hier rauskomme. Ich brauche dich.*

Meine Hand schließt sich um die Taschenlampe und ich mache sie an. Sobald ich wieder den Luxus von Licht genieße, komme ich mir bescheuert vor.

Das *kann* keine Schlange gewesen sein, auf Skola Island gibt es doch wahrscheinlich nicht mal Blindschleichen. Ich finde meinen Halt und dann das, wonach ich gesucht habe. Es ist ein rotes Armband, eine Doppellänge geflochtenes rotes Plastik mit einem Schlangenkopf am einen Ende. Die Zunge formt einen Haken und der Schwanz eine Schlaufe. Ich schlinge mir das Band zweimal ums Handgelenk und mache es zu.

Haha, Alex. Damit hast du den cleveren Gildenmitgliedern beim Ausgraben ja einen feinen Lacher beschert.

Ich habe keine Ahnung, wie dieses Armband hierhergeraten ist, ob es jemand hier hingelegt oder verloren hat oder ob mir das Ding irgendwie am Schuh hing oder so. Ich kann das leise Gefühl nicht abschütteln, dass Vaughan es hier für mich platziert hat. Er wollte es ja versuchen und auch für mich eines finden. Vielleicht weiß er, dass ich mitbekommen habe, wie er in der Höhle weinte, und konnte sich denken, dass ich hier noch mal nachsehen würde. Ein blödsinniger Gedanke, aber er windet sich immer weiter durch mein Gehirn … wie eine Schlange im Sand.

Ich mache die Lampe aus, krieche auf Händen und Knien durch den Gang, und als die Öffnung zur äußeren Kammer kommt, stehe ich auf und renne los, sprinte mit riesigen, übertriebenen Sprüngen durch den zerwühlten Sand, der meine Füße rutschen und meine Knöchel fast umknicken lässt, aber ich renne weiter auf das Licht zu. Ich bin fast da, kann schon die frische Luft auf dem Gesicht spüren, bin so gut wie draußen, als der Killer mich umreißt. Ich knalle voll auf den Bauch und es verschlägt mir den Atem. Ich kralle die Finger in den Sand, will Luft holen, aber es kommt keine, da sind nur Angst und das Bedauern, dass der Killer mich erwischt hat, mich besiegt hat.

Doch dann passiert nichts. Kein Stich mit einem Gummimesser, keine Dusche mit einer Kunstblutbombe. Schmerzhaft kehrt mein Atem zurück und ich rolle blinzelnd herum.

Niemand da.

Blöde Sandhaufen! Ich bin nur mitten durch einen hindurchgerannt und das hat mich von den Beinen gefegt. Kein geheimnisvoller Assassine, nur eine allmächtige Sandburg. Ich würde laut lachen, wenn ich dafür die Puste hätte.

Ich stehe auf, klopfe mir den Sand ab. Meine Taschenlampe ist jetzt endgültig kaputt, aber das ist egal, weil es hier hell genug ist.

»Alles okay mit dir?«

Ich kreische. Ein richtig fettes Mädchenkreischen, das mir total peinlich ist.

Martin steht hinter mir und grinst sich eins. Er hält eine Gartenkelle in der Hand.

»Warst du in der Höhle?«, fahre ich ihn an.

»Ja.« Er guckt ein bisschen verletzt. »Ich hab gesehen, wie du gerannt und gestolpert bist. Alles okay?«

»Ja!«, fauche ich. »Danke. Alles bestens.« Ich sehe an ihm vorbei in die Dunkelheit. »Wie lange warst du da drin?«

Er zuckt verblüfft mit den Schultern. »Vier oder fünf Minuten. Ich hab nach einem Armband gesucht, aber ich glaube, die sind schon alle weg.« Er sieht richtig enttäuscht aus. »Aber du hast eins. Wo hast du es gefunden?«

Ich greife nach meinem Handgelenk. »Ich – es lag einfach oben auf dem Sand. Ganz am hinteren Ende der Höhle«, stottere ich.

Martin seufzt. »Du Glückliche.«

»Ja.« Ich will gehen, aber ich muss ihn das fragen. »Martin, hast du gelacht?«

Er sieht mich ausdruckslos an. »Wann?«

»Vor vier, fünf Minuten, als du hier angekommen bist. Hast du da irgendwie gelacht?«

Er macht ein Gesicht, als hätte ich sie nicht mehr alle. »Ich bin alleine hier. Worüber sollte ich denn lachen?«

»Keine Ahnung. Also hast du jedenfalls nicht?«

Er zuckt wieder mit den Schultern.

»Also …« Ich bin verwirrt. »Dann hast du vielleicht doch gelacht? Und weißt es nicht mehr?«

Nun lacht er. Leise und ein bisschen hoch für einen Jungen, aber ich habe keine Ahnung, ob es dasselbe Lachen ist wie vorhin. Er schüttelt den Kopf. »Hier ist doch nichts lustig, Cate.«

Total gruselig, wie er das sagt. Mir fällt auf, dass er mich während unseres Gesprächs umrundet hat und jetzt zwischen mir und dem Ausgang steht. Ich mache einen Schritt zur Seite, er ebenfalls. Ich runzele die Stirn und er legt fragend den Kopf zur Seite.

Ich recke mein Handgelenk hoch, als wäre ich Wonder Woman mit ihrem kugelsicheren Armband. »Ich hab das rote Band.«

»Ja, weiß ich, hab ich doch schon gesehen«, kräht er und ist plötzlich gar nicht mehr einschüchternd. »Ich suche besser mal weiter.«

»Mach das.« Ich gehe an ihm vorbei und verlasse die Höhle.

Am Nachmittag verkrieche ich mich ins leere Atelier. Ich schließe meinen MP3-Player an die Anlage an, gehe meine Playlist durch, bis ich etwas Fröhliches finde, und mache mich an die Arbeit. In der ersten halben Stunde sehe ich immer wieder zur Tür, weil Flynny mich doch heute bestimmt sucht. Aber nach einer Weile versinke ich in meiner Siebdruckarbeit und es vergehen drei Stunden, bis mir mein Magen und die Uhr sagen, dass ich mich beeilen muss, wenn ich es noch rechtzeitig zum Abendessen schaffen will.

Als ich gerade die letzten Sachen wegräume, geht die Tür auf. Es ist Mr Flynn.

Ich war ja eigentlich darauf vorbereitet und wollte Vaughan gern glauben, dass Mr Flynn wegen gestern Nacht nichts unternehmen würde. Aber kaum steht dieser viel zu gut aussehende und sonntagsmäßig zerzauste Mann jetzt vor mir und bedenkt mich mit dem vernichtendsten Blick, den ich – abgesehen von gestern Nacht – je an ihm gesehen habe, da verwandle ich mich in ein jämmerliches, zitterndes Schulmädchen.

Was ich mir natürlich nicht anmerken lasse. Er steht im Türrahmen, ich gehe auf ihn zu.

»Ich werde das Abendessen verpassen«, sage ich.

»Setz dich.«

Ich seufze. »Ms Lasillo hat Aufsicht. Sie merkt garantiert, dass ich nicht da bin, und wird mir liebend gern eine Eintragung wegen Fehlens geben.«

»Na, was ein Glück, dass Mr Churley heute Abend übernommen hat.« Er nickt zum vordersten Tisch. »Nimm dir einen Stuhl.«

Ich schlurfe da teeniemäßig hin, lasse meine Tasche fallen und sehe ihn an.

»Vaughan geht es gut.«

»Das weiß ich«, sagt Mr Flynn. »Ich habe eben mit ihm gesprochen.«

Ich setze mich etwas auf. »Ach so?«

Flynn nickt. »Er hat mir versichert, dass gestern Nacht nichts Ungebührliches passiert ist. Außer küssen und kurz baden.«

Ich kann meine Überraschung nicht verbergen. *Ach du heilige Scheiße.* Ich kann mich kaum zurückhalten, will ihm die Wahrheit sagen, aber mir ist natürlich sofort klar, dass das die mit Abstand beste Version ist. Flynny denkt, wir haben unten am Strand einigermaßen harmlos rumgeknutscht und sind anschließend als Mutprobe ins Wasser gehüpft? Perfekt. Das Spiel ist gerettet. Ich verkneife mir jedes Wort.

»Vaughan hat mir erzählt, ihr kennt euch aus der Kindheit?«

Ich nicke.

Mr Flynn nickt ebenfalls. »Das gestern sieht dir gar nicht ähnlich. Ich konnte an keinem von euch beiden etwas riechen, aber falls Alkohol – oder Schlimmeres – im Spiel war, rate ich dir dringend: Lass in Zukunft die Finger davon.«

»War es nicht.« Puh. Wenigstens das ist nicht gelogen.

»Gut.« Mr Flynn kommt zum Tisch und setzt sich neben mich. »Cate, ich habe das immer und immer wieder miterlebt. Ein Mädchen ist ehrgeizig, intelligent, zielstrebig. Dann kommt die Liebe ins Spiel oder die Lust oder was auch immer –«

Ich werde rot und sehe weg.

»– und von ihrem Ehrgeiz und ihrer Zielstrebigkeit bleibt nichts mehr übrig. Sie ist nur noch die eine Hälfte eines Pärchens, mehr nicht. Und ohne großen Widerstand lässt sie die anderen Dinge, die im Leben wichtig sind, links liegen.«

»Das ist aber schon ein bisschen sexistisch, oder?«, sage ich leise. »Wollen Sie damit sagen, dass das andersrum nie passiert?«

»Manchmal schon. Aber selten, weil die meisten Jungen sich

von so einer albernen Sache wie der Liebe nicht zurückhalten lassen.«

Ich sehe ihn scharf an. »Wollen Sie mich auf den Arm nehmen? Das ist doch total frauenfeindlich.«

»Nein, gar nicht«, sagt er genauso scharf. »Im Leben ist es oft ein großer Fehler, nicht an andere, sondern nur an sich selbst zu denken. Aber das gilt nicht für Teenager. Jetzt ist genau die Zeit, in der du an dich selbst denken solltest und nur an dich.«

Ich verdrehe die Augen.

»Ich weiß das«, er beugt sich vor, »weil ich es selbst erlebt habe.«

»Wie jetzt?«, frage ich spöttisch. »Eine Frau hat sich dermaßen in Sie verknallt, dass sie alles aufgegeben hat?«

»Nein«, sagt er schlicht. »Ich war der Verknallte.«

Ich sehe ihn geschockt an.

Er nickt. »Es stimmt. Ich hatte ein Angebot von einer Kunstschule – Saint Martins immerhin – und bin da wegen eines Mädchens nicht hingegangen. Stattdessen hab ich ein Teilzeitstudium angefangen und bin Lehrer geworden. Hab gearbeitet, um sie zu unterstützen. Sie wollte Schmuckdesignerin werden und war es auch eine Zeit lang.« Er verlagert sein Gewicht und der Stuhl knarrt. »Also ich bin wirklich gerne Lehrer, aber wer weiß, was geworden wäre, wenn ich auf die Saint Martins gegangen wäre, anstatt mein Leben in einer Zeit, wo ich mich auf mich selbst hätte konzentrieren sollen, voll auf meine Freundin auszurichten? Ich möchte nicht, dass du meinen Fehler wiederholst.«

Ich fahre mit dem Finger ein Muster auf der Tischplatte entlang. Das ist alles ganz schön bizarr, denn trotz unserer engen Beziehung hat mir Mr Flynn gerade zum ersten Mal etwas aus seiner Vergangenheit erzählt, das über unbedeutende lustige Details hinausgeht.

Und gleichzeitig ist es total irrelevant. Vaughan und ich *haben* ja nicht geknutscht und wir sind nicht verknallt oder scharf aufeinander oder wollen irgendwie … so was.

Doch ich bekomme ein schlechtes Gefühl von dem Gedanken, weil das ja vielleicht … nicht hundertprozentig stimmt. Und ich kann jetzt nicht weiter darüber nachdenken. Mr Flynn hat Recht. Ich darf mein Ziel nicht aus den Augen verlieren, aber das ist eher durch das Spiel als durch irgendeinen Jungen bedroht. Glaube ich.

»Sind Sie noch mit ihr zusammen?«, frage ich schließlich.

»Was? Ach, mit dieser Freundin? Nein!« Er lacht. »Das ist hundert Jahre her. Sie ist jetzt Polizistin, irgendwo in Südengland oder so. Laut Facebook verheiratet mit Rob Soundso und Mutter von drei pummeligen Jungen. Aber das ist genau der Punkt: Mit sechzehn begreift man nicht, wie sehr man sich verändern wird und wie sehr die Entscheidungen, die man jetzt trifft, den Kurs des eigenen Lebens verändern können.«

Ich nicke weise zum Tisch hin. »Na ja«, sage ich langsam. »Ich bin trotzdem froh, dass Sie Lehrer geworden sind, denn sonst wären Sie ja jetzt nicht hier auf dem Internat, oder?«

»Schleim dich jetzt bloß nicht bei mir ein, Cate«, sagt er. »Das funktioniert nicht.« Aber er klingt leicht amüsiert. »Du solltest froh sein, dass ich hier bin, weil jemand anders dich und diesen frechen Kerl, den du dir da angelacht hast, nicht so leicht davonkommen lassen würde.«

»Wir sind nicht fest zusammen.«

»Das freut mich zu hören. Jetzt geh zum Abendessen, und wenn Churley dir irgendwie dumm kommt, sag ihm, dass ich dich aufgehalten habe.«

Ich stehe auf. »Danke.« Ich zeige auf seinen Stuhl am Lehrerpult.

»Ihre Jacke. Danke fürs Ausleihen. Und übrigens hat niemand gesehen, dass ich sie anhatte.«

»Das will ich doch hoffen. Und jetzt ab mit dir.« Mr Flynn steht auch auf und geht zu seinem Pult. »Und Cate? Wenn deine Leistungen auch nur einen Tick nachlassen, dann mach dich auf was gefasst.«

Ich spare mir eine Antwort, zische so schnell aus der Tür, wie ich kann, und entkomme glücklich zum Abendessen.

Später gehe ich in die Bibliothek für meine planmäßige Internet-Lernzeit.

Die Schulbibliothek befindet sich in dem Tudorstil-Uhrturm, der den Hof beherrscht, und besteht aus einem großen Saal mit Bücherregalen bis zur Decke und zwei langen Lesetischen aus Eichenholz in der Mitte. Oben gibt es noch eine Empore mit vielleicht zwanzig kleinen Tischen, zwischen denen niedrigere Regale auf Rädern stehen. An diesen Tischen sitzt es sich am besten, weil einem dort keine nervigen Lehrer oder Bibliothekarinnen im Vorbeigehen über die Schulter linsen können. Die Tische verfügen über eine Steckdosenleiste und man kann sogar die Regale ein bisschen um sich herum anordnen und sich so eine gewisse Privatsphäre schaffen. Ich sichere mir einen der letzten Tische mit dem Rücken zur Treppe, aber der gibt mir eine gute Sicht auf den Saal, die Lesetische unten im Erdgeschoss eingeschlossen. Ich fahre meinen Laptop hoch, sehe mich kurz um und logge mich auf Crypt ein.

Ooh. Alle haben sich angemeldet! Im Newsfeed steht eine vollständige Nutzerliste:

Meister
CharlotteCorday
Dead McTavish
ich_wars
Penissocke
AllKillerNoFiller
*13*is*my*lucky*number*
IceColdBlonde
Professor Chaos
Clouseau
Skulk
Smee
Becky_is_Dead
RAW
superduper
Nimrod

Hmm … dieses Spiel ist gerade noch verrückter geworden, also im guten Sinn. Ich knabbere am Daumennagel und studiere die Liste. Wer ist wer? Meister ist eindeutig Alex. Und superduper dürfte Anvi sein, weil sie ständig »super« sagt … Außer es ist ein Bluff. Becky_is_Dead ist *definitiv* ein Bluff, das würde Becky nie schreiben, niemals. Ich nehme an, dass sie RAW ist, weil das ihre Initialen sind und weil sie sich bestimmt keine große Mühe mehr mit ihrem Nutzernamen gibt, wo sie doch längst tot ist.

Doch von diesen beiden abgesehen habe ich keine Ahnung, wer wer ist. Außer mir natürlich.

Moment mal – ich zähle die Namen: sechzehn. Das stimmt doch nicht. Dreizehn Gildenmitglieder müssten es sein und ein Meister –

ach, nein – Vaughan kommt ja noch hinzu. Aber das sind zusammen immer noch nur fünfzehn. Irgendjemand hat sich zweimal angemeldet. Ist das erlaubt? Oder ein Fehler? Ich werde Vaughan später fragen.

Na schön, jetzt sollte ich mal besser ein paar Hausaufgaben erledigen.

Ich beginne meine Recherche über Art nouveau, doch nur ein paar Minuten später trudeln Gildennachrichten ein.

Smee: Und, wer hat ein Armband?

superduper: Ja, verraten!

Meister: Aber nicht online, Leute. Sonst können wir Nutzernamen mit Gildenmitgliedern verbinden und eure Deckung ist futsch.

superduper: Oh, stimmt, hab ich nicht dran gedacht!! Oder vielleicht gehörte das auch zum Plan ... muhahaha!!!

Ja, superduper ist definitiv Anvi, all diese kopfschmerzfördernden Ausrufezeichen. Ich lese die eintreffenden Nachrichten chronologisch und schreibe auch ein paar. Kommt mir voll dekadent vor. Dann schreibt Alex wieder an alle.

Meister: Lest mein neues Posting auf Crypt für Einzelheiten zu den glücklichen Gewinnern

Mist. Ich werfe einen Blick auf die Bildschirmuhr und logge mich widerstrebend aus. Ich würde zu gern lesen, wer die anderen Unverwundbaren sind, aber ich habe nur noch vierzig Minuten Internetzeit und noch jede Menge Arbeit vor mir. Ich hab im Speisesaal geguckt, ob irgendjemand eine rote Schlange trägt, aber nirgendwo eine gesehen. Und meine hatte ich auch den Ärmel hochgeschoben, weil ich nicht wusste, ob es klug ist, sie zu zeigen. Nach dem Essen hat mir Alex auf dem Weg nach draußen ins Ohr geflüstert – beziehungsweise eigentlich nur einen Zischlaut gemacht. Genau wie eine Schlange. Ich hab genickt und er ist grinsend weitergegangen.

Verdammt. Ich muss mich noch mal bei Crypt einloggen. Nur ganz kurz. Mit einem schnellen Blick nach hinten versichere ich mich, dass niemand in meine Richtung sieht, tippe mein Passwort ein und gehe auf die Homepage. Und tatsächlich gibt es ein neues Posting:

UNVERWUNDBARKEIT ERWORBEN!

Ich freue mich, verkünden zu können, dass jetzt alle roten Armbänder aus ihren sandigen Gräbern gehoben wurden! Drei Stück sind im Spiel, und nur drei. Die glücklichen Spieler sind:

Anvi

Martin

Cate

Tragt eure Bänder. Tragt sie mit Stolz. Ihr könnt euch diese Woche entspannen ... aber nutzt diese Zeit und sammelt Wissen über eure Mitspieler für die Abstimmung nächstes Wochenende.

Und denkt daran ... diese Spieler haben jetzt vielleicht Bänder, aber deshalb kann trotzdem der Killer unter ihnen sein!!!

Liebe Grüße, euer Meister xoxox

Martin! Ganz schön hinterhältig. In der Höhle vorhin hatte er angeblich kein Band. Hat er gelogen? Oder vielleicht erst danach eins gefunden?

Ich mache mich wieder an meine Kunsthausaufgaben, bleibe aber eingeloggt und alle paar Sekunden trudelt eine Nachricht ein. Alle sind aufgeregt und unterhalten sich darüber, wer ein Band gefunden hat und wer nicht, und halten gleichzeitig ihre Identität geheim. Das lenkt mich total ab, weil ich mir die Nachrichten gern genau ansehen möchte, um über die ausgedrückte Persönlichkeit darauf zu kommen, wer jeder ist. Superduper ist quirlig, Smee sagt nicht viel, Professor Chaos ist sarkastisch und überheblich. Außerdem überprüfe ich natürlich, wer um mich herum an den anderen Computern in der Bücherei sitzt, beobachte, wer wann etwas tippt oder vielleicht leise lacht oder das Gesicht verzieht. Alle Gildenmitglieder sind hier – außer Vaughan, den hab ich nicht gesehen –, aber an einem anderen Abend könnten wir alle in unseren Studierzimmern online sein oder irgendwo anders auf der Karte. Jetzt wird mir klar, wie sehr wir diese Trackingsache beim Entlarven des Killers gebrauchen könnten. Soweit ich sehe, beteiligen sich gerade alle Nutzer am Gespräch, auch der sechzehnte, wer immer das sein mag. Ich bin die Einzige, die nichts postet. Damit das nicht auffällt, schreibe ich rasch ein paar Nachrichten.

Plötzlich verändert sich die Atmosphäre, ein Lehrer hat die Bibliothek betreten.

Ein paar Lehrer haben abends Aufsicht, sie drehen ihre Runden und überprüfen, ob auch alle wirklich arbeiten. Heute ist Ms Lasillo dran, die Leiterin des Fachbereichs Informatik. Mist. Wenn jemandem das mit den Nachrichten auffällt, dann ihr. Greifbare Angst verbreitet sich im Raum. Hier und da klingelt es im Posteingang, wie Vögelchen, die sich gegenseitig warnen, dass der Sperber kommt. Was auch eine gute Beschreibung von Ms Lasillo ist. Klein, windschnittig, mit wachem Blick und noch wacherem Verstand. Sie dreht unten eine Runde durch den Saal, passiert die büffelnden Leute an den Lesetischen und scheint kaum auf die Bildschirme zu sehen. Aber ganz sicher hat sie die Computer genau im Blick, und sollte jemand außerschulisch aktiv sein, wird sie zuschlagen. Ich habe das schon miterlebt: Jemand hackt sich ins Internet, loggt sich auf einem sozialen Netzwerk ein und rums, wird er einen Kopf kürzer gemacht. Sie muss das genau überwachen, das gehört zu Lasillos Job. Sie installiert die Firewall und wenn jemand eine Lücke in ihrer Programmierung findet, dann macht sie ihn fertig.

Klick-klack, klick-klack.

Lasillos Absätze sind plötzlich hinter mir auf der Treppe. Rasch logge ich mich aus Crypt aus und kehre an meine Arbeit zurück.

»Scheiße!«, flucht Carl leise. Er ist mein nächster Nachbar, an einem Schreibtisch links von mir, aber immer noch bestimmt drei, vier Meter entfernt.

Er drückt schnell ein paar Tasten, aber seinem Gesichtsausdruck nach funktioniert irgendwas nicht. Ich kann seinen Bildschirm von hier aus nicht sehen, aber Ms Lasillo wird das gleich können, in wenigen Sekunden.

Ich stehe auf, ein Buch in der Hand, und als ich an der Rückseite von seinem Schreibtisch vorbeikomme lasse ich es absichtlich auf den Boden fallen. Während ich mich bücke, nähert sich Ms Lasillo gerade von der Treppe her. Ich ziehe rasch das Stromkabel des Bildschirms heraus. Ms Lasillo geht jetzt hinter Carl vorbei. Sie bleibt stehen.

»Carl? Stimmt mit Ihrem Computer etwas nicht?«

»Was?« Er blickt auf, wie aus tiefen Gedanken gerissen. »Ach so, nein, Ms Lasillo – ich hab ihn nur ausgemacht, damit mich das Leuchten nicht beim Lesen stört.«

Sie runzelt die Stirn. »Gut. Aber vergessen Sie nicht, ihn nachher wieder einzuschalten, sonst denkt noch jemand, er wäre kaputt.«

Carl lächelt. »Auf jeden Fall. Danke.«

Ms Lasillo starrt zu mir rüber, wie ich da immer noch kauere. »Ist Ihnen nicht gut, Cate?«

»Nein, Ms Lasillo.« Sie hat etwas an sich, das mich immer ganz kribbelig macht. »Mir ist bloß ein Buch runtergefallen.«

Sie schnalzt und schüttelt den Kopf, als wäre ich das größte Trampeltier auf Erden. »Sie haben doch bestimmt noch einiges zu erledigen, Cate. Bitte stehen Sie auf und arbeiten Sie weiter.«

Ich will ihr sagen, dass sie meinetwegen aus dem Fenster springen kann, aber im Hof ist schon genug Blut vergossen worden … fürs Erste. Außerdem quatscht sie ständig mit Mr Flynn, und wenn der erfährt, dass ich ihr pampige Antworten gegeben habe, darf ich mir wieder was anhören.

Ich nicke und stehe auf und sie verschwindet zum nächsten Schreibtisch.

»Danke«, haucht Carl. Ich zwinkere ihm zu und kehre an meinen Platz zurück. Lasillo spaziert hier immer noch rum, aber ich kann nicht widerstehen und muss mich erneut in Crypt einloggen.

Skulk: Gut gemacht, Cate.

Die Hände schon über der Tastatur, will ich eine knackige Entgegnung raushauen – argh! Ich kann mich gerade noch bremsen. Wenn ich antworte, wissen alle meinen Nutzernamen.

Also hat Skulk gesehen, was eben bei Carl passiert ist? Ich sehe mich nicht um – obwohl das mein erster Instinkt ist – und vergegenwärtige mir stattdessen, wo alle sitzen. Wer hätte das eben mitkriegen können? Ist *Carl* Skulk? Eigentlich kann er als Einziger wissen, was ich gemacht habe. Ich schiele zu ihm rüber. Er scheint in ein Buch vertieft und sieht gar nicht auf seinen Bildschirm. Der Stecker liegt immer noch auf dem Boden. Carl wird das Teil nicht anfassen, solange Ms Lasillo noch im Raum ist. Das bedeutet doch, dass er nicht Skulk sein kann, oder? Theoretisch könnte er wahrscheinlich auch ohne Bildschirm eine Nachricht schreiben – der Computer und die Tastatur haben ja noch Strom –, aber das wäre schon ganz schön mühselig.

Niemand antwortet auf Skulks Nachricht, weil alle Angst haben, damit ihre Identität preiszugeben, jedenfalls mindestens als Nicht-Carl und Nicht-Cate.

Eine neue Nachricht öffnet sich:

Skulk: ***klatscht langsam in die Hände***

Ich hole Luft. Jetzt will er oder sie mich provozieren, mich aus der Reserve locken. Und geht dabei das Risiko ein, dass Ms Lasillo die Nachricht irgendwo sieht, denn sie ist immer noch auf der Empore, auch wenn sie gerade in der hintersten Ecke ein paar großformatige Bücher durchgeht. Es kann nicht mehr lange dauern, dann macht sie sich auf den Rückweg zur Treppe und kommt wieder an den Computern vorbei.

»Was hab ich verpasst?«

Vaughan lässt sich auf den Stuhl neben mir fallen.

»Gott, ich wünschte, die Leute würden damit aufhören«, sage ich leise und halte mir eine Hand aufs Herz.

»Womit? Mit dir zu reden?«, flüstert Vaughan. »Das lässt sich bestimmt einrichten.«

Ich drehe mich um und sehe ihn an. »Weißt du wirklich nicht, wer welcher Nutzer ist? Hast du mir da die Wahrheit gesagt?«

Vaughan wirkt überrascht. »Natürlich. Würde ich dich anlügen?«

Ich seufze. »Na, vielleicht zu meinem Selbstschutz. Weil ja klar ist, dass ich dich irgendwann löchern würde.«

»Tut mir leid, Partnerin.« Er beugt sich rüber und verwuschelt mir lachend die Haare. Das nervt mich total, genau wie damals mit acht. »Von meinen überragenden deduktiven Fähigkeiten einmal abgesehen, kann ich wirklich nicht sagen, wer hinter welchem Nutzernamen steckt.« Er nickt zu meinem Bildschirm. »Über wen willst du denn was wissen?«

Ich schüttele den Kopf und schließe mit der Maus rasch die Nachricht. »Über niemanden. Ist nicht weiter wichtig.«

Vaughan macht ein enttäuschtes Gesicht. »Ooch. Willst du keine Theorien mehr mit mir teilen?« Er klimpert mit den Wimpern. »Ich hab mich so darauf gefreut, dass du den Watson zu meinem Holmes gibst.«

»Kann ich mir lebhaft vorstellen.« Ich zögere. »Dir ist natürlich nicht entgangen, dass wir einen Nutzer zu viel haben.«

Er nickt und seine grünen Augen leuchten. »Das peppt die Sache noch ein bisschen auf, findest du nicht?«

Ich runzele die Stirn. »Das kann man einfach so machen? Mehr als ein Profil erstellen?«

Er verzieht das Gesicht. »Am Anfang hatte ich das nicht begrenzt. Jemand hat es ausgenutzt und verfügt nun über ein Alter Ego.« Er fährt sich mit der Hand durch die schwarzen Locken. »Aber die Ältesten haben es gemerkt und ich sollte das ändern, damit es nicht noch weitere Doppel-Accounts gibt. Was ja bestimmt auch sinnvoll ist. Schließlich führt ja nur einer im Spiel ein Doppelleben.«

»Du meinst, die Person mit den zwei Nutzernamen ist der Killer?«

Er zuckt mit den Schultern. »Wäre doch ein kluger Schachzug, oder?«

Ich antworte nicht, denke aber insgeheim: *Skulk, Skulk* … wer denn sonst? Ich packe meine Tasche, heute kriege ich am Computer nichts mehr auf die Reihe. Ich werde in meinem Studierzimmer arbeiten und die restlichen Onlinesachen morgen erledigen. Als ich aufstehe, ergreift Vaughan meine Hand.

»Entspann dich. Genieß das Ganze. Dir kann nichts passieren.« Er streicht mit dem Daumen mein Handgelenk rauf. Die Berührung breitet sich in einem Kribbeln über meinen Unterarm aus. »Du hast doch das Armband.« Er zupft mit dem Daumen daran und ich ziehe verlegen die Hand weg.

»Ja, unverwundbar.« Ich schultere meine Tasche, unfähig seinen Blick zu erwidern, und sause, so schnell ich kann, die Treppe runter und nach draußen.

Erst als ich in meinem Studierzimmer am Schreibtisch sitze, mit abgeschlossener Tür, kann ich wieder richtig durchatmen.

KAPITEL 15

Montag, Dienstag, Mittwoch … und ich atme entspannt.

Dass mir nichts passieren kann, ist toll. Die kleine rote Schlange um mein Handgelenk fühlt sich herrlich an. Gildenmitglieder schielen dorthin, manche voller Neid. Und ein Mitglied sieht sie an und streicht mich im Stillen von der Mordliste – für diese Woche.

Das Spiel läuft auf vollen Touren. Mein Leben findet nur noch online statt. Alles Coole passiert auf Crypt. Ständig wird etwas gepostet – Witze, Theorien, sogar Bilder. Wir analysieren Hinweise. Haben Spaß. Doch dafür muss man auch einiges beachten: auf dem Laufenden bleiben, die eigene Identität verbergen und niemanden außerhalb der Gilde einweihen.

Plötzlich ist es nicht mehr so schlimm, dass wir kein Internet haben. Meine Geräte sind mit dem Intranet verbunden und ich kann auf Crypt gehen, wann immer ich will, solange ich in WLAN-Reichweite bin. Es gibt einen irren Anstieg von Gildenmitgliedern, die ständig Tablets mit sich herumtragen, während des Unterrichts leise kichernd daraufstarren und in der Töpferei oder auf dem Klo auf ein Signal hoffen. Die Lehrer staunen bestimmt, wie fleißig wir auf einmal sind. Wir müssen vorsichtig sein.

Aber Vaughan sorgt vor. Am Dienstagnachmittag postet er auf Crypt:

Seid gegrüßt, Assassinen, hier spricht euer Webmaster.

Bitte klickt auf den Link unten und ladet euch dieses einfache, aber extrem suchtfördernde Spiel herunter. Sobald ihr es installiert habt, könnt ihr im Notfall zum Spiel umschalten und so eventuelle Gildennachrichten oder die Crypt-Seite verstecken.

Vorbeugende Grüße, Vaughan

Ich muss grinsen. Schlau ist er. Ich klicke auf den Link und bald spiele ich ein knallbuntes und beknacktes Spiel namens Kreepy Klowns, bei dem man Paare finden muss.

Die Tage vergehen ohne Mordanschläge. Vielleicht verbringt der Killer seine Zeit auch auf Crypt oder damit, Clownsgesichter zu vergleichen. Vielleicht hat er auch jemanden von uns Unverwundbaren als Nächstes auf der Liste stehen und will nicht vom Plan abweichen. Vielleicht findet er auch, dass es den Spaß steigert, wenn sich alle in einem trügerischen Gefühl der Sicherheit wiegen.

Dann jedoch, am Donnerstag, ist es schlagartig nicht mehr lustig.

Ich kriege erst gar nichts davon mit, weil der Tag so gut läuft. Schwimmen ist durch wahlweise Yoga oder Hockey ersetzt worden und ich stehe total auf *Om*. Dann habe ich eine Doppelstunde Kunst und anschließend Kunstgeschichte bei der durchgeknallten, aber liebenswerten Miss Biddulph. Ich verlasse gerade den Klassenraum und unterhalte mich lachend mit Whitney über unser jeweiliges Kreepy-Klowns-Level, als Anvi angerannt kommt, das wasserstoffblonde Haar wie immer zum hüpfenden Pferdeschwanz gebunden.

»Wo bleibst du denn?« Ihre braunen Wangen sind rot angelaufen, die dunklen Augen unter dem langen Pony sehen ganz wild aus.

»Wir hatten Kunstgeschichte?« Whitney sieht ihre Freundin an, als hätte sie nicht mehr alle.

»Nicht du. Sie.« Anvi nickt zu mir. »Hast du es noch nicht gesehen, auf Crypt? Alle reden darüber.«

Mir sackt das Herz in die Hose. Ich habe keine Ahnung, wovon sie spricht, aber ich ahne, dass es mir nicht gefallen wird.

»Nun rück schon damit raus!«, sagt Whitney.

Anvi antwortet nicht, sondern krallt nur die Finger schmerzhaft in meinen Oberarm, sieht sich um und marschiert mit mir um die Ecke des Unterrichtsgebäudes. Sie holt ein Tablet hervor.

»Hier müssten wir WLAN haben.« Sie wischt Kreepy Klowns beiseite und Crypt erscheint. »Guck!« Das tue ich, aber ich entdecke nichts Ungewöhnliches, nur ein Newsfeed mit verschiedenen Postings … sie scrollt nach unten. Da ist ein Kästchen mit einem Pfeil.

»Cool.« Whitney sieht mir über die Schulter. »Jemand hat ein Video hochgeladen?«

Tatsächlich. Anvi tippt auf den Pfeil und das Video wird abgespielt.

Es ist sehr dunkel. Das Bild ist verschwommen. Einen Moment lang denke ich, das sind die Höhlen, und frage mich, wieso Anvi das ausgerechnet mir zeigen will. Es betrifft doch offensichtlich allgemein das Spiel.

Der Mensch mit der Kamera (weiblich?) lacht leise, während das Bild heran- und herausgezoomt wird. Wir sind in keiner Höhle, sondern das ist Wasser, oder? Dann … Stufen? Zwei verschwommene Gestalten. Ah! Das ist die Tribüne beim Schwimmbecken.

Oh. Nein. Bitte nicht.

Das hier hat nichts mit dem Spiel zu tun. Sondern absolut alles mit mir.

Die Kamera zoomt näher und trotz des schwachen Lichts ist deutlich, was die beiden Gestalten machen. Sie knutschen. Die Arme umeinandergeschlungen, das Mädchen auf dem Jungen. Sie unterbricht kurz, wirft ihren Kopf zurück und lacht. Der Junge lacht auch.

Ich, mit Daniel. *Nein, nein, nein …*

Ich bin mir vage bewusst, dass Whitney neben meinem Ohr ein Aufkeuchen unterdrückt. Anvi ist nicht so dezent. Das Tablet wackelt, so sehr ist sie am Kichern. Ich entreiße es ihr.

»Hey!« Sie greift danach, will es zurückhaben, aber ich presse es an mich.

»Wer hat das gepostet?«, schreie ich sie an.

Sie zuckt mit den Schultern, ihr Gesicht unbewegt. »Smee.«

Na toll. Smee zählt zu den Nutzern, die ich überhaupt nicht einordnen kann. Weder in Feind oder Freund, männlich oder weiblich, Killer oder Opfer. Aber eins weiß ich jetzt immerhin. Smee ist nicht Daniel.

»Smee löscht das besser wieder, und zwar schnell!« Ich schiebe ihr das Tablet hin, erwische sie damit an der Brust. »Und wenn du weißt, wer das ist, dann sorgst du dafür, dass die Nachricht auch ankommt!«

»Jetzt werd mal erwachsen«, sagt Anvi. »Sei doch froh, dass dich das zur Abwechslung mal interessant macht. Vorübergehend.«

»Ach so, ja?« Ich trete ganz dicht an sie heran. »Du findest das interessant? Interessant genug zum Posten?« Ich packe ihre Schultern und schiebe. Sie ist viel kleiner als ich, aber knallhart, und weicht kein Stück zurück.

»Hört auf!« Whitney geht dazwischen. »Krieg dich wieder ein, Cate. Du weißt, dass Anvi das nicht war.« Sie sieht ihre Freundin an. »Warst du doch nicht, oder?«

»Nein!«, sagt Anvi empört.

»Gut.« Whitney sieht mich an. »Du musst darüberstehen. Rede mit Vaughan oder Alex und lass das Video von der Seite nehmen. Es hat ja nichts mit dem Spiel zu tun. In ein, zwei Tagen ist das längst für alle gegessen.«

Für alle gegessen? Daniel wird daran noch lange knabbern. Und zwar mächtig.

»Schön.« Ich mache auf dem Absatz kehrt und stapfe davon, ohne zu wissen, wohin ich überhaupt will. Es stimmt, ein Riesendrama ist das für mich nicht. Ich werde ein paar Tage leiden und es wird noch ewig Witze geben, aber damit komme ich klar. Daniel? Das sieht schon anders aus. Da bin ich mir sicher. Aus dem Spiel steigt er aus, das steht schon mal fest. Vielleicht verlässt er die Schule. Er hasst, *hasst* solche Sachen, er kommt damit nicht klar. O Gott, hoffentlich denkt er nicht, dass ich etwas damit zu tun habe. Ob er das denkt?

Doch ich laufe nicht zu seinem Studierzimmer oder den Musikräumen, sondern in eine andere Richtung.

Als ich ins Zimmer platze, sitzt Vaughan über seinen Laptop gebeugt und tippt.

»Nimm es runter.«

Er hebt eine Hand und tippt mit der anderen weiter. »Moment noch.«

»Nimm es runter!«

Er sieht mich geschockt an. Drückt Enter. Lässt die Hände sinken. »Okay. Was soll ich runternehmen?«

»Das Video natürlich. Tu bloß nicht so, als hättest du es noch nicht gesehen.«

»Jaaaah.« Er nickt übertrieben ernst. »Daniel und du.«

»Wer denn sonst!«

»Wer sonst.« Er neigt den Kopf zur Seite. »Ich bin neugierig. Vorbei oder aktuell?«

»Was? Vorbei! Das war letztes Halbjahr!«

Er nickt verständnisvoll. »Eine einmalige Sache?«

»Das geht dich eigentlich gar nichts an.« Ich schließe die Tür. Hinten im Flur haben sich schon ein paar Leute gesammelt, die sehen wollen, was los ist. »Aber ja, es war eine einmalige Sache. Ein willkürlicher, dummer Fehler meinerseits. Der sich nicht wiederholen wird. Und definitiv nicht auf Video gehört.«

»*Deiner*seits.« Vaughan klopft mit einem ruhelosen Finger auf seinen Laptop. »Aber kein Fehler, soweit es Daniel betrifft?«

»Nimm es einfach runter. Sofort.«

Ich drehe mich um und will schon rausrauschen, da sehe ich auf dem Tisch neben Vaughan einen weißen Schulbecher mit Kakao. Unberührt.

»Hast du dir den gemacht? War eine Botschaft mit dabei?«

»Was?«

Ich warte nicht auf eine wirkliche Antwort, sondern nehme den Becher, öffne das Fenster und kippe das Zeug raus ins Gras.

»Mensch!«, protestiert Vaughan. »Was machst du denn?«

Ich starre auf den Innenboden. Keine Schrift. Bloß ein ganz normaler Becher. Ein ganz normaler Kakao. *Ex*-Kakao.

Ich schleudere den Becher beiseite und er zerbricht. Bloß raus hier.

Bis ich in meinem Studierzimmer bin und mich einlogge, ist das

Video nicht mehr abrufbar. Ich bin erleichtert, aber auch ein bisschen enttäuscht. Ich hatte es mir in der Abgeschiedenheit meines Zimmer noch einmal ansehen und feststellen wollen, wie schlimm es wirklich ist. Und auch, weil ich mir die Augen dieses lachenden Mädchens ansehen wollte, um zu begreifen, was sie an diesem Abend gesehen hat.

Daniel ist nicht beim Abendessen und danach auch nicht in der Bücherei. Ich gehe bei seinem Studierzimmer vorbei und bei den Musikräumen, aber ich kann ihn nirgends finden. Kurz vor der Nachtruhe finde ich mich vorm Büro der Schülerzeitung ein. Marcia arbeitet in dem hell erleuchteten Raum. Allein. Ich drehe den launenhaften Türknauf und stecke den Kopf nach drinnen.

»Klopf, klopf.«

»Hi.« Sie sieht mich nicht an, sondern tippt weiter.

Ich seufze. Trete ein, setze mich. Lege die Füße auf den Tisch, damit ihr klar wird, dass ich nicht wieder gehen werde.

»Wollen wir eine rauchen?«, fragt sie und sieht mich immer noch nicht an.

»Nein. Es ist Ewigkeiten her, seit wir uns das letzte Mal gesehen haben. Du schleichst dich direkt vor der Nachtruhe ins Zimmer. Du weichst mir bei den Mahlzeiten aus. Du bist nie im Studierzimmer.«

Marcia tippt weiter, schüttelt den Kopf. »Ich schleiche mich nicht rein und ich weiche dir nicht aus. Ich hab zu tun.«

»Jaja, schon klar.« Ich strecke mich, täusche eine Entspannung vor, die ich nicht empfinde. »Aber weißt du, ich hätte gedacht, dass du dir die Zeit nimmst und dich mal dafür entschuldigst, dass du mich neulich am Strand im Stich gelassen hast. Oder am Tag danach mal guckst, ob es mir gut geht. Ich hätte auch gedacht, dass du mir Bescheid sagst, wenn irgendein Idiot auf Crypt ein Video hochlädt.«

Jetzt ist Marcia mit Seufzen dran. Sie lehnt sich zurück und klappt ihren Laptop zu.

»Ich wusste, dass es dir gut geht nach der Sache am Strand. Ich bin weggerannt, weil du auch wegrennen solltest, ich wollte nicht, dass du erwischt wirst.«

»Und Vaughan?«

Sie zuckt mit den Schultern. »Ich hatte Angst um ihn, aber was bedeutet er mir, verglichen mit dir? Ich wollte *dich* da raushaben.«

Meine Brust schnürt sich zusammen. »Du hättest wissen müssen, dass ich nicht einfach abhaue. Ich hab da diesen komischen Tick und lasse meine Freunde nicht im Stich, wenn sie in Schwierigkeiten sind.«

Sie hebt die Hände. »Wir tun alle, was wir für das Beste halten.«

Ich sehe sie an, aber nun bin ich es, die ihrem Blick nicht standhalten kann. Ich starre zu Boden. »Dann hast du es für das Beste gehalten, mir nichts von dem Video zu sagen?« Ich wippe hibbelig mit den Füßen. »Es ist heute früh anscheinend gleich als Erstes gepostet worden. Erzähl mir nicht, du hast nichts davon gewusst.«

»Ich habe davon gewusst.«

Ich sehe sie an und sie nickt. »Aber ich fand es wichtiger, Daniel Bescheid zu sagen. Du kannst damit klarkommen, Daniel … vielleicht nicht.«

Da hat sie Recht. »Du hättest mir wenigstens schreiben können.«

Sie schweigt. Entschuldigen ist bei ihr nicht drin. Sie hat nicht diese britische Tendenz, sich ständig für alles Mögliche zu entschuldigen, und manchmal tut das weh.

»Hast du Daniel gefunden?« Ich setze mich auf.

»Ja.«

»Ich hab gesucht … aber ich konnte ihn nicht finden.« Als sie mich nicht weiter aufklärt, hake ich nach. »Wie geht es ihm?«

»Was erwartest du denn?« Sie schiebt ihren Stuhl zurück und dreht sich zu mir, frontal. »Er ist am Boden zerstört. Er hasst es, dumm dazustehen. Er hatte noch gar nicht begriffen, dass alle Bescheid wissen, also ist es für ihn sogar noch schlimmer.«

Jetzt werde ich sauer. »Die meisten Jungs würden angeben und darüber lachen.«

Marcia sieht mich finster an. »Daniel ist aber nicht wie die meisten Jungs. Sag bloß, das hast du noch nicht gemerkt?« Sie stopft ihre Sachen in die große Stofftasche. »Es ist für ihn natürlich schlimmer, weil er dich will und weiß, dass du ihn nicht willst.« Sie zieht ihre Jacke an und will eindeutig so schnell wie möglich hier raus und weg von mir.

Bei ihren Worten verziehe ich das Gesicht. Aber es stimmt natürlich, was sie sagt. Ich setze noch mal anders an.

»Weißt du, wer Smee ist?«

Sie hält inne. »Selbst wenn, wäre es nicht im Sinn des Spiels, dass wir uns darüber unterhalten.«

»Ach komm!« Ich stehe auf. »Und wenn jemand *Knutsch*videos postet ist das eher im Sinn des Spiels oder was?«

Sie streift sich die langen Haare aus dem Gesicht. »Smee ist bestimmt ein Mädchen. Ich glaube, ein paar von den Jungs habe ich schon erraten, und Smee hat einen weiblichen Ton, aber wer genau? Keine Ahnung. Whitney vielleicht?«

»Whitney war dabei, als Anvi mir das Video gezeigt hat.« Ich überlege. »Wenn sie Smee ist, ist sie eine super Schauspielerin.«

»Dann Tesha? Oder Emily?« Sie kratzt sich den Kopf. »Ehrlich gesagt, bis zum Video dachte ich, dass du Smee wärst.«

Ich blinzele. »Aber jetzt denkst du das nicht mehr, oder? Es denkt doch niemand, dass ich das selbst gepostet habe, oder?«

Marcia sagt nichts, sondern schwingt sich ihre Tasche über die Schultern und geht zur Tür. Ich folge ihr und halte sie am Arm fest.

»Ihr denkt doch nicht, dass ich das gepostet habe, oder?«

Sie dreht sich um. »Wie ich schon sagte, bevor das passiert ist, dachte ich, dass du vielleicht Smee bist. Jetzt denke ich das nicht mehr. Aber ob andere das denken?« Sie nickt. »Ja. Könnte sein.«

Sie geht hinaus. Ich werde ihr nicht hinterherrennen. Einerseits, weil ich mich heute schon genug zum Narren gemacht habe, und andererseits, weil mich die Horrorvorstellung, dass die anderen denken, ich hätte das Video hochgeladen, total runterzieht.

Ich gehe zu einem Schreibtisch mit Computer und logge mich auf Crypt ein. Da wird gerade gechattet.

AllKillerNoFiller: Ooooch ... das Sextape ist weg. Rück es wieder raus, Smee!

ich_wars: Ich glaube, wir haben genug gesehen

AllKillerNoFiller: Bist du das, Danny-Boy???

ich_wars: Ich bin nicht Daniel. Darum denke ich ja auch, dass wir genug gesehen haben ;) Du kannst davon ausgehen, dass D gerade lieber gaaaanz woanders ist als hier!

AllKillerNoFiller: Also alles beim Alten

Professor Chaos: Die Frage ist, wo ist Smee?

AllKillerNoFiller: Er hat sich Smee geholt ... GEKILLLLLT

ich_wars: Smee, neeiin! Wir lieben dich! Alle vergeben dir!

Professor Chaos: Daniel nicht

ich_wars: Hey, vielleicht ist DANIEL Smee

Professor Chaos: Oder Cate ist Smee. Das würde eher passen

Skulk: Cate ist nicht Smee.

ich_wars: Woher weißt du das?

Skulk: Weil ich weiß, wer Cate ist.

Skulk: Ich hab sie im Blick.

AllKillerNoFiller: Klar, hatten wir alle, bevor ihr Busenfreund Vaughany das Video entfernt hat! :P

Ich logge mich schnell aus. »Skulk« weiß also, wer ich bin, ja? Und hat mich *im Blick*? Wie es auch in dem Kakaobecher stand?

Ich gehe zum Bürofenster, draußen ist es jedoch bedeckt und dunkel. Jeder kann reingucken, aber ich nicht raus. Als ich die Jalousien runterlasse, ist es noch schlimmer. Ich werde gleich das Licht ausmachen, doch vorher hole ich noch meine Schlüssel aus der Tasche und halte den größten wie ein Messer. Eigentlich lächerlich – was will ich denn machen, einen meiner Mitschüler ins Auge stechen? –, aber wenn ich schon da raus in die Dunkelheit gehe, dann will ich mich wenigstens wehren können. Ich spähe zwischen den Lamellen hindurch. Jetzt kann ich mehr erkennen, vor dem dunkelroten und lila Abendhimmel zeichnen sich die Umrisse von Bäumen und das Dach des Haupthauses ab. Nirgendwo ist jemand zu sehen, aber das heißt noch lange nicht, dass mir nicht jemand auflauert. Marcia hat ihre Wasserflasche auf dem Schreibtisch stehen gelassen. Sie ist noch fast voll. Ich stecke die Schlüssel ein, schraube den Deckel von der Flasche und gehe wieder zur Tür. Wenn Skulk – oder sonst jemand – seine Scherze mit mir treibt, dann verpasse ich ihm eine Dusche und renne weg.

Ich schaffe es zurück zu meinem Studierzimmer und verstecke mich dort. Das Abendessen lasse ich ausfallen und arbeite kaum, sondern beobachte den Crypt-Chat. Gegen 19 Uhr postet Alex etwas:

Guten Abend, Assassinen. Hier ist euer Meister.

Bitte denkt daran, dass Crypt nur für das Spiel genutzt werden soll, nicht für anderes. Alle Postings, die Dinge behandeln, die nichts mit dem Spiel zu tun haben, werden gelöscht und der Nutzer, der sie eingestellt hat, wird für den Rest des Spiels von Crypt ausgeschlossen. Ich möchte euch bei dieser Gelegenheit auch daran erinnern, dass gegenüber Außenstehenden keinerlei Andeutungen über Crypt gemacht werden dürfen. Ein Verstoß gegen diese Regel hat den sofortigen und endgültigen Ausschluss aus der Gilde zur Folge, ohne jede weitere Diskussion!

Vielen Dank und einen schönen Abend noch

Puh. Mit der zweiten Hälfte seines Postings hat Alex effektiv verhindert, dass sich dieser Mist bis zum Rest der Schule verbreitet. Er schützt damit natürlich nur das Spiel, aber ich bin ihm trotzdem dankbar.

Ich will mir noch die Reaktionen ansehen und sie lassen nicht lange auf sich warten. Als Erstes kommt Widerspruch von einigen Nutzern, die finden, dass alles, was Mitspieler betrifft, auch relevant für Postings auf Crypt ist, aber das bügelt Alex postwendend ab. Tatsächlich lässt der Klatsch über das Video bereits nach. Schnee von gestern.

Ich sehe zu, wie die Nutzer kommen und gehen, und poste ein, zwei Nachrichten, damit mein Nutzername auch im Feed auftaucht. Nur zwei Nutzer beteiligen sich heute Abend nicht: Skulk ist verschwunden und der zweite Abwesende lässt sich erst kurz vor der Nachtruhe blicken.

Smee: Sorry Leute

Smee: Ab jetzt ist Smee brav

Smee: Hoffe nur, das trägt mir niemand nach …

Ich logge mich aus. Meine Uhr sagt, dass mir noch exakt fünf Minuten bleiben, bevor mir die Aufsichtslehrerin einen Eintrag wegen Verspätung gibt. Ich klappe den Laptop zu und laufe hinaus auf den Hof. Ich bin die Einzige hier. In der Bücherei ist kein Licht mehr und auch die Studierzimmer sind alle dunkel. Ich gehe durch den Torbogen, wende mich nach rechts und laufe zu den Wohntrakten des Haupthauses.

Irgendetwas – ein Geräusch? Oder nur das Gefühl, dass mich jemand beobachtet? – lässt mich herumfahren und zum Hof sehen. Dort steht eine Kapuzengestalt. Das Gesicht kann ich nicht erkennen, aber von der Größe, der Körperhaltung her …

Das ist bestimmt Daniel. Er steht absolut still und sieht in meine Richtung. Mir wird klar, dass ich unter einer der viktorianischen Straßenlaternen stehe, von denen die Hauptwege beleuchtet werden. Ich komme mir vor wie in einem Schaukasten, er kann mich sehen, aber ich nur seinen Umriss. Ich trete in die Schatten. Er macht einen Schritt in meine Richtung.

Ist das Daniel? Mir kommen Zweifel. Ich taste nach dem Armband. Ich bin unverwundbar! Aber irgendwie gibt mir das auch kein besseres Gefühl. Die Gestalt macht wieder einen Schritt. Ich drehe mich auf dem Absatz um und renne zum Wohntrakt. Erst als ich aus dem Treppenhaus wieder heraus bin und im tröstlichen Licht und Gewühl des Mädchenflurs stehe, fühle ich mich sicher.

Marcia ist in unserem Zimmer und liest. Als ich reinkomme, lächelt sie mir flüchtig zu. Aber diesmal bin ich es, der nicht nach Reden zu Mute ist. Trotzdem erwidere ich das Lächeln und ziehe mich schnell um. Ich gehe in den Waschraum, putze mir die Zähne, und als ich in unser Zimmer zurückkehre, ist das Licht schon aus. Gott sei Dank. Ich taste mich ins Bett und unter meinen Fingern raschelt ein

Zettel, den mir jemand auf das Bettzeug gelegt hat. Mein Herz schlägt schneller, obwohl ich nur denke: *Ach, Killer.* Lass mich raten, du hast mich Blick?

Ich halte den Zettel vor die Digitaluhr und lese:

Kopf hoch!
V xx

Wärme breitet sich in mir aus. Ich halte den Zettel in der Hand, liege da und frage mich, ob Vaughan sich heute Nacht wieder hier einschleichen wird. Vielleicht. Hoffentlich.

Ich bleibe noch lange wach. Er taucht nicht auf.

KAPITEL 16

Freitag und das Blut strömt immer noch durch meine Adern.

Ich sitze auf einem grauen Stuhl in der Aula und spiele mit den beiden Bändern an meinem Handgelenk: mit dem schwarzen, das bedeutet, ich bin noch am Leben, und mit dem roten, das dafür sorgt, dass ich es noch für mindestens zwei Tage bleibe.

Morgenaustausch ist das, was andere Schulen Morgenandacht nennen, aber Ezra musste es natürlich abwandeln. Jeden Montag wird Ezra aus dem Lager gerollt, er redet und wir hören zu. Viel Austausch ist da nicht, aber es ist schon irgendwie interessant zu sehen, dass er immer noch unter uns weilt – körperlich, wenn auch nur noch ansatzweise geistig.

Dienstags muss ein armer Lehrer, der dazu verdonnert wurde, die Sache in Gang bringen. Normalerweise reden sie über einigermaßen interessante oder lehrreiche Themen und stellen danach noch ein paar Fragen. An normalen Schulen würden sie wahrscheinlich auf eine Mauer des Schweigens stoßen, aber auf Umfraville lauern die Nerds nur darauf, die Lehrer in Fetzen zu reißen. Das kann ziemlich lustig werden.

Und freitags sind wir dann dran, einzeln oder als Gruppe. Jeder muss mal ran. Ich musste bis jetzt zweimal auf die Bühne und es war eine einzige Tortur. Zuerst mit einer Gruppenpräsentation zum Thema Graffiti. Marcia redete und Daniel und ich sorgten für ordentlich Ärger, indem wir laienhaft auf einer Leinwand rumsprühten und demonstrierten, was Marcia meinte. Bis zu dem Teil mit dem »Austausch« lief alles gut, aber dann sagte so ein dürrer Schlaumeier, der zwei Jahre unter uns war, dass Graffiti doch nicht auf Leinwände gehören würden, sondern an Mauern … an Möbelstücke … und forderte uns auf, es »richtig« zu demonstrieren. Marcia ist nicht auf den Mund gefallen, aber selbst ihr fiel kein überzeugendes Gegenargument ein. Daniel und ich legten los … und gingen in die Geschichtsbücher ein … und in die Tadel-Statistik. Ich lächele bei der Erinnerung. Was haben wir uns dabei gedacht?

Beim zweiten Mal stand ich allein vorne und es ging deutlich ernster zu. Ich sprach über die Geschichte von Skola Island und Umfraville Hall sowie über die meiner Familie. Alle lauschten gebannt. Wahrscheinlich weil ich einiges erzählte, was sie schon immer hatten fragen wollen. Also eher nicht das mit der Pferdeabdeckerei, die im 19. Jahrhundert auf der Insel stand, oder dass Skola Island ein wichtiger Brutplatz für die Rosenseeschwalbe ist, und nicht mal, wieso die Schülerzeitung *The Loathsome Toad* heißt. Sie interessierten sich weit mehr dafür, warum eine »Normale« wie ich auf dieser Schule war. Wer meine Eltern wirklich sind und wieso wir dermaßen Glück hatten.

Durch den Tod, lautet die Antwort auf die letztere Frage.

Diese Woche jedoch kann ich mich entspannen, Emily ist dran. Große Hoffnungen habe ich nicht, weil Vortragen nicht ihre Stärke ist. Aber wenn sie es verhaut, können sich die Leute wenigstens über etwas anderes das Maul zerreißen als über mein Knutschen mit Daniel.

Emily sitzt hinten auf der Bühne, während wir reinströmen und uns Plätze suchen. Aus irgendeinem Grund, der sicher bald deutlich werden wird, lässt sie »These Boots are Made for Walkin'« über die Schullautsprecher laufen.

Ich spüre Blicke auf mir. Marcia sitzt auf der anderen Seite des Saals und Daniel ist zum Glück überhaupt nicht gekommen, er hat wahrscheinlich eine Zusatzstunde Fiedeln. Das einzig Gute ist, dass die Leute, die das Knutschvideo gesehen haben, mit dem Rest der Schule nicht darüber reden dürfen – so sind die Spielregeln. Ich pflanze mich ein paar Plätze von Alex entfernt auf einen Stuhl und dann setzt sich Vaughan neben mich. Ich drehe mich schüchtern zu ihm.

»Danke für den kleinen Brief«, flüstere ich.

Er reißt die Augen auf. »Welchen Brief?«

»Witzbold.«

Er zwinkert mir zu, legt seine Hand auf meine und drückt sie kurz.

Die Türen werden geschlossen. Die Musik geht aus. Wir warten wie hungrige Löwen im Zoo oder vielleicht eher im Gladiatorenstadion.

Emily steht auf.

Also rein theoretisch hatte sie den ganzen Sommer zur Vorbereitung. Ihr Name stand seit nach den Weihnachtsferien auf der Liste. Der Druck ist groß, denn in letzter Zeit haben sich diese Schülerpräsentationen in kleine TED-Talks oder in eine Vorlesung in der Royal Society verwandelt. Aber die Wahrheit ist, dass Emily den Sommer über garantiert mehr Zeit damit verbracht hat, Emily zu sein, und weniger Zeit mit dem Schreiben. Es gab Leichtathletik-Turniere, wo sie den ersten Platz darin machen musste, das spitze oder das schwere Ding möglichst weit zu werfen oder über das längste Stück Sand zu springen. Wahrscheinlich musste sie auch dringend ein paar Wochen in der Heimat auf Barbados braun werden, was ganz schön Zeit kostet. Und seit den Ferien? Na, das Spiel natürlich! Sie ist ja jetzt Frischlingsmädchen. Bei so viel Aufregung kann man schlecht eine Rede für die Schulversammlung vorbereiten.

Emily spaziert locker zum Rednerpult. Sie ist über eins achtzig groß und trägt Turnschuhe. Es ist warm in der Aula, die Morgensonne knallt durch die Glaswand und Emily trägt ein Hemdchen unter einem Seidenstrick-Cardigan, enge Caprihosen und diese Barbados-Bräune. Mit ihren langen Fingern hält sie ein Tablet, das auf dem Pult steht, doch ihre Hände zittern leicht, und als sie den Blick zum Publikum hebt, leckt sie sich die Lippen.

»Riesen – sind sie wirklich ein Mythos?«, liest sie vor.

Vereinzeltes Lachen. Nichts zieht die Leute besser auf deine Seite als ein bisschen Selbstironie. Vaughan schnaubt neben mir. Ein paar Leute drehen sich zu ihm herum.

»So gut wie jede Kultur hat ihre Sagen von Riesen.« Sie sucht in unseren Gesichtern nach Zuspruch. »Tatsächlich kommen in der walisischen Volkskunde zahlreiche Riesen oder Cewri vor. Aber was sind ihre Ursprünge? Haben sie wirklich existiert? Und wandeln sie noch immer unter uns?« Wieder das eine oder andere Lachen. »Als durchaus herausragende Persönlichkeit«, wagt sie einen kleinen Flirt mit dem Publikum, »habe ich mich gern diesen Fragen gewidmet.«

Sie läuft langsam warm und liest ein Essay vor, das eindeutig aus der Schulenzyklopädie oder irgendeinem Wiki zusammenkopiert wurde. Aber als Sportlerin gebührt Emily allein schon dafür Respekt, dass sie die Bibliothek überhaupt gefunden hat. Ihr Vortrag ist ziemlich unterhaltsam und dafür, dass sie ihn wahrscheinlich spätnachts hektisch unter der Bettdecke ausgearbeitet hat, gar nicht mal so peinlich. Walisische Wörter sorgen immer wieder dafür, dass sie über Konsonantenballungen stolpert, und wir lachen gelegentlich eher über sie als mit ihr. Aber das ist okay. Ein Großteil des Publikums besteht aus wohlwollenden, geistesabwesenden Genies – und wir Übrigen sind einfach heilfroh, dass wir nicht selber an der Reihe sind.

»Canthrig Bwt, eine berüchtigte Riesin und Hexe aus der Folklore von Gwynedd, lebte in Nant Peris unter einem großen Fels und tötete eine Reihe Kinder des Dorfes, um sie zu fressen«, schwärmt Emily.

Nicht schlecht. Manchmal denke ich, so eine Riesin könnten wir hier auch gebrauchen.

Trotzdem schweifen meine Gedanken langsam ab. Vaughan langweilt sich ebenfalls. Er setzt sich immer wieder anders hin und starrt verschiedene Leute um uns herum an, als würde er wie bei Star Trek eine Gedankenverschmelzung aus der Distanz ausprobieren.

Ich frage mich, wann ich mit Daniel reden kann und was ich ihm dann sagen werde, da sehe ich im Augenwinkel eine Bewegung. Mir ist, als wäre links von Emily auf der Bühne im Schatten der Samtvorhänge gerade etwas gewesen. Auch Vaughan sieht dorthin, er wendet den Kopf und kneift die Augen zusammen. Ich reibe mir meine Augen. Nein, da ist nichts. Ich muss dringend ein bisschen Schlaf nachholen.

»Wobei Riesen in den meisten Legenden nicht unbedingt als Kindermörder auftreten. In der Geschichte von Jack und der Bohnenranke ist tatsächlich ein Oger und nicht ein Riese der Bösewicht.«

Vaughan kichert los und brüllt: »Fee! Fi! Foe! Fum!« *O nein.* Ich halte mir den Mund zu, als hätte ich selbst dazwischengerufen. Vaughan grinst breit. »Wirklich eine weit verbreitete Fehlannahme.«

Alle sehen ihn an, auch Emily, die in diesem frühen Stadium eindeutig noch keine Publikumsbeteiligung wünscht. Ein paar Plätze weiter beugt sich Alex vor und sieht mich mit gerunzelter Stirn an. Ich suche in meiner Datenbank nach der passenden resignierten Miene, aber bevor ich die aufsetzen kann, zucken die Samtvorhänge erneut. Ich sehe dorthin. Da ist definitiv irgendwas. Aber was? Eine Maus? Würde mich nicht überraschen, das Gebäude ist alt und Ezra steht nicht so auf Schädlingsbekämpfung. Beim Einschlafen höre ich fast jede Nacht irgendwelches Kratzen im Gemäuer.

Etwas kommt auf die Bühne gekrabbelt. Ich setze mich auf. Keine Maus, die bewegen sich anders. Ich schaue mich um. Hat noch jemand anders das bemerkt?

Die meisten, nur Emily nicht. Sie räuspert sich und ist immer noch rot wegen Vaughans Zwischenruf. Improvisation ist wohl nicht so ihr Ding.

»Obwohl sie typischerweise mit ungeheuren Kräften und körperlichen Fähigkeiten ausgestattet sind …«

Das Krabbelvieh bewegt sich plötzlich in ihr Blickfeld und sie muss ganz klassisch zweimal hingucken. Unruhe verbreitet sich im Publikum, nun sehen alle in dieselbe Richtung.

Es ist eine Spinne. Eine große. Tarantelgroß. Und sie läuft auf Emily zu.

»… mit ungeheuren Kräften und körperlichen Fähigkeiten ausgestattet sind«, nimmt sie neuen Anlauf und muss immer wieder nach unten schielen, »werden Riesen regelmäßig als gutmütig beschrieben. Und selbst wenn sie zur Feindseligkeit neigen, wie etwa Goliath«, sie guckt erneut und ihre Stimme zittert, »… lassen sie sich rasch durch etwas deutlich Kleineres zu Fall bringen.«

Die Spinne stellt sich auf die Hinterbeine und springt. Sie landet auf Emilys Turnschuh. Emily schreit und hüpft herum und schüttelt hektisch ihr Bein. Die Spinne hält sich fest.

»Macht sie weg!« Emily streckt den Fuß zur Seite, will so viel Abstand wie möglich von der Spinne bekommen. Sie schlägt mit ihrem Tablet nach ihr. Kein sonderlich effektives Mittel der Abschreckung.

Die Spinne macht erneut einen Satz, diesmal auf Emilys nacktes Schienbein. Emily kreischt in voller Lautstärke, reißt die Spinne mit der Hand ab und schleudert sie hoch in die Luft.

Alle gaffen nur, niemand rührt sich. Die Spinne fällt einen Meter von Emily entfernt auf den Boden und krabbelt hektisch auf die Samtvorhänge zu. Emily sieht ihr hinterher, dann kippt ihr Kopf in den Nacken, ihre Augen verdrehen sich und sie sinkt zu Boden.

Und plötzlich ist die Hölle los. Leute kreischen, manche lachen, alle stehen auf, die einen schieben sich nach vorne, die anderen drängen nach hinten. Mr Flynn läuft im Zickzack durch das Gewühl zu Emily und springt auf die Bühne. Er hebt einen Fuß, der für einen Moment über der Spinne schwebt –

»Nicht!«, ruft Vaughan neben mir.

Mr Flynn rammt seinen Fuß auf das Spinnentier hinunter. »Autsch!«, schreit er. Dieses Vieh war deutlich härter als gedacht. Er kickt es über die Bühne. Es zerfällt klackernd in Einzelteile, die von der Bühne kullern.

»Sie ist mechanisch«, murmelt Vaughan. »Eine mechanische Spinne.«

Die Lehrer treiben uns zusammen und schaffen uns hier raus, pronto. Mr Flynn und noch ein paar andere beugen sich über Emily, die wieder zu sich gekommen ist und spuckt und hustet.

»Kann mal jemand den EpiPen holen«, dröhnt Flynn. Ich versuche einen Blick auf Emily zu erhaschen, sehe aber nur eine ausgestreckte Hand, die ins Leere greift. Der Rest von ihr bleibt hinter den Lehrern verborgen.

»Na los, Leute, raus mit euch!«, schreit Mr Churley uns an.

Ich gehe zur Tür.

»EpiPen?«, fragt Vaughan aufgeregt in mein Ohr. »Hat sie eine allergische Reaktion?«

Bevor ich antworten kann, rollt die fernsteuerbare Projektorleinwand hinter der Bühne herunter. Es steht etwas darauf geschrieben, in meterhohen Buchstaben. Ich erkenne die Schriftart, ehe ich das Wort voll erfasse:

Gekillt

Ich schnappe nach Luft. Andere schreien oder lachen. Schüler, die bereits draußen sind, drängen zurück in die Aula und es gibt einen Stau. Lehrer brüllen, dass wir weitergehen sollen, und ich schlängele mich durch die Menge – bloß raus hier!

Ärger brauche ich wirklich nicht suchen, der findet mich normalerweise früh genug.

KAPITEL 17

Er findet mich sogar sofort.

Die Aula wird zügig und geordneter evakuiert, als ich je für möglich gehalten hätte. Die Schüler werden auf den Flur getrieben wie Kühe ins Schlachthaus.

Eine Hand legt sich um meinen Oberarm. »Wir müssen uns diese Robospinne ansehen.« Vaughan zieht mich seitwärts unter die Treppe. »Also ihre Überreste. Bevor sie die zusammenfegen.« Ihm fällt prompt etwas ein. »Du sorgst für Ablenkung, ich schleiche mich rein und greife sie mir.«

»Ablenkung? Du warst doch gerade in der Aula, oder? Wie soll ich denn von einer Robospinne ablenken, die eine Schülerin beißt, worauf die einen anaphylaktischen Schock bekommt?«

Vaughan zuckt mit den Schultern. »Indem du dich ausziehst?«

»Ist das nicht *deine* Spezialität?« Ich gehe los, aber ehe ich von der Menge, die aus dem Haupthaus strömt, mitgezogen werde, drehe ich mich noch mal um. »Denkst du wirklich, die lassen da jemanden rein? Das ist doch jetzt ein Tatort. Emily ist wirklich verletzt worden, und so wie's aussieht, stirbt sie vielleicht.«

Vaughan sieht mich verblüfft an. »Meinst du echt?«

»Ja! Sie ist zusammengebrochen und Flynn hat nach einem Epi-Pen gerufen, du hast ihn doch gehört! Sie hat eine Nussallergie oder so was. Das weiß jeder. Sie trägt sogar so einen blöden Kettenanhänger, wo das draufsteht. Komisch, dass dir das mit deiner tollen Beobachtungsgabe gar nicht aufgefallen ist.«

Er macht ein bestürztes Gesicht. »Der Äskulapstab?«

Ich ziehe die Augenbrauen hoch. »Wenn du das sagst. Dieses Symbol aus Schlange und Stock, das für Medizin steht. Hintendrauf steht, wogegen sie allergisch ist.«

Der Gang hat sich geleert. Weiter hinten höre ich, glaube ich, Schreie aus der Aula. Vaughan auch. Er kommt vorsichtig unter der Treppe hervor und schleicht zu den Türflügeln.

»Vaughan!«, zische ich, aber er reagiert nicht. Ich tapse ihm nach. »Na gut, wenn es unbedingt sein muss – komm mit.« Ich halte ihn fest und ziehe ihn nach rechts, einen kurzen Gang hinab und durch eine Tür in einen zweiten Gang. Hier gibt es kaum Licht, was mir sehr lieb ist.

»Wohin gehen wir?«

»Backstage.« Ich biege nach links ab und da ist die Tür. Die Aula wird nicht oft für Bühnenvorstellungen benutzt, da wir das Amphitheater *und* eine in ein Theater umgebaute Scheune haben, aber ich weiß zufällig, dass es hinter der Bühne einen kleinen Backstage-Bereich voller Stühle und Gesangsbücher gibt. Einmal hat Daniel in der Aula für ein Konzert geprobt und wir haben uns hier versteckt und heimlich zugesehen.

Ich öffne die Tür. Es ist hell, am anderen Ende des Raums brennt auf einem Stapel Stühle eine Leselampe.

»Oha.« Ich lege Vaughan eine Hand auf die Brust. »Hier ist definitiv jemand gewesen.«

Vaughan schiebt sich an mir vorbei und sucht den Boden ab. Er flüstert: »Ach, guck mal – ein Sicherheitsvorhang zwischen hier und der Bühne. Und hier! Eine Lücke. Gerade breit genug, dass die Spinne da durchlaufen kann.«

Ich gehe auf Zehenspitzen zu ihm. Dieser »Sicherheitsvorhang« sieht mehr aus wie eine Schiebetür, die sich beim Zurückziehen zusammenfaltet. Normalerweise ist sie geschlossen, aber jemand hat sie ein Stück aufgezogen und im Spalt ist der Samtvorhang des Bühnenhintergrunds sichtbar. Von der anderen Seite, in der Aula, dringen gedämpfte Stimmen herüber – und irgendein Rumpeln und Scharren.

»Sie müssen sie von der Bühne geholt haben«, flüstert Vaughan. Ich nicke. Wirklich nah sind die Stimmen nicht. Wir lauschen einige Sekunden. Ich kann Mr Flynns Stimme erkennen und die von Ms Lasillo und ich glaube, Emily ächzt irgendwie, aber wirklich etwas verstehen kann ich nicht.

Vaughan bückt sich. »Hier drin ist es dermaßen staubig, man kann sehen, wo sich jemand hingekniet und die Spinne positioniert hat.«

»Ja.« Ich verfolge unsere Schritte ein Stück zurück. »Schande aber auch, dass wir eventuelle Fußspuren mit unseren eigenen überdeckt haben.«

»Cate, wir sind hier nicht bei *Fünf Freunde*«, höhnt Vaughan. »Was wolltest du denn machen, sie abpausen?«

Ich funkele ihn an, eine Hand auf der Hüfte. »Wir hätten wenigstens die Schuhgröße sehen und auf Junge oder Mädchen schließen können.«

Vaughan seufzt. »Junge. Wie oft muss ich das denn noch sagen? Erneut ein weibliches Opfer. Durch eine mechanische Spinne, Herrgott noch mal.«

»Das ist sexistisch. Und reichlich ahnungslos angesichts der Robotik-Geekmädchen auf unserer Schule.« Ich sehe ihn schief an.

»Hmm. Trotzdem klingt es sehr nach Typ, Zähne in ein Mädchenbein zu versenken.« Er macht Vampirzähne in meine Richtung und ich verdrehe die Augen. Er gluckst leise und fährt fort. »Also, *er* stellt die Spinne hier hin und kann sie dann frei per Fernbedienung steuern.« Vaughan bewegt sich auf allen vieren wie ein Affe von dem Vorhang weg und guckt mit gesenktem Kopf unter Stühle und zwischen verstaubte Kartons. »Das gibt's doch nicht!« Er späht unter einen niedrigen Tisch. »Wach auf, kleine Spinne, wach auf.« Mit Hilfe eines Taschentuchs holt er langsam etwas unter dem Tisch hervor. Er guckt es sich an und passt auf, dass er es nicht direkt berührt, dann hält er es mir auf der Handfläche hin. Die Hälfte des Spinnenkopfes, mit einem Wackelauge und einem kleinen Fangzahn aus Metall.

»Pass bloß auf!« Das Teil ist zwar kaputt, aber ich warne ihn trotzdem.

Er schnuppert daran, dann hält er einen Finger an den Fangzahn.

»Was machst du denn?«, frage ich bestürzt. Er reibt an dem Zahn und lutscht den Finger ab.

»Vaughan! Bist du verrückt?«

Er tut so, als würde er ersticken, dann lächelt er mich an. »Lecker.«

Ich schüttele den Kopf. »Nun sag schon. Erdnussbutter, oder?«

»*Smooth*, nicht *crunchy*. Der Killer wusste von ihrer Allergie.«

»Krass.« Mir wird ganz anders. »Das hat nichts mehr mit roter Farbe in der Dusche zu tun, das ist ein echter Mordversuch.«

Vaughan schiebt seine Ärmel hoch und streicht sich mit den Händen über die Haare. »Das ergibt keinen Sinn, oder? Dieser Kill unterscheidet sich total von den ersten dreien. Nein, dieser Killer hat eine völlig andere Persönlichkeit.«

»Zwei Killer?« Ich verziehe das Gesicht. »Würde Alex zwei Killerkarten austeilen?«

Vaughan sieht mich an. »Du kennst ihn besser als ich, was meinst du?«

»Vielleicht.« Ich räuspere mich. »An das Spiel würde man sich noch lange erinnern. Das würde ihm gefallen.«

»Ja, na ja.« Vaughan geht wieder zu der Lücke im Sicherheitsvorhang. »Killer Nummer zwei vergisst vielleicht, dass das Ganze nur ein Spiel ist.«

In der Aula wird es plötzlich lauter. Vaughan winkt mich herbei, wir kauern zusammen dort und lauschen.

»Die sind immer noch nicht da?« Das ist Flynn, der da brüllt. »Wann wollten sie denn kommen?«

Die Antwort können wir nicht hören.

»… Dammstraße … Notfall …« Das ist Ms Lasillo, aber ihre Stimme trägt nicht so weit.

»Natürlich«, sagt Vaughan leise. Sein Gesicht ist ernst. »Wie soll der Rettungswagen bei Flut hierherkommen?«

»Pst!«

»… das Rettungsboot, aber wenn es nicht machbar ist … Hubschrauber …« Das ist Mrs James, die stellvertretende Rektorin.

»Mit dem Boot oder durch die Luft.« Vaughan schüttelt den Kopf. »Die wollen nichts riskieren.«

Irgendwelches Rumpeln ist zu hören und gemurmelte Anweisungen, dann Stille.

Wir sehen uns rasch noch den Rest des Raums an, finden aber nichts mehr. Vaughan steckt die Spinnenteile ein und wir gehen.

Die Lehrer haben schließlich die meisten Schüler auf die Unterrichtsräume verteilt, aber als der Hubschrauber angeflogen kommt, stürzen die Leute an die Fenster.

Ich habe gerade Psychologie, zusammen mit Marcia, Tesha, Carl, Alex und Daniel sowie einigen, die nicht zur Gilde gehören. Wir sind zu weit vom Haupthaus entfernt und können so nicht sehen, wie Emily auf einer Trage rausgebracht wird, aber wir können verfolgen, wie der Hubschrauber wieder Richtung Festland fliegt.

Unsere Lehrerin, Ms Carol, unternimmt nichts dagegen, dass wir am Fenster stehen.

»Keine Sorge«, sagt sie. »Jetzt kümmern sich Spezialisten um Emily. Es geht ihr bestimmt bald wieder gut.«

»Besser wär's«, sagt Carl düster.

»Weiß von Ihnen jemand, ob das eine Art Streich war?«, fragt Ms Carol sanft.

Niemand sagt etwas. Aber ehrlich, Ms Carol – was sollte es denn sonst gewesen sein?

»Ich bin mir sicher, niemand wollte Emily ernsthaft verletzen«, beendet die Lehrerin das Schweigen. »Aber jetzt sollten wir besser mit dem Unterricht anfangen.«

»Ist die Polizei verständigt worden?«, fragt Marcia, aber Ms Carol zuckt nur mit den Schultern.

»Ich weiß auch nicht mehr als ihr. Das bleibt vielleicht Emilys Eltern überlassen.« Sie winkt vom Pult her. »Bitte setzen Sie sich.«

Während des Unterrichts versuche ich Ms Carol telepathisch zu überreden, dass wir etwas auf unseren Laptops machen sollen, damit ich mich unauffällig auf Crypt einloggen und gucken kann, was dort gerade läuft. Aber vielleicht läuft ja auch gar nichts – alle Gildenmitglieder sitzen schließlich im selben Boot: Wir würden gerade alle lieber sterben, als von Crypt abgeschnitten im Unterricht festzuhängen. Außer Emily natürlich. Die, ähm, stirbt vielleicht gerade wirklich.

Die erste Hälfte der Stunde wird diskutiert, dann bekommen wir eine Essay-Aufgabe und alle holen ihre Notebooks raus. Sobald ich kann, logge ich mich ein. Die Menge an Nachrichten ist wirklich beeindruckend. Ich sehe mir den Verlauf der letzten halben Stunde an, superduper ist online gewesen, außerdem Dead McTavish, AllKiller-NoFiller, RAW, Penissocke und Professor Chaos. Soweit ich sagen kann, dürften diese Nutzer nicht hier im Raum sein, weil bis jetzt niemand online gehen konnte.

Oder doch? Daniel hatte kurz sein Tablet draußen. Carl sollte sich an Ms Carols Gerät etwas ansehen und sie ist ein paar Minuten lang von ihrem Tisch weggegangen. Aber es würde schon unglaublichen Mumm erfordern, in dieser kurzen Zeitspanne etwas zu schreiben, oder?

Als weitere Postings eingehen, sehe ich mich unter meinen Mitschülern um, die wild ihre Tastaturen bearbeiten. Tesha sitzt bei Ms Carol am Lehrertisch, sie gehen ein Arbeitsblatt durch. Der Frust ist ihr ins Gesicht geschrieben. Weitere Nutzer schalten sich ins Gespräch ein. 13*is*my*lucky*number taucht auf. Becky_is_Dead postet etwas und IceColdBlonde ebenfalls. Alle wollen wissen, was mit Emily los ist, aber niemand weiß irgendwas.

Dann schreibt Alex:

ACHTUNG! AN ALLE MITGLIEDER, hier ist euer Meister. Eilversammlung heute 18:30 Uhr. Zeigt euch beim Abendessen, wir wollen keine Aufmerksamkeit auf uns lenken. Sobald ihr fertig seid, kommt direkt zur Höhle. Keine Verspätungen.

Bis auf weiteres absolut keine Postings oder Nachrichten auf Crypt mehr, von niemandem außer mir.

Es klingelt zum Ende der Stunde. Ich will meinen Laptop gerade runterfahren, da:

Skulk: Der Tod ist eine Schuld, die wir alle begleichen müssen

Skulk: [Das war von Euripides]

Skulk: Die Schlampe hat doch darum gebettelt

Skulk: [Das eben habe ich mir selbst ausgedacht]

Ich schüttele den Kopf und klappe den Deckel runter. Wer immer sich Skulk nennt, hat sie doch nicht mehr alle. Und was soll das überhaupt heißen? War Skulk dafür verantwortlich?

Als ich den Raum verlasse, lehnt sich Daniel draußen an die Wand, die Büchertasche über der Schulter, dazu der stets präsente Geigenkoffer. Er sieht mich an und ich will mich gerade damit herausreden, dass ich keine Zeit habe, da beugt er sich vor und umarmt mich. Mitten im Flur. Vor anderen.

»Entschuldige bitte mein Verhalten.« Er drückt mich, reibt mit den Händen meinen Rücken. »Ich hab mich wie ein Idiot benommen.«

»Ja, ich auch.« Ich klopfe ihm halbherzig auf die Schulter, weil er mich total unvorbereitet erwischt hat. Weiter hinten sehe ich ein paar aus unserem Jahrgang zu den Studierzimmern gehen. Hoffentlich haben sie das hier nicht mitbekommen.

»Vergessen wir das Ganze einfach, okay?« Er vergräbt sein Gesicht an meinem Hals.

»Ähm, ja. Gerne.« Ich schiebe ihn auf Armeslänge weg, sehe ihn forschend an, damit er denkt, ich müsste mich davon überzeugen, wie es ihm geht. »Und es geht dir mit der ganzen Sache echt gut?«

»Ja.« Er lächelt mich an. »Ich hab viel darüber nachgedacht und na ja, nach dem von heute Morgen sind wir eh Schnee von gestern.«

Ich verziehe das Gesicht. »Nicht gerade der schönste Grund.«

»Nein!« Er entzieht sich meinen Händen. »Natürlich nicht. Aber es gibt auch Glück im Unglück, und in dem Fall für uns.«

»Ja, scheint so.« Ich sehe zu den anderen, aber die sind inzwischen weg. »Und geht es dir gut mit … uns?« Ich kann nichts dagegen machen, ich werde rot.

»Absolut.« Er nickt, hebt seinen Geigenkoffer auf und hält ihn vor sich wie einen Schild. Seine Finger streichen etwas nervös über den großen Sticker mit der wirbelnden Katze. »Wir sind Freunde. Das ist … cool.« Er guckt jetzt ebenfalls in die Richtung, wo die anderen vorher waren, geht dann rückwärts und trommelt dabei mit seinen langen Fingern auf dem Koffer. »Ich muss los.«

»Klar!«, sage ich ein bisschen zu laut. Ich rühre mich erst, als er weg ist. Ich sollte froh sein, dass er diese merkwürdige Situation jetzt überwunden hat, aber wieso habe ich dann einen Knoten im Bauch?

KAPITEL 18

Später am Tag, in der kostbaren Lücke zwischen Unterrichtsende und Abendessen, bin ich in Vaughans Studierzimmer. Die einzige Meldung zu Emily ist, dass sie im Krankenhaus liegt und ihr Zustand stabil ist. Angeblich soll die Polizei auf die Insel kommen, sobald die Dammstraße frei ist, entweder später am Abend oder morgen.

Vaughans Studierzimmer ist das kleinste von allen und er hat es für sich allein. Die Wände sind blassgelb und kahl und überall auf dem Boden und dem Schreibtisch stehen Kisten mit Schrott – äh, sorry, Computerteilen. Statt des üblichen Sofas hat er einen übergroßen Sitzsack, auf den er anlässlich meines Besuchs ein paar Kissen voller Kaffeeflecken geworfen hat. Wir liegen in dem daraus resultierenden wabbeligen Nest nebeneinander, die Füße auf der Heizung. Vaughan balanciert ein Tablet auf seiner Brust, liest abwechselnd alte Crypt-Postings und programmiert etwas zu Komplexes und Raffiniertes, als dass ich auch nur erahnen könnte, was es ist. Ich starre aus dem Fenster in den Himmel. Die Sonne wird erst in ein paar Stunden untergehen, aber es ist seltsam bewölkt und die Dämmerung erfüllt die Luft mit einem erwartungsvollen Rosa. »Es ist Tesha.« Vaughans Gesicht wird nur vom Tablet erhellt.

»Tesha ist was?« Ein großer Schwarm Stare zieht über den Himmel.

»Smee. Sie hat dieses Video gepostet.«

Ich setze mich abrupt auf und sehe ihn an. »Ich dachte, du kannst nicht sagen, wer hinter welchem Nutzernamen steckt?«

Er schüttelt den Kopf. »Ist ja auch nichts Technisches.« Er schnaubt. »Eher was Detektivisches. Ich war vor einer Stunde auf dem Mädchenklo und hab zufällig gehört, was Anvi, Whitney und Tesha geredet haben. Tesha hat im letzten Halbjahr das Video auf der Party aufgenommen, mit ihrer Minikamera. Sie wussten alle davon, Alex anscheinend auch. Tesha hat abgestritten, dass sie es gepostet hat, aber das hat die anderen nicht überzeugt und mich auch nicht.«

»Na schön. Stellen wir das mit dir im Mädchenklo mal kurz zurück – nur für den Moment, damit das klar ist –, warum bist du überzeugt, dass Tesha es war?«

»Na ja«, er sieht geistesabwesend auf das Tablet, »nachdem ich das gehört habe, bin ich in ihrem Studierzimmer ein bisschen auf die Suche gegangen.«

»Im Ernst?« Ich stütze mich auf einen Ellbogen. »Wie dreist.«

Er zuckt mit den Schultern. »Sie hat mir berechtigten Grund dazu gegeben. Jedenfalls hab ich die Minikamera gefunden und das Video war noch drauf.«

»Was hast du damit gemacht?«

»Gar nichts.« Er tippt wieder etwas, dann sieht er mich an. »Oh. Hätte ich es löschen sollen?«

»Ja, Vaughan, du hättest es löschen sollen«, sage ich genervt. Aber noch lieber wäre mir gewesen, er hätte mir die Kamera gebracht, damit ich es selber löschen kann.

»Sie hat vom Hochladen ja bestimmt sowieso noch eine Kopie

auf ihrem Laptop. Hör mal, ich gehe es heute Abend noch löschen. Und ich kann es auch auf ihrem Laptop suchen, falls du das möchtest.«

»Du würdest dich da reinhacken?«

Er zwinkert mich an. »Je weniger du weißt, desto besser.«

Das entspricht in Vaughans Welt wohl einem Dutzend langstieligen Rosen. Ich lächele.

»Danke.«

»Gerne.«

Ich strecke mich wieder auf dem Sitzsacknest aus. »Tesha als Smee, das passt. Smee hat heute Vormittag nichts auf Crypt gepostet. Ich hatte zusammen mit einigen Gildenleuten Psychologie und Tesha ist als Einzige die ganze Stunde lang nicht an ihren Computer rangekommen.«

Vaughan nickt. »Smee hat nichts gepostet. Dasselbe gilt für Clouseau, Nimrod, RAW und CharlotteCorday.« Er lächelt mich an. »Also lässt sich schlussfolgern, dass hinter einem dieser Namen Tesha steckt – und hinter einem anderen natürlich Emily. Aber das klärt sich von selbst, wenn einer davon ab jetzt nicht mehr postet.«

Ich möchte ihn testen. »Meinst du, sie könnte Clouseau sein?«

»Nein. Clouseau … das bist du.« Er legt das Tablet auf den Boden und dreht sich zu mir.

»Und wieso denkst du das?«

Er starrt mich an. »Nur so eine Ahnung.« Ich halte seinem Blick stand und will, dass er zuerst wegsieht. Macht er aber nicht. Seine Augen werden groß. »Und?«

»Verrate ich nicht.«

Er seufzt und legt den Kopf schief. »Auch nicht, wenn ich dir sage, wer ich bin?«

»Das brauchst du nicht. Du bist Dead McTavish.«

Er zieht unwillig die Augenbrauen hoch. »Woher hast du das gewusst?«

»Wegen ›Magic McTavish‹! Diese Superheldenfantasie damals, in die du dich geflüchtet hast, wenn dir die anderen Kinder das Leben zur Hölle gemacht haben. Ich hatte ihn total vergessen, aber Dead McTavish ist mir ständig im Kopf rumgegangen und irgendwann hab ich es dann geschnallt.«

»Gemeuchelt bin ich, so begrabt mich denn.« Vaughan lässt den Kopf wieder auf den Sitzsack fallen. »Ich dachte, das wäre alles erst nach eurem Wegzug passiert!«

»Wie in aller Welt bist du als Kind überhaupt auf McTavish gekommen?« Ich lache. »Das ist ja nicht gerade ein typischer Name für einen Superhelden.«

»Ich hatte als kleiner Junge ein Stofftier, das so hieß, einen Scotchterrier. Ich hab ihn verloren und tagelang geweint, und als ich dann einen Namen brauchte, hab ich halt den genommen …« Halb lächelt er zur Zimmerdecke hin, halb verzieht er das Gesicht. »Und jetzt bin ich voll aufgeflogen …«

»Dein Geheimnis ist bei mir sicher.« Ich lege meine Hand auf seine. »Aber wieso das ›Dead‹?«

Er guckt weiter an die Decke, drückt aber meine Hand und streicht mit dem Daumen langsam über meine Knöchel. »Keine Ahnung. Passt doch irgendwie zum Spiel, oder?«

Wir liegen da und er streichelt meine Hand.

Schließlich sage ich: »Apropos Pseudonyme, ich wüsste zu gern, wer Skulk ist.«

Vaughan nickt.

»Crypts höchsteigener Troll. Jedes Forum braucht einen.« Er

sieht mich an. »Wir können vernünftigerweise davon ausgehen, dass Skulk der zusätzliche Nutzername ist und irgendjemandes böse Seite verkörpert. Und dass es sich gleichzeitig um den Killer handelt.«

»Oder vielleicht um den Killer Nummer zwei, den bösartigen. Gemein genug ist Skulk jedenfalls.«

»Wäre möglich. Andererseits haben die Würstchen, die online gemein werden, im wirklichen Leben meist deutlich weniger Biss. Das sind feige Socken.«

Ich ziehe meine Hand weg, weil es mir plötzlich total falsch vorkommt, über Trolle und Mörder zu reden und dabei Händchen zu halten. Ich drehe mich ein bisschen zu ihm. »Aber das *ist* doch feige. Derjenige, der Emily das angetan hat, gibt sich als Mitspieler aus, oder nicht?« Vaughan stimmt mir nicht zu und ich drehe mich wieder zurück. »Nach der Versammlung werden wir wohl mehr wissen.«

Er grunzt und wir liegen eine Weile schweigend da. Ich wünschte, er würde wieder meine Hand halten. Ich könnte auch seine nehmen, nichts kann mich daran hindern. Außer vielleicht, dass ich … eine feige Socke bin.

»Daniel geht es gut«, sage ich schließlich.

»Ach so?« Vaughan versucht beiläufig zu klingen. »Du hast mit ihm geredet?«

»Ja. Er sagt, ihm macht das Video nichts aus. Und er kommt damit klar, dass er und ich nur Freunde sind.« Ich runzele ein bisschen die Stirn. »Glaube ich jedenfalls.«

»Gut. Das freut mich für ihn. Und für dich.« Er sieht mich an. »Und für mich.« Er dreht sich auf dem knirschenden Sitzsack zu mir, die Augen voller Verlangen. Er beugt sich näher. Ich halte den Atem an. Tut er es jetzt? Ich weiß es, *Scheiße*, er tut's jetzt. Er öffnet leicht den Mund, holt Luft. »Und Alex?«

Ich setze mich verdattert auf. »Was soll mit Alex sein?«

»Zwischen dir und ihm«, seine Miene ist undeutbar, er sucht meinen Blick, »läuft da was?«

»Nein!«, sage ich schnell. »Ich … wir … nur einmal. Und woher weißt du das überhaupt?« Jetzt sitze ich kerzengerade.

Vaughan geht zurück, wuschelt sich durch die Haare. »Instinkt.«

»Schwachsinn!« Ich schlage mit beiden Händen auf den Sitzsack. »Da ist doch was faul mit deinen ganzen Insiderinfos! Dass du den ganzen Klatsch kennst und jeden Quadratmeter der Insel. Woher? Sag schon, los!«

Vaughan verdreht die Augen, schließt sie und nimmt sich dann einen Moment Zeit, seine geliebte Decke zu betrachten. »Das mit Alex? Habe ich ebenfalls zufällig gehört, von Tesha. Mädchen reden nun mal gerne. Aber ehrlich gesagt hatte ich so ein Gefühl. Er sieht dich an wie ein gefundenes Fressen.«

»Wie schön du dich doch immer ausdrückst«, murmele ich.

»Und woher ich mich auf der Insel auskenne?« Er macht wieder eine Pause. »Ich bin hergekommen, am Ferienanfang. Bin die Dammstraße langgegangen und in die Schule eingebrochen.«

»Du Irrer.« Ich sehe ihn scharf an, aber er starrt immer noch an die Decke. »Wieso?«

»Zur Aufklärung.« Er leckt sich über die Lippen. »Zur Vorbereitung auf das Spiel. Um den Servern hier Crypt unterzujubeln. Ich hab mich für ein paar Tage im Wohntrakt eingenistet und die Insel erkundet. Bis auf einen Gärtner war nie jemand da.« Seine grünen Augen lugen scheu zu mir rüber. »Wie sich rausstellt, habe ich in deinem Bett geschlafen.«

»O mein Gott!«, schreie ich. »Du Widerling!« Ich schnappe mir ein Kissen und schlage nach ihm.

»Was?« Er lacht und weicht den Schlägen aus. »Da wusste ich doch noch nicht, dass es deins ist, okay? Außerdem, wenn ich gewusst hätte, wer wo schläft, hätte ich doch in Whitneys –«

»Loser!« Ich treffe mit dem Kissen seinen Kopf, er entwindet es mir und hält meine Hände fest, so dass ich nicht wieder rankomme, und aus meinen empörten Schreien wird hilfloses Kichern. Ich verliere das Gleichgewicht und falle halb auf ihn drauf, der Sitzsack gibt nach und wir stoßen fast mit den Köpfen aneinander, was uns noch mehr lachen lässt, bis wir keine Luft mehr kriegen.

Und dann küsse ich ihn.

Wir halten beide den Atem an. Zuerst ist der Kuss sanft und dann ziehe ich ihn näher, der Sitzsack gibt erneut nach und diesmal plumpst Vaughan fast auf mich. Wir gehen ein Stück auseinander und kichern wieder wie blöd, aber dann küsst er mich zurück und diesmal ist es selbstbewusster, leidenschaftlicher. Meine Arme gleiten um seinen Rücken und ich ziehe ihn an mich und kann kaum glauben, was hier gerade passiert. Ich habe Angst, dass es aufhört, und fürchte mich zugleich vor dem, was passiert, wenn es nicht aufhört.

Da hämmert es an die Tür.

Wir erstarren beide.

Wieder das Klopfen. Ich unterdrücke ein Schnauben.

»O Gott, perfektes Timing!« Vaughan setzt sich mühevoll auf. »Ja?«, ruft er.

Von draußen kommt keine Antwort. Vaughan steht ächzend auf und ich setze mich zwischen den Kissen hin. Kann man uns ansehen, was wir gerade gemacht haben? Vaughan sieht kurz zu mir und überprüft, ob ich für eine Konfrontation mit der Außenwelt bereit bin, dann reißt er die Tür auf.

Niemand da.

»Hallo?« Er tritt raus in den Flur, guckt in beide Richtungen. Ich stehe auf und sehe auf meine Uhr.

»Vielleicht eine Erinnerung, dass es Zeit zum Abendessen wird?«, frage ich.

»Wie nett.« Er lächelt schuldbewusst und zieht eine Augenbraue hoch. »Wir wollen uns doch schließlich nicht verspäten …«

Während er das sagt, rollt etwas ins Zimmer und bleibt zwischen seinen Füßen liegen. Eine Dose mit einem Loch an einem Ende, aus dem weißer Rauch kräuselt.

»Was zum –« Vaughan springt zu mir und schiebt mich in die entfernteste Ecke des Raums, was angesichts der Enge seines Studierzimmers nicht wirklich weit weg ist. Er stellt sich schützend vor mich. Aus der Dose kommt immer mehr Rauch, Schwefelgestank breitet sich rasch aus.

»Vaughan«, flüstere ich. »Was zur Hölle ist das?«

Er schluckt. »Ich weiß nur, was es hoffentlich nicht ist.«

»Nämlich?«

»Weißer Phosphor. Gemischt mit Kohlenstoffdisulfid, daher der Gestank. Extrem entflammbar. Total instabil. Kannst du in jeder Fibel für Bombenbauer nachlesen.«

»Mist. Hab mein Exemplar im Wohnheim liegenlassen.« Ich sehe zum Fenster. »Können wir rausklettern? Ich meine, explodiert dieses Teil gleich?«

»Vielleicht doch nicht. Guck.« Er nickt zur Dose, sie raucht nicht mehr.

»Und jetzt?«, frage ich.

»Wir müssen sehr, sehr vorsichtig sein.« Er macht einen winzigen Schritt auf die Dose zu. »Nur weil sie nicht mehr raucht, ist sie noch lange nicht ungefährlich.«

»Hey, beeilt euch!« Alex taucht in der Türöffnung auf. »Ihr habt mein Posting doch gelesen, oder?« Er kommt rein, ohne die Dose zu sehen, ohne zu bemerken, dass wir wie versteinert sind. »Pünktliches Abendessen ist angesagt. Legt mal einen Zahn zu.« Als er sich umwendet und rausgeht, erwischt er mit dem Fuß den Rand der Dose und kickt sie über den Teppich in unsere Richtung. Wir stehen stocksteif da. Kurz vor uns hält sie, gebremst vom Sitzsack.

»Worauf wartet ihr noch?« Alex steckt seinen Kopf wieder durch die Türöffnung. »Los!« Er verzieht das Gesicht. »Vaughan! Hier drin stinkt's. Du solltest weniger Eier essen, Kumpel!«

Damit ist er weg. Aber ich sehe ihm nicht wirklich nach, weil ich damit beschäftigt bin, auf die Seite der Dose zu starren, die ich vorhin nicht sehen konnte. Auf dem Aluminium befindet sich ein schlichtes weißes Etikett mit roten Buchstaben darauf:

DU BIST ALS NÄCHSTES DRAN

Vaughan hat es auch gelesen, aber er springt über die Dose hinweg und rennt auf den Flur. Er sieht nach links und rechts und seine Reaktion macht klar, dass dort niemand ist. Ich gehe in größtmöglichem Abstand um die Dose herum und stelle mich neben ihn. Am anderen Ende des Flurs geht Alex gerade auf den Ausgang zu, aber ansonsten ist der Flur leer.

Vaughan stapft den Flur runter und sieht in jedes Zimmer. Ich folge ihm. Er reißt die Türen auf und findet leere Räume vor. Das letzte Studierzimmer auf dem Gang ist abgeschlossen. Er rüttelt an der Klinke. »Wessen Zimmer ist das?«

»Ähm.« Ich zermartere mir das Hirn. »Niemand aus der Gilde. Peter Glames. Er geht in meinen Designkurs.«

Vaughan schlägt mit der Faust gegen die Tür und schüttelt den Kopf. »Du kannst ihn nicht beschreiben?«

Ich senke die Stimme. »Dünn, ein Geek? Mit dicken Brillengläsern?«

»Ja, das grenzt es auf dieser Schule wirklich ein.« Vaughan droht die Tür einzutreten.

»Ach! Und Martin«, fällt mir ein. »Peter teilt sich das Zimmer mit Martin.«

Vaughan lässt den Fuß wieder sinken. »Martin«, flüstert er. »Der könnte absolut der Killer sein. Er hat Chemie und Physik im Leistungskurs. So etwas macht er doch mit links.« Er legt sein Ohr an die Tür und lauscht.

»Und?«, frage ich leise.

»Pst!«

Ich gehe auch mit dem Kopf an die Tür. Nichts, nur ein leises Brummen, das sich durch das Holz in mein Ohr überträgt. Aber es könnte von überall kommen, nicht unbedingt aus dem Zimmer.

Am Ende des Flurs knallt eine Tür. Wir rennen sofort dorthin. Draußen ist es immer noch hell, aber die Sonne ist hinter Wolken verschwunden, und als wir jetzt raus ins Kalte laufen, komme ich mir schutzlos vor. Wir haben das warme, sichere Licht hinter uns gelassen und uns ins gruselige Unbekannte vorgewagt.

»Und wer war das nun?«, keuche ich und sehe mich um. »Hier verarscht uns jemand. Ist der noch ganz richtig? Alex war gleich hier, er kann ihn nur um Sekunden verpasst haben.«

Vaughan nickt. »Ich muss zurück – die Dose holen. Das ist Beweismaterial.«

Bevor ich widersprechen kann, ist er weg. Ich stehe da, lausche dem Gezwitscher der Stare in den Baumkronen. Selbst von hier aus kann ich das Essen im Speisesaal riechen, es lockt. Aber ich habe keinen Appetit. Keine Minute später ist Vaughan wieder da.

»Sie ist weg.« Er guckt wütend. »Die Dose. Diese knallende Tür muss ein Ablenkungsmanöver gewesen sein. Jemand ist zurückgeschlichen und hat mir das Teil aus dem Zimmer geklaut.«

»Aber wie?«

»Durch ein Fenster? Oder die Brandschutztür am anderen Ende des Flurs?« Er stützt die Hände auf die Knie und seufzt. »Ich bin so ein Dilettant. Wozu mache ich mir überhaupt die Mühe?«

»Du hast gelesen, was auf der Dose stand?«

»Ja«, keucht er zum Boden hin. »Ich bin wohl der Nächste.«

»Vaughan.« Seine Ichbezogenheit verblüfft mich. »Ich war auch noch da.«

»Die Dose ist in mein Zimmer geworfen worden, Cate.« Er sieht zu mir hoch. »Außerdem bist du unverwundbar.« Er nickt zu meinem Armband.

»Nur noch bis morgen!«

»*Ich* bin das Ziel.« Er macht ein finsteres Gesicht.

Ich verdrehe die Augen. »Streiten wir uns echt darüber, wer das Opfer sein wird? Außerdem, wo ordnest du dich denn in Sachen ›weiblich, scharf, sexy‹ ein?« Ich ziehe ihn am Arm. »Komm. Gehen wir zum Essen. Und dann zur Versammlung. Es gibt so einiges, worüber wir uns Gedanken machen müssen.«

Er strafft sich. »Ja, zunächst mal, ob wir jemandem erzählen sollen, was gerade passiert ist. Vielleicht behalten wir das besser für uns, bis wir es unter Kontrolle haben.«

Klar, was sonst? Wir eilen zum Speisesaal. Ich habe ihm immer noch nicht von diesen Nachrichten erzählt. Die sind für mich Beweis genug, dass ich die Nächste auf der Liste bin.

Wir dürften so ziemlich die Letzten sein, die Schlange am Tresen ist kurz und die meisten Tische sind besetzt.

»Ezra ist hier«, flüstere ich.

Das passiert nur ganz selten. Normalerweise essen die Lehrer, die keine Aufsicht haben, nicht bei uns, aber heute sitzt an einem Tisch das ganze Leitungsteam versammelt. Ezra, die stellvertretende Rektorin Mrs James und noch einige mehr. Mr Flynn fängt meinen Blick.

»Komm«, sagt Vaughan.

Wir verzichten auf Spaghetti bolognese und vegetarische Lasagne und schnappen uns das freie Ende eines Tischs, an dem ein paar Leute aus dem Jahrgang unter uns sitzen, die alle nicht zur Gilde gehören. Hauptsache hinsetzen und in der Menge untergehen. Ein paar Tische weiter hat die Gilde drei Tische für sich, aber da ist kein Platz mehr frei. Die Stimmung ist gedrückt, wahrscheinlich hat Alex jedes Gespräch über Emily unterbunden. Er weiß, dass das Spiel und die Gilde auf extrem dünnem Eis gehen.

Doch der Rest der Schule redet darüber. Die Blicke zur Gilde hin, das unterdrückte Lachen und die pseudo-besorgten Mienen sprechen Bände.

»Holen wir uns was zu essen und verschwinden«, sage ich.

Vaughan nickt. »Toast.«

Wir gehen zu einem Toaster, wo noch ein bisschen Vollkornbrot übrig ist. Ich füttere die Maschine mit zwei Scheiben. Es ist eins dieser Geräte, in denen das Brot eine kleine Fließbandfahrt macht und dann unten beidseitig gebräunt rauskommt. Das dauert immer gerade so lange, dass man nicht danebenstehen und warten will, aber wenn man weggeht und einen Kaffee holt oder Butter und Marmelade, ist der Toast in der Zeit schon fertig geworden und jemand anders hat ihn sich gekrallt. Heute jedoch warten wir, wir können ja sowieso nirgends hin.

Schon sind die ersten Leute mit essen fertig. Gildenmitglieder, die sich schnell verkrümeln wollen. Und normale Schüler, denen die Lehrermeute unheimlich ist. Die Maschine spuckt meinen ersten Toast aus. Ich packe ein Butterstückchen aus und lasse es schmelzen. Ich greife zu einem Messer, hinter mir scharren Stühle, und Alex, Carl und Rick gehen raus.

»Zähl bis sechzig, dann stehen Marcia, Cynthia und Becky auf«, sagt Vaughan. »Die sind so was von durchschaubar.«

Wir werden es nie erfahren. Als die drei Jungs beim Ausgang ankommen, werden die Türflügel nach innen aufgestoßen, es gibt einen kleinen Stau und die drei weichen zurück und lassen den Neuankömmlingen den Vortritt.

Alle sehen die Uniformen und es wird absolut still im Saal.

Die Polizei ist da.

KAPITEL 19

»Hier sind dunkle Mächte am Werk. Aber ich bin der Meister und alles ist unter Kontrolle.«

Alex wartet kaum, bis alle in der Höhle Platz gefunden haben. Er steht mit ausgebreiteten Armen bei den Tischen, legt eine ernsthafte Miene über das attraktive Gesicht und wendet sich an seine Schäfchen. Wäre die Stimmung besser, müsste ich lachen.

»Vertraut mir.« Er nickt feierlich. »Ich werde uns alle beschützen. Wer immer dahintersteckt, wird die volle Macht der Gilde zu spüren bekommen, das schwöre ich. Ich werde ihn finden und ich werde ihn aufhalten. Dessen könnt ihr euch sicher sein.«

»Können wir das?« Marcia steht ebenfalls. »Sorry, Alex, ich will nicht an dir zweifeln – aber das ist verrückt. Die Polizei ist auf der Insel. Wohl oder übel müssen wir überlegen, ob wir das Spiel abbrechen.«

»Nein!« Alex stampft bockig mit dem Fuß auf, sein Messias-Image bröckelt. »Soll ich euch was sagen? Ich habe mit dem Killer gesprochen und die Person hat mir versichert, dass sie absolut nichts mit dieser Emily-Geschichte zu tun hat.«

»Und du glaubst das?«, fragt Marcia.

Alex nickt eifrig. »Ja. Ich habe guten Grund, ihr hundertprozentig zu vertrauen.«

Das lassen sich alle etwas durch den Kopf gehen. Alex vertraut dem Killer, also ist es jemand aus seinem engen Kreis?

Schließlich meldet sich Cynthia. »Wie ich das sehe, müssen wir unterbrechen. Emily soll erst mal wieder hier sein. Alles muss sich beruhigen, bevor wir weiterspielen.«

»Ja«, sagt Roger. »Das ist wahrscheinlich das Beste.«

»Das ist bescheuert«, hält Alex dagegen. »In keiner Weise zulässig und überaus dämlich.«

»Ja, dann sieht es so aus, als wären wir schuld«, pflichtet Rick ihm bei. »Emily wurde von jemandem verletzt, der gern in der Gilde wäre, der gern mitspielen würde. Oder vielleicht ist es Rache – jemand, den wir bei der Auswahl übergangen haben, und jetzt will er unser Spiel sabotieren. Den Gefallen sollten wir ihm nicht tun!«

»Es ist eher ein Mitspieler.« Vaughan sitzt neben mir auf einer Kiste. »Wir müssen uns der Tatsache stellen, dass hier jemand aus dem Ruder läuft.«

»Jemand von uns wird plötzlich zum Verbrecher?«, fragt Tesha. »Wieso?«

Vaughan zuckt mit den Schultern. »Vielleicht aus der Enttäuschung heraus, nicht der Killer zu sein? Oder vielleicht ist er auch einfach nur … gestört?«

Das gefällt Tesha überhaupt nicht, sie wird knallrot und in ihren Augen glitzern Tränen. »Wer hat die Robospinne gebaut?«, ruft sie. »Nun melde dich schon! Gib's zu!«

Stille, ein paar Leute schlucken. Wir sehen uns an. Anvi kichert, aber als Einzige.

»Na schön, dann sage ich den Rest eben auch noch.« Tesha holt tief Luft. »Wer ist *Skulk*? Weil er oder sie nämlich eindeutig einen auf großer böser Wolf macht, und wenn Skulk nicht der Killer ist, dann doch wohl der Verdächtige Nummer eins für den Angriff auf Emily. Oder wie seht ihr das?«

Das Schweigen hält an. Alex sieht sich um. »Möchte jemand vortreten und sich als Skulk outen? Ich meine, damit wäre das Spiel ruiniert, aber *ihre* Neugierde wenigstens befriedigt.« Niemand sagt etwas und Alex sieht Tesha an. »Du nimmst Sachen immer zu wörtlich, Schatz. Online schreiben die Leute alles Mögliche. Wach auf und glaub nicht alles, was sie sagen.«

»Niemand hier würde Emily das antun!«, sagt Whitney. »Sie hat keine Feinde. Das ist nichts Persönliches und ich finde auch, es hat nichts mit dem Spiel zu tun. Das ist bloß irgendein kleiner Loser, der Aufmerksamkeit will.«

»Trotzdem sollten wir pausieren, finde ich«, sagt Marcia. »Nur für ein paar Wochen, bis sich die Lage wieder beruhigt.«

»Auf keinen Fall!«, ruft Alex.

»Diesmal labert uns nicht bloß Ezra voll, Mann«, sagt Carl leise. »Jetzt ermittelt sogar die Polizei.«

»Na und?«, fragt Alex. »Alle hier haben Geheimhaltung geschworen!«

Carl verdreht die Augen. »Klar, Alex. Aber es will auch niemand einen Eintrag in die Schulakte. Das wird alles rauskommen – das Spiel, die Aufnahmerituale«, er sieht kurz Vaughan an, »die anderen Kills. Crypt wahrscheinlich auch. Da wird ganz schön Dreck fliegen. Und diese Sorte Dreck bleibt hängen.«

Aus der angrenzenden Höhle kommen Geräusche und Martin taucht in der Öffnung auf. Mir war nicht mal aufgefallen, dass er fehlte. Er hält eine Taschenlampe und schnauft.

»Die gute Nachricht ist, Emily geht es besser.« Er sieht Alex an. »Die schlechte, ihre Eltern wollen eine offizielle Untersuchung.« Er lässt sich auf das nächstbeste Kissen plumpsen. »Ich bin den ganzen Weg gerannt …«

»Woher weißt du das alles?«, fragt Marcia.

»Alex wollte, dass ich mich umhöre.« Er nickt zu unserem Meister. »Die Cops waren im Rektorzimmer und haben mit Ezra und Mrs James gesprochen. Ich hab sie belauscht.« Er lächelt leicht. »Sie mussten lauter reden, weil Ezra langsam taub wird. Das meiste hab ich mitbekommen.«

»Und?«, fragt Carl.

»Die Gerüchte stimmen. Emily hat allergisch auf irgendein Nussöl an der Spinne reagiert. Ihre Eltern sind von Barbados hergeflogen. Es geht ihr gut, sie ist nicht mehr im Krankenhaus, sondern mit ihren Eltern irgendwo auf dem Festland.« Er holt Luft. »Aber die schlechte Nachricht ist, dass ihre Eltern Anzeige erstatten.«

Carl flucht.

»Jedenfalls waren die Polizisten eigentlich ziemlich entspannt«, sagt Martin. »Sie meinten, dass da nur jemand mit einem Streich übertrieben hat und dahinter keine böse Absicht stecke, und wenn die Schule geeignete Maßnahmen ergreift, können sie Emilys Eltern wahrscheinlich überzeugen, die Anzeige zurückzuziehen.«

»Geeignete Maßnahmen«, sagt Carl. »Den Witzbold ausfindig machen und rausschmeißen. Toll.«

»Ja und, Carl?«, schnauzt Rick. »Kann dir doch egal sein, wenn du es nicht warst!«

»Wurde das Spiel erwähnt?«, fragt Marcia.

Martin seufzt. »Ezra hat nichts gesagt und ich dachte schon, alles geht glatt, weil die Polizisten meinten, dass sie heute Abend nicht mehr viel Zeit haben, bis die Flut zurückkommt. Aber dann hat Mrs James es doch noch erwähnt. Sie meinte, für sie steht fest, dass diese Aktion mit dem Spiel zusammenhängt.«

Rick flucht laut und tritt nach etwas. Zum Glück trifft er Sand und nicht einen Felsen. Roger und Martin kriegen etwas ab, aber sie sind schlau und verkneifen sich lauten Protest.

Alex ist kurz vorm Ausrasten. »Was passiert als Nächstes?«

»Die Polizei will morgen früh wiederkommen, sobald die Dammstraße frei ist«, sagt Martin. »Und mit allen reden. Wenn nötig, den ganzen Tag lang.«

»Was machen wir jetzt?«, fragt Tesha. »Alle wissen, dass das Spiel läuft, da können wir die Polizei schlecht anlügen.«

»Antwortet einfach wahrheitsgemäß«, sagt Cynthia. »Ja, wir haben gespielt, aber das hatte nichts damit zu tun. Sagt ihnen, dass es gegen die Regeln ist und man niemanden wirklich verletzen darf. Keiner von uns weiß, wer das getan hat.«

»Aber Crypt bleibt außen vor, Leute«, sagt Alex. »Davon müssen wir nichts erwähnen.«

»Danke, Alex«, sagt Vaughan. »Aber eine Sache musst du uns noch sagen. Wirst du der Polizei die Identität des Killers verraten?«

Alex zögert nicht. »Sie wissen nicht, dass ich die kenne, und es gibt keinen Grund, sie darüber aufzuklären. Wir werden bestimmt alle einzeln gefragt, ob wir der Killer sind oder wissen, wer es ist, und es bleibt jedem selbst überlassen, wie er oder sie darauf antwortet.«

Alle lassen sich das durch den Kopf gehen.

»Ezra wird verlangen, dass wir das Spiel abbrechen«, sage ich. »Etwas anderes zu erwarten, wäre dumm. Wenn wir weiterspielen, müssen wir so tun, als hätten wir aufgehört. Die Kills dürfen nicht mehr öffentlich stattfinden, jedenfalls für eine Weile nicht.«

»Das hat seine Vorteile.« Vaughan lächelt mich an. »Manche Sachen sind viel aufregender, wenn niemand zuguckt.«

Ein paar Leute kichern.

»Also gut.« Alex greift den Samtbeutel. »Wir stimmen darüber ab, wie immer. Wir gehen einer nach dem anderen zum Schrein und schreiben auf unseren Zettel, was passieren soll. Drei Wahlmöglichkeiten: Rot, Gelb, Grün.« Er mustert uns. »Falls Unsicherheit besteht, was die Farben bedeuten, bitte schön: Rot heißt, das Spiel soll sofort und endgültig abgebrochen werden. Gelb, wir legen eine Pause ein. Und Grün, wir machen weiter, aber verdeckt. Einverstanden?« Er sieht Marcia, Cynthia und Carl an. Sie nicken. Niemand widerspricht. Abstimmen ist gerecht.

Wir treten nacheinander in der Reihenfolge, wie wir geholt wurden, hinter den Vorhang. Bis ich schließlich dort mit dem Stift des Unheils hocke, habe ich mich so oft umentschieden, dass mir der Kopf schwirrt.

Am Ende schreibe ich:

Grün

Man lebt schließlich nur einmal.

Nach mir ist Vaughan dran. Jede Wette, dass er auch Grün nimmt. Anschließend will Alex reingehen und die Stimmen auswerten, aber Marcia bremst ihn.

»Diesmal müssen wir *alle* die Stimmzettel sehen, Alex.«

Er funkelt sie an. »Das ist meine Entscheidung. Ich bin der Meister. Vertraust du mir etwa nicht?«

»Ich vertraue dir. Absolut. Aber ich will niemandem hier einen Grund zum Zweifeln geben. Transparenz.«

»Gut.« Alex holt den Beutel, bringt ihn zum Tisch und zieht den ersten Zettel hervor. »Gelb.« Er hält ihn mit übertriebener Geste für uns hoch, gibt ihn an Marcia und zieht den zweiten. »Rot«, sagt er mit zusammengebissenen Zähnen und greift nach dem dritten. »Grün.«

»Liebt ihr den demokratischen Prozess auch so wie ich?«, scherzt Vaughan und lockert die Anspannung ein bisschen.

Alex liest die Zettel vor. Vierzehn haben abgestimmt und es sieht schnell danach aus, dass das Spiel nicht endet. Von dreizehn ausgezählten Stimmzetteln sind nur vier rot. Alex sieht jetzt zufriedener aus, aber noch ist er nicht auf sicherem Boden. Fünf Spieler sind für eine Pause und nur vier fürs Weitermachen.

Er holt den letzten Zettel aus dem Beutel. »Grün.«

»Dann ist es ein Unentschieden!«, sagt Tesha. »Gleichstand, parlamentarisches Patt, was auch immer.«

»In diesem Fall ist die Stimme des Meisters ausschlaggebend und ich habe Grün gewählt«, erklärt Alex grimmig.

»Das haben wir so nicht beschlossen«, sagt Cynthia.

»Da gibt es auch nichts zu beschließen! Ich bin der Meister! Das ist mein Spiel!«

»Was ist mit Emily?«, fragt Whitney. »Sollte sie nicht auch eine Stimme haben? Sollten wir ihr eine Mail schicken oder so?«

»Als ob sie das interessiert!«, faucht Rick.

»Das ist bescheuert.« Marcia steht auf. »Dafür fehlt uns die Zeit. Das Spiel läuft weiter, weil ich Alex' Entscheidung stütze, und ich hatte ursprünglich Gelb gewählt, mich also jetzt umentschieden. Erledigt. Was den Rest der Schule betrifft, so haben wir das Spiel abgebrochen. Behaltet das im Kopf: Kills *müssen* verdeckt stattfinden. Keine Schädel mehr auf dem Tisch im Speisesaal, keine abgeschnittenen Armbänder am Schwarzen Brett. Keinerlei Hinweise.«

»Wer ein Problem damit hat, kann jetzt gehen«, sagt Alex. »Ihr vier, die mit Rot gestimmt habt: Wenn ihr nicht weiter mitspielen wollt, geht. Und wenn sich herausstellt, dass einer von euch der Killer ist, dann ist das Spiel eh vorbei.«

Alle sind still. Niemand rührt sich.

»Gut«, sagt Alex. »Und nun bewahrt da draußen um Himmels willen einen kühlen Kopf. Alle. Kehren wir in die Zivilisation zurück, bevor wieder was passiert.«

Vaughan steht als Erster auf und hält mir eine Hand hin. Er zieht mich hoch und ich stehe ein bisschen zu dicht vor ihm. Alle brechen auf, niemand achtet auf uns. Er schiebt unter meinem Mantel eine Hand um meine Taille und zieht mich noch ein Stück näher.

»Ach. Eins noch. Vaughan«, sagt Alex. Auf einmal sehen uns alle an. Ich trete verlegen nach hinten. »Auf Crypt wird das Tracking aktiviert. Ab sofort lassen sich alle Nutzer auf der Karte finden. Wenn diese Kills schon verdeckt stattfinden müssen, sollen die Spieler wenigstens ansatzweise eine Chance haben zu erraten, wer der Mörder ist. Also schalte das jetzt frei, Vaughan.«

Vaughan salutiert andeutungsweise. Als wir gehen, flüstert er mir ins Ohr: »Jetzt wird es spannend. Wir haben zwei Killer. Einmal den, der nach den Regeln spielt, und den bösartigen. Ob wohl einer von beiden die Eier hat und zuschlägt, während die Polizei hier rumschnüffelt?«

Ich sehe ihn an. »Eier, aha. Wir haben jetzt zwei Killer und die sollen auch beide männlich sein?«

Er zieht eine Augenbraue hoch. »Ich denke, alles ist möglich.«

»Jetzt ist wirklich wieder alles offen, oder?«, flüstere ich. »Wir wissen nur, dass einer von uns der Nächste ist.«

Als wir die Höhlen verlassen, ist es dunkel, und wir machen für den Rückweg kleine Taschenlampen an. Vaughan und ich steigen den Klippenweg rauf und lassen eine respektable Distanz zu den anderen Gildenmitgliedern. Vaughan ist ein Stück vor mir. Auf der Kuppe angekommen, bleibt er plötzlich stehen.

»Hey.« Ich stoße ihn sanft an. Der Weg ist zu schmal und von dornigem Stechginster gesäumt. Er muss Platz machen oder ich komme nicht an ihm vorbei. Er steht reglos da, den Rücken zu mir, als hätte er in der Ferne etwas gesehen. »Was ist los?«

»Hey! War das ...?«, murmelt er. »Ich dachte, da wäre gerade ...« Er sieht mich an, dann wieder zu der Stelle, an der er eben irgendwas gesehen hat, und rennt los.

»Was?«, rufe ich.

»Komm schon!« Er läuft zurück, zieht an meiner Hand. »Schnell!«

»Vaughan, was zur Hölle?« Ich renne hinterher, das Licht meiner Taschenlampe zuckt über den Boden. Er läuft in Richtung der Ateliers und biegt dann nach links in den Wald ab. »Wohin laufen wir?« Ich will ihn festhalten, komme aber nicht mehr an ihn ran, er ist jetzt zu weit vorn. »Warte!«

»Ich hab gerade – nun beeil dich doch!« Er wartet nicht, sondern pflügt durch das dichtere Gras unter den Bäumen, das ihn nicht bremst. Ich folge, so schnell ich kann, aber meine Beine sind schwer und ich falle allmählich zurück. Im Strahl meiner Taschenlampe kann ich immer gerade noch sehen, wie er hinter dem nächsten Baum verschwindet. Ich laufe weiter, solange ich noch kann. »Vaughan!« Mein Herz rast, meine Atemzüge sind kurz und schmerzhaft. Der Wald wird jetzt wieder lichter und ich bleibe stehen, stütze keuchend die Hände auf die Knie. Ich müsste ihn doch sehen können. Selbst wenn er eigentlich schon zu weit vorn ist, müsste ich wenigstens seine Taschenlampe sehen.

Und doch habe ich ihn verloren.

Ich ringe nach Atem und richte mich auf. »Vaughan?« Ich will eigentlich rufen, aber irgendwie erscheint mir hier in dem stillen Wald jedes Wort zu laut. Langsam nähere ich mich dem, was ich für den Waldrand halte, und jedes Haar auf meinem Kopf steht zu Berge. Das kommt davon, wenn man sich beobachtet fühlt. Er ist hier irgendwo und beobachtet mich einfach. Oder jemand anders macht das. Vielleicht derjenige, den wir verfolgt haben.

Ich lasse die Bäume hinter mir, sehe nach unten und erkenne, wo ich rausgekommen bin. Am oberen Rand des Amphitheaters, bei dem Rasenhalbkreis oberhalb der Steinränge, die in den Hang hineingebaut sind. Unter mir sehe ich die sandige Bühne, auf der mein Aufnahmeritual stattgefunden hat.

Mitten im Sand liegt, noch immer eingeschaltet, Vaughans Taschenlampe.

Ich steige vorsichtig die Stufen zur Bühne hinunter. »Vaughan?« Ich flüstere es fast, aber die Akustik verstärkt es. Dann bin ich bei der Sandfläche angelangt, gehe rüber zur Taschenlampe, hebe sie auf.

»Vee?«, flüstere ich.

Hände berühren von hinten meine Schultern. Ich schnappe nach Luft, wirbele herum und dabei fallen mir die Taschenlampen runter. Seine Arme umschlingen mich, seine Lippen küssen meinen Mund. Einen Moment lang genieße ich es, dann schiebe ich ihn weg.

»Du Spinner!«, zische ich. »Haben wir überhaupt ernsthaft jemanden gejagt?«

Er kommt wieder näher. »Nur den Moment.«

»Du bist so was von kitschig«, murmle ich zwischen den Küssen.

Später am Abend, allein in meinem Studierzimmer, logge ich mich auf Crypt ein und streiche mir über die Mundpartie. Autsch. Wund von Bartstoppeln. Wenn wir das regelmäßig machen wollen, wird Vaughan sich öfter rasieren müssen.

Im Intranet ist nichts los. Wahrscheinlich will jetzt, wo mehr auf dem Spiel steht, niemand riskieren, bei irgendeinem Regelverstoß erwischt zu werden. Tracking ist aktiviert, beim Einloggen erscheint auf der Karte ein kleiner roter Totenschädel am Rand des Schulhofs. Ich bewege den Cursor dorthin und mein Nutzername erscheint, Clouseau. Verdammt. Das kommt mir ziemlich riskant vor.

Während ich noch dasitze und auf die Karte gucke, erscheint ein zweiter Schädel neben meinem. Es ist noch eine tollkühne Seele irgendwo beim Schulhof:

Skulk: Wenn die Blaumiesen mich erwischen wollen, sollten sie langsam den Arsch hochkriegen und etwas unternehmen. (Sagte der Zodiac-Killer. Er ist nie geschnappt worden.)

Dann öffnet sich eine private Nachricht.

Skulk: Wisch dir das Grinsen vom Gesicht, Cate. Muss ich es buchstabieren, Schlampe? Du bist als Nächste dran.

Ich zucke vom Laptop zurück und sehe nach hinten, die Vorhänge sind zugezogen. Niemand kann mich sehen. Aber zwei Sachen stehen fest: Skulk kennt meinen Nutzernamen und Skulk hat diese Dose in Vaughans Zimmer rollen lassen.

KAPITEL 20

Samstag, und obwohl ich jetzt meine Unverwundbarkeit und meinen Optimismus verloren habe, sind meine Vitalzeichen noch eins a.

Beim Morgenaustausch beehrt uns Ezra mit seiner Anwesenheit. Vor dem Haupthaus stehen zwei Streifenwagen und Mrs James hält die Cops bestimmt mit dem dünnen Internatstee bei Laune, während Ezra uns ein paar aufmunternde Worte sagt, beziehungsweise uns auf das Kommende vorbereitet.

Er hält eine pedantische Vorlesung über Integrität, dann bringt er uns auf den neuesten Stand, den wir bereits kennen: Emily geht es gut und die Polizei will lediglich dem Vorfall auf den Grund gehen. Für den Abschlussjahrgang findet heute kein Unterricht statt, wir sollen auf unseren Studierzimmern oder im Aufenthaltsraum warten, bis die Beamten uns befragen. Er fordert uns auf, zuerst mit den Lehrern zu reden, falls wir irgendetwas wissen.

Das heißt im Klartext: Wenn ihr etwas wisst, haltet es intern.

Wir strömen auf den Hof und in unsere Studierzimmer. Theoretisch ist das Lernzeit, aber kein Lehrer hat Aufsicht – bis jetzt – und niemand ist sonderlich scharf darauf, die Nase in ein Buch zu stecken. Auf Crypt herrscht nach wie vor nervöses Schweigen, nicht mal

Skulk postet was. Die meisten meiner Mitschüler hängen im Aufenthaltsraum und in den benachbarten Zimmern ab, die Türen geöffnet und bei laufender Musik. Es liegt eine seltsame Spannung in der Luft und ich ertappe mich dabei, dass ich sie genieße, obwohl das eine ernste Angelegenheit ist und Emily verletzt wurde. Zu mehreren ist man sicherer. Und schließlich passiert hier ja nicht alle Tage was und man wird auch nicht alle Tage von der Polizei befragt. Ich muss mich doch wegen nichts schuldig fühlen, stimmt's?

Vaughan schleppt irgendeine Kiste mit Computerzeug den Flur runter zu seinem Zimmer und lässt dabei eine Spur aus diesen komischen kleinen Polystyrol-Erdnüssen zurück.

»Hi.« Ich gehe ihm nach. »Hast du kurz Zeit? Wir müssen reden.«

Er stellt die Kiste ab. »Oh-oh. Willst du schon mit mir Schluss machen?«

Ich lächele. »Quatsch.« Ich lehne mich an die Wand und bin ein bisschen gehemmt. »Ich wusste noch gar nicht, dass wir zusammen sind.«

Er sagt nichts, setzt nur ein ernstes Gesicht auf. Es soll mich zum Lachen bringen, aber dafür bin ich nicht in der Stimmung.

»Ich hab gestern Abend eine Nachricht von Skulk bekommen«, sage ich leise. »Mit dem Inhalt, dass mein Ende nahe ist. Nur fieser ausgedrückt.«

Jetzt ist seine ernste Miene echt. »Und du glaubst das?«

Ich nicke. »Die Sache ist die«, ich beuge mich zu ihm und flüstere, »ich habe vor der Dose in deinem Zimmer schon ein paar andere Nachrichten bekommen.«

Vaughan guckt verwirrt und etwas sauer. »Und das erzählst du mir erst jetzt?«

»Ja.« Ich warte, während sich ein paar Leute an uns vorbeiquetschen und seufzend und kopfschüttelnd über die Kiste steigen. Als sie außer Hörweite sind, beuge ich mich wieder vor. »Ehrlich gesagt dachte ich anfangs, die wären von dir. So als Gag. Oder deine Vorstellung von … Zuneigung. Auf ein bisschen gruselige Weise ausgedrückt.«

»Ernsthaft? Aber jetzt denkst du das nicht mehr.«

»Nein. Außer du drückst deine Zuneigung dadurch aus, dass du mich eine Schlampe nennst.«

»Was?«

»Für jede Krise gibt es einen Kuchen!«, ruft Marcia in den Flur. »Wer ist dabei?« Aus dem Aufenthaltsraum kommen Jubelrufe.

»Pass auf«, flüstert Vaughan. »Ich muss diese Kiste in mein Zimmer schaffen und dann habe ich drüben im Haupthaus meinen Termin mit den Cops.« Er verzieht das Gesicht. »Das ist das Schöne, wenn dein Familienname vorne im Alphabet steht. Ich komme nachher und dann können wir reden. Bleib solange da drin.«

Ich nicke, lasse ihn los und sehe ihm nach, wie er den Flur hinunterwankt. Dann wende ich mich ab und folge dem Lärm in den Aufenthaltsraum.

Marcia steht mit einer großen Rührschüssel hinten beim Küchentresen. Die meisten anderen Gildenmitglieder sind auch da, sie chillen, machen Kaffee oder Toast, albern rum. Die Computer werden nicht angerührt, bemerkenswert.

»Dann machst du Brownies?«, ruft Rick zu Marcia. »Kommt da noch eine Spezialzutat rein?«

Gelächter.

»Nur leckere Sachen.« Marcia lächelt und rührt kräftig mit einem Teigschaber. »Ich finde, heute sind Cupcakes angesagt.« Sie nimmt eine Glasschale mit Schokolade, die sie bereits im Wasserbad auf dem Herd zum Schmelzen gebracht hat, und gibt die zähe Masse in die Rührschüssel. Beim Betrachten der Pampe habe ich sofort wieder mein Aufnahmeritual vor Augen. Marcia offensichtlich nicht. »Hmm«, sagt sie, taucht einen Finger rein und leckt ihn ab. »Die werden so was von gut!«

»Wusste gar nicht, dass ihr in Spanien Cupcakes backt.« Rick beugt sich rüber und will ebenfalls seinen Finger eintauchen.

»Hände weg!« Marcia schlägt ihm mit dem Schaber auf den Hintern und der Teig kleckert.

»Ey!« Rick verdreht sich, um auf seinen Hintern zu gucken. »Was denken die Leute jetzt, was ich gerade getan habe?«

Alle grölen vor Lachen. Ich habe absolut keine Ahnung, wieso ich Rick je witzig fand. Vaughan verzeiht ihm ja vielleicht, dass er ihn von der Klippe gestoßen hat, aber ich weiß nicht, ob ich das je kann. Ich bleibe bei der Tür stehen, weil ich mich weder den anderen anschließen, noch allein in meinem Studierzimmer hocken will.

»Na, geht's dir gut?«

Daniel steht in der Türöffnung. Zum ersten Mal seit langem bin ich froh, ihn zu sehen.

»Aber ja«, lüge ich.

Er guckt mich schief an. »Ich bin total fertig. Komme gerade von meinem Interview.«

»Echt?«

Er nickt. »Kommst du mit in mein Studierzimmer?«

»Ja, klar!« Ich sehe rüber zu Marcia, die ihren Teig gerade in kleine Papierförmchen gibt, während sie immer wieder Rick ausweicht. Er hat die Hände voller Schokolade, schleicht sich von hinten ran und versucht ihr weißes T-Shirt zu erwischen. Ich habe das Gefühl, dass das Ganze in die totale Schokoschlacht ausarten wird, und zwar bald. Darauf kann ich gern verzichten.

Daniels Zimmer liegt so weit vom Aufenthaltsraum entfernt, wie es überhaupt nur geht, und anders will er es auch gar nicht. Wir gehen schweigend dorthin, begleitet wie immer von seinem Geigenkoffer. Er schließt die Tür auf und wir treten ein. Das Zimmer ist total sauber und ordentlich, er teilt es sich mit einem Jungen aus unserem Jahrgang namens Geoff – ebenfalls ein Musiker, der aber gerade mit einem Jugendorchester auf Tournee ist und erst in ein paar Wochen wieder zurück aufs Internat kommt.

»Ist es schön, das Zimmer für dich zu haben?« Ich setze mich auf die Kante seines Sofas.

Er legt den Geigenkoffer sorgfältig auf seinen Schreibtisch. »Herrlich.« Er setzt sich mir gegenüber auf den Stuhl. »Geoff ist schon in Ordnung, aber er klopft immer irgendwelche Takte auf seinem Tisch, während wir lernen. Das macht mich wahnsinnig.«

Ich lache. »So jemanden kenne ich auch!«

Daniel runzelt die Stirn. »Was, ich? Ich mache das nicht.«

»Und ob. Ihr Musiker tickt alle gleich.«

»Cate, ich glaube nicht, dass ich das je gemacht habe.« Er meint es ernst und ärgert sich. »Und stell mich bitte nicht auf eine Stufe mit Geoff. Wir sind absolut nicht auf demselben Level.«

»Schon gut.« Ich hebe die Hand. »Sollte nur ein Witz sein.«

Daniel starrt mich an. Peinliches Schweigen macht sich breit, während ich krampfhaft nach einem anderen Thema suche.

»Und, wie war die Befragung?« Ich lächele. »Du bist nicht in Handschellen, also ist es wohl gut gelaufen.«

Zum Glück lässt er diesmal ein kleines Lächeln sehen.

»Ja, na ja. Glaube nicht, dass sie an mir interessiert waren.« Er reibt sich die Hände, als wären sie kalt. »Ich hab eigentlich nicht viel mit Emily zu tun und weiß auch nicht, wie man eine ›Roboterspinne‹ baut oder wie man so ein Teil nennt. Aber die sind auch nicht gerade das Scotland Yard. Dass die den Täter fassen, ist eher unwahrscheinlich.« Er schlägt die Beine übereinander und legt die Hände in den Schoß, es wirkt ziemlich verlegen. »Aber meine Frage vorhin war ernst gemeint. Wie geht es dir?«

»Oha.« Ich verziehe das Gesicht. »Wieso? Ich meine, mir geht's gut. Das Ganze nimmt mich schon ein bisschen mit, aber ansonsten total gut.«

»Schön.« Daniel sieht mich an. Er steht unvermittelt auf und geht zum Fenster. »Und, bist du in Vaughan verliebt?«

»Was?« Seine Frage erwischt mich völlig unvorbereitet. »Wie kommst du denn darauf?« Ich suche nach den richtigen Worten. »Nein!«

Er lacht seltsam und schüttelt den Kopf. »Dann ist das mit Vaughan also bloß was *Körperliches*, willst du damit sagen? Und was ist mit Alex? Weil letztes Halbjahr, ungefähr als wir zwei … du weißt schon – na ja, ich hab mir sagen lassen, da standest du wohl gerade auf ihn.«

»Verdammte Scheiße, Daniel!« Ich stehe auf. »Hör auf damit. Du machst dich ja zum Vollidioten – und mich lässt du klingen wie eine, die verzweifelt auf Typen aus ist!«

»Bist du doch, oder?«

»Was?« Ich will meinen Ärger runterschlucken. »Selbst wenn, was wäre dabei? Jungs wie Alex, Rick und Carl knutschen sich quer durch die Schule und alle finden, sie sind voll die Abenteurer, aber wenn ein Mädchen das macht? Total andere Geschichte.« Ich atme tief durch. »Ernsthaft, ist das immer noch die Welt, in der wir leben? Wen ich …

küsse … das ist meine Entscheidung. Nicht einmal meine Freunde – zu denen du doch eigentlich gehören müsstest – haben mir zu sagen, was ich tun und lassen soll.«

»Auch nicht Mr Flynn?«, fragt Daniel und mustert mich. »Darf der dir auch nicht sagen, was du tun sollst? Es dir zärtlich ins Ohr flüstern?«

»Spinnst du jetzt völlig?« Ich glaub, ich kotz gleich. Daniel beugt sich näher und schlingt eine Hand um meinen Nacken, sein Atem ist heiß an meinem Ohr.

»Lehrerliebchen.«

»Lass mich in Ruhe!« Ich stoße ihn weg, treffe dabei mit den Handballen sein Schlüsselbein. Er lacht, wie unter Schock, und schiebt mich mit überraschender Heftigkeit zurück. Als ich auf das Sofa falle, stürzt er sich auf mich und erzwingt einen Kuss, der mir die Lippen zerquetscht, und unsere Zähne schlagen aneinander. Ich gebe einen erstickten Laut von mir, der Nein heißen soll, aber ich klinge nur wie ein verärgerter Elefant. Also winde ich mich und versuche den Kopf wegzudrehen. Ich habe eigentlich keine Angst, sondern schäme mich eher für uns beide. Endlich bekomme ich ein Bein frei, trete voll gegen die Tischkante und seine kostbare Geige fällt runter. Er sieht auf, ganz kurz nur, aber mehr Zeit brauche ich nicht.

Ich bringe meinen rechten Arm nach hinten, balle die Faust und boxe ihn mit voller Wucht auf die Nase.

Er schreit, rollt von mir runter und neben seine Geige auf den Boden.

Ich stehe schwankend auf, voll im Adrenalinschub, und warte darauf, dass er sich wieder auf mich stürzt.

Tut er aber nicht. Er rollt sich zusammen und weint. Zwischen seinen langen Fingern hindurch tropft Blut und er heult schrecklich und auf einmal weiß ich, wer das neulich in den Höhlen war. Nicht Vaughan, sondern Daniel. Sein Weinen habe ich dort erkannt. Keine Ahnung, wie ich sie hatte verwechseln können, wahrscheinlich aus lauter Verwirrung vor all den Schuldgefühlen, die ich beiden gegenüber empfand.

Er weint immer noch, seine Aggression hat sich genauso schnell wieder gelegt, wie sie gekommen ist. Er ist nur noch eine kleine, jämmerliche Kreatur am Boden, die flennt und mit Blut tropft. Ich lasse ihm noch einen Moment Zeit, dann reicht's.

»Steh auf«, sage ich ruhig.

Er sieht hoch und scheint fast schockiert, dass ich immer noch da bin. »Geh und wasch dich.«

Er nickt, zieht sich am Schreibtisch hoch, dann bückt er sich nach seinem verflixten Geigenkoffer, aber davon strömt ihm nur noch mehr Blut aus der Nase.

»Lass das. Ich kümmere mich darum.«

Er sieht mich durch seine Finger hindurch an und stolpert zur Tür.

Nachdem er sie hinter sich geschlossen hat, fange ich an zu zittern – vor Erleichterung und aus dem Verlangen heraus, jetzt noch neun Runden am Sandsack durchzuziehen. Ich atme gegen das Adrenalin an. *Es ist okay, alles wird gut.* Ich zupfe meine Kleidung zurecht und wische an meinem Mund herum, genauso wie neulich nach dem Kopfsprung in den Kuhfladen. *Was war das gerade? Wie weit wäre er gegangen?* Die kleine Stimme in meinem Kopf stellt mir lauter Fragen, die ich nur ungern beantworten möchte … *Wieso haust du denn nicht aus seinem Zimmer ab?*

Gute Frage, doch ich bleibe noch immer.

Ich bücke mich nach dem Geigenkoffer. Die Aufkleber sind voller

Blut und die Verschlüsse sind aufgesprungen. Ich drücke den Deckel runter, aber die Geige liegt nicht richtig drin und ich kann den Kasten nicht schließen. Also mache ich den Deckel auf und schiebe sie so hin, dass es passt.

Ich will den Deckel gerade wieder schließen, da fällt mir auf, dass zwischen Samt und Schale eine kleine schwarze Ecke hervorguckt. Ich ziehe sie langsam heraus.

Es ist eine gefaltete Karte, außen schwarz, innen rot. Ich klappe sie langsam auf.

KILLER

Nur dieses Wort, in Schwarz geschrieben.

Ich lese es noch einmal, weil ich mich ja vielleicht verguckt habe. Daniel ist der Killer? Daniel ist der Killer. Eine total merkwürdige Gefühlsmischung überwältigt mich. Unglauben, Enttäuschung und Erleichterung.

Ich reiße mich aus meiner Erstarrung, stecke die Karte zurück in ihr Versteck und gehe. Als ich die Tür schließe, höre ich ein Geräusch im Flur.

Die Tür vom Jungsklo geht auf. Er steht dort, drückt sich ein Taschentuch an die Nase. Ich wende mich ab und gehe in die andere Richtung.

Im Aufenthaltsraum putzen sie gerade die Sauerei wieder weg, die ich vorhergesagt habe. Alex wäscht sich an der Spüle die Hände. Mein Herz klopft immer noch wie verrückt. Ich gehe zu ihm.

»Haben wir heute Nachmittag wie üblich eine Versammlung?«

Er nickt. »Sobald sie mit den Befragungen durch sind. Dann poste ich etwas auf Crypt. Gibt jede Menge zu besprechen.«

»Und wir geben unsere Stimmen ab, wer der Killer ist?«

»Klar.«

»Gut.« Ich mache auf dem Absatz kehrt und gehe in mein Studierzimmer. Marcia ist wieder mal nicht da. Ich ziehe die Vorhänge zu und logge mich auf Crypt ein, aber niemand ist online. Also schließe ich die Tür ab, lege mich aufs Sofa und mache die Augen zu. Ein Plan nimmt Gestalt an.

Wenn ich es lebend zur Versammlung schaffe, kann ich mich rächen.

KAPITEL 21

Ein Klopfen weckt mich.

Ich kämpfe mich von dem kleinen Sofa hoch. Wie lange habe ich geschlafen? Ich stehe vorsichtig auf, ziehe meine Kleidung zurecht. Am liebsten würde ich duschen, so mitgenommen und schmuddelig komme ich mir vor. Das liegt nicht nur, aber auch an Daniel.

Wieder das Klopfen. Hoffentlich ist er das nicht.

»Cate! Sind Sie da drin?«

Nicht Daniel. Eine Frau, die Stimme kommt mir bekannt vor, aber in meiner Benommenheit kann ich sie nicht gleich einordnen. Ich mache auf und da steht Ms Lasillo und sieht mich ungeduldig an.

»Da sind Sie ja«, sagt sie, als hätte sie schon den ganzen Vormittag mit der Suche nach mir verbracht und alle wahrscheinlicheren Stellen längst abgeklappert. »Sie sind dran.«

Ich runzele die Stirn, aber hinter ihr steht Rick und da kapiere ich es. Unsere beiden Familiennamen kommen weit hinten im Alphabet, es ist jetzt wohl so weit und die Polizei will uns befragen.

»Kommen Sie!« Ms Lasillo trabt auf ihren kurzen Beinen rasch den Flur hinab. »Alle anderen sind beim Mittagessen. Das Küchenpersonal ist angewiesen, für Sie beide etwas warm zu halten. Es dürfte nicht lange dauern.«

»Ms Lasillo?«, sagt Rick. »Ich muss mal.«

Sie seufzt. »Dann aber schnell, Rick. Ich warte draußen auf Sie beide. Nun los!«

Rick verschwindet zu seiner kleinen Exkursion und ich folge Ms Lasillo langsam, die weiter den Flur runtergeht, unvermittelt stehen bleibt und in ein Studierzimmer guckt. Ihrem Gesichtsausdruck nach zu urteilen, sieht sie dadrin etwas, das ihr noch weniger gefällt als wir. »Marcia? Alex! Sie sollten doch in den Speisesaal gehen. Bitte tun Sie das. Sofort.« Sie eilt weiter.

Als ich bei der offenen Tür ankomme, wirken Marcia und Alex wie aus einem intensiven Gespräch gerissen. Bestimmt haben sie sich über die Befragungen ausgetauscht. Ich lächele ihnen zu. Nur Marcia sieht mich an, Alex fährt anscheinend gerade seinen Laptop runter.

»Nun machen Sie schon!«, ruft Ms Lasillo von weiter vorne, bevor sie raus auf den Hof geht. Alex zieht an mir vorbei, geht mit ihr zusammen raus und schenkt ihr ein gewinnendes Lächeln.

Marcia bleibt bei mir stehen. »Alles okay mit dir? Du sieht seltsam aus.«

Ich nicke. Ich muss ihr das mit Daniel erzählen, aber nicht jetzt. »Bin gerade aufgewacht.«

Sie klopft mir auf die Schulter. »Ich hab dir einen Cupcake reserviert, im Aufenthaltsraum.« Sie geht weiter. »Sind gut geworden, ich musste kämpfen, damit noch einer übrig bleibt.« Sie zwinkert. »Also jedenfalls so gut wie einer. Du kennst ja das Sprichwort: Geh nie mit leerem Magen in eine Polizeibefragung.«

»Ähm.« Ich reibe mir die Augen. »Nie gehört.«

»Ein Cupcake? Und wo ist meiner?« Rick taucht wieder auf und zieht den Reißverschluss hoch, aber es ist zu spät, Marcia dreht sich nicht noch mal um. Er sieht mich an. »Wer Erster ist, kriegt ihn!«

Ich lasse ihn rennen, er holt ihn sich sowieso, und als ich bei der Tür zum Hof ankomme, ist er wieder da und hält mir einen kleinen Schokoladenkuchen hin, der an einen schiefen Kackhaufen in einem Papierförmchen erinnert.

»Willst du ihn nicht?« Er wedelt damit vor mir herum. »Da steht dein Name drauf.«

Ich kneife die Augen zusammen. Oben auf dem Haufen ist krakeliger Zuckerguss, die weißen Buchstaben ergeben annähernd das Wort »Cate«.

Rick schnuppert an dem Kuchen. »Mmm!«

Ich greife danach, aber er zieht die Hand zurück und lacht. Dabei sehe ich, dass auf dem Förmchen noch mehr steht, aber ich kann es nicht lesen.

»Was steht da auf der Seite?«

»Hä?« Rick dreht den Cupcake. »Uuh. ›Iss mich.‹«

Meine Arme werden auf einmal ganz kraftlos. »Zeig her.«

»Nie. Im. Leben.« Er schält den Kuchen langsam aus dem Papierförmchen.

»Im Ernst, Rick.« Ich strecke die Hand nach dem Cupcake aus. »Gib her.«

»Niemals!« Er zerknüllt das Papier und wirft es mir zu. Ich streiche es glatt und mein Herz trommelt los. Da sind die Buchstaben, in Rot, in *dieser* Handschrift. Rick sperrt sein Maul auf, sieht mich mit leuchtenden Augen an und in seinen Riesenfingern sieht der Kuchen noch kleiner aus. Er leckt mit seiner monströsen Rinderzunge daran, stopft ihn sich in den Mund und lässt mich die ganze Zeit nicht aus den Augen.

»Rick, was machst du denn?« Ich bemühe mich um einen gleichgültigen Tonfall. »Wir sind mitten im Spiel und auf einem Cupcake steht ›Iss mich‹ und du steckst ihn dir in den Mund? Bist du denn der totale Anfänger?«

Er erstarrt. Spuckt sich den kompletten Kuchen in die Hand. Zischt ein Schimpfwort. Dann denkt er kurz darüber nach. »Warte mal. Das Teil war für dich gedacht und Marcia hat es gebacken. Ich hab sogar gesehen, wie sie die Glasur draufgepinselt hat. Das hätte sie doch nicht in einem Raum voller Zeugen gemacht, wenn sie dich wirklich erledigen wollte. Außerdem«, er sieht mich triumphierend an, »hat sie praktisch davon abgebissen. Beim Glasieren ist oben ein Stück abgegangen und das hat sie einfach gefuttert.«

Ich schüttele den Kopf. »Nein, denk doch mal nach, seitdem stand der Kuchen in der Küche und –«

»Nun kommen Sie schon, Herrschaften!« Ms Lasillo hat die Tür aufgestoßen und guckt stinksauer.

»Ja, komm, Cate!« Rick wirft sich den zerdrückten Cupcake wieder in den Mund. Krümel fliegen, Kiefer mahlen.

Ich gehe hinterher, raus ins Freie, das Förmchen immer noch in der Hand, und habe Mühe, Ms Lasillo und ihn einzuholen. Rick hat keine Allergien, oder? Wobei … Marcia wollte ja, dass ich den Kuchen esse. Aber sie hat doch nicht diese Spinne für Emily gebaut, oder? Sie ist doch nicht Skulk? Ich kriege langsam Kopfschmerzen. Vielleicht hat sich Skulk ja das komplette Blech Cupcakes vorgeknöpft und nun kriegen alle richtig fiesen Dünnpfiff. Geschieht Rick jedenfalls recht. Ich stopfe das Förmchen in die Hosentasche.

Wir betreten das Haupthaus durch das große Eichentor und gehen durch die Eingangshalle zu Ezras Büro. Ms Lasillo deutet auf ein paar Stühle vor der Tür.

»Setzen Sie sich. Sie werden nacheinander aufgerufen.« Sie klopft, öffnet die Tür einen Spalt, steckt den Kopf hindurch. »Die letzten zwei sind jetzt da«, sagt sie zu den Personen im Büro.

Rick setzt sich hin und grinst mich an. Sein Mund ist mit Schokolade verschmiert wie bei einem Kleinkind.

Ich setze mich vorsichtig und sehe Ms Lasillo nach, die davonmarschiert und sich richtig freut, dass sie ihre Pflicht erfüllt und uns abgeliefert hat.

Rick wirkt in keiner Weise krank. Er lässt einen höchst melodischen Rülpser erklingen, dann fläzt er sich hin und kratzt sich nachdenklich im Schritt. »Du kommst als Erste dran«, verkündet er überflüssigerweise. »Schade, dass ich nicht noch so einen leckeren Cupcake für die Wartezeit habe.«

Könnte Rick Skulk sein? Wenn er das ganze Blech präpariert hat, wäre das hier wirklich ein tolles Ablenkungsmanöver.

Die Tür geht auf. Ein rotblonder junger Uniformierter guckt raus. »Catherine?«

Ich stehe auf. »Cate.«

»Cate.« Mit seinem walisischen Dialekt klingt mein Name viel schöner. Er lächelt mich ein bisschen müde an und verschwindet nach drinnen.

Ich sehe noch mal Rick an – der ist den Stuhl so weit runtergerutscht, dass seine großen, nach vorn gestellten Beine ihn wirken lassen wie eine moderne Plastik: das Stuhl-Junge-Mischwesen – und folge dann dem Polizisten.

Ich bin erst zweimal in Ezras Büro gewesen, beim Vorstellungsgespräch und dann als Marcia, Daniel und ich diesen Graffiti-Vortrag gehalten haben und mit den Spraydosen ausgeflippt sind. Es ist gemütlicher, als ich in Erinnerung hatte, überall sind Bücherregale und der Boden ist von Orientteppichen bedeckt. Das Deckengemälde zeigt eine Art heiligen Krieg zwischen dicken kleinen Putten und einem Seraph mit sechs Flügeln. Es wurde vor Jahrzehnten von Kunstschülern kreiert. Da wäre ich gern dabei gewesen, es muss Spaß gemacht haben, das Rektorzimmer mit lauter kleinen Pimmeln zu verzieren. Wobei, wenn es nach mir gegangen wäre, hätten wir ein fliegendes Spaghettimonster gemalt.

Der Raum wird von einem großen Fenster beherrscht, das einen spektakulären Blick auf den welligen Rasen bietet, der zur Klippe und zum Meer im Hintergrund abfällt. Aber heute wird die Aussicht von zwei Polizisten versperrt. Sie sitzen beide sehr steif auf wackeligen Holzstühlen. Der jüngere, der die Tür aufgemacht hat, balanciert ein Notebook. Der ältere, sehr große Polizist mustert mich und hält eine winzige Teetasse auf sein Knie gestützt. Neben den beiden steht Mrs James und lächelt mich flüchtig an.

»Hallo, Cate. Kommen Sie rein.«

Ezra sitzt links vom Fenster und verschwindet fast ganz hinter seinem großen Schreibtisch. Er winkt, seine Haut zart wie Papier.

»Ah, es ist Catherine. Setzen Sie sich.«

Auf seiner schmalen Nase balanciert eine Brille und statische Aufladung lässt ein paar seiner langen, feinen grauen Haare steil nach oben stehen, wie sanft wallendes Seegras am Meeresboden. Ich habe Mühe, nicht loszukichern.

»Hier.« Eine Stimme hinter mir und ich drehe mich mit offenem Mund um.

Es ist Mr Flynn, der mir einen Stuhl anbietet. Das Lachen ist mir damit schlagartig vergangen. O nein. Das macht mich nervös. Vor Ezra, Mrs James und irgendwelchen Cops lügen? Kein Problem. Aber mit Mr Flynn ist das anders. Was will er hier? Er ist doch nicht Teil der Schulleitung. Vielleicht, weil er sich um Emily gekümmert hat? Ich hoffe wirklich, er erwähnt die Geschichte am Strand mit Vaughan nicht. Aber das hat auch gar nichts miteinander zu tun, und wenn, dann hätte Vaughan mich bestimmt vorgewarnt. Ganz bestimmt.

Während Mr Flynn den Stuhl hinstellt, bedenkt er mich mit einem Blick, aus dem ich nicht schlau werde, dann zieht er sich seitwärts in die Schatten zurück. Ich setze mich und weiß nicht recht, wen ich angucken soll. Also sehe ich zwischen ihnen hin und her, was wahrscheinlich voll verdächtig rüberkommt.

»Wir wollen das so schnell und schmerzlos wie möglich hinter uns bringen.« Der ältere Polizist guckt kurz auf eine fette Uhr. »Diese Gezeiten sollte man nicht unterschätzen und wir könnten allmählich alle was zu essen gebrauchen.«

Ich nicke. Hoffentlich sieht man mir nicht an, wie sehr mich das freut.

»Also, Cate, Sie waren gerade in der Aula, als sich dieser tätliche Angriff auf Emily ereignet hat, ja?«

Ich nicke. *Wow. Genau wie bei Cluedo.*

Er nickt ebenfalls und lächelt. »Und würden Sie sagen, Sie sind mit Emily befreundet?«

Ich nicke erneut. Der jüngere Polizist hält die Hände erwartungsvoll über seine Tastatur. Ach so – ich soll richtig antworten.

»Ja«, krächze ich und räuspere mich. »Ich meine, ein bisschen. Wir standen – stehen – uns nicht besonders nahe oder so.«

»Aber Sie würden sagen, dass sie zu Ihrem Freundeskreis gehört?«, hakt er nach.

»Ja, denke schon.«

»Die Gilde der Assassinen nennen Sie ihn wohl? Und Ihre Freunde haben uns bereits erzählt, dass Sie in diesem Halbjahr ein Spiel begonnen haben.« Er beugt sich ein wenig vor. »Ein Spiel namens ›Killer‹.«

Ich schlucke. Wow, das ging schnell.

»Ja.« Ich sehe Ezra an und überlege, was ich noch sagen soll. Ezra scheint zu dösen, dieser Vormittag muss für ihn echt endlos gewesen sein. Draußen hustet Rick. Ich sehe zur Tür. Er hustet ganz schön viel, was hat er gemacht, sich eine angezündet? Würde ich diesem Schwachkopf glatt zutrauen. Das Husten hört auf, etwas rumst.

»Cate?« Der Polizist sieht mich fragend an.

»Inspector Yates hat Ihnen eine Frage gestellt«, sagt Mrs James spitz. »War dieser Zwischenfall Teil des Spiels?«

»Ähm …« Ich sehe unwillkürlich wieder zur Tür. »Nein. Absolut nicht. Es ist sogar gegen die Spielregeln, niemand darf tatsächlich verletzt werden.«

»Haben Sie eine Idee, wer Emily so etwas antun könnte?«, fragt Inspector Yates. »Hatte sie kürzlich mit jemandem Streit? Wegen eines Jungen vielleicht?«

Jetzt kommt von draußen eine Art Trommeln. Was zur Hölle macht Rick da? Ich sehe wieder die Lehrer und die Cops an – hören die das denn nicht? – und dann wird das Trommeln um einiges lauter und mehr wie ein Bumm, bumm, bumm und ich höre ein leises Ächzen. Ich stehe auf.

»Cate?« Mrs James sieht mich böse an. »Setzen Sie sich.«

Ich zeige auf die Tür. Jetzt kommt ein Kratzen und wieder das Ächzen. Es ist lächerlich, aber auf einmal kriege ich Angst. Ist das Rick da draußen? Oder ist es das Monster, das ihn frisst?

Bumm.

»Ist das ein Klopfen?«, kräht Ezra plötzlich hellwach.

Ich gehe wie hypnotisiert zur Tür.

Bumm, bumm, bumm.

»Mr Flynn?«, sagt Inspector Yates. »Können Sie das für uns überprüfen?«

Schon ist Mr Flynn da, schiebt sich an mir vorbei und legt eine Hand auf den Türknauf. Er macht ein grimmiges Gesicht. »Warten Sie kurz.«

Er öffnet die Tür und Rick fällt ins Zimmer und bleibt mit dem Gesicht nach unten auf einem der Orientteppiche liegen.

Mein erster Gedanke ist: *Rick, du Volltrottel.* Schön, dir ist da draußen langweilig geworden. Aber man zieht doch nicht vor Polizisten so eine Show ab.

Aber dann rollt Rick sich herum, auf den Rücken, er zittert von Kopf bis Fuß. Die Augen weit aufgerissen, entgeistertes Gesicht. Mrs James keucht auf, die Polizisten bewegen sich gleichzeitig nach vorn, auch ich will näher treten, aber Mr Flynn hält mich mit erhobener Hand zurück. »Was ist denn?«

Jetzt kommen die dumpfen Schläge von Ezra, der versucht mit seinem Rollstuhl hinter dem Schreibtisch hervorzukommen, um besser sehen zu können.

Mrs James hat sich wieder gefasst. »Rick, lassen Sie den Unsinn und stehen Sie auf!«

Einen peinlichen Moment lang fragen sich alle, wie sie Mrs James beibringen sollen, dass das Ganze kein Witz ist. Dann erledigt Rick das für uns. Aus dem Zittern werden gewaltige Krämpfe, sein ganzer Körper spannt sich wie unter Stromstößen.

Die beiden Polizisten fallen auf die Knie und halten ihn.

»Pupillen geweitet, Sir«, sagt der jüngere.

»Junge!«, sagt Inspector Yates. »Was hast du genommen? Antworte mir.«

Rick kann nicht antworten, sondern nur zucken, als wolle er seine Schuhe wegschleudern.

»Ich rufe einen Krankenwagen!«, presst Mrs James hervor. Aber bevor sie auch nur den ersten Schritt gemacht hat, setzt Rick sich auf, öffnet den Mund und übergibt sich schwallartig auf ihre Körpermitte. Sie kreischt, während schokoladenbraune Galle von ihrem Tweedrock auf ihre Lackpumps tropft.

Rick sackt zusammen, schnappt nach Luft und rührt sich nicht mehr.

Die Wände schließen sich um mich und ich weiche zurück, stolpere beinahe über Ezra in seinem Rollstuhl. Mr Flynn und die Polizisten stemmen sich stoßweise auf Ricks Brust und beatmen ihn durch seine verschmierten Lippen, aber wie es aussieht, hat Rick das Gebäude verlassen. Das sagen mir seine Augen, seine schlaffe Hand, seine bereits graue Haut. Die Männer machen trotzdem weiter, bearbeiten ihn. Ich will ihnen sagen, dass sie aufhören sollen. Es ist obszön.

»Ich glaube, wir … haben ihn verloren, Sir«, sagt der jüngere Polizist schließlich mit brüchiger Stimme.

»Er atmet noch«, grollt Mr Flynn, aber ich glaube, da macht er sich selber was vor.

»Geben Sie ihm etwas Wasser, damit er wieder zu sich kommt!«, sagt Ezra hilfsbereit. »Ich habe hier irgendwo welches.«

»Ich habe einen Krankenwagen gerufen.« Mrs James steht an Ezras Schreibtisch und tupft an ihrem tropfenden Rock herum, irgendwelche Klumpen kleben ihr an den Beinen und an der einen Schuhspitze ein Klecks Schokolade.

Inspector Yates sieht zu mir nach oben. Er hat Schweiß auf der Stirn. »Nimmt dieser Junge Drogen? Sagen Sie es uns, Cate.«

Ich schüttele langsam den Kopf.

Er wendet sich wieder Rick zu und sie unternehmen noch ein paar halbherzige Anstrengungen, ihn aus der Bewusstlosigkeit zu wecken, aber Rick scheint nicht interessiert. Für mich sieht es eher so aus, als würde er gerade an die Himmelstür klopfen und Petrus mit einem schweinischen Witz nerven.

Hier auf Erden ist die Lage gerade jedenfalls gar nicht lustig. Inspector Yates steht auf, sieht auf seine Uhr, geht an Ezras Schreibtisch und greift zum Telefon. Sein junger Kollege kämpft mit Mühe gegen die Tränen an.

Mr Flynn geht endlich zurück auf die Fersen und lässt Rick in Ruhe. Er sieht mich verzweifelt an.

»Was hat er genommen, Cate? Was?«

»Das weiß ich nicht.«

Aber ich weiß es natürlich. Er hat meinen Cupcake genommen.

Es durchrieselt mich eiskalt.

Marcia.

Bevor sie mich aufhalten können, renne ich aus dem Zimmer.

KAPITEL 22

Ich laufe zuerst zum Speisesaal, weil der näher liegt und Marcia dorthin wollte, als ich sie zuletzt gesehen habe.

Rick zufolge war ihr beim Anbringen des Schriftzugs oben ein Stück abgegangen und das hat sie gegessen.

Im Saal sind nur noch wenige Leute. Ich überfliege rasch die Gesichter. Keine Marcia, ja überhaupt niemand von der Gilde – außer Daniel, der allein in einer Ecke sitzt und sich löffelweise irgendein Schlabberzeug in den Mund schaufelt. Er sieht auf, bemerkt mich und lächelt verlegen, mitten beim Löffeln. Mein Magen macht einen Satz und ich will bloß schnell wieder weg.

Ich renne den Flur hinunter zur Hoftür, und als ich fast da bin, ruft jemand.

»Cate! Kommen Sie zurück!«

Es ist Mr Flynn. Ich laufe weiter.

Jede Wette, dass sie nicht in unserem Studierzimmer ist, sondern im Redaktionsbüro der Schülerzeitung. Mich wird man dort auch nicht so schnell suchen. Ich überquere den Hof und verschwinde hinter die hohe Hecke, dann gehe ich den Weg zu den Ateliers hinunter.

Okay, sie hat ein Stückchen gegessen, einen Krümel, wie Rick gesagt hat. Als ich sie gesehen habe, wirkte sie total fit, also war in ihrem Stück vielleicht nichts drin oder nur eine so kleine Menge, dass es keinen Schaden anrichten konnte. Ich laufe schneller, am Kunst- und Fotoatelier vorbei, am Brennofen und an den Toiletten. Noch ein paar Meter und ich bin da.

Im Büro brennt kein Licht. Schwer zu sagen, ob jemand da ist, aber Marcia bestimmt, sie ist fast immer da.

Keuchend komme ich bei der Tür an drücke dagegen, dabei sehe ich durch das Fenster etwas auf dem Boden. Marcias Beine gucken hinter einem Tisch hervor.

»Marcia!« Ich drehe den störrischen Knauf, lehne mich mit aller Kraft gegen die Tür. »Marcia!« Dann fällt mir der Trick wieder ein und ich hebe den Knauf leicht an, schiebe erneut und bin drin. Fast stürze ich der Länge nach hin wie der arme Rick eben in Ezras Büro. »Marcia!«

Sie liegt auf dem Boden. Alex kauert über ihr und hat anscheinend gerade Mund-zu-Mund-Beatmung gemacht.

»Mein Gott! Lebt sie noch?«

Alex starrt mich an. Marcia setzt sich auf und starrt mich ebenfalls an. Beide machen ein schuldbewusstes Gesicht.

»Oh«, sage ich. »Entschuldigt die Störung.«

»Cate, warte mal –« Marcia steht auf. »Ich weiß, wie das aussieht und du hasst mich bestimmt dafür, aber –«

»Geht es dir gut?« Ich laufe zu ihr. »Dir ist nicht übel oder so?« Ich lege meine Hände an ihre Wangen, sehe ihr in die Augen. Die Pupillen sind tierisch vergrößert, aber es lässt sich schwer sagen, ob das an irgendeinem Gift liegt oder an der Knutscherei mit Alex.

»Ob es mir gut geht?« Sie schiebt meine Hände zurück, aber

sanft. »Klar!« Sie runzelt die Stirn. »Ist das Sarkasmus? Cate, du hättest uns so nie sehen sollen, ich wollte nicht, dass du es auf diese Weise erfährst, aber –«

»Marcia.« Ich beiße mir auf die Lippen. »Halt die Klappe.«

»Du bist wütend auf mich, kein Wunder –«

»Doch nicht seinetwegen! Ihr könnt miteinander machen, was ihr wollt, er probiert doch sowieso alle durch –«

»Cate …«, knurrt Alex.

»Du hältst auch die Klappe! Du bedeutest mir nichts, hast du nie und das ist schwer für dich, stimmt's, Alex? Was soll das Ganze überhaupt? Willst du's mir irgendwie heimzahlen?«

»Cate!«, sagt Marcia.

»Verdammt noch mal!« Ich sehe sie an. »Das spielt doch gar keine Rolle. Ich will bloß wissen, ob es dir gut geht.« Ich halte sie bei den Schultern. »Keine Schwindelgefühle? Oder Übelkeit?«

»Was?« Marcia sieht mich an, als wäre ich völlig verrückt geworden.

»Du hast vielleicht Gift gegessen!«, schreie ich. Jetzt ist es heraus.

»Nein.« Sie weicht zurück, zittert.

Alex mischt sich ein. »Was ist los, Cate?«

Ich krabbele rückwärts, ziehe einen Stuhl heran und setze mich darauf. »Der Kuchen. Der Cupcake, den du für mich reserviert hattest, Marcia. Er war mit irgendetwas versetzt. Einem richtig üblen Gift.«

Marcia schüttelt den Kopf. »Nein! So was würde ich nie tun!«

»Du doch nicht. Der zweite Killer. Skulk.«

»Ay, ¡Dios mío!« Sie sieht mich besorgt an. »Musstest du dich übergeben? Geht es dir wieder gut?«

Ich seufze und in mir baut sich ein Zittern auf. Alles, was passiert ist, kommt wieder hoch und droht mich zu überwältigen. »*Ich* hab den Kuchen nicht gegessen.«

»Wer dann?«, fragt Alex.

Ich sehe ihn nicht an, unterdrücke das Weinen. Eine einzelne Träne läuft mir kitzelnd die Wange runter.

»Wer hat den Kuchen gegessen, Cate?«, fragt Alex erneut.

»Es tut mir so leid, Alex. Wirklich. Rick hat ihn gegessen. Ich glaube … ich glaube, er ist tot.«

»Cate!« Marcia klingt total schockiert, doch als ich sie ansehe, macht sie ein finsteres Gesicht und mir wird klar, dass sie das Ganze für einen kranken Witz hält, mit dem ich es Alex heimzahlen will. Ich schüttele den Kopf.

»Es stimmt, Marcia. Gott, ich wünschte, es wäre nicht so, aber ich schwöre.« Jetzt kann ich die Tränen nicht länger zurückhalten. »Ich hab's doch gesehen, er ist vor meinen Augen zusammengebrochen und hat gekotzt und dann hatte er so eine Art epileptischen Anfall … Mr Flynn und die Polizisten haben versucht ihn zu retten, aber dann … hat er sich nicht mehr bewegt.« Ich fange an zu schluchzen.

»Wo ist er?«, fragt Alex erstickt. »Wo, Cate?«

»In Ezras Büro.«

Er rennt hinaus und die Tür knallt zu und schwingt wieder auf. Der Wind bläst ein paar Blätter rein. Marcia nimmt mich in den Arm und wir weinen beide. Wir lassen uns erst wieder los, als die Tränen versiegen. Durch die offene Tür höre ich eine ferne Sirene. Wir sollten los.

»Komm.« Ich löse mich sanft aus Marcias Armen und stehe unsicher auf. »Ich bin einfach weggerannt. Die suchen bestimmt nach mir.«

Marcia nickt. »Ich hole meine Tasche.«

»Ich warte draußen.« Ich trete ins Freie und lasse die kalte Luft meine Tränen trocknen und mein Gesicht kühlen. Die Krankenwagensirene ist verstummt und nur die fernen Schreie der Meeresvögel sind zu hören. Ich frage mich, wozu sie die Sirene überhaupt angemacht hatten. Ist ja wohl kein Notfall mehr, wenn er längst tot ist.

Langsam gehe ich vom Redaktionsbüro weg, atme die Meeresluft ein und betrachte die bunten Blätter, die unglaublich lebendigen Farben. Ich zittere, aber ich genieße jedes Gefühl, genieße es, noch am Leben zu sein, und habe gleichzeitig ein schlechtes Gewissen, dass ich mich so darüber freue. Beim ersten Baum bleibe ich stehen, lehne mich dagegen, schließe die Augen und lege den Kopf an die raue, feuchte Rinde. Ich stecke die Hände in die Taschen und fühle ein Papierknäuel an meinen Fingern. Das ist die kleine Backform. Vorsichtig hole ich sie heraus und streiche sie glatt. Die braunen Krümel sehen auf einmal total bedrohlich aus. Das ist Beweismaterial. Ich sollte es wirklich der Polizei übergeben.

Ich falte die Form wieder zusammen, stecke sie sorgfältig ein und wische mir die Finger an der Jeans ab.

Hinten knallt die Tür und Marcia kommt. Sie ist blass und sieht mich mit großen, angstvollen Augen an.

»Wir sollten uns beeilen. Ich hab mich gerade übergeben.«

Bevor wir den Hof erreichen, übergibt sie sich ein zweites Mal, und als wir den Schotterweg entlang zum Haupthaus gehen, ist sie am Zittern und muss von mir gestützt werden. Der Krankenwagen ist schon wieder weg – wahrscheinlich mit Rick an Bord –, aber zum Glück sind noch genug Verantwortliche da, die angerannt kommen, als sie merken, dass etwas nicht stimmt. Niemand will uns was zu Rick sagen. Es wird ein zweiter Krankenwagen angefordert, aber als er kommt, ist Marcia voll am Schwitzen und redet wirr auf Spanisch und weigert sich einzusteigen. Wenn ich sie richtig verstehe, hat sie Angst, dass Ricks Geist da drin ist.

Dann bekommen sie Marcia doch noch da rein und fahren los. Ich stehe im Hof, sehe dem Krankenwagen nach und kaue an meinen Nägeln, dann fällt mir ein, dass ich das Papierförmchen angefasst habe, und ich spucke hektisch in ein Beet.

Die Polizisten reden in Mrs James' Büro mit mir. Ich erzähle ihnen von den Cupcakes. Und zack, werde ich zur Beobachtung ins Krankenzimmer verfrachtet. Sie wollten, dass ich mit Marcia ins Krankenhaus auf dem Festland fahre, aber ich hab ihnen erzählt, dass ich gar nichts gegessen habe. Ich bin wahrscheinlich die Einzige aus dem gesamten Jahrgang, die nichts von dem Kuchen gegessen hat, aber weil sie ja nicht alle ins Krankenzimmer packen können, muss halt ich dran glauben.

Die Schwester drückt mir einen viel zu großen Pyjama in die Hand und schickt mich ins Bett, was total überflüssig ist. Sie lächelt und legt mir freundlich ein paar Klatschmagazine aufs Bett. Ich habe mein Tablet dabei und versuche vergeblich, Crypt aufzurufen. Wir sind ganz in der Nähe der Labore und es wird auch eine WLAN-Verbindung angezeigt, aber das Signal ist nicht stabil genug. Mir geht viel zu viel im Kopf herum, als dass ich irgendwas machen könnte, ich kann nicht einmal Kreepy Klowns spielen. Ein paarmal lege ich mich hin und mache probeweise die Augen zu, aber jedes Mal laufen in meinem Kopf endlose GIFs mit Rick ab. Ricks schwallartiges Erbrechen, Ricks Krampfanfall, Rick plötzlich ganz still. In meiner Verzweiflung greife ich mir eins der Magazine zur Ablenkung.

Nach einer Weile klopft es an der Tür und Mr Flynn steckt seinen Kopf ins Zimmer. »Hallo, Cate. Darf ich reinkommen?«

Ich nicke und ziehe mir die Decke unters Kinn, obwohl ich vollständig bekleidet bin.

»Irgendwas Neues zu Marcia und Rick?«

»Marcia geht es zum Glück gut.« Er stellt einen Stuhl ans Bett und setzt sich. »Sie haben sie mit Aktivkohle abgefüllt und jetzt schläft sie sich anscheinend gesund.«

»Gut.« Ich atme schwer aus. »Gott sei Dank. Und … Rick?«

»Als der Krankenwagen abgefahren ist, war er bewusstlos, aber am Leben.« Flynn reibt sich seinen Nachmittagsbart mit der Hand. »Aber nur knapp. Nach allem, was ich gehört habe, sind die Aussichten nicht besonders gut, Cate.«

Meine Kehle schnürt sich zusammen. »Gibt es schon irgendwelche Vermutungen über die Ursache?«

»Bis jetzt nicht. Sie machen bestimmt gerade Tests.«

Ich schlinge die Arme um mich. »Und was denken Sie?«

»Ich habe keine Ahnung.« Er beugt sich vor. »Ich weiß, das ist eine denkbar dumme Frage nach dem, was du durchgemacht hast, aber wie geht es dir?«

»Ganz gut. Alles okay so weit … körperlich.«

Er legt eine Hand auf meinen Arm. »Und ansonsten? Das war ein schrecklicher Anblick, für uns alle. Aber vor allem für dich.«

Ich hole Luft, sehe mich im Raum um. Draußen wird es langsam dunkel. »Es geht mir gut. Ich … ich glaube, später wird es vielleicht schlimmer, wenn ich … wieder runterkomme. Der Schock schützt einen irgendwie, oder?« Ich sehe ihn an. »Verstehen Sie, was ich meine?«

»Absolut.« Er reibt meinen Arm. »Das wird schon wieder. Du kennst ja Umfraville. Schon bald gibt es auf der Insel mehr Therapeuten als Schafe.«

»Wir bleiben hier?« Ich setze mich ein Stück auf. »Dann wird die Schule nicht geschlossen oder so was?«

Er hebt die Hände. »Wer weiß? Wäre durchaus möglich. Selbst wenn Ezra und die Polizei sagen, dass es sicher ist, zu bleiben, wird ein Großteil der Eltern ihre Kinder von der Schule nehmen, sobald sich das Ganze herumspricht. Ezra und Mrs James sind die ganze Zeit am Telefonieren.« Er steht auf und geht ans Fenster. »Ich weiß nur, dass heute Abend niemand abreist. Es ist Flut und es gibt eine Unwetterwarnung, also geht auch nichts mit Hubschraubern. Wir sitzen alle hier fest, bis es hell wird.«

»Fantastisch.« Trotz der Bettdecke überläuft mich ein Schauer. »Und alle wissen, was passiert ist – die Schüler?«

»Teile davon.« Mr Flynn tritt wieder ans Bett. »Ezra wollte in der Aula eine Erklärung abgeben, aber die Polizei hat ihm geraten, das lieber die Lehrer in den Klassen machen zu lassen. Damit keine Hysterie aufkommt, nehme ich an.« Er setzt sich hin. »Falls du dich fragst, wieso dich noch niemand besucht hat, im Moment darf niemand die Bibliothek oder seinen Unterrichtsraum verlassen. Die Polizei durchsucht die Studierzimmer und hat den Aufenthaltsraum zum Tatort erklärt. Auf dem Küchentresen stand etwas geschrieben, mit Zuckerguss.«

Ich blinzele. »Gekillt.«

Er nickt. »Heute Abend bleiben alle unter Aufsicht. Und das ist auch gut so.« Er macht eine kurze Pause. »Cate, hast du irgendeine Vorstellung, wer das getan hat?«

Ich schüttele den Kopf.

»Und der Cupcake, den Rick gegessen hat – der war eigentlich für dich?«

»Mein Name stand darauf.«

Es klopft an die Tür und die Schwester kommt rein. Sie hat ein Telefon in der Hand.

»Das sind Ihre Eltern.«

»Ich gehe.« Mr Flynn steht auf. »Keine Sorge, Cate. Draußen im Wartezimmer sitzt ein Polizist. Hier drin ist es absolut sicher. Wenn ich es schaffe, schaue ich vor der Nachtruhe noch einmal vorbei.«

Er tätschelt mit einem Lächeln meinen Arm, die Schwester gibt mir das Telefon und dann gehen sie beide. Und ich darf mir plötzlich das hysterische Geplapper meiner Mutter anhören, während ich die ganze Zeit über nur denke: Dieser Cupcake *war* für mich. Daran hatte ich kaum noch gedacht, bis Mr Flynn es eben erwähnte. Rick wurde vergiftet, aber eigentlich hatte ich sterben sollen. Der Killer wollte mich töten, nicht ihn, und alle wissen das. Vor meiner Tür sitzt ein Cop, verdammt noch mal.

Ich höre nicht, was meine Eltern sagen. Sie klingen einfach bloß sauer. Keine Ahnung, ob dieser Zorn mir gilt oder Ezra oder der Polizei oder Rick. Ich lasse sie schimpfen, mache an den richtigen Stellen die richtigen Laute, berufe mich auf meine Erschöpfung und lege auf. Immerhin haben sie angerufen. Ich hatte nicht wirklich damit gerechnet.

Die Schwester bringt mir das Abendessen. Mir wird klar, dass ich den ganzen Tag noch nichts gegessen habe, also schaufele ich es in mich hinein und sie geht Nachschlag holen. Während ich darauf warte, trete ich mit meinem Tablet ans Fenster und stelle erfreut fest, dass die Signalstärke ausreicht, um mich auf Crypt einzuloggen und auf den neuesten Stand zu bringen.

Der Feed brummt, die Debatte ist in vollem Gang, Postings und Nachrichten fliegen hin und her.

ich_wars: Wir müssen das Spiel abbrechen. Wir müssen der Polizei von Crypt erzählen und von Skulk.

Meister: Nein. Noch sagt niemand was. Wollt ihr von der Schule fliegen und euch das Leben versauen? Bleibt einfach cool.

IceColdBlonde: Alex, Rick stirbt vielleicht. Die Zeit für Spielchen ist vorbei.

ich_wars: Ist dir das denn total egal?!?

Professor Chaos: Es ist ihm natürlich nicht egal, wie kannst du so etwas sagen? Rick ist sein Freund. Aber er hat Recht. Wir müssen zusammenhalten und klug vorgehen, sonst schaden wir uns selbst.

Meister: Danke, Professor. Und du hast Recht. Wir müssen schlau sein. Vertraut mir. Wir schnappen uns diesen Irren. Und nun wartet auf mein Posting.

CharlotteCorday: Ich kann es immer noch nicht fassen. Der arme Rick. Ich muss die ganze Zeit weinen.

Meister: Glaubt mir, ich weine mehr als ihr alle zusammen. Aber wir kriegen das hin. Wir schützen uns und wir fangen den Täter.

ich_wars: Vaughan, bist du da? Wer ist Skulk? Du weißt das doch wohl?!? Es wird Zeit, Namen zu nennen!

Meister: Vaughan weiß es NICHT. Und wir wissen nicht, ob das wirklich Skulk war.

Becky_is_Dead: Warst du das, Skulk? Raus mit der Sprache! Sei nicht so feige!

Doch Skulk schweigt. Es ist total frustrierend, die Signalstärke geht ständig runter, ich verpasse Nachrichten und die Chronik gerät durcheinander. Immer wenn ich etwas anklicke, dauert das Laden ewig. Ich will sehen, wo Vaughan steckt, also rufe ich die Karte auf.

Ich finde Dead McTavish, sein kleiner Totenschädel schwebt über der Bücherei, zusammen mit Penissocke, Meister, IceColdBlonde, Professor Chaos und Becky_is_Dead.

CharlotteCorday, ich_wars, RAW und superduper werden bei

den Laboratorien angezeigt, sie sind wahrscheinlich im Computerraum. So wie ich als Clouseau im Krankenzimmer.

Smee ist offline, außerdem AllKillerNoFiller, 13*is*my*lucky*number und Skulk. Auf einmal macht das Rätseln, wer hinter diesen Namen steckt, überhaupt keinen Spaß mehr. Ich beobachte den Feed, so gut ich kann. Ich warte richtig auf eine Nachricht von Skulk. *Nun schreib schon, Feigling.* Aber der selbst ernannte Schleicher bleibt im Verborgenen, spielt auf Sicherheit, wartet auf den richtigen Moment.

Ich höre die Schritte der Schwester, die mit dem Nachschlag kommt, und husche zurück ins Bett. Nach dem Essen logge ich mich am Fenster wieder auf Crypt ein. Diesmal ist das Signal noch schwächer. Wind peitscht ans Fenster, also stört ja vielleicht das Unwetter das WLAN. Die paar Chatbrocken, die ich mitbekomme, deuten darauf hin, dass die Lehrer damit angefangen haben, alle in die Wohntrakte und ins Bett zu scheuchen.

Dann postet Alex.

VERSAMMLUNG IST EINBERUFEN. Heute Nacht um 04:00 Uhr. Ich muss euch nicht extra auf die Polizei und auf diesen durchgeknallten Loser hinweisen, der uns fertigmachen will. Passt besonders gut auf euch auf, aber kommt. Rick verlässt sich auf euch.

Unglaublich. Alex hat sie doch nicht mehr alle. Wie viele Leute werden da kommen? Ich jedenfalls nicht. Ich werde mich hinlegen und die Augen erst wieder öffnen, wenn es draußen hell wird.

Ich gehe aufs Klo und putze mir die Zähne. Als ich zurückkehre, steht ein kleiner Plastikbecher mit einer grünen Flüssigkeit auf dem Nachttisch. Ich schnuppere daran. Der Geruch kommt mir bekannt vor, aber man weiß ja nie. Ich öffne die Tür zum Wartezimmer.

Die Schwester und ein Polizist fahren alarmiert herum.

»Alles in Ordnung, Miss?«, fragt der Mann.

»Ja, danke.« Ich wende mich an die Schwester. »Haben Sie mir das hier auf den Nachttisch gestellt?«

Sie nickt leicht verlegen. »Es ist ein Mittel gegen Erkältung, aber es wird Ihnen beim Einschlafen helfen, falls Sie es nehmen möchten.«

Ich mustere sie. Sie sieht nicht wie eine Mörderin aus. Die Flasche mit dem Grippemittel steht immer noch auf ihrem Tisch. »Danke.« Ich kippe die Flüssigkeit runter.

»In einer Stunde gehe ich schlafen, aber wenn Sie mich brauchen, bin ich gleich nebenan«, sagt sie. »Und Sergeant Maddox bleibt die ganze Nacht hier.« Sie wirft ihm einen schüchternen Blick zu. »Im Wartezimmer, meine ich.«

Ach du lieber Gott, die stehen aufeinander. Das kann ja was werden.

Ich schlurfe zurück ins Krankenzimmer und nehme das Tablet vom Fensterbrett. Dann konnte Mr Flynn also doch nicht mehr vorbei. Ich überprüfe, ob die Fenster richtig geschlossen sind und ziehe die Vorhänge zu. Bevor ich das Tablet runterfahre, werfe ich rasch noch einen Blick auf Crypt und rechne fast damit, dass Skulk in der allerletzten Sekunde noch irgendetwas postet. Denn so macht er es ja immer, stimmt's? Und auf einmal beschließe ich, dass ich es sagen werde, wenn er mir schreibt. Pfeif auf das Spiel, pfeif auf Vaughans Intranet. Wenn Skulk sich jetzt meldet, dann sehe ich auf der Karte nach, wo er oder sie steckt, und sage es Sergeant Maddox, und dann hat sich die Sache. Ich hab die Nase voll vom Rätselraten.

Aber alles ist still.

Ich gehe ins Bett, kuschele mich ein und die leisen Stimmen des potenziellen Pärchens draußen vor der Tür lullen mich in den Schlaf.

Als nächstes bekomme ich mit, dass es stockdunkel ist und ich im Zimmer nicht mehr allein bin.

KAPITEL 23

»Nicht schreien.«

Worte, die einen garantiert zum Schreien bringen. Aber da mich das Grippemittel benebelt, setzt nur mein Herz aus.

»Ich bin's, Vaughan.«

Er kauert neben meinem Bett, zeigt mir sein Gesicht, indem er es kurz mit der Taschenlampe anstrahlt.

»Mann, Vaughan!«, flüstere ich. »Willst du mich zu Tode erschrecken? Was machst du hier?« Ich setze mich auf und rücke ein Stück zur Seite, damit er neben mir im Bett Platz hat. Er schüttelt den Kopf.

»Nein, komm. Es wird Zeit für die Versammlung.« Er steht auf und sieht sich im Zimmer um. »Wir sind spät dran. Ich musste warten, bis der Cop aufs Klo geht.«

»Spinnst du?« Auf den blöden Bullen, der mich einem Risiko aussetzt und pinkeln geht, bin ich fast genauso sauer. »Niemand, der auch nur einigermaßen bei Verstand ist, geht da heute Nacht hin.«

Vaughan wirft mir meine Jeans zu. »Beeil dich. Die sind bestimmt alle schon da. Also müssen wir auch hin.«

»Das schaffen wir nie!« Trotzdem stehe ich auf und ziehe mir die Jeans an. »Überall ist Polizei!«

»Bloß zwei Kerle, die um das Gelände herumgehen, ich hab sie beobachtet.« Er wirft mir einen Pulli zu. »Die machen das eindeutig zum ersten Mal. Und draußen ist es windig, also halten sie sich an den geschützten Stellen auf. Überhaupt kein Problem.«

»Na schön.« Ich ziehe mir den Pulli über und angele unter dem Bett nach meinen Schuhen. »Und wie kommen wir aus dem Zimmer? Warten wir, bis der Meistercop wieder muss? Oder schlagen wir ein Fenster ein?«

»Weder noch.« Er lässt kurz einen kleinen Schlüssel aufblitzen. »Weißt du noch, als meine Fußsohlen von den Felsen zerschnitten waren?«

»Ähm, *nein*. Das hatte ich total vergessen.«

»Ich hab mich hier verbinden lassen. Ich hab der Schwester erzählt, dass mir im Waschraum ein Glas runtergefallen ist und ich in die Scherben getreten bin.« Er geht zum Fenster und steckt den Schlüssel ins Schloss. »Es war ein sonniger Tag und sie hat die Fenster mit diesem Schlüssel geöffnet. Er liegt immer im Wartezimmer auf dem Türrahmen. Sie hat mich sogar gebeten, ihn für sie runterzuholen, weil sie so klein ist.«

»Toll«, töne ich. »Aber ich meine es ernst, Vaughan. Ich gehe nirgendwohin.«

Er sieht mich an, mit einem Fuß auf dem Fensterbrett. »Und wieso hast du dann deine Jacke in der Hand?« Er öffnet das Fenster und kalter Wind bläst herein. Ohne einen Blick zurück schiebt Vaughan sich nach draußen und springt auf der anderen Seite ins Gras.

Und ich folge ihm. Was denn sonst? Schnell ziehe ich das Fenster hinter mir wieder zu.

Zum Glück regnet es nicht, aber heftige Windböen drohen mich von den Füßen zu reißen. Vaughan rennt geduckt Richtung Labore.

Ich mache meinen Parka zu, renne hinterher und sehe mich dabei um. Bestimmt ruft gleich jemand, ich solle anhalten, oder leuchtet mich mit der Taschenlampe an. Aber ich weiß nicht mal, ob ich in diesem Sturm überhaupt Rufe hören würde. Wir laufen an den Unterrichtsräumen entlang und dann führt Vaughan mich um den Sportkomplex herum. Er sprintet einfach voll drauflos, bis wir die Ecke der Turnhalle erreichen, wo er keuchend stehen bleibt. Ich hole ihn ein und werfe mich gegen die Wand.

»Dort drehen die Cops ihre Runden.« Er nickt rüber zum Haupthaus. »Wir müssen hintenrum und vom unteren Ende des Rasens aus zur Klippe. Ist ein Umweg, aber so sieht uns niemand.«

Ich nicke und wir laufen weiter. Es tut weh, in diesem Wind zu rennen, aber jeder Schatten und jeder wackelnde Ast lässt mich noch schneller werden. Als wir die Klippe erreichen, ist der Wind beängstigend stark und ich bleibe so weit von der Kante weg wie möglich, damit mich nicht eine Bö erfasst und runter auf die Felsen wirft. Der Weg nach unten liegt etwas geschützter, aber trotzdem peitscht mich der Wind erneut und drängt mich zurück, wie die Hand eines Riesen, der mir den Durchgang verwehrt. Ich mache mich klein, stemme mich nach vorn und auf einmal sind wir am Höhleneingang. Ich stolpere hinter Vaughan in die vordere Kammer und meine Ohren knacken. Wir lassen uns auf alle viere fallen und kommen erst mal zu Atem. Dann bin ich es, die aufsteht, Vaughan an der Jacke zupft und das letzte Stück bis zum Allerheiligsten vorgeht.

Wir sind spät dran, aber nicht als Einzige. Im trüben Licht der Öllampen gehen Carl, Martin und Whitney nervös auf und ab.

»Habt ihr von den anderen jemanden gesehen?«, fragt Carl. Vaughan schüttelt den Kopf. Carl hält mir eine Flasche hin, aber ich winke ab.

»Ihr könnt sicher verstehen, wenn ich nichts esse oder trinke.«

Prompt mustern sie besorgt ihre Getränke. Martin eilt zu mir und umarmt mich.

»Gott sei Dank geht es dir gut! Ich hab mir total Sorgen gemacht! Angeblich hattest du von dem Kuchen gar nichts gegessen, aber ich wollte dich mit eigenen Augen sehen, weißt du?«

»Ja, danke.« Ich sehe ihn stirnrunzelnd an. »Du wirkst … schuldbewusst. Willst du mir vielleicht etwas sagen, Martin?«

»Nein! Ich bin nicht Skulk – lass uns lieber warten, bis alle da sind.«

»Tesha und Anvi kommen nicht und ich bezweifle wirklich, dass Cynthia noch kommt.« Whitney zieht hektisch an einer Zigarette. »Tesh und Anvi machen nicht mehr mit, sie haben Angst. Sie wollen morgen der Polizei alles verraten, ganz egal was Alex heute Nacht entscheidet.«

»Wo ist er überhaupt?« Ich sehe mich um. »Er wollte doch, dass wir uns treffen. Also wo steckt er?«

Ein Geräusch hinter mir, doch es sind nur Becky und Roger.

»Wo ist Alex?«, fragt Becky. »Haben wir ihn verpasst?«

»Noch nicht da«, sagt Carl. »Kommt, fangen wir an. Wir wollten uns treffen, um das weitere Vorgehen zu besprechen und unsere Geschichten aufeinander abzustimmen, und das schaffen wir ehrlich gesagt in zwei Minuten, weil ich mir verdammt sicher bin, dass wir uns einig sind.« Er sieht uns der Reihe nach an.

»Laut Alex geht es auch darum, den Täter zu schnappen«, sage ich. »Woran ich natürlich stark interessiert bin.«

Carl nickt. »Verständlich. Aber darum soll sich die Polizei kümmern. Tut mir leid, Cate, aber ich habe heute beinahe einen meiner besten Freunde verloren und ich werde hier definitiv nicht Detektiv spielen.«

Er tritt vor die Nische mit dem Schrein, zieht den Vorhang beiseite und schleudert seine Flasche dagegen. »Das Spiel ist vorbei!« Er reißt den Vorhang runter und kickt gegen den Schrein. Kerzen, Fotos und der gelbe Schädel fallen herunter. »Keine weiteren Kills mehr!« Er springt hoch, reißt die Lichterketten ab und wirft sie als Knäuel in den Sand. Dann dreht er sich mit befremdlicher Ruhe zu uns um.

»Crypt wird gelöscht, Vaughan. Am besten *vorgestern*, dann brauchen wir ihnen nichts von deinem Hack erzählen.« Vaughan nickt und Carl fährt fort. »Der Polizei gegenüber sind wir ehrlich. Alles andere wird erzählt, auch das mit den Höhlen. Klar, dafür werden sie uns die Hölle heiß machen, aber wenn wir ihnen etwas Greifbares liefern, werden sie denken, dass wir ihnen nichts verheimlichen. Jetzt beseitigen wir alles, was uns belastet.« Er geht durch die Höhle, sammelt ein paar Sachen zusammen – Dosen, einen Aschenbecher, eine kleine Büchse – und stopft sie in einen Sportbeutel.

»Und eins noch«, er dreht sich wieder zu uns herum, »Killer, wer immer du bist – deine Zeit ist vorbei. Wir wissen, dass du nicht Skulk bist und dass du für Emily, Marcia und Rick keine Verantwortung trägst. Wenn du unter uns bist, tritt vor und lass uns das Ganze beenden.«

»Nein!« Alex steht im Eingang, tropfnass. »Das ist mein Spiel, Carl. Du hast kein Recht, es zu beenden.«

Carl schüttelt den Kopf, geht zu Alex und legt ihm eine Hand auf die Schulter. »Es ist bereits beendet, Kumpel –«

»Ich sagte Nein!« Alex schlägt mit der Faust nach ihm. Carl kann ausweichen, bekommt die Faust aber noch aufs Ohr. Er fährt wütend herum, stürzt sich auf Alex, wirft ihn zu Boden, würgt ihn.

Niemand schreit, er solle aufhören. Wir sehen wie angewurzelt zu, als Alex' Gesicht rot anläuft und fast lila aussieht auf dem bleichen Sand. Dann tritt er hilflos mit den Beinen und mir fällt plötzlich Rick ein, wie er bei Ezra auf dem Teppich lag.

»Das reicht, Carl«, sage ich leise. »Hör auf.« Aber Carls Griff wird noch fester. »Das reicht, habe ich gesagt!« Ich packe ihn bei den Schultern, ziehe an ihm, dann kommen mir Vaughan und Roger zu Hilfe und schließlich schaffen wir es, Carl von Alex herunterzubekommen, der sich hustend und würgend aufsetzt.

»Die Entscheidung ist gefallen, Alex«, grunzt Carl. »Feierabend.«

Alex schüttelt den Kopf. »Hätte ich nie gedacht, Carl, dass ausgerechnet du mich hintergehst«, krächzt er.

»Dass ich dich hintergehe?« Carl steht wieder auf. »Ich beschütze dich!«

»Indem du mich erwürgst?« Alex lacht. »Außerdem spielt das keine Rolle. Der Grund für meine Verspätung ist, dass sie mich gesehen haben. Wir bekommen jeden Moment Besuch von unseren Freunden und Helfern.«

»Was?«

»Die Polizei ist hierher unterwegs?«

»Verdammt, Alex!«

Die Ratten verlassen das sinkende Schiff. Becky, Whitney und Roger machen sofort, dass sie aus der Höhle kommen. Carl wirft Alex einen Blick zu, dann folgt er ihnen, den Sportbeutel in der Hand. Martin hält Alex eine Hand hin, aber der sitzt nur da. Und dann verschwindet Martin, und nur Vaughan, Alex und ich sind übrig.

»Wie weit sind sie noch weg?«, frage ich Alex, als er endlich aufsteht.

Er hebt ein paar Fotos vom Schrein auf und schüttelt die Glasscherben herunter. »Keine Ahnung. Oben auf der Klippe. Sie wissen nicht mal, dass die Höhle hier unten ist. Solange sie nicht sehen, wie die Lemminge da schreiend rausrennen, sollten uns zumindest ein paar Minuten bleiben.«

»Hör mal, es ist doch klar, dass alle auspacken wollen«, sage ich. »Ist am besten so.«

»Für dich?« Alex bleibt stehen und sieht mich an. »Offenbar ist ja dein Leben bedroht.«

Ich schüttele den Kopf. »Vielleicht. Oder vielleicht hat es auch gar nichts mit dem Spiel zu tun. Soweit wir wissen, hat Skulk sich bei Crypt reingehackt und ist nicht mal Mitglied.« Ich sehe Vaughan an. »Geht so was?«

»Möglich wär's.«

»Also funktioniert vielleicht keine der Fallen, die wir Skulk stellen könnten. Es wird Zeit, dass wir die Profis da ranlassen, Alex.«

»Dann lässt du das alles schon hinter dir, Cate?« Alex strafft sich, sieht mich an. »Ja. Ja, du hast Recht. Übergeben wir das alles den Erwachsenen.« Er geht an mir vorbei, in den Armen eine Tüte mit Sachen, die er in der Höhle zusammengesucht hat. »Vergiss das nicht, nachdem du dich ihrer Gnade ausgeliefert hast, okay?« Er drängt mich beiseite und ruft über die Schulter nach hinten: »Das ist noch nicht vorbei!«

Wir sehen ihm nach, wie er in der Dunkelheit verschwindet. Vaughan setzt sich auf eine Kiste. »Warum geht alles, was ich anfasse, kaputt?«

»Ah, das dreht sich also alles um dich?« Ich setze mich neben ihn. »Aber meinetwegen. Ich hab's langsam satt, im Mittelpunkt zu stehen.«

Wir sitzen da und lauschen dem Wind und dem Meer draußen.

»Muss inzwischen regnen«, sagt Vaughan.

»Ja.«

»Wir bleiben hier?«

Ich sehe ihn an. »Ja. Ich wollte dir noch sagen, dass die Fenster im Krankenzimmer nur in eine Richtung aufgehen. Mit dem Zumachen habe ich uns ausgesperrt.«

Vaughan nickt. »Passt schon.«

»Ich bin total fertig.« Ich beuge mich runter und hebe den Vorhang auf, den Carl von der Nische abgerissen hat. »Machen wir es uns doch gemütlich. Dann können wir warten, bis sie uns finden.«

Wir bauen uns ein Nest. Teppiche, Kissen, Decken. Eine einzelne Öllampe. Es ist kuschelig. Als ich mich dann mit dem Samtvorhang zudecke und Vaughan seinen Arm um mich legt, rechne ich ständig damit, dass die Polizei reinplatzt oder Mr Flynn oder sonst irgendein Lehrer, aber niemand kommt. Wir liegen dort nebeneinander und behalten den Eingang im Blick. Die Lampe flackert und wirft Schatten über die Höhlenwände.

»Wie war das, als du gedacht hast, du würdest gerade mit ansehen, wie Rick stirbt?«, flüstert Vaughan.

Zunächst antworte ich nicht. Ich kämpfe gegen die Erinnerung an, betrachte die tanzenden Schatten, atme.

»Peinlich«, sage ich schließlich. »Es war irgendwie … peinlich. Fünf Erwachsene im Raum und ich. Und keiner von uns hat gewusst, wie er damit umgehen soll. Also ich meine, sie wussten, was sie machen müssen – Mr Flynn und die Polizisten –, diese Wiederbelebungsmaßnahmen. Aber als wir dachten, dass er tot wäre … niemand wusste, wo er hingucken soll. Es war, als hätten wir ihn gestört … bei etwas sehr *Privatem*, dem Moment seines Todes.« Ein Schauer überläuft mich und ich versuche ihn zu unterdrücken, aber Vaughan umarmt mich einfach noch fester. »Halte durch, Rick«, flüstere ich. »Wie der sture Esel, der du bist.« Wir liegen da, atmen im selben Rhythmus und ich weine ein bisschen, aber heimlich. Und dann versiegen die Tränen und Vaughan hält mich immer noch und ich wünschte, das Leben könnte einfach so weitergehen. Die ganze Welt da draußen kann sich in Luft auflösen und ich bleibe einfach hier mit meinem ältesten Freund und fühle mich sicher und geliebt und verstanden. Aber irgendwas drängt sich immer dazwischen, zum Beispiel ein Gespräch oder eine Enthüllung, die noch ansteht. Ich wische meine Tränen weg. »Ich weiß übrigens, wer der Killer ist.«

Vaughan sieht mich an. »Was?«

»Nicht der richtige, der im Spiel. Es ist Daniel.«

»Auf gar keinen Fall!« Vaughan stützt sich auf einen Ellbogen. »Bist du sicher?«

»Ja. Ich hab die Killer-Karte in seinem Geigenkoffer gefunden.«

»Seltsam.« Vaughan legt sich wieder hin. »Auf ihn wäre ich nie gekommen. Wobei, von der Psychologie her leuchtet es schon ein. Weibliche Opfer, sein Ungeschick mit Mädchen, er kippt sie mit Blut voll. Ich hatte Recht! Es war ein Junge.«

Ich runzele die Stirn. »Es hat mich auch überrascht. Ich hab ihm nicht zugetraut, dass er sich so Mühe mit den Vorbereitungen geben würde. Aber einen Mangel an Interesse vorzutäuschen ist wahrscheinlich eine gute Tarnung. Und clever genug ist er, um sich das alles auszudenken. Ich hab nur gedacht, er wäre nicht so motiviert.«

»Hmm.«

»Wie, du glaubst nicht, dass er es ist?«

»Na ja. Versteh das bitte nicht falsch, aber … ich hatte mich bereits gefragt, ob er der richtige Killer ist, oder zumindest Skulk. Ich hab nämlich was rausgefunden. Weißt du noch, wie wir gedacht haben, dass Tesha dieses Video von euch beiden gepostet hat?«

»Ja, klar.«

»Hat sie aber nicht. Ich bin in ihr Studierzimmer gegangen und hab das Video von ihrer Minikamera gelöscht, wie du mich gebeten hattest, und dann habe ich auch noch auf ihrem Laptop nachgesehen, aber dort gab es die Datei nicht. Da bin ich neugierig geworden. Ich hab weitergesucht und sie schließlich gefunden. Aber nicht auf Teshas Laptop, sondern auf dem ihrer Zimmergenossin.«

»Emily.« Ich setze mich auf. »Sie teilt sich das Zimmer mit Emily.«

Vaughan nickt. »Wir wissen bereits, dass Smee das Video gepostet hat. Ich habe noch mal den Crypt-Feed überprüft. Smee war nicht mehr aktiv, seit Emily gebissen wurde, also …«

»… ist Emily Smee«, führe ich den Satz für ihn zu Ende. »Dann denkst du, Daniel hat rausgefunden, dass sie dahintersteckte, und diesen Anschlag auf sie gemacht? Aus Rache?«

»Würde passen.«

»Und später hat er einen Cupcake mit Gift versetzt?« Ich schüttele den Kopf. »Daniel ist ein bisschen schräg drauf, das stimmt – er könnte Skulk sein. Als Troll leere Drohungen aussprechen und mir mit kleinen Botschaften Angst machen, das traue ich ihm zu. Aber das mit der Spinne und dem vergifteten Kuchen … ich weiß nicht. Klar, er macht manchmal neurotische Sachen, aber er würde mir nie ernsthaft was tun.«

Vaughan lässt sich das durch den Kopf gehen. »Was macht er denn manchmal für neurotische Sachen?«

Ich seufze. »Na schön, jetzt raste aber nicht aus. Als wir gestern in seinem Studierzimmer waren, da hat er mich … genötigt, könnte man sagen.«

»Was?« Auf einen Schlag sitzt Vaughan kerzengerade. »Was hat er getan?«

»Ist schon gut. Nichts allzu Schlimmes, er hat mir nicht wehgetan. Er wollte wissen, was ich für dich empfinde, und dann wurde er total komisch und hat mich geküsst. Hat mich aufs Sofa geschubst und wollte mich nicht gehen lassen.«

Vaughan schluckt und läuft rot an. »Ich bringe ihn um!«

»Nein, Vaughan«, sage ich scharf. »Und du wirst das auch nicht vor anderen erwähnen, verstanden?« Ich seufze. »Mir ist nichts passiert. Außerdem hat er sich eine blutige Nase geholt, falls dir das ein Trost ist. Ich hab richtig fest zugehauen.«

»Das tröstet mich durchaus.« Er legt sich wieder hin. »Ein bisschen jedenfalls. Außerdem geht es hier nicht um mich, sondern um dich –«

»Ja, genau. Und ich werde deswegen auch etwas unternehmen, ich weiß bloß noch nicht was. Ich wollte ihn öffentlich bloßstellen, aber dann sind tausend andere Sachen passiert. Und das ist auch okay. Er braucht Hilfe und er muss mit jemandem darüber reden, was er getan hat.« Ich hole Luft. »Ich glaube nicht, dass er viel weiter gegangen wäre, aber er muss lernen sich zu kontrollieren, damit so was in Zukunft nicht noch mal passiert.«

Vaughan schweigt. Das ärgert mich ein bisschen, vor allem weil ich möchte, dass er es gut findet, wie ich damit umgehen will, was er eindeutig nicht tut. Aber es sollte mir wirklich nicht so wichtig sein, was Vaughan denkt. Das hat ja mit ihm nichts zu tun. Aber wir liegen da und ich lege meinen Kopf auf seine Brust und er nimmt mich in den Arm und wir können es auch einfach dabei belassen. Schließlich sagt er etwas.

»Was hast du geantwortet?«

»Hm? Wann?«

»Als Daniel dich gefragt hat, was du für mich empfindest?«

»Eigentlich hat er mich gefragt, ob ich dich liebe.«

Vaughan atmet tief durch. »Und du hast gesagt …?«

»Ich hab Nein gesagt.« Ich spüre, wie er die Luft anhält, wie sein Arm um meine Schultern leicht erstarrt. *Ach, was soll der Quatsch. Man lebt nur einmal.* »Aber ich hab gelogen.«

Er lacht leise und entspannt sich. »Ich liebe dich auch nicht.«

Wir liegen da und lügen uns an. Glücklich. Schließlich sage ich: »Ich denke nicht, dass noch jemand kommt.«

Der Wind hat nachgelassen. Ich glaube, ich kann den Regen hören und die Wellen, aber das Unwetter zieht bereits ab.

»Was meinst du?« Ich hebe den Kopf und sehe ihn an. Er schläft. Den Kopf im Nacken, die Lippen leicht geöffnet, die Augen mit den dunklen Wimpern geschlossen und die Augenbrauen leicht hochgezogen, als hätte er einen überraschenden Traum. Ich schließe ebenfalls die Augen und lasse mich von der Ebbe davontragen.

Als ich am Morgen aufwache, ist Vaughan weg.

Ich checke die Uhr, es ist Viertel nach sieben. Ich stehe bibbernd auf und schaue mich um.

»Vaughan?«

Bestimmt ist er zum Pinkeln rausgegangen. Ich nehme die Öllampe, ziehe den Samtvorhang enger um mich und gehe langsam durch die Höhlen, bis ich rauf in den hellen Himmel blinzele. Der Wind und der Regen sind längst vorbei, die Luft ist frostig kalt, aber die Sonne scheint schon ein bisschen durch das Grau. Ich sehe mich um und spähe hinter den Stechginster, aber da ist niemand. Ist er ein Stück den Weg raufgegangen? Oder am Strand lang? Ich suche mit den Augen die Umgebung ab. Sieht nicht so aus.

Dann entdecke ich ein Stückchen entfernt einen dunklen Fleck auf dem Sand, ganz dicht bei den plätschernden Wellen. Zuerst denke ich, es ist ein Felsen oder ein Seehund, aber dann erkenne ich den Umriss eines Stiefels. Liegt Vaughan dort? Der Fleck bewegt sich leicht. Was zur Hölle macht er da?

Ich lasse die Lampe fallen und renne los, mit flatterndem Samtumhang.

»Vaughan!«

Ein paar Meter davor bremse ich ab und bleibe stehen. Das ist ein Haufen Kleidungsstücke, die leicht in der Brise wehen. *Seine* Kleidung. Seine Stiefel. Ich drehe mich um die eigene Achse, sehe weiter den Strand entlang, zur Klippe, hoch zur Landzunge und nach hinten zu den Höhlen, falls wir uns verpasst haben. Und dann, unausweichlich, aufs Meer hinaus.

»Vaughan!« Ich lege die Hände an den Mund, beuge die Knie und schreie gegen die Wellen an. »Vaughan!« Die Brise entreißt mir den Umhang, der zwischen Vaughans abgelegte Kleidung fällt. Ich suche die Wasseroberfläche nach einem Kopf ab, einem schlagenden Arm oder nach einer Stelle mit aufgewühltem Wasser. Ich renne zu den Felsen, wo er nach seinem Sturz von der Landzunge angespült wurde, und sehe dort nach. Aber er ist weg. Verschwunden.

Langsam gehe ich zurück zu seinen Sachen und mir schießen tausend Möglichkeiten durch den Kopf. Ist das ein Witz? Eine List, um die Polizei hereinzulegen? Aber wieso? Ich bücke mich, schiebe den Samtstoff beiseite und untersuche seine Sachen. Wieso, Vaughan? Was hast du jetzt wieder vor?

Mir fällt eine Linie ins Auge, die neben Vaughans Jacke in den Sand gekratzt worden ist. Ich folge ihr, dann sehe ich eine Ansammlung von Strichen und Kurven daneben. Ich trete zurück und lese das Wort, das im Sand geschrieben steht:

»Nein«, sage ich nachdrücklich und trete noch ein Stück nach hinten, weil ich ja vielleicht etwas übersehen habe. Aber da steht nur dieses eine Wort. *Gekillt. Gekillt. Gekillt.*

»Nein!«, schreie ich. »Vaughan, nein!«

Als ich auf die Knie falle, sehe ich uniformierte Männer und Frauen über den Strand in meine Richtung rennen.

KAPITEL 24

»Und daher, Cate«, der Police Superintendent räuspert sich, »hegen wir nach dem Fund diverser belastender Gegenstände in seinen Räumlichkeiten den begründeten Verdacht, dass Vaughan sowohl Rick Wallington als auch Emily Mullins und Marcia Alvarez gesundheitlich geschädigt hat.« Er setzt sich ein wenig anders hin und stößt einen seltsamen Kiekser aus. Dann hustet er wieder. »Zudem spricht die Indizienlage eindeutig dafür, dass Vaughan Selbstmord begangen hat, indem er ins Wasser gegangen ist.«

Ich reibe mir die Augen und starre zur blassgrünen Decke des Krankenzimmers hinauf.

Die Schwester hat mir in den vergangenen 48 Stunden etwas deutlich Stärkeres als ein Grippemittel gegeben. Kleine blaue Pillen, jeweils zwei Stück. Zuerst habe ich mich gewehrt, weil ich wusste, dass Vaughan immer noch da draußen war und Hilfe brauchte, von mir. Das Ganze war nur ein Trick von ihm, konnten sie das nicht begreifen? Entweder hatte ihn der Killer irgendwie, irgendwo erwischt – an diesem Punkt verließ mich meine Vorstellungskraft – und hielt ihn gegen seinen Willen fest, oder Vaughan wollte so lange untertauchen, bis er die wahre Identität des Killers aufdecken konnte. Das war doch sonnenklar! Oder nicht? Ich … konnte mich nicht richtig erinnern.

»Nein.« Ich spreche das Wort mit Bedacht aus. »Das würde Vaughan nicht tun. Er würde niemandem Schaden zufügen. Auch nicht sich selbst.«

»Cate.« Der Superintendent klingt müde. Er raschelt mit einigen Papieren auf seinem Schoß. »Hat Vaughan Ihnen je erzählt, wieso er nach Umfraville Hall gekommen ist?«

O Mann. Also super ist dieser Superintendent nun wirklich nicht. »Weil er für Cambridge zu intelligent ist. Er hat eine Pause gemacht, bevor er dann zum MI5 geht und einen USB-Roboter erfindet oder so.« Ich kichere los und kann mich kaum einkriegen.

Der Supercop seufzt. »Cambridge hat ihm einen Wechsel nahegelegt. Er hat dort einem anderen Studenten während eines Streits den Kiefer gebrochen. Letzten Frühling hat er so viel getrunken, dass man ihm im Krankenhaus den Magen auspumpen musste.«

»Nein, wieder falsch«, sage ich langsam. »Vaughan trinkt nie. Er kann Alkohol nicht ausstehen. Sie können ihn fragen, wenn Sie ihn finden.« Wenn sich bloß das Zimmer nicht bewegen würde. Die Wände wabern immer wieder und das nervt langsam. Ich setze mich unsicher auf. »Außerdem hab ich schon mal gefragt: Dürfen Sie das überhaupt, ohne dass meine Eltern dabei sind? Ich meine, bin ich nicht minderjährig oder so? Müssen sie nicht hier sein, wenn Sie mich befragen wollen?«

»Wie ich schon sagte, Cate, Ihre Eltern haben uns die Erlaubnis gegeben, mit Ihnen zu reden, und sie sind bereits auf dem Weg. Offenbar ist es von den Malediven ein langer Flug hierher.«

»Nett von ihnen, dass sie sich die Mühe machen.« Ich lasse mich wieder aufs Kissen fallen und schließe die Augen.

Irgendwann später wache ich auf. Der Nebel ist verschwunden, aber nun ist der Schmerz wieder da und das gefällt mir auch nicht. Der Schmerz steckt in meiner Brust wie ein kalter Stahlbolzen. Er will nicht weggehen. Erst wenn Vaughan wieder zurückkommt.

Ich stehe auf, checke die Uhr, ziehe den Bademantel über, den man mir aus meinem Zimmer gebracht hat, und schiebe die Füße in ein Paar Hausschuhe. Dann gehe ich zur Tür und öffne sie.

»Ja, Cate?« Das ist die Schwester. Zusammen mit einem anderen Polizisten, der einen wachsameren Eindruck macht. Die Schwester wirkt unzufrieden, er sieht nicht so gut aus wie der neulich.

»Ich würde gern … frische Luft schnappen, bitte.« Ich schlurfe aus dem Krankenzimmer.

»Ähm.« Die Schwester sieht den Cop an und er sie.

»Keine Sorge«, sage ich. »Ich will bloß in den Garten.« Ich beuge mich zu dem Polizisten und zwinkere. »Sie dürfen auch zusehen.« *Igitt.* Das hört sich ja an, als wollte ich ihn in meine Dusche einladen.

Sie lassen mich gehen und ich trete ins Freie. Es ist schmerzhaft kalt. Aber es ist mir egal.

An das Krankenzimmer grenzt ein kleiner, von einer niedrigen Hecke umgebener Garten mit einer Holzbank und einem Goldfischteich. Ich setze mich vorsichtig auf das eine Ende der Bank, sehe hinüber zu den Laboren und warte.

Seit Vaughans Verschwinden ist alles irgendwie verschwommen. Sie wollen mir nicht sagen, welche Beweise sie gegen ihn haben oder warum sie so sicher sind, dass er ins Wasser gegangen ist. Aber sie haben seine Leiche nicht gefunden, das weiß ich, und das werden sie auch nicht, denn er lebt ja noch. Irgendwo da draußen. Das geht gar nicht anders.

Ich weiß außerdem, dass die Polizei die Insel absucht und sämtliche Gildenmitglieder befragt hat, und nach 24 Stunden und massivem Druck seitens der Eltern haben sie alle unteren Jahrgänge nach Hause geschickt. Auch uns können sie nicht endlos hierbehalten, aber solange sie die Untersuchung noch nicht abgeschlossen haben und uns befragen, sitzen wir auf der Insel fest und sollen weiter zum Unterricht gehen. Was bedeutet, dass Martin genau jetzt aus dem Labor kommen und zurück in sein Studierzimmer gehen müsste.

Und da ist er auch. Ein Hoch auf die Neigung des Wissenschaftlers zu geregelten Abläufen.

Als er näher kommt, zische ich: »Martin!«

Er erschrickt, als wäre ich der verfluchte Killer. Ich winke ihn heran. Er mustert die Hecke wie eine unüberwindbare Hürde. Ich verdrehe die Augen.

»Da drüben ist eine Lücke!«

Er quetscht sich da widerwillig durch und setzt sich zu mir auf die Bank, das Gesicht voller Sorge und – puh – Mitleid.

»Wie geht es dir?«

»Gut. Martin, du musst mir mein Tablet bringen, okay? Es müsste auf meinem Schreibtisch liegen, also wenn sie es nicht aus irgendwelchen unerfindlichen Gründen als Beweisstück einkassiert haben.«

»Wozu brauchst du es denn? Wir sollen keine Mails oder Nachrichten schreiben.«

»Ich muss mich auf Crypt einloggen! Wurde da irgendwas gepostet? Irgendetwas, das darauf hindeutet, dass Vaughan auf dem Festland ist?«

Martins Blick huscht zu Boden. »Ach, Cate. Crypt ist tot. Haben sie dir das nicht erzählt?«

Ich blinzele. »Was?«

Er nickt. »Jemand hat der Polizei davon erzählt – keine Ahnung, wer. Tesha wahrscheinlich. Jedenfalls wollten sie sich einloggen, aber die Seite ist verschwunden. Ms Lasillo hat alles Mögliche probiert, wir auch. Vom ersten Passwortfenster abgesehen deutet nichts mehr darauf hin, dass sie je da gewesen ist.«

In mir breitet sich ein ganzer Feuerball an Hoffnung aus. »O ja!« Ich stoße die Faust in die Luft.

»Was ist denn?« Martin sieht mich an, als hätte ich gefurzt.

Ich lache vor Freude und Erleichterung. »Begreifst du denn nicht?« Ich schreie ihn an, kaum zu fassen, dass er so schwer von Begriff ist. »Die Seite ist weg, was beweist, dass Vaughan noch lebt! Niemand sonst hätte sie abschalten können! Niemand!«

Martin schüttelt den Kopf. »Das stimmt nicht, Cate. Leider. Vaughan könnte sie unmittelbar vor der letzten Versammlung entfernt haben, bevor wir zur Höhle gegangen sind. Früher an dem Abend hat das letzte Mal jemand von uns die Seite gesehen. Oder in Crypt könnte eine Kill-Pill eingebaut gewesen sein.«

Ich runzele die Stirn. »Eine was?«

Er verzieht selbstkritisch das Gesicht. »Ach, entschuldige, Cate. Blöder Begriff. Eine ›Kill-Pill‹ ist ein Programm, das in eine Seite eingebaut wird, wenn sie unter bestimmten Bedingungen automatisch verschwinden soll. Sagen wir, wenn der Webmaster sich über einen bestimmten Zeitraum hinweg nicht mehr eingeloggt oder ein spezielles Passwort eingegeben hat oder so. Simsalabim, weg ist sie!«

Ich nicke zwar, doch ich glaube ihm nicht. Vaughan ist irgendwo da draußen. Es würde total passen, dass er Crypt erst mal abstellt.

»Bringst du mir trotzdem mein Tablet?« Ich setze ein trauriges Gesicht auf. »Damit ich mich zumindest ablenken kann.« Er nickt widerstrebend. »Danke. Und noch eine Bitte. Kannst du Daniel bitten, mich zu besuchen?« Er nickt erneut und ich lächle sardonisch. »Bestimmt kann niemand glauben, dass er der Killer war, hm?«

»Was soll das heißen?«

»Daniel. War der Killer. Im Spiel.«

Martin wird ärgerlich. »War er nicht! Wer hat dir denn so was erzählt. Nein, ich war der Killer!«

»Was?«

Er steht auf. »Ich wollte es euch gerade in der Höhle sagen, bevor das – du weißt schon – passiert ist, aber dann tauchte Alex plötzlich auf und meinte, die Polizei kommt, und dann hatte ich nicht mehr die Gelegenheit. Trotzdem, ich war's.« Er schlägt sich vor die Brust. »Ich musste es der Polizei sagen und ihnen alles zeigen. Was ich aus dem Labor benutzt habe, das Farbpulver, wie ich die Regenrinne hochgeklettert und durch den Dachboden ins Haupthaus eingedrungen bin, um mich zum Mädchentrakt runterzuschleichen.«

Ich lache bellend. »Du warst das?«

»Aber klar.« Er guckt ganz stolz und zögert dann. »Meine Eltern haben eine Rechnung für die Reinigung des Schwimmbeckens bekommen. Sie sind ganz schön sauer deswegen.«

»Aber ich hab doch die Killer-Karte gefunden. In Daniels Geigenkoffer. Wie ist sie da hingekommen?«

»Du hast sie?« Martin setzt sich wieder neben mich auf die Bank. »Ich hab sie verloren! Sie ist mir irgendwo runtergefallen, gleich nach der ersten Versammlung. Alex meinte, er könnte mich umbringen! Kann ich sie bitte zurückhaben? Als Andenken?«

»O Mann, Martin.« Ich tätschele seine Hand. »Tut mir leid, ich hab sie nicht mehr. Aber das hast du echt geschickt gemacht. Ich wäre nie darauf gekommen.« Auf einmal fällt mir etwas ein. »Dann hast du Marcias Tasche in der Hecke versteckt, nach dem Kill an Cynthia?«

Er nickt traurig. »Ich hab gesehen, wie du sie gefunden hast. Sollte eine falsche Fährte sein, damit alle dachten, sie wär's.« Er guckt mich schief an. »Wieso hast du niemandem erzählt, dass du sie gefunden hattest? So war das völlig für die Katz.«

»Na ja.« Ich räuspere mich und unterdrücke den Wunsch, ihn von der Bank zu schubsen. »Tut mir echt leid, dass dir dieser Schachzug nichts gebracht hat. Aber hey, Kompliment für den Rest, Martin. Wie in aller Welt konntest du das alles so schnell organisieren?«

Martin beugt sich näher. »Erzähl's niemandem, aber ich wusste schon vorher, dass ich der Killer sein würde. Alex hat das geregelt. Er, ähm, schuldete mir noch einen Gefallen.«

»Was für einen denn?«

»Ich hab letztes Halbjahr ein paar Texte für ihn geschrieben, die er nicht so gut hingekriegt hätte. Keine große Sache, aber das bleibt unter uns, ja?« Er steht wieder auf, sieht sich um. »Macht ja eh keinen Unterschied mehr, stimmt's? Das Spiel ist für alle Zeiten vorbei.« Er mustert mich. »Und nur damit du's weißt, weil ich es der Polizei auch schon gesagt habe – mit diesem Skulk-Mist hatte ich nichts zu tun. Ich war Professor Chaos.«

Er geht zur Hecke. »Ich bringe dir dein Tablet nach dem Abendessen. Wir sind sowieso nur noch bis morgen hier, dann schicken sie uns nach Hause. Vorzeitige Ferien. Und danach, wer weiß? Jetzt, wo wir wissen, dass Vaughan der andere Killer war, ist es hier ja eigentlich wieder sicher, würde ich sagen.«

»Nein, da liegst du total falsch.« Ich springe auf. »Vaughan ist nicht der Killer!« Ich merke, dass ich schreie. Ich sollte mich wirklich nicht so aufregen, aber irgendwie kann ich nicht anders. »Er ist nicht tot und er ist nicht der Killer! Bist du denn blöd? Sind denn alle blöd? Er ist nicht der Killer! Nicht der Killer! Nicht der Killer!«

Martin sieht mich entsetzt an und verschwindet dann schnell. Die Schwester und der Polizist tauchen neben mir auf und bringen mich zurück in mein Krankenbett. Die kleinen blauen Pillen warten auf mich.

Später wache ich auf und es ist dunkel draußen und regnet. Die Nachttischlampe ist an und auf dem Tisch liegt mein Tablet. *Danke, Martin.* Ich stehe mühsam auf, trage es rüber zum Fenster und gehe ins Schul-Intranet. Ich klicke das Passwortfenster an und gebe mein Passwort für Crypt ein.

Da! Die Seite geht prompt auf.

Dummer Martin, was weiß der schon?

Auf Crypt ist nichts los. Kein Skulk, kein Vaughan als Dead McTavish, niemand. Ich schaue auf die Karte, keine Nutzer online, nur ich, bei den Laboren. Ich klicke auf »Nachricht schreiben« und meine Finger schweben über der Tastatur. Ich tippe @Dead McTavish. Und ich schreibe. Und schreibe.

Ich sage ihm, dass ich weiß, dass er irgendwo da draußen ist. Ich sage ihm, dass er durchhalten muss, dass wir das hinkriegen, wir werden seinen Namen reinwaschen, den richtigen zweiten Killer finden und dann wird alles gut. Er muss mir nur sagen, was ich machen soll. Ich erzähle ihm, dass Martin im Spiel der Killer war und dass ich mit Daniel reden werde, weil ich das alles durchdacht habe und wirklich meine Zweifel habe, dass er Skulk war und etwas mit dem zu tun hatte, was Emily, Marcia und Rick zugestoßen ist. Nein, Daniel ist nur ein trauriger und einsamer Junge. Skulk ist der böse Killer, Skulk ist ein Monster und er ist immer noch da draußen und will mich töten – uns beide töten. Wir müssen ihn finden, ihm eine Falle stellen. Uns bleibt nicht viel Zeit, weil die Polizei denkt, dass die Untersuchung abgeschlossen ist, und alle bald die Insel verlassen, und dann wird es zu spät sein.

Und dann schreibe ich, dass ich ihn liebe.

Doch dann lösche ich diesen Teil wieder, weil das echt total kitschig ist und wir dafür später noch Zeit haben.

Und dann drücke ich Enter.

Mit einem Ping fliegt die Nachricht hinaus in den Äther. Ich starre mit solcher Intensität auf den Bildschirm, als hätte ich mir noch nie im Leben etwas angesehen. Ich *beschwöre* ihn aufzutauchen. Muss er doch. So warte ich fünf Minuten, zehn und dann fünfzehn, lade die Seite wieder und wieder neu, damit Crypt mich nicht ausloggt, denn ich habe Angst, dass ich dann vielleicht nie wieder da raufkomme. Und plötzlich wache ich mit einem Rucken meines Kopfes auf und begreife, dass ich in dem Stuhl am Fenster eingeschlafen bin. Ich halte den Atem an, während ich mich einlogge, und mein Herz macht einen Hüpfer, als Crypt erscheint, aber sackt wieder ab, weil keine neue Nachricht von Dead McTavish eingegangen ist. Doch so schnell gebe ich nicht auf. Ich starre auf den Bildschirm und drücke die Fingernägel in die Handflächen, um nicht wieder einzuschlafen.

Eine Stunde vergeht. Nichts. Dann anderthalb Stunden. Kein Wort.

Entmutigt stolpere ich zurück ins Bett. Ein-, zweimal wache ich in der Nacht auf und sehe nach. Auf Crypt nur gähnende Leere.

Am Morgen ist mein Kopf klar.

Ich wecke mein Tablet, logge mich auf Crypt ein.

Immer noch nichts.

Ich stehe auf, dusche, ziehe meine eigenen Sachen an, die aufmerksamerweise gewaschen worden sind. In normaler Kleidung fühle ich mich auch gleich wieder ein bisschen normaler. Das ist doch lächerlich, die können mich nicht einfach ins Krankenzimmer stecken, ich bin nicht krank! Ich gehe auf und ab, checke hin und wieder Crypt, und gerade als ich rausgehen und ihnen klarmachen will, dass sie mich entlassen sollen, klopft es an der Tür.

Ich mache auf.

Daniel steht da, ganz verdattert.

»Hi!« Er mustert mich. »Ich dachte, du liegst im Bett!« Er merkt, wie das klingt, und wird prompt rot. Ich widerstehe dem Drang, die Augen zu verdrehen, und winke ihn rein. Dann steht er im Zimmer und schwingt sich sanft den Geigenkoffer gegen das Bein.

»Zieh dir den Stuhl ran.« Ich setze mich auf das Fußende des Bettes.

Daniel bleibt, wo er ist, und streckt eine Hand aus.

»Cate, ich wollte dir einfach nur sagen, wie leid es mir tut.«

Ich nicke. »Was denn?«

Er ruckt mit dem Kopf, er ist verwirrt. »Na, das mit Vaughan natürlich.«

»Mach dir deshalb keine Sorgen.« Ich winke ab. »Nein, ich dachte eigentlich, du willst dich dafür entschuldigen, dass du dich neulich auf mich gestürzt hast.«

»Was?« Daniel stellt seinen Geigenkoffer energisch neben den Stuhl, richtig mit Wucht. »O Gott.« Er schüttelt den Kopf. »Cate, ich würde dir nie, niemals etwas tun, das weißt du –«

»Ach wirklich? Weil es mir nämlich eine Höllenangst gemacht hat.« Ich deute auf seine Arme. »Du bist kräftig, Daniel. Wahrscheinlich kräftiger, als du denkst.«

Er starrt mich an. »Na ja … Ich weiß, ich hab ein bisschen die Kontrolle verloren, aber du hast nicht Nein gesagt.«

»Ha!« Ich springe vom Bett auf und stapfe zu ihm rüber. »Hast du ernsthaft geglaubt, ich wollte das, Daniel? Vielleicht konnte ich ja nur deshalb nicht Nein sagen, weil deine Zunge in meinem Hals gesteckt hat, hast du daran schon mal gedacht?«

Er schüttelt den Kopf. »Nein – ich weiß. Und es tut mir total leid, Cate, ich mache das nie wieder. Du hast mich geschubst und dann, ich weiß nicht, da hat es mich einfach überkommen –«

»Setz dich hin und halt den Mund.« Ich drücke gegen seine Brust – sanft, aber bestimmt –, so dass er zurückweicht und auf den Stuhl plumpst. Ich sehe auf ihn hinunter. »Wir werden Folgendes machen. Ich glaube nicht, dass du ein schlechter Mensch bist, Daniel, und ich glaube auch nicht, dass du mir Angst machen wolltest, aber du brauchst Hilfe, um mit all dem … Zeug klarzukommen, das sich in dir aufgestaut hat.« Ich setze mich wieder aufs Bett. »Ich werde niemandem erzählen, was vorgefallen ist, unter einer Bedingung: Rede mit einem Therapeuten. Es ist gerade einer hier auf der Insel, wegen posttraumatischer Spielstörungen oder so – du hast ihn bestimmt schon gesehen.«

Daniel nickt rasch.

»Gut. Er scheint ganz okay zu sein. Hat hier vorbeigeschaut, aber ich war zu breit zum Reden. Egal. Sprich mit ihm, erzähl ihm, was passiert ist. Hol dir Hilfe.«

»Ja.« Er nickt erneut. »Das geht. Das kann ich machen.«

»Aber wehe nicht. Und noch eins. Ich werde deinen Eltern schreiben und ihnen alles erzählen.«

»Nein!« Er springt vom Stuhl auf. »Das kannst du nicht machen!«

Ich hebe eine Hand. »Und ob ich das kann, Daniel. Ich muss

sogar. Setz dich hin oder ich schreie nach dem Polizisten.« Er sieht mich an, die Augen voller Wut und Angst, aber er setzt sich trotzdem. Ich hole Luft. »Du hast mir Angst gemacht, Daniel. Weißt du, wie sich das anfühlt? Natürlich weißt du das, du hast ständig Angst.« Er sackt vor mir zusammen, lässt den Kopf hängen. Mein Tonfall wird sanfter. »Wir sind Teenager. Wir bilden uns ein, wir haben den Durchblick, aber manchmal ist das Leben richtig, richtig schwierig. Da darf man nicht erwarten, dass wir mit allem allein zurechtkommen.« Er fängt an zu weinen. »Ich will dir damit nicht das Leben ruinieren, aber ich habe hin und her überlegt, was ich machen soll, und ich bin zu dem Schluss gekommen, dass das echt nicht mein Problem ist. Das musst du lösen.«

Er sitzt da und schluchzt leise. Trotz allem tut er mir leid. »Deine Eltern sind okay, Daniel, weißt du? Sie werden ein bisschen ausrasten, aber sie haben dich lieb und sie werden dir helfen.«

Ich hebe den Geigenkoffer auf und halte ihn ihm hin. Er reißt ihn an sich und dabei bleibt mein Fingernagel an einem der Aufkleber hängen, an seinem Lieblingssticker mit der Katze in der roten Spirale. Der Aufkleber zerreißt und die eine Hälfte biegt sich vom Deckel weg. »Oh! Tut mir leid, das wollte ich nicht –«

Daniel sieht mich an und diesmal sind seine Augen nur voller Hass.

»Stirb, Cate. Hau einfach bloß ab und *stirb.*« Er eilt zur Tür, reißt sie auf und ist weg.

Der Polizist kommt rein. »Alles in Ordnung, Miss?«

»Ja, danke.« Ich nicke. »Könnte ich bitte Papier und einen Stift haben? Ich muss einen Brief schreiben.«

Es dauert eine Weile, diesen Brief zu schreiben. Zuerst, weil meine Hand so zittert, und dann, weil ich die richtigen Worte suche, und das braucht Zeit. Mittendrin bringt mir die Schwester das Mittagessen und ich muss noch mal von vorn anfangen, weil ich mit Minestrone kleckere. Schließlich bin ich fertig, rufe die Kontaktliste mit Daniels Heimatanschrift auf und die Schwester ist so nett und organisiert mir einen Umschlag mit Briefmarke.

»Hmm, heute wurde schon geleert, glaube ich.« Sie sieht auf ihre Uhr und nickt. »Möchten Sie, dass ich ihn für morgen einwerfe?« Der rote Briefkasten steht beim Haupthaus. Ich nicke und danke ihr und gehe zurück ins Krankenzimmer.

Nach dem Schließen der Kontaktliste versuche ich es noch mal. Ich logge mich auf Crypt ein, bin aber wieder die Einzige. Die Karte zeigt nur einen kleinen roten Totenschädel bei den Laboren. Clouseau. Ja, der Name passt. Ich bin genauso unfähig wie er. Genauso lächerlich. Während ich auf den Schädel starre, loggt Crypt mich automatisch aus und die Tränen kommen, Tränen des Selbstmitleids, Tränen von dem ganzen Stress mit Daniel, und dann die schleichende Erkenntnis, dass die anderen vielleicht – nur vielleicht – Recht haben mit Vaughan und ich es bin, die sich irrt. Mein ganzer Körper zittert plötzlich und ich muss das Tablet weglegen und mich am Fensterbrett festhalten, damit ich nicht umfalle.

Die Schwester kommt rein.

»Es wird Zeit für Ihre Medizin, wobei ich mich frage, ob wir die Dosis nicht vielleicht langsam reduzieren sollten – oh.« Sie sieht mein Gesicht, sieht die Tränen, die bebenden Schultern. Dann ist sie bei mir, tröstet mich, legt mir eine Decke um, während ich weine, und drückt mir den kleinen Plastikbecher mit den beiden blauen Pillen in die Hand. Sie sieht mich nickend an, während ich meine Medizin mit einem Schluck Wasser runterspüle. »Nun wollen wir Sie mal ins Bett bringen«, sagt sie sanft.

»Ich gehe gleich. Will es nur noch kurz runterfahren.« Ich nicke zum Tablet hin.

»Ich schaue in ein paar Minuten noch mal rein.« Sie lächelt mitfühlend und geht.

Ich seufze und tippe den Bildschirm an. Aber es ist wie eine Krankheit, eine Sucht, viel schlimmer als Kreepy Klowns. Ich logge mich erneut auf Crypt ein.

Zwei rote Schädel.

Die Pillen sorgen dafür, dass ich doppelt sehe. Ich blinzele, gucke noch mal.

Clouseau, bei den Laboren. Ich.

Ein zweiter roter Schädel, bei den Höhlen.

Ich tippe auf den Schädel und der Nutzername erscheint.

Dead McTavish

Mir klappt der Mund auf und ich schnappe nach Luft. Die Wände um mich herum wabern wieder und diesmal liegt es, glaube ich, nicht an den Pillen.

Dann – eine Nachricht.

Dead McTavish: Also gut, Schatz. Legen wir los. Wird Zeit, uns einen Killer zu schnappen.

KAPITEL 25

Als Erstes, wirklich als Allererstes, laufe ich ins Bad und würge diese Pillen wieder raus. Sie starren mir aus der Kloschüssel entgegen, ein bisschen Blau ist abgegangen, aber sie sind noch komplett. Ich trinke ein Glas Wasser in einem Zug.

Und dann renne ich zurück zum Tablet und tippe los.

Clouseau: Vee!?! Bist du es wirklich?

Es kommt keine Antwort und ich zweifle schon an meinem Verstand, aber dann – ein *Ping*.

Dead McTavish: Ich bin es.

Ich sammle eine Millisekunde lang meine Gedanken, dann schreibe ich.

Clouseau: Wo zur Hölle warst du? Geht es dir gut??? Wieso bist du verschwunden, was hast du dir dabei gedacht? Geht es dir gut??? O Gott, ich kann nicht glauben, dass das gerade passiert!!!!

Einen Moment lang geschieht nichts, dann …

Dead McTavish: Bin verschwunden. Wollte dich schützen und den Killer schnappen. Einzige Möglichkeit.

Ich reibe mir hektisch das Gesicht.

Clouseau: Wer, Vaughan? Wer ist es?

Dead McTavish: Komm einfach. 18:00 Uhr.

Ich zögere, mein Herz schlägt so heftig, das ist bestimmt schon irgend so eine Insuffizienz. Aber auf mein Herz darf ich in diesem Fall nicht hören, ich muss meinen Kopf benutzen.

Clouseau: Woher weiß ich, dass du es bist?

Ich warte. Und warte …

… *ping.*

Dead McTavish: Ich liebe dich.

Eine heißkalte Welle wäscht über mich hinweg. Ich glaub, ich fall in Ohnmacht. Trotzdem tippe ich wieder.

Clouseau: WOHER WEISS ICH, DASS DU ES BIST???

Ich warte. Lausche auf das *Ping*. Und warte. Und warte.

Der kleine rote Totenschädel bei den Höhlen verschwindet.

»Ich raste gleich aus!«, schreie ich das Tablet an und halte mir rasch den Mund zu. Ich stehe auf und spähe aus dem Fenster. Wie spät ist es? Kurz nach 15:00 Uhr. Noch drei Stunden warten? Ja, spinnt Vaughan denn?

Aber ich kann nicht auf ihn sauer sein, die Erleichterung, die reine, wunderbare Erleichterung, dass er noch lebt, ist so groß, dass ich das Gefühl habe, vor Freude und *Kraft* gleich zu platzen. Ich besitze die Stärke von hundert Cates und ich kriege das hin.

Gut. Gut, also dann ... Wie komme ich hier weg? Das ist die erste Hürde. Jede Wette, dass die Schwester und mein Beschützer von der Polizei mich nicht einfach spazieren gehen lassen. Ich starre aus dem sorgfältig abgeschlossenen Fenster und dann kommt mir eine Idee.

»Könnten Sie bitte den Superintendent holen?«, frage ich den Cop. »Ich muss ihm etwas sehr Wichtiges sagen.«

Er steht überrascht auf. »Was denn?«

Ich hole Luft. »Ich möchte eine Erklärung abgeben. Dem Superintendent. Könnten Sie ihn holen?«

Er nickt, und als er um seine Brust herumgreift, sinkt meine Hoffnung. Er zückt sein Walkie-Talkie und drückt auf einen Knopf.

Nein. Nein. Nein. Er soll ihn doch holen gehen und nicht bloß verständigen!

Er spricht ins Walkie-Talkie und funkt seinen Vorgesetzten an. Doch das Glück ist auf meiner Seite. Entweder weht der Inselwind in die falsche Richtung oder irgendwelche seltsamen Magnetfelder, die unsere Geeks drüben in den Laboren austüfteln, sorgen dafür, dass der Superintendent nicht antwortet. Schließlich erfährt mein Cop von einem Kollegen, dass der Super drüben im Sportbereich ist.

»Alles klar«, sagt mein Cop. »Ich bin dichter dran, ich gehe kurz rüber. Over.« Er sieht mich an. »Warten Sie hier, in Ihrem Zimmer. Ich gehe ihn holen. Zwei Minuten.«

Ich nicke und schließe die Tür. Schritt eins erledigt. Nun zu Schritt zwei.

Ich nehme die halbe Schale Minestrone, die immer noch bei meinem Tablet auf dem Fensterbrett steht, und gieße ein Glas Wasser darüber. Die Möhren und Erbsen schwimmen dort bedrohlich zusammen mit aufgequollenen Nudelstücken. Ich gieße einen kleinen Teil der Mischung zurück ins Glas, dann ziehe ich die Bettdecke zurück und kippe den Inhalt der Schale – *klatsch* – mitten auf die Matratze. Dann schnell zurück zum Fenster, wo ich die Stirn gegen die Scheibe drücke und beobachte, wie der Polizist davonstapft.

Und jetzt so lange warten, wie ich mich traue … Ich zähle langsam bis zehn, ein Assassine, zwei Assassinen, drei Assassinen – dann husche ich ins Bad, spritze mir Wasser ins Gesicht und denke an etwas Trauriges.

Ich öffne die Tür zum Wartezimmer. Die Schwester guckt hoch.

»Hallo – Entschuldigung – ich, ähm – könnten Sie mir helfen?« Ich zittere und quetsche eine Träne hervor.

»Was ist denn los, Liebes?« Sie kommt rein und ich zeige verzweifelt zum Bett. »Ach, machen Sie sich nichts draus, das habe ich im Nu wieder in Ordnung gebracht.« Sie holt ein paar Handtücher aus dem Bad, tupft damit das Schlimmste auf und zieht dann das Bett ab.

Ich stehe bei der offenen Tür und warte, bis sie ihre Arme voll mit Laken sind, dann ächze ich. »Puh, ich glaub, ich muss schon wieder –« Mit dem Rücken zu ihr beuge ich mich vor, mache ein würgendes Geräusch und lasse den Rest der schönen Minestrone aus dem versteckten Glas auf den Linoleumboden des Wartezimmers platschen. *Toller* Soundeffekt. »Das tut mir so leid, ich hole schnell noch ein Handtuch aus Ihrem Zimmer.« Bevor sie etwas dagegen sagen kann, habe ich mir schon mein Tablet und meinen Parka geschnappt und flüchte aus dem Wartezimmer in die ersehnte Freiheit der Außenwelt.

Ich sehe mich hektisch um und sprinte los. Die plötzliche Aktivität lässt meine Beinmuskeln schreien, aber das kann ich nicht ändern. Mir bleiben nur Sekunden zur Flucht, wenige Sekunden. Ab durch die Hecke und in den Wald, so schnell ich kann, ohne einen Blick zurück. Vielleicht schreit mir die Schwester hinterher, ich höre jedoch nichts. Vielleicht haben mich Polizisten bemerkt, ich kriege aber nichts davon mit. Ich renne und renne einfach, bis die Bäume mich verschlucken und ich über Unterholz hinwegspringen und struppigen Büschen ausweichen muss.

Aber wohin jetzt?

Es drängt mich extrem zu den Höhlen. Aber da darf ich nicht hin. Vaughan hat 18:00 Uhr gesagt und er hat seine Gründe. Er meinte, wir werden uns den Killer schnappen, und ich muss darauf vertrauen, dass er einen Plan hat.

Das setzt voraus, dass ich glaube, die Nachrichten waren von Vaughan.

In die ganze Freude mischt sich zwangsläufig auch ein Hauch Zweifel, ein kleines bisschen Angst. Stammten diese Nachrichten wirklich von ihm? Aber hey, das nennt man Selbsterhaltungstrieb. Ich bin vielleicht nicht der schlaueste Teenager hier in Umfraville Hall, aber ich bin auch nicht blöd. Eine Sache geht mir immer wieder durch den Kopf: Ich war die Nummer eins, ich stand ganz oben auf der Liste. Der Killer hatte mich vergiften wollen, nicht Rick – und das ist ihm oder ihr nicht gelungen. Warum also sollte es jetzt vorbei sein?

Ich brauche Verstärkung und ich weiß, was ich tun muss. Schön wird das nicht. Ich gehe zum Kunstatelier.

Ich muss mit Mr Flynn reinen Tisch machen. Wenn diese Nachrichten nicht von Vaughan stammen, wäre ich blöd, allein zu den Höhlen zu gehen. Aber ich bin mir total sicher, dass Vaughan dort sein wird, und wenn ich damit richtigliege, werden wir immer noch Hilfe brauchen, um den Rest der Welt von seiner Unschuld zu überzeugen. Ich denke – ich hoffe und bete –, dass ich Flynny überreden kann, nicht gleich der Polizei zu stecken, dass Vaughan noch lebt, sondern ihm erst noch eine Chance zu geben.

Ich lasse die Bäume hinter mir, im Kunstatelier brennt Licht. Ich spähe durchs Fenster, ob irgendwelche anderen Schüler dort sind, aber anscheinend ist niemand da. Nicht mal Mr Flynn. Okay – vielleicht kramt er ja im Vorratsschrank rum. Ich husche ins Atelier und bleibe keuchend stehen. Wenn er nicht da ist, ruhe ich mich hier wenigstens kurz aus.

Alles klar. Ich lasse mich entmutigt auf meinen Stuhl fallen. Verdammt. Wo könnte er sein? Im Grunde überall. Im Haupthaus? Wer weiß, vielleicht sogar auf dem Festland. Es gibt nur noch eine Stelle, wo ich gefahrlos nach ihm suchen kann, nämlich sein Haus, ein Cottage an der Südspitze der Insel. Noch kurz durchatmen, dann geht's los.

Ich mache das Tablet an und logge mich auf Crypt ein. Auf der Karte schwebt ein Schädel bei den Ateliers, ich, Clouseau. Es warten keine neuen Nachrichten auf mich. Ich will mich gerade wieder ausloggen, da taucht bei den Ateliers noch ein Schädel auf, direkt neben meinem. Vaughan! Ich tippe mit dem Finger darauf, damit der Nutzername angezeigt wird.

Skulk

Mein Stuhl scharrt über den Boden, so heftig zucke ich zurück. Skulk ist hier. Skulk ist online, irgendwo in meiner Nähe, jetzt gerade.

Drohend schwebt sein Schädel auf der Karte. Ich sehe mich um, dann schnappe ich mir mein Tablet, werfe mich auf den Boden und verstecke mich unter dem Tisch. Wie ich mir wünsche, es wäre kein Licht an! Jeder, der reingeguckt hat, konnte mich sehen wie auf einem Präsentierteller.

Skulk: Hallo, Cate.

Mist! Ich gehe mit dem Finger zum Auslogg-Button, aber ich kann nicht. Skulk weiß ja schon, dass ich hier bin. Wenn ich mich auslogge, stehe ich im Dunkeln.

Skulk: Hast mir gefehlt.

Ich krieche zum Fenster und spähe hinaus. Okay, *denk nach* … Dieses WLAN-Signal kommt aus dem Redaktionsbüro und deckt das kleine Gebiet ab, auf dem sich das Kunst- und das Fotoatelier und die Toiletten befinden. Überall da könnte er sein, oder sie. Könnte sogar hinter irgendeinem Baum lauern, soweit ich weiß.

Skulk: Willst du denn gar nicht Hallo sagen?

»Nein, du Idiot, auf gar keinen Fall«, murmle ich, krieche zum anderen Fenster und gehe kurz mit dem Kopf hoch. Dort ist auch nichts zu sehen. Kein Skulk, keine Polizisten, die mich suchen, kein Mr Flynn, der zum Kunstatelier runterschlendert, und kein Vaughan, der mich retten kommt. Na toll. Ich krieche zur Tür, stehe auf, Hand auf dem Türknauf. Bevor ich aufmache, gucke ich noch mal aufs Tablet.

Skulk: Irgendwelche letzten Worte?

Ich sacke neben der Tür zusammen, nackte Angst droht mich festzunageln. Ich presse den Rücken gegen die Tür, zwinge Luft in meine Lungen und sehe mich im Raum um. Aus einem Topf auf dem Tresen ragen ein paar Modelliermesser. Ich krieche dorthin, greife hoch und schnappe mir das längste mit der fiesesten Spitze, dabei fallen die anderen klirrend zu Boden.

Ping.

Skulk: Ich komme dich jetzt holen.

Nein. Nein, wirst du nicht. Ich sehe zur Tür. Ich muss jetzt los! Ein dritter roter Schädel poppt neben meinem hoch.

Dead McTavish: Nicht, wenn ich dich zuerst kriege, Skulk.

O Gott, Vaughan, danke.

Ich öffne die Tür nach draußen, das Tablet unter dem Arm, das Messer vorgereckt, sehe mich hektisch um. Zum hunderttausendsten Mal verfluche ich die ständigen Schreie der fernen Meeresvögel, die mich jedes Mal hochschrecken lassen.

Ich presse mich gegen die Hauswand und sehe auf Crypt nach. Niemand ist online, die beiden haben sich plötzlich ausgeloggt. Wohin sind sie verschwunden? Ich mache das Tablet aus und mich zur Flucht bereit. Ich glaube, da hat sich eben ein Schatten durch die

Bäume bewegt, Richtung Redaktionsbüro. Jede Faser meines Körpers schreit, ich soll in die andere Richtung laufen, aber das geht nicht, ich kann Vaughan nicht im Stich lassen. Wenn er das ist, muss ich ihn sehen, muss ich wissen, dass er noch da ist, dass er sicher ist. Entgegen jeder Vernunft schleiche ich den Weg zur Redaktion hinab und halte mich, so gut ich kann, an die Bäume.

Die Eingangstür steht offen, aber das Büro ist leer.

»Vaughan!«, flüstere ich und sehe mich um, das Messer gepackt. »Bist du hier?«

Niemand antwortet.

»Hey!«, ruft jemand und ich mache einen Satz. »Cate?«

Von hinten bei den Ateliers kommen Alex, Carl und Cynthia in meine Richtung spaziert. Ich laufe ihnen entgegen.

»Alles okay, Cate?« Alex guckt runter auf mein Messer. »Solltest du nicht im Krankenzimmer sein?«

»Ja. Ist dahinten irgendjemand an euch vorbeigekommen?«

Carl schüttelt den Kopf. »Nein. Wieso?«

Ich sehe Alex an. »Was macht ihr hier unten?«

Er runzelt die Stirn. »Ein paar von Marcias Sachen aus dem Büro holen. Hast du noch gar nicht mit ihr gesprochen? Sie kommt nicht wieder zurück.«

Das tut weh, dass sie für immer weg ist und es mir nicht einmal gesagt hat.

»Hey, haben die Polizisten nach *dir* gesucht?«, fragt Cynthia. »Oben beim Haupthaus?«

»Ja. Wahrscheinlich. Tut mir einen Gefallen. Wenn sie euch fragen, sagt ihnen, dass ich nach Norden gelaufen bin, okay?«

Die Jungs nicken. Cynthia sieht mich an. »Wo willst du denn hin?«

Ich gehe an ihnen vorbei den Weg rauf. »Zu Mr Flynns Cottage. Er muss mir helfen. Bevor noch jemandem was passiert.«

Ich schaue mich nicht noch mal um, und als ich an den Ateliers vorbei bin, verschwinde ich wieder im Wald und gehe zurück Richtung Krankenzimmer, nur dass ich diesmal daran vorbeilaufe. Mr Flynns Haus gehört zu einer Ansammlung von Lehrer-Cottages an der Südostspitze von Skola Island. Zu Fuß ist das eine ganz schöne Strecke. Das letzte Stück muss ich über freies Feld rennen und komme mir extrem ungeschützt vor, aber außer ein paar Schafen und den allseits präsenten Meeresvögeln sehe ich niemanden. Dann stehe ich vor Mr Flynns Tür und wummere mit der Faust dagegen.

Niemand kommt. Ach bitte, sei zu Hause! Ich stecke das Modelliermesser rasch in die Parkatasche. Er soll ja nicht denken, dass ich ihn angreifen will.

Ich glaube, da drin hat etwas gepoltert, also klopfe ich noch mal. »Mr Flynn!«

Die Tür geht einen Spalt auf und ein verstrubbelter Kopf erscheint. Das zerknitterte Gesicht sieht mich an.

»Cate?«, fragt Mr Flynn. »Was in aller Welt –?«

»Lassen Sie mich rein!« Ich drücke gegen die Tür und sie schwingt auf. Schnell laufe ich nach links in das kleine Wohnzimmer.

Dort steht Ms Lasillo. In einem übergroßen gestreiften Bademantel, der Mr Flynn gehören dürfte.

»Oh!«, keuche ich. »Oh!« Eine so peinliche Situation habe ich buchstäblich noch nie erlebt. Meine Arme erschlaffen, mein Tablet fällt runter und irgendwie rutscht mir auch das Modelliermesser aus der Tasche und fällt direkt vor Ms Lasillos Füße, die erstickt aufschreit und nach hinten springt. »O Gott, o Gott!«, sage ich überflüssigerweise.

»Cate, jetzt beruhigen wir uns erst mal alle.« Mr Flynn kommt mit ausgestreckten Händen auf mich zu. Wenigstens ist er vollständig angezogen. Zwar keine Socken und er hat total zerzauste Haare, aber er trägt zumindest Jeans und T-Shirt. »Es tut mir sehr leid, dass … Sie so darüber stolpern, das ist wirklich sehr, ähm, unglücklich.« Er sucht nach Worten und zuerst denke ich, es liegt daran, dass er sich schämt, aber dann wird mir klar … er hat Angst. Vor mir.

»Ruf die Polizei, James«, sagt Ms Lasillo ruhig.

»Was? Nein!« Ich schüttele den Kopf. »Ich will Ihnen doch nichts tun, ich brauche Ihre Hilfe!«

»Und wir werden Ihnen helfen.« Mr Flynn nickt langsam. »Aber bestimmt suchen alle nach Ihnen und wir sollten ihnen sagen, wo Sie sind.«

»Nein! Bitte. Hören Sie mir einfach zu …« Ich denke ein paar Sekunden lang nach, dann verdrehe ich die Augen. »Also ich nehme an, dass man nach mir sucht, weil ich gesagt habe, dass ich etwas über den Killer weiß.« Ich verziehe das Gesicht. »Rückblickend klingt das ein bisschen so, als würde ich irgendein Riesengeständnis ablegen wollen, aber so hab ich das nicht gemeint, ich wollte nur den Polizisten loswerden, der im Wartezimmer auf mich aufgepasst hat.«

»Ich verstehe.« Mr Flynn nickt mitfühlend. »Und wieso sahen Sie sich dazu gezwungen?«

»Weil …«, ich bücke mich langsam nach dem Tablet und Mr Flynn macht einen Vorstoß auf das Messer und reißt es an sich. »*James*, ganz ruhig.« Ich sehe ihn schief an. »Ich habe nicht vor, Sie oder Ihre Freundin zu erstechen.« Ich werfe einen Blick zu Ms Lasillo.

»Cate!«, bellt Mr Flynn.

»Nein, wirklich nicht. Ich wollte bloß mein Tablet.« Ich winke damit. »Um jedenfalls Ihre Frage zu beantworten: Ich musste aus dem

Krankenzimmer fliehen, weil ich eine Nachricht von Vaughan bekommen habe.«

Jetzt hören sie mir doch zu.

»Erklären Sie das«, sagt Mr Flynn.

»Er hat mir geschrieben. Ich bin hierhergekommen, weil ich immer noch in Gefahr bin, glaube ich, und weil ich gehofft habe, dass Sie uns helfen können, ohne gleich auszuflippen und Vaughan die Polizei auf den Hals zu hetzen.«

Mr Flynn nickt. »In Ordnung. Natürlich werde ich Ihnen helfen, Cate.« Als eine Art Vertrauensbeweis legt er das Messer auf eine Kommode. Aber schön außerhalb meiner Reichweite.

»Und wenn es etwas Technisches ist, kann ich auch helfen«, sagt Ms Lasillo.

»Sicher können Sie mir helfen«, sage ich lässig. »Ziehen Sie sich etwas an und machen Sie Tee.«

»Cate!«, brüllt Mr Flynn.

»Entschuldigung, tut mir leid. Ich konnte nicht widerstehen. Es war ein langer Tag.« Ich gehe zum Esstisch und setze mich. Beide folgen mir langsam. Ich mache mein Tablet an. »Ich hab ein paar Screenshots gemacht, sonst würde mir ja niemand glauben. Vaughan lebt und er schreibt mir.«

»Was ist das?« Mr Flynn setzt sich neben mich und guckt auf den Bildschirm.

»Crypt«, sagt Ms Lasillo neben meiner Schulter. »Das ist es doch, oder? Das soziale Netzwerk, das mit eurem Assassinenspiel verknüpft ist? Danach habe ich in den letzten zwei Tagen gesucht.« Sie beugt sich vor und sieht sich die Screenshots genauer an. Das ist ein bisschen peinlich wegen diesem »Ich liebe dich« von Vaughan, aber wenn ich bedenke, wobei ich die beiden gerade erwischt habe, dann kann ich damit leben, dass sie meine schmalzigen Nachrichten lesen. Ms Lasillo runzelt die Stirn. »Aber der Zeitstempel ist von heute, das kann doch nicht sein.«

»Doch.« Ich nicke. »Das ist es ja eben. Ich kann mich immer noch einloggen. Ich zeig's Ihnen.«

Mr Flynn gibt mir sein WLAN-Passwort und ich verbinde mich mit dem Intranet. Ich tippe die richtigen Stellen des Schulwappens an und das Eingabefenster geht auf.

»Sämtliche Spieler haben mir ihre Nutzernamen und Passwörter gegeben, aber keins hat funktioniert«, sagt Ms Lasillo. »Wir sind nie weiter reingekommen.«

»Vaughan hat den Zugang für mich offen gelassen.« Ich gebe mein Passwort ein. Crypt erscheint. Ich zeige es den beiden ein bisschen.

»Das ist unglaublich, diese schlaue kleine Kröte.« Ms Lasillo schüttelt den Kopf. Dann fängt sie sich. »Entschuldigung! Wie unangemessen, wo er doch, ähm, von uns gegangen ist.«

»Vaughan *ist* eine schlaue kleine Kröte. Und wissen Sie was? Er ist nicht abgekratzt«, sage ich energisch. »Ich glaube, er hat alle aus Crypt ausgesperrt, nachdem er verschwunden ist, jedenfalls alle außer mir und einem Nutzer namens Skulk. Skulk hat mich das ganze Spiel über bedroht.« Ich reibe mir das Gesicht. »Sogar gerade vor zwanzig Minuten noch. Ich war unten beim Atelier und hab nach Ihnen gesucht«, ich nicke zu Mr Flynn, »und Skulk hat mir geschrieben und mir gedroht. Im letzten Moment kam Vaughan online und dann sind sie beide verschwunden.«

»Darf ich?« Ms Lasillo deutet auf das Tablet.

»Das ist Mord«, sage ich und schiebe es ihr hin.

Sie guckt mich schief an.

Ich lache. »Nein, ›dasistmord‹ ist mein Passwort. Zusammen und kleingeschrieben, eine Eins statt des ›i‹s. Sie werden es brauchen, Crypt loggt einen automatisch aus, wenn man sechzig Sekunden inaktiv war.«

Mr Flynn legt mir eine Hand auf die Schulter.

»Kommen Sie mit in die Küche. Trinken wir diesen Tee.«

Ich nicke und folge ihm. Er füllt einen schwarzen Kessel und macht den Schalter an der Seite an.

»Die Sache ist die, Cate.« Er holt drei Becher aus dem Hängeschrank und gibt in jeden einen Teebeutel. »Die Polizei schien sehr von Vaughans Schuld überzeugt. Sie haben elektronische Teile in seinem Studierzimmer gefunden, die zur Konstruktion dieses Spinnenroboters passen. Er hatte sie versteckt, hinter irgendwelcher Hardware, glaube ich.«

»Nein! Wir haben diese Spinnenteile zusammen gefunden – nachdem Sie das Vieh zertreten haben!«

»In Ordnung, das können Sie doch bestimmt der Polizei sagen. Aber da war ja auch noch das Gift, Cate. Sie haben ein Behältnis in seinem Zimmer gefunden, in dem sich Spuren von Belladonna nachweisen ließen.«

»Belladonna?«

»Wörtlich übersetzt ›schöne Frau‹.« Er löffelt Zucker in seine Tasse. »Haben Sie je von der Schwarzen Tollkirsche gehört? Von dem Nachtschattengewächs?«

Ich nicke. »Aber ich dachte, die hätte sich nur jemand ausgedacht, wie Triffids.«

Mr Flynn schüttet Zucker in die Tasse von Ms Lasillo, er kennt sie offenbar recht gut. Er hält die Zuckerschale hoch und sieht mich an. Ich schüttele den Kopf. Unglaublich, dass er das immer wieder vergisst.

»Die Schwarze Tollkirsche gibt es wirklich und sie ist gar nicht mal so selten. Wächst sogar hier auf der Insel. Anscheinend sind sämtliche Teile giftig. Einige Beeren genügen, um einen Erwachsenen zu töten. Und es wurden in seinem Studierzimmer welche gefunden.«

Er wartet, bis das Wasser kocht, und füllt die Tassen. »Milch?«

Ich nicke und versuche das Gift aus meinen Gedanken zu verdrängen. Der Tee tut gut, beruhigend heiß an meinen Händen und er wärmt mich schön durch.

»Vaughan würde niemandem etwas tun. Diese Beweise muss ihm jemand untergejubelt haben«, sage ich. »Die Polizei hat mir erzählt, dass er in Cambridge irgendwelchen Ärger hatte, aber dafür gab es bestimmt einen Grund und das macht ihn noch nicht zu einem Mörder.«

»James!«, ruft Ms Lasillo aus dem Wohnzimmer. »Hier ist was!«

»Sag ich doch.« Ich lächele. »Er ist da draußen.«

KAPITEL 26

Wir gehen rüber ins Wohnzimmer. Ms Lasillo sitzt vor einem Laptop, neben sich mein Tablet. »Ich hab mal meine Kiste rausgeholt«, sagt sie. »Und jetzt, wo ich drin bin, kann ich auch ein bisschen Code knacken. Viel ist es nicht, er hat die Website wirklich gut gesichert. Es ist noch etwas vorschnell, aber ich vermute mal, dass Crypt automatisch Nachrichten schickt, sobald Cate sich einloggt.«

Ich runzele die Stirn. »Was meinen Sie damit?«

»Setzen Sie sich.« Sie seufzt. »Cate, ich vermute, dass Vaughan das alles ein gutes Stück weit vorbereitet hat. Was Sie als Antworten auf Ihre Nachrichten verstehen, sind vermutlich Texte, die er schon vor einiger Zeit geschrieben hat.« Als ich nichts sage, fährt sie fort. »Nicht Vaughan kommuniziert mit Ihnen, sondern *Crypt*. Er hat ein Programm geschrieben, das auf alles reagiert, was Sie sagen.« Sie schüttelt den Kopf und betrachtet wieder die Programmzeilen auf ihrem Laptop. »Es lässt sich zu diesem Zeitpunkt noch nicht genau sagen, aber möglicherweise hat er Crypt so programmiert, dass es auf bestimmte Schlüsselwörter in Ihren Nachrichten reagiert und Ihnen mit vorgefertigten Nachrichten ›antwortet‹.« Sie scrollt durch einige meiner Screenshots auf dem Tablet. »Die meisten dieser Nachrichten, die er geschrieben hat, sind extrem vage. Das müssen sie ja auch sein, um auf viele mögliche Gesprächssituationen zu passen.«

Ich schlucke. »Vorhin war wie gesagt nicht nur Vaughan online, sondern auch Skulk. Und Vaughan hat auf Skulk reagiert. Namentlich.«

Ms Lasillo spitzt die Lippen. »Cate, sind Sie je auf die Idee gekommen, dass Vaughan vielleicht Skulk ist?«

Mr Flynn setzt sich neben mich. »Die Polizei hat Sophia – ähm, ich meine, Ms Lasillo – gebeten, eine Liste von Gildenmitgliedern durchzugehen und alle ihre Passwörter im Eingabefenster auszuprobieren. Die meisten Gildenmitglieder haben diese Geschichte mit Skulk erwähnt und niemand hat sich als Skulk geoutet. Vielleicht wollte Vaughan die Sache etwas aufpeppen und hat Skulk erschaffen? Um für einen Gruseleffekt zu sorgen? Und nun macht er einfach weiter – nach seinem Tod, so verrückt das klingt – und erhält die Täuschung aufrecht.«

Ich grabe die Fingernägel in meine Hände und sage, was ich eigentlich niemals hatte aussprechen wollen. »Daniel.«

Mr Flynn beugt sich zu mir herüber. »Was ist mit ihm?«

»Daniel ist Skulk. Ich glaube, im Hinterkopf wusste ich es schon die ganze Zeit, aber ich wollte es nicht wahrhaben, weil wir doch eigentlich befreundet sind. Heute früh ist es mir klargeworden. Da habe ich begriffen, wie durchgeknallt er wirklich ist, und ich habe aus Versehen diesen großen Aufkleber an seinem tollen Geigenkoffer kaputt gemacht, den Sticker mit der roten Katze, und da hab ich zum ersten Mal bemerkt, dass das keine Katze ist, sondern ein Fuchs, und wie lautet das englische – na, wie sagt man? – das *Kollektivum* für eine Gruppe von Füchsen?«

»Skulk«, sagt Ms Lasillo.

»Ja, genau.« Ich schlage mit der flachen Hand auf den Tisch. »Er ist es, da bin ich mir ganz sicher. Die Sachen, die er gesagt hat … und Botschaften habe ich auch bekommen. Gruselig. Und noch ein paar andere Dinge.« Ich sehe Mr Flynn an. »Ich finde es furchtbar, aber es passt total.«

»Na schön«, sagt Ms Lasillo. »Vielleicht haben Sie Recht und Daniel war Skulk. Aber das heißt nicht, dass die Postings heute auch von ihm stammen. Sie könnten trotzdem von Vaughan vorbereitet worden sein.«

Ich streiche mir meine Haare glatt. »Gut, dann versuchen wir's doch mal.«

»Bitte was?«, fragt Ms Lasillo.

»Unterhalten wir uns mal mit dem Geist in der Maschine.« Ich sehe auf die Uhr. »Nicht mehr lange und ich soll mich mit Vaughan bei den Höhlen treffen. Schreiben wir ihm doch eine Nachricht deswegen. Und schauen, was er antwortet.«

Mr Flynn nickt. »Einverstanden, Cate. Aber anschließend fahre ich Sie zurück zur Krankenstation, damit die Polizei weiß, dass Sie in Sicherheit sind. Das dürfen wir nicht ewig aufschieben.«

»Okay.« Ich ziehe mir Ms Lasillos Laptop rüber und halte die Finger über die Tastatur. »Auf geht's.«

Clouseau: Vaughan, alles okay?

Nun komm schon, Vaughan. Melde dich. Zeig ihnen, dass du echt bist und kein Computerprogramm.

Wir warten. Nach knapp einer Minute lade ich den Bildschirm, damit wir nicht ausgeloggt werden. Und dann noch einmal.

»Versuchen Sie etwas anderes«, drängt Mr Flynn.

Clouseau: Vaughan, wie ist das vorhin mit Skulk gelaufen, bei den Kunsträumen?

Wir sitzen da und starren auf den Bildschirm. Ich lade die Seite ein paarmal neu, aber nichts passiert. Ich sehe hinaus zum dunkler werdenden Himmel, dann auf die kleine Uhr in der Bildschirmecke.

Clouseau: Vee, ich werde es nicht bis um 18:00 Uhr zur Höhle schaffen. Und die Polizei sucht mich. Was soll ich tun?

Ich halte den Atem an.

Und dann taucht auf der Karte plötzlich ein kleiner roter Totenschädel bei den Höhlen auf.

»Da!«, ruft Ms Lasillo und tippt sanft auf den Bildschirm. Ich wage mich kaum zu bewegen. Dann kommt es, das *Ping*.

Dead McTavish: Wir treffen uns auf der Dammstraße. Jetzt gleich.

»Sehen Sie?«, flüstere ich triumphierend und drehe mich zu den beiden um. »Er ist es!«

Mr Flynn schüttelt den Kopf. »Nicht unbedingt, Cate.«

»Der Bezug ist vage«, sagt Ms Lasillo. »Das ist das Programm.«

Ich gebe noch nicht auf.

Clouseau: Sie glauben nicht, dass du noch lebst, Vaughan. Sie halten dich für eine Maschine, sie denken, du hast Crypt so programmiert, dass es mir antwortet. Wie kann ich sie überzeugen?

Wir warten. Und dann kommt das *Ping*.

Dead McTavish: Komm jetzt.

Mich verlässt der Mut. Ms Lasillo hält ihre offenen Handflächen nach oben, als wollte sie damit ausdrücken: Ich hab's Ihnen ja gesagt. Mr Flynn legt mir eine Hand auf den Arm.

»Tut mir leid, Cate.«

Ping.

Dead McTavish: Lass dich von Flynny im Auto hinfahren. Und sag Ms Lasillo, wenn sie ihre Schmutzfinger von meinem Code lässt, zeige ich ihr bei Gelegenheit die Backdoor zu ihrem Intranet. Hack, hack! Xxx

Ich lache laut auf. Lange und schallend. Ich kann kaum aufhören.

Mr Flynn sagt: »Das Auto steht in der Garage. Ich hole die Schlüssel.«

»Wir müssen uns beeilen!« Ich muss die ganze Zeit grinsen.

Ich gehe im Wohnzimmer auf und ab und rufe ihnen noch mal zu, Flynn holt seine Jacke, Ms Lasillo ist oben und zieht sich an. Endlich. Gott sei Dank. Daran will ich gar nicht denken, weil, ihr wisst schon, ürgs. Aber vielleicht ist sie ab jetzt ja ein bisschen netter zu mir.

»Die Dammstraße.« Mr Flynn ist wieder da und nimmt ein paar Taschenlampen aus einem Schrank. »Wissen Sie, wieso er sich ausgerechnet dort mit uns treffen will?« Er zieht eine Schublade auf und kramt darin. »Die Gezeitentabelle. Wo habe ich sie nur?«

»Im Intranet.« Ich rufe die entsprechende Seite auf. »Oh.« Ich gehe die Zeilen für Anfang Oktober durch. »Interessant. Bald kommt die Flut.« Ich überprüfe die Uhrzeit. »Gleich, genauer gesagt.«

»Wie sollte es auch anders sein«, sagt Mr Flynn. »Sophia, wir müssen los!« Er geht in den Flur und ruft die Treppe rauf, dann dreht er sich zu mir um. »Wir setzen uns schon mal ins Auto, komm.« Er geht vor und um das Haus herum zu der kleinen Gasse zwischen Haus und Garage. Wir betreten die vollgestellte Garage durch eine Seitentür, er schließt das Auto auf und wirft die Taschenlampen auf die Rückbank. »Mach mal auf, bitte, ja?« Er deutet zum Garagentor, es ist so eines, das man nach oben und nach hinten schiebt. Ich nicke und gehe um das Auto herum, während er den Motor anlässt. Ich drehe den Griff in der Mitte des Tors und ziehe daran. Es rührt sich kein Stück.

»Klemmt es?«, ruft Mr Flynn über die Motorgeräusche hinweg aus dem Seitenfenster.

Ich versuche es noch mal, weil ich nicht völlig unfähig rüberkommen möchte, aber es fühlt sich an, als würde in dem Mechanismus oben unter dem Dach irgendwas klemmen.

Mr Flynn flucht. »Das passiert manchmal. Moment.« Er kurbelt das Fenster wieder hoch, steigt aus und lässt den Motor laufen, während er an der Wand nach etwas sucht. »Eigentlich liegt hier immer ein Schraubenzieher griffbereit, um dem Flaschenzug ein bisschen nachzuhelfen – siehst du ihn irgendwo?«

Ich schüttele den Kopf, zeige auf ein kleines Brecheisen. »Geht das?«

»Nein, ist nicht schmal genug. Ach ja«, er schlägt sich vor die Stirn, »der Schraubenzieher ist in der Küche. Steig schon mal ein, ich bin gleich wieder da.«

Er verlässt die Garage und schließt die Seitentür hinter sich. Ich setze mich auf den Beifahrersitz. Der laufende Motor bringt mich auf die Idee, ich könnte rüber auf den Fahrersitz rutschen, Vollgas geben, durch das Tor brettern und allein zur Dammstraße fahren. Aber dann kann ich jede weitere Unterstützung durch Mr Flynn vergessen. Ich sehe auf die Uhr. Wie lange, seit Vaughan uns geschrieben hat? Zehn Minuten? Fünfzehn? Dann könnte er, falls er die ganze Strecke gerannt ist, jetzt schon dort sein. Ich sehe nach hinten zur Seitentür, Mr Flynn und Ms Lasillo lassen sich ganz schön Zeit. Ungeduld wallt in mir auf. Nun macht schon! Uns fliegt die Zeit davon.

Ich checke noch mal mein Tablet. Keine Schädel, keine Nachrichten. Wieder vergehen ein paar Minuten. Jetzt reicht's, ich rufe sie mal.

Als ich die Wagentür öffne, kratzen gleich beim ersten Atemzug die Auspuffgase in meiner Kehle. Ürgs. Ich husche rasch zur Seitentür und drücke die Klinke. Die Tür rührt sich kein Stück. Ich stemme mich dagegen, hat Mr Flynn aus irgendeinem Grund abgeschlossen? Damit ich nicht abhaue? Als die Abgase mich husten lassen, steigt Panik in mir auf. Was für eine Schwachsinnsidee, den Motor laufen zu lassen. Ich ziehe mir den Parka bis über die Nase und gehe wieder zum Auto, aber diesmal zur Fahrertür. Wenn ich den Motor ausmache, verflüchtigt sich dieses Zeug hoffentlich schnell.

Die Tür ist verriegelt. Mache ich irgendwas falsch? Ich probiere es noch mal. Hustend gehe ich zur Beifahrertür, dann versuche ich es an den beiden hinteren Türen, aber ich komme nicht wieder ins Auto. Langsam wird mir schlecht. Ich halte einen Arm vor Mund und Nase, um irgendwie die Luft zu filtern, bevor ich sie einatme. Ich stolpere wieder zum Garagentor und schlage dagegen, es lässt sich trotzdem nicht öffnen. Ich sehe mich verzweifelt um – das Brecheisen! Es fühlt sich schwer und fremd an in meinen Händen, aber ich ramme das eine Ende unter das Tor und stemme mich gegen das andere. Eine Lücke nach draußen öffnet sich, groß genug, um einen Arm hindurch zu stecken, groß genug, um das Gesicht dagegenzudrücken und saubere, kalte Luft zu atmen, aber nicht groß genug als Fluchtweg.

»Mr Flynn!«, rufe ich durch die Lücke. »Hilfe!«

Doch er kommt nicht. Wieso nicht? Während ich dort liege und versuche den Spalt zu vergrößern, wächst in mir ein verrückter Gedanke.

Vielleicht will Mr Flynn ja nicht, dass ich hier lebend rauskomme.

Könnte er irgendwie in der ganzen Sache mit drinstecken? Mr Flynn, der während Vaughans Aufnahmeritual mitten in der Nacht bei den Klippen herumfährt. Mr Flynn, der als Erster auf die Bühne springt, als Emily zusammenbricht, der sofort zur Stelle ist, als Rick vergiftet wird. Ich will das nicht glauben, aber vielleicht verachtet er uns privilegierte Superkinder ja, weil ihm die Chance verwehrt wurde, der Welt seinen Stempel aufzudrücken?

Benommenheit legt sich wie eine große Hand über mein Gesicht. Ich kämpfe dagegen an, atme tief saubere Luft ein. Oder könnte es Ms Lasillo sein? Sie ist eifersüchtig auf mich, auf die Aufmerksamkeit, die ich von Flynny bekomme. Sie ist schlau, sie hätte diesen Roboter locker bauen können. Sie war bei uns, als Rick den Cupcake gegessen hat, sie hätte den Kuchen präparieren können, damit er mich erledigt. Sie ist verkniffen und tierisch nervig, aber ist sie wirklich eine Mörderin?

Oder vielleicht stecken beide zusammen dahinter?

Ich atme, versuche die Abgase aus dem Körper zu kriegen. Egal. Ich muss mir selber helfen. Ich liege hier, mein Kopf klemmt unter dem Garagentor, und schnappe nach Luft. Kein Zustand, der länger andauern sollte. Den Kopf zurückziehen und die Frischluft wieder aufgeben ist keine schöne Aussicht, aber nur so werde ich mich befreien können. Ich hole noch ein-, zwei-, dreimal tief Luft, dann krieche ich rückwärts und der Spalt schließt sich wieder. Das Brecheisen fest gepackt, gehe ich zu Mr Flynns Auto. Das jetzt wird ihm gar nicht gefallen. Lustigerweise ist mir das aber so was von egal. Ich hebe das Brecheisen über den Kopf und lasse meine Wut am Seitenfenster auf der Fahrerseite aus. Beim ersten Schlag überzieht sich das Glas nur mit tausend kleinen Rissen, wie eine Eisdecke. Ich hole erneut aus und schlage brüllend zu. Diesmal fällt die komplette Scheibe aus dem Rahmen. Ich stecke die Hand ins Wageninnere, entriegele die Tür und mir wird wieder schwindelig. Es wird nicht ausreichen, wenn ich einfach den Motor abstelle, ich muss hier raus.

Ich werfe mich auf den Fahrersitz und packe den Schalthebel. Ich bin noch nie Auto gefahren, und wenn ich das jetzt nicht gebacken kriege, wird es auch nicht mehr dazu kommen. Ich wuchte den Hebel zur Nummer eins und es kommt ein lautes Knirschen – au Scheiße, Kupplung. Ich drücke mit den Füßen herum, finde zuerst das Gaspedal und lasse den Motor aufheulen. Dann finde ich die Kupplung, bewege noch mal den Schalthebel und der Wagen hoppelt nach vorn.

»Handbremse«, murmle ich und zerre an dem Hebel herum. Er löst sich mit einem Ruck. Ich trete mit beiden Pedalen und der Wagen kreischt wie ein Wesen aus der Hölle, das ist echt nicht der beste Moment für meine erste Fahrstunde. O heiliger geölter Blitz, lass mich das jetzt bitte hinkriegen. Der Motor heult erneut auf und ich nehme langsam den Fuß zurück, langsam, langsam … die Räder drehen und der Wagen schießt nach vorn. Rasch trete ich das Gaspedal durch. Wer wagt, gewinnt. Mein Sicherheitsgurt fällt mir zu spät ein. Der Wagen kracht in das Garagentor, ich werde nach vorn gerissen und knalle mit dem Mund aufs Lenkrad. Obwohl ich vor Schmerzen schreien könnte und Blut schmecke, trete ich weiter aufs Gas und der Wagen schiebt gegen das Tor, schiebt, schiebt … und bleibt stehen.

Aber es reicht. Seitlich am Tor strömt Tageslicht herein – beziehungsweise Dämmerlicht – und es reicht für eine Flucht. Ohne Auto, aber hey, ich hätte das Teil nie bis zur Dammstraße lenken können. In der einen Hand eine Taschenlampe, die andere vor meinem blutigen Mund, gleite ich aus dem Wagen und stolpere in die herrliche kalte Luft hinaus. Mir ist schwindlig vom Kohlenmonoxid und von den üblen Schmerzen meiner eingeschlagenen Zähne. Als ich den Garten hinter mir habe, sehe ich zurück zum Haus. Was passiert da drin gerade? Ich werde nicht warten, bis ich es erfahre. Keine Ahnung, wieso die Tür nicht mehr aufging, aber ich würde ja umso blöder dastehen, wenn Flynn oder Lasillo die abgeschlossen haben.

Ich gehe querfeldein Richtung Dammstraße, da ertönt ein schrilles Heulen. Ich ducke mich hinter eine Hecke und sehe einen Streifenwagen mit eingeschaltetem Blaulicht die Straße heruntergefahren kommen. Mir bleibt nicht mehr viel Zeit. Geduckt laufe ich weiter und beim Wald richte ich mich auf und renne richtig los, springe über Unterholz hinweg, schlucke Blut und Rotz und Tränen und wahrscheinlich auch Zähne, aber das ist mir egal, ich muss einfach nur dorthin. Die Bäume weichen Sportanlagen, und sobald ich am Pavillon vorbei bin, trennen mich von der Dammstraße nur noch die welligen Dünen. Manchmal lässt uns Mr Churley da raufrennen und das ist echt knallharte Arbeit, selbst an Tagen, wenn ich nicht halb vergiftet bin und aus dem Mund blute.

Vaughan zu erreichen ist der stärkste Motivator. Ich kann ihn noch nicht sehen, weil die Dammstraße hinter den Dünen liegt, aber selbst wenn ich einen ungehinderten Blick auf die Straße hätte, wird es sehr schnell sehr dunkel. Diesmal ist das vielleicht zu meinem Vorteil. Ich überquere die Dünen und riskiere die Straße.

Salzige Windböen wehen mir die Haare ins Gesicht. Als meine

Füße auf Asphalt treffen, kann ich das Meer hören, irgendwo dort draußen in der Dunkelheit, und als ich die Taschenlampe anmache, reißt ihr Strahl ein großes gelbes Schild aus der Schwärze:

GEFAHR!
NICHT WEITERFAHREN, WENN
WASSER DAMMSTRASSE ERREICHT

Ich renne zu dem Schild und halte mich keuchend an dem Mast fest. Wo steckt Vaughan?

Die Straße, die ein Stück höher als die Sandfläche liegt, ist auf beiden Seiten von vielleicht vier, fünf Meter hohen Stangen gesäumt. Bei Flut verschwinden diese Stangen komplett. Die Straße führt gut drei Meilen weit über den Meeresboden und fällt nach der halben Strecke ab, ist ja schließlich der Meeresgrund. Ungefähr eine Meile vor der Insel gibt es eine Rettungsstation für Leute, die so irre sind und die Überfahrt wagen, obwohl die Wellen an den Straßenrand plätschern.

Was sie jetzt gerade tun.

»Ach, verdammt noch mal, Vaughan!« Ich seufze und sehe mich um. Dünen und an der Wasserlinie ein kleiner Felsdurchbruch. Hier gibt es weder ein Versteck für Vaughan noch für Skulk. »Wo bist du?«

Sprechen tut weh. Ich betaste vorsichtig meine kaputte Lippe und meine Schneidezähne, zum ersten Mal. Einer ist extrem lose und ich habe einen Bart aus verkrustetem Blut. Ich sehe die Straße entlang zum Inneren der Insel. Mir bleibt nicht mehr viel Zeit, bis die Polizei kommt. Also gehe ich los. Der Asphalt ist voller Sand und Kiesel, angeschwemmt von den Gezeiten. Richtung Festland ist kaum etwas zu erkennen und definitiv kein Ort auf der Straße, wo Vaughan lauern könnte.

»Vaughan!« Ich riskiere es zu rufen und leuchte mit meiner Taschenlampe umher – ist er vielleicht in einem Boot?

Nichts. Ich mache die Lampe wieder aus.

Ich habe ihn verpasst. Oder er war gar nicht hier, hat es nie von den Höhlen hierher geschafft. Vielleicht hat ihn die Polizei festgenommen. O nein. Ich kauere mich hin. Ich bin so bescheuert. Mr Flynn hat mich in der Garage eingesperrt, weil er die Polizei rufen und ihnen sagen wollte, dass Vaughan bei den Höhlen online gewesen ist und auf dem Weg zur Dammstraße war. Sie haben ihn festgenommen und jetzt sind sie hinter mir her.

Oder Skulk hat ihn.

Ich muss nachsehen gehen. Bei den Höhlen. Ich richte mich auf, mache die Taschenlampe wieder an.

Und dann sehe ich es. Ein Blitzen weiter vorn auf der Dammstraße. Und noch eins. Jemand gibt Signale mit einer Taschenlampe, so weit entfernt, dass es nur ein winziger Lichtpunkt ist, tanzend, schwach.

Das Licht verschwindet.

Ich fummele mit meiner Lampe herum, die in meiner Hand plötzlich so wichtig und dadurch viel schwerer geworden ist. Ich schwenke sie, dann mache ich sie an und aus, an und aus.

Eine Pause. Und dann blitzt wieder dieses tanzende Licht, diesmal anscheinend mit größerer Aufregung, größerer Dringlichkeit.

»Vaughan!« Ich schreie, aber wir sind viel zu weit voneinander entfernt, als dass er mich hören und mir antworten könnte. Stattdessen leuchte ich wieder mit meiner Taschenlampe und ich begreife erst, was ich tue, als ich schon die rutschige Dammstraße hinunterrenne, fort von der Sicherheit des trockenen Lands und hinaus ins Unbekannte. Vorn tanzt immer noch das Licht, zieht mich an. Legenden von Strandräubern schießen mir durch den Kopf, von bösen Seelen, die Schiffe in den sicheren Tod auf den Felsen locken. Das Wasser hat die Straße noch nicht erreicht, aber je weiter ich gehe, desto höher wird mein Risiko, dass mir der Fluchtweg abgeschnitten wird. Die Flut kommt hier schnell und selbst mit einem Auto kann man plötzlich festsitzen.

Und vielleicht ist er das ja gar nicht. *Between the devil and the deep blue sea …*

Aber ich renne trotzdem weiter. Weil ich es sonst nie wissen werde.

Ich renne und renne. Das Licht ist vielleicht eine Meile weit weg oder jedenfalls kommt es mir so vor, denn ich renne und renne und komme gar nicht näher. Jedes Mal, wenn meine Füße auf den Asphalt treffen, schmerzt mein wunder Mund. Auf einmal geht das Licht aus. Ich gebe im Laufen wieder Lichtsignale, rufe noch mal, aber vor mir ist nur die fahle Straße mit dem schwarzen Meer links und rechts, das über die Ränder zu steigen und mich zu verschlingen droht. Habe ich mir das Licht eingebildet? Habe ich mir Vaughan eingebildet? Ich halte unvermittelt an, komme stolpernd zum Stehen und sehe nach hinten zur Insel. Werde ich hier draußen festsitzen? Ich sehe wieder die Straße hinunter. Mir dreht sich der Kopf, Schmerzen und Benommenheit überwältigen mich fast. Vielleicht bin ich gestorben, vorhin in Mr Flynns Garage, und das alles hier ist meine Reise ins Leben nach dem Tod. Folge dem Licht, folge den Lichtern …

Es blitzt wieder und ich schreie vor Erleichterung auf, sowohl weil das Licht zurück ist, als auch weil ich fast dort bin. Ich bin nicht tot, verflucht, dafür geht es mir viel zu dreckig. Ich kämpfe mich vorwärts, trabe näher ran und sehe, woher das Licht kommt. Von der Rettungsstation – einer kleinen Hütte, die hoch oben auf Pfählen balanciert. Ich kann ihren Umriss jetzt erkennen, ihre weiße Farbe hebt sich vom dunkelgrauen Himmel ab. Die Lichtsignale kommen vom Fuß der Pfähle, dort muss er sein. Während ich laufe, denke ich, dass ich ihn sehen kann, einen Schatten im Schutz der Leiter, die hinauf in die Hütte führt. Dadurch vergesse ich die Taschenlampe und renne einfach nur, so schnell ich kann, die Straße hinunter. Von der kalten, salzigen Luft tränen mir die Augen.

»Vaughan!«

Platsch, platsch, platsch. Plötzlich ist Wasser unter meinen Füßen, das Meer verschluckt nach und nach die Dammstraße. Es ist mir egal, da ist er, da sitzt er, seine Locken wehen, während er die Taschenlampe schwenkt. Und er ruft etwas.

»... sollst umkehren!«

Meine Lunge brennt, aber ich bin da. Sein Gesicht ist verzerrt, voller Angst – aber seine Augen leuchten und ich werfe mich ihm entgegen, hinunter, wo er sitzt, schlinge ihm die Arme um den Nacken und falle voll auf ihn drauf.

»O Gott, Vaughan, sie haben gesagt, du wärst tot, du Blödmann!« Ich weine an seinem Hals, presse mich an ihn, fahre mit den Händen seinen Rücken hinab, seinen langen schwarzen Wollmantel, der feucht vom Meerwasser ist. »Geht es dir gut? Was machst du hier? Wieso sitzt du auf dem Boden, wirst du da nicht nass?« Da merke ich, dass er die Arme überhaupt nicht bewegt, und ich weiche zurück. Er hält mir seine Hände entgegen, sie sind gefesselt. Ich sehe nach unten. Seine Füße sind auch zusammengebunden.

»Hat Skulk dir das angetan?« Ich hocke mich hin, ziehe an den

Kabelbindern, aber sie sitzen zu eng und sind zu stabil. »Daniel ist Skulk, oder?« Ich stehe auf. »Tut mir so leid, ich hätte da schon vor Tagen drauf kommen sollen. Hat er dich verletzt? Wo ist er?«

Vaughan schüttelt den Kopf. »Was ist denn mit dir passiert, Cate?«

»Was?« Ich bücke mich, versuche ihn auf die Füße zu ziehen. »Ach, mein Gesicht? Kleiner Autounfall, aber nicht weiter schlimm, Dad kann sich die Zahnarztkosten leisten.« Ich zerre an ihm. »Kannst du aufstehen?«

»Hab mir den Knöchel gebrochen. Total lächerlich. Wollte die Leiter raufklettern. Gefesselt. Bin runtergefallen.«

»Und dein Kopf?« Ich leuchte mit der Taschenlampe und schnappe nach Luft, da ist eine blutige, verfilzte Stelle.

»Ich hatte mit dem Schlag nicht gerechnet«, ächzt Vaughan und zieht sich vorsichtig an der Leiter hoch.

»Er hat dich geschlagen?« Ich helfe ihm auf. »Womit?«

»Mit einem Brett? Keine Ahnung, es ging so schnell, so verflucht schnell, dass ich es gar nicht kommen sah. Damit hatte sich mein Plan erledigt, dass ich das Schwein hier rauslocke und einfange.« Er sieht mich an. »Aber, Cate. Das war nicht Daniel.«

»Was?« Ich sehe ihn an. »Aber er hat mir doch diese Botschaften hinterlassen. Er ist Skulk – der Sticker auf seinem Geigenkoffer, der Fuchs. Als er mitgekriegt hat, dass wir, du weißt schon, zusammen sind, da muss ihn das aus der Bahn geworfen haben. Emily hat ihn mit dem Posten des Videos beschämt, also wollte er sie mit dieser Spinne verletzen. Ich bin mir nicht sicher, ob er wirklich jemanden töten wollte, wahrscheinlich wollte er nur strafen, demütigen!«

Er wartet, bis ich fertig bin. »Du bist wundervoll, Cate. Aber du bist keine Detektivin. Nicht Daniel hat mich niedergeschlagen und

Daniel ist auch nicht Skulk und er hat auch nicht versucht Emily und Rick zu töten.« Vaughan sieht an mir vorbei. »O nein.«

»Was ist denn?« Ich wirbele herum. Ein Auto kommt die Dammstraße heruntergefahren, so schnell, dass das flache Wasser seitlich wegspritzt. Die Scheinwerfer leuchten nicht und der Kühlergrill sieht seltsam aus, total kaputt. Und sehr vertraut. »Vaughan, das ist Mr Flynn. Ich hab doch eben diesen kleinen Autounfall erwähnt.« Ich kralle die Finger in seinen Arm. »Ich bin nicht mehr aus seiner Garage gekommen, bei laufendem Motor, und der Zündschlüssel steckte im abgeschlossenen Wagen. Ich bin fast erstickt. Also bin ich gegen das Tor gefahren, bis es weit genug aufging. Ich dachte, ich hätte das Auto geschrottet, aber da hab ich mich wohl geirrt.«

»Er ist … hier?« Vaughan erschlafft in meinen Armen.

»Ist es Mr Flynn?« Jetzt starre ich Vaughan an. »Ist er der Mörder?«

Vaughan sieht mich blinzelnd an, als würde er ohnmächtig werden. Das Auto hält vor uns. Der eine verbliebene Scheinwerfer geht flackernd an, blendet mich. Die Fahrertür springt auf und wir sehen, wie jemand aussteigt.

»Hallo, Alex.« Vaughans Augen verdrehen sich und er schwankt gefährlich.

Alex steht dort in seinem Meisterumhang, die Kapuze übergestülpt.

»Alex!« Erleichterung überkommt mich, während ich stolpernd versuche Vaughans Gewicht zu stützen. Ich verliere den Kampf und falle auf die Knie. Meine Beine sind nass, Vaughan liegt halb auf mir drauf. »Gott sei Dank bist du da! Vaughan ist gefesselt und verletzt, du musst uns helfen!«

Vaughan lehnt sich gegen mich, sein Kopf fällt in den Nacken. Er sieht zu mir rauf und macht ein seltsames Gesicht. »Alex.«

»Ja, er hilft uns, jetzt wird alles gut!«, versichere ich ihm.

»Cate.« Er sieht mich an und auf einmal sind wir wieder acht und er bringt mir schonend bei, dass ihm meine Barbiepuppe in den Gully gefallen ist. »Es ist Alex.«

Ich sehe zu Alex hoch. Wir sehen beide zu ihm hoch. Alex greift unter seinen Umhang, zieht seine Hand wieder hervor, er hält irgendetwas.

»Hmm«, sagt Vaughan. »Ich hatte also Recht. Es *war* ein Brett.«

Alex kommt langsam durch das flache Wasser auf uns zu und holt mit dem Brett aus. Ein Frösteln durchläuft mich, kälter als das eisige Meer. Ich stehe unsicher auf, ziehe Vaughan hoch, lehne ihn gegen die Leiter und trete zwischen ihn und Alex.

Der lächelt mich an. »Sehr lieb, Cate, sehr fürsorglich.« Er bleibt kurz vor mir stehen. »Aber mein Gott, was für eine hässliche Gesichtsverletzung du dir zugezogen hast. Vielleicht bist du ja für den Rest deines Lebens entstellt.«

»Was soll das, Alex?« Meine Augen tränen von dem grellen Scheinwerferlicht.

»Ach komm, Cate.« Er macht noch einen Schritt auf mich zu. »Das weißt du doch. Vaughan war ein echt guter Lockvogel. Ich nehme an, er wollte dich als Köder für mich einsetzen, aber ich habe den Spieß umgedreht und ihn als Köder für dich benutzt. Das ist das Schöne am Spiel.« Er kratzt mit dem Brett an meinem Körper hinab. Ich schlage es mit der Hand beiseite.

»Lass mich!«

»Dr. Freud, bitte kommen!«, murmelt Vaughan.

»Du, halt's Maul!« Alex zeigt mit dem Brett auf Vaughan.

»Ach, Alex«, sagt Vaughan. »Was für eine angemessene Wahl der Waffen. Wo du doch eins *vorm Kopf* hast.«

»Alex.« Mein Körper ist von Angst durchtränkt, aber ich trete erneut zwischen die beiden. »Was machst du denn? Warst du es? Bist du Skulk? Hast du diese Sachen gemacht?«

»Gott!«, ächzt Vaughan. »Endlich!«

»Cate, du stehst echt darauf, dich der Wirklichkeit zu verschließen, stimmt's?« Alex lacht gehässig. »Willst nicht wahrhaben, was vor deinen Augen passiert. Willst nicht einsehen, dass du bloß neureicher Abschaum bist. Willst nicht begreifen, was zwischen uns war.«

»Zwischen uns?« Ich starre ihn an. »Geht es darum, ja?«

Alex seufzt. »Und ich hab gedacht, du wärst was Besonderes, Cate. Wie ich. Aber dann stellt sich raus, dass du absoluter Durchschnitt bist. Plump. Langweilig. Bedeutungslos. Und weißt du was? Das ist hier bei uns das schlimmste Verbrechen.«

Ich starre ihn bloß an. Die schwappenden Wellen am Rand meines Blickfelds machen mich seekrank. Sagt er das alles? Passiert das wirklich oder lassen mich die eingeatmeten Abgase halluzinieren? Alex soll bei Emily einen allergischen Schock ausgelöst und beinahe seinen besten Freund umgebracht haben? Und jetzt will er Vaughan und mich töten? Das ergibt doch keinen Sinn.

»Lass mich das klarstellen.« Selbst ich höre mich sehr undeutlich und leise. »Ich bin dir nach diesem einen Mal nicht hinterhergelaufen wie ein liebeskrankes Hündchen und darum willst du mich jetzt *umbringen*?«

»*Niemand* darf mich so demütigen, Cate.« Alex reckt den Kopf vor und wiegt sich leicht von der einen zur anderen Seite wie ein Aasvogel, der ein totes Tier beäugt. »Wie kannst du es wagen, mich zu ignorieren, wie ein Nichts zu behandeln.« Er spuckt aus. »Niemand verweigert sich mir, aber du, du hältst dich ja für etwas Besseres. Und dann schmeißt du dich auch noch Daniel an den Hals, dieser Jammergestalt?« Er wirft den Kopf in den Nacken und flucht. »Du hast dir *Schande* bereitet und mir auch. Du spinnst doch!«

»Ja, klar«, sagt Vaughan. »Wenn hier einer spinnt, dann definitiv sie.«

»Schnauze!« Alex holt mit dem Brett gegen Vaughan aus, dann lässt er es wieder sinken. Er sammelt sich, holt Luft, redet wieder mit mir. »Emily hat dieses Video von Danny-Boy und dir gepostet. Es war ein Stich ins Herz, so ekelhaft, dass ich am liebsten gekotzt hätte. Emily fand es witzig. Dumme Tussi, sie ist danach sogar zu mir gekommen und hat sich entschuldigt. Sie dachte, das würde reichen, aber von wegen. So läuft das nicht. Nicht während meines Spiels.« Er schüttelt den Kopf. »Also widerfuhr Emily die Ehre, mein erstes Opfer zu werden.«

»Diese Spinne war schon beeindruckend«, sagt Vaughan. »Mein Kompliment – also obwohl du ein Psychopath bist, natürlich –, aber das war technisch schon anspruchsvoll.« Er sieht Alex mit zusammengekniffenen Augen an. »Ach. Die war gar nicht von dir, stimmt's? Sondern bloß ein Nebenprojekt vom großen Bruder. Dem genialen Erfinder?« Er schüttelt den Kopf und schnalzt missbilligend. »Selbst dafür hast du seine Hilfe gebraucht, ja?«

Alex antwortet nicht, aber er packt das Brett fester und an seinem Hals treten die Adern hervor.

»Trotzdem hättest du Emily fast getötet«, sage ich. »Bloß weil sie ein Video gepostet hat?«

Alex zuckt mit den Schultern. »Ich setze nur Sachen in Bewegung, was dann passiert, ist nicht meine Schuld. Ich bin der Arrangeur, der Meister des Spiels. Und außerdem ist sie nicht gestorben, sondern hat bloß ihre Strafe erhalten.«

»Wie Rick?« Ich trete ihm entgegen.

»Wie kannst du es wagen … Nimm nicht seinen Namen in den Mund!«, brüllt er, dann reißt er sich wieder zusammen. »Das war auf dich abgezielt und das weißt du auch. Du solltest den Kuchen essen und dir die Seele aus dem Leib kotzen. Oder meinetwegen sterben. Aber nicht mal das hast du richtig hingekriegt. Du hast einfach keinen Respekt vor dem Meister, Cate, stimmt's? Du erkennst etwas Gutes nicht mal, wenn es dir ins Gesicht kracht.« Er hebt das Brett und knallt es dreimal gegen einen Pfahl der Rettungsstation. »Ins. Ge. Sicht.«

»Jetzt steck doch dein Stöckchen weg, Alex«, sagt Vaughan. »Das ist ja peinlich. Totes Holz, genau wie du.«

»Nein, wenn hier einer tot ist, dann du!« Alex schwingt das Brett über seinem Kopf und zielt damit auf Vaughan, der sich duckt, aber noch an der Schulter erwischt wird und mit einem Platsch auf den Boden rumst.

»Lass ihn in Ruhe!« Ich stürze mich auf Alex, aber er steht stabil und schiebt mich mit der freien Hand beiseite. Ich stolpere, das ansteigende Wasser spritzt um meine Knöchel.

»Das ist mein Spiel!«, brüllt Alex. »Mein Spiel wird das meistdiskutierte in der Geschichte von Umfraville Hall sein, es wird alle vorherigen vergessen machen! Darum geht es doch schließlich, stimmt's? Dass man sich einen Namen macht, dass einen die Leute in Erinnerung behalten.« Er schleudert seinen Umhang nach hinten. »Niemand toppt mein Spiel. Ich habe das Drehbuch für die ganze Geschichte geschrieben, aber ihr zwei habt mir geholfen, es umzusetzen, und darauf solltet ihr stolz sein.« Er tritt nach Vaughan, der die Füße hochnimmt und den Angriff abwehrt. »Vaughan? Missverstandenes Genie, das aus der Bahn geraten ist.« Er zwinkert ihm zu. »Die

Polizei dürfte das Belladonna in deinem Zimmer inzwischen gefunden haben. Ist es nicht toll, was man heutzutage alles im Internet bestellen kann?« Er schwingt das Brett herum, zeigt damit wieder auf mich. »Und Cate? Die durchgeknallte Schlampe. Ihr habt Killer nach euren eigenen Regeln gespielt, habt euch eine charmante Figur namens Skulk ausgedacht und euch an einer Mordserie versucht. Beinahe ist es euch gelungen, einige Freunde zu töten, aber zum Glück habe *ich* es geschafft, die Sache zu drehen und euch aufzuhalten. Versteht ihr? Ich bin in dem Ganzen der *Held*. Ja klar – ihr seid beide dabei draufgegangen, aber das ist ein Kollateralschaden und nichts, worüber sich die Leute groß aufregen werden, sobald sie einmal erfahren, was ihr getan habt.«

»Wie?«, frage ich. »Wie genau gehen wir drauf, Alex? Willst du uns mit deinem dämlichen Brett zermatschen?« Ich schüttele den Kopf. »Ich glaube kaum, dass du dir dermaßen die Hände schmutzig machst. Also verrate uns doch bitte diese tolle Schlussszene, die du dir ausgedacht hast, weil ich mich nämlich gar nicht erinnern kann, dass du je mehr als deinen Namen schreiben konntest. Außer du hast *Martin* dazu eingespannt.«

Seine Augen blitzen zornig. »Oh, das werde ich euch schon noch verraten.« Er wirft das Brett beiseite und zerrt mich zur Leiter. »Ursprünglich sollte es so sein, dass *du* gefesselt bist, Cate, und dein Freund Vaughan dich ertränkt, dann aber von Reue über seine Gewalttat gepackt wird, die Leiter raufsteigt und die ultimative Geste der Verzweiflung macht. Aber wieso nicht einfach ein fliegender Wechsel?« Er packt mich beim Kragen und zieht mich an sich heran. »Darauf stehst du doch anscheinend, richtig?«

»Leck mich.«

»Miststück!«, faucht er.

Ich greife in meine Parkatasche und ziehe … nichts hervor.

»Suchst du das hier?« Alex hält das Modelliermesser hoch, das mir in Mr Flynns Haus runtergefallen ist. Woher hat er das? Flynny hat es auf die Kommode gelegt. O Gott, Alex muss im Haus gewesen sein. Er lacht, macht eine schwungvolle Geste mit dem Messer in meine Richtung und schiebt mich zur Leiter. »Und nun rauf mit dir!«

»Nein!« Ich stemme mich gegen die Leiter, dränge ihn zurück. Alex lässt mich los, hält Vaughan das Messer unters Kinn. Vaughan sitzt zusammengesackt da, kaum bei Bewusstsein, mit flatternden Augenlidern. »Soll ich ihn ein bisschen zu Fischfutter zerschnippeln?«

Ich schreie und Alex zeigt mit dem Messer die Leiter hinauf. Widerstrebend klettere ich los und sehe dabei nach unten zu Vaughan.

»Keine Sorge, Cate. Dein Freund geht nirgendwohin. Und ich komme gleich nach.«

»Wehe, du rührst ihn an!«

»Ach, bestimmt nicht. Da hole ich mir ja bloß irgendwas.«

Ich erreiche das Ende der Leiter. Sie führt auf eine kleine Plattform mit einem umlaufenden Geländer und der kleinen, hüttenartigen Rettungsstation. Schnell gehe ich dort hinein und suche im Inneren nach einer behelfsmäßigen Waffe. Viel gibt es nicht: einen Rettungsring an einem Seil, zwei Rettungswesten und auf einer Bank zwei fusselige Decken.

»Es ist hoffnungslos, Cate.« Alex füllt den Türrahmen hinter mir. Seine Singsang-Stimme ist leise, ruhig beinahe, sein Umhang flattert im Wind. »Hoffnungslos. Das waren deine Gedanken beim Raufklettern.« Er geht zum Rettungsring und fängt an, das Seil abzuwickeln. »Du hast Vaughan unten im ansteigenden Wasser liegen gelassen, gefesselt, obwohl du wusstest, dass die Flut kommt und er nicht schwimmen kann. Es wäre nur eine Frage der Zeit, bevor das Meer ihn verschlingt – diesmal wirklich.« Er lacht, zwinkert mir zu. »Aller unguten Dinge sind drei, stimmt's?« Er löst das Seil von dem Ring und legt ihn auf die Bank. »Du wartest auf die Flut und Vaughan schwappt da rum, mit dem Gesicht nach unten, voll traurig. Du stehst – hier«, er tritt hinaus auf die Plattform, »und siehst zu, wie er zuckt, seinen Todeskampf, seine letzte Anstrengung zu überleben. Aber es ist vergeblich.« Er geht ans Geländer, bindet das eine Ende des Seils daran fest und macht aus dem anderen eine Schlinge. »Dann siehst du mich – ich bin so weit rausgefahren, wie ich mich traue, und das Auto ist im Wasser stehen geblieben. Ich stehe auf dem Dach und rufe – ›Nein, Cate! Tu's nicht!‹.« Er kichert und kommt langsam auf mich zu, die Seilschlinge in den Händen. Ich weiche zurück in die Hütte. »Aber ich schaffe es nicht rechtzeitig und du willst wie immer nicht auf mich hören. Wir wissen ja, wie eigensinnig du sein kannst, wenn du dich einmal entschlossen hast.« Er folgt mir und lässt das Seilende vor mir baumeln: ein Galgenstrick. »Und dein Entschluss steht fest.«

»Nein!« Ich schubse ihn zurück, weiche ihm aus und laufe hinaus auf die Plattform, aber als ich die Leiter erreiche, fängt er mich problemlos mit einem Griff um die Taille ein und hält mich in einer grässlichen Umarmung, während ich auf ihn einschlage.

»Ach, Cate!« Er lacht. »Drück mich doch mal zurück!«

»Nimm deine Hände von mir!«, kreische ich. Ich hebe einen Fuß und schramme mit dem Rand meines Schuhs sein Schienbein hinunter, so fest ich kann. Er schreit verblüfft, lässt mich los und ich biege eine Hand zurück und ramme ihm den Handballen unters Kinn. Sein Kopf fliegt nach hinten und er stolpert rückwärts.

Danke für diese öden Übungen in Selbstverteidigung letztes Halbjahr, Mr Churley.

Irgendwas klappert über den Holzboden. Wir sehen beide nach unten, Alex hat das Modelliermesser fallen gelassen. Wir hechten beide danach, ich bin Erste, bekomme aber Alex' volles Gewicht auf den Kopf und mir klingeln die Ohren. Meine Hand ist am Messer, aber mein Arm klemmt unter mir fest und ich kann ihn nicht befreien. Alex zieht mich mit einem Keuchen herum und im Rollen packe ich das Messer, komme hoch, weiche zurück und halte die Waffe drohend vor mich.

Alex steht auch wieder, geduckt, keuchend, breitet mit den Armen seinen Umhang aus. Er lacht.

»Danke, dass an dem Messer jetzt wieder überall deine Fingerabdrücke sind.« Er macht einen Schritt auf mich zu. »Ich hab's nach Ms Lasillo abgewischt. Nun steht zweifelsfrei fest, dass du sie erledigt hast.«

Ich schnappe nach Luft.

Er kommt noch einen Schritt näher. »Oh, du hättest sie sehen sollen, Cate. Ich hab mich im Wandschrank versteckt, kannst du dir das vorstellen?« Er lacht wieder. »Man sollte immer nach Monstern gucken! Sie hat überhaupt nicht begriffen, wie ihr geschah.«

Mir ist schlecht. »Ist sie tot?«

Er strahlt mich an. »Davon gehe ich aus. Dein lieber Mr Flynn klang jedenfalls so, als er sie gefunden hat.«

Ich weiche zurück, lehne mich gegen das Geländer hinter mir. »Ihn hast du auch getötet?«

Jetzt wirkt er zum ersten Mal ein bisschen geknickt. »Nein. Dazu fehlte mir die Zeit. Ich musste los, weißt du?« Er schüttelt den Kopf. »Außerdem war ich ihm was schuldig. Er hatte dich schließlich bei laufendem Motor in der Garage eingeschlossen. Zum Totlachen! Damit hätte er mir fast die Arbeit abgenommen.«

Ich höre die Wellen. Kein gutes Zeichen. Vaughan ächzt und mein Blick zuckt nach unten.

»O nein«, sagt Alex. »Das Wasser steigt.« Er schnappt sich eine Rettungsweste, die auf die Plattform gerollt ist, und legt sie unter seinem Umhang an. »Ich wäre nur ungern zurückgeschwommen, aber dank Mr Flynn wird die Polizei bestimmt bald kommen.« Er hält die Schlaufe wieder hoch und lächelt mich an. »Du hast doch nichts dagegen, wenn wir das jetzt hinter uns bringen, oder?«

»Du vergisst, dass ich das Messer habe!«

Er lacht, schüttelt den Kopf, reißt mit einer schwungvollen Bewegung seinen Umhang herunter, hält ihn vor sich und stürzt mit einem Aufschrei auf mich los. Ich ducke mich, halte das Messer zur Seite, um dem Umhang auszuweichen, aber Alex ist schneller, er fängt das Messer mit dem dicken Samtstoff ein, windet es mir aus der Hand und wirft das Bündel von der Plattform hinunter. Sein Schwung lässt ihn gegen das Geländer krachen, ich wirbele herum und versuche ihn darüberzustoßen.

»Na, na, na!« Er macht eine Ausweichbewegung und wackelt mit dem Zeigefinger. »Denkst du etwa, ich kenne diesen Trick nicht?« Er lacht mich aus, packt mich mit einer Hand bei der Kehle und zieht mich näher. »Du hast ein Date, Cate.« Er legt mir die Schlinge um den Hals, zieht sie fest und presst mir die Arme an den Körper. Ich wehre mich, aber er hält mich gepackt, sein Kopf an meinem, und flüstert mir ins Ohr: »Dein letztes. Mit dem Tod.«

Ich wende ihm mein Gesicht zu und überlege fieberhaft. »So muss es doch nicht laufen, Alex.« Meine Wange liegt an seiner, meine Wimpern flattern an seiner Haut. »Schreib den Schluss noch mal um. Du rettest mich. Vor Vaughan. Er war es, von Anfang an. Ich war die holde Maid in Nöten oben im Turm und du kamst zu meiner Rettung. Wir warten, bis er ertrunken ist, schneiden die Fesseln durch und schieben ihn raus in die Wellen. Das kriegen die nie raus.« Ich atme in sein Ohr. »Ist der Schluss nicht besser? Auf diese Weise bist du wirklich der Held.« Ich lache leise. »Außerdem wirst du so nicht nass. Wir machen es uns hier oben gemütlich, bis die Polizei kommt.«

Er nimmt ungläubig den Oberkörper zurück und lacht. »Ich bin beeindruckt. Du bist wirklich eine Nummer. Zu schade, dass mir das nicht klar war, bevor das Spiel losgegangen ist. Wir hätten von Anfang an zusammenarbeiten können.« Er kommt wieder heran. »Da ist nur ein Problem. Ich traue dir nicht.«

»Nein.« Ich sehe die Bewegung im Augenwinkel. »Nein. Das solltest du auch nicht.«

Alex schreit schmerzerfüllt auf und weicht von mir zurück. Er greift sich an den Fußknöchel, wo das Modelliermesser ein neues Zuhause gefunden hat.

Vaughan lässt das Messer los und zieht sich auf die Plattform. Seine Hände und Füße sind frei. »Runter mit ihm!«

Das muss er mir nicht zweimal sagen. Ich verpasse Alex einen Stoß und er taumelt auf die Lücke im Geländer zu, wo die Leiter ist und wo Vaughan sich aus dem Weg duckt. Als ich wieder hochkomme, liegt Alex auf ihm drauf und Vaughan versucht ihn abzuschütteln. Ich schieße einen Superheldentritt gegen Alex' Kopf ab, aber obwohl ich treffe, ruckt sein Kopf nur zurück und er hält sich weiter fest. Doch das reicht Vaughan, er bekommt einen Arm frei und boxt Alex in die Kehle. Alex richtet sich kerzengerade über ihm auf, sieht mich verletzt und verdutzt an.

»Fahr zur Hölle!« Ich verpasse ihm erneut einen Tritt und diesmal fällt er rückwärts die Leiter runter. Aber der Sturz findet ein vorzeitiges Ende. Seine Beine verfangen sich zwischen den Sprossen und er kann noch einen Arm hochreißen und sich festhalten.

Ich ziehe Vaughan von der Kante weg und er springt auf seinen gesunden Fuß hoch.

»Guck mal!« Er sieht zur Insel. Dort flackern Lichter. Autoscheinwerfer, zwei Paar, drei. Und über dem Rauschen der Wellen und den Schreien der Meeresvögel tönt eine Sirene.

Ich trete an den Rand der Plattform und sehe runter auf Alex, der immer noch da hängt. Er hat einen Arm über eine Sprosse gehakt und versucht mit der anderen Hand, an seinen Knöchel heranzukommen und das Messer herauszuziehen. Mit einem Aufschrei schafft er es, aber das Messer rutscht ihm aus den Fingern und fällt unten ins Wasser.

»Alex!«, rufe ich. »Sie kommen!«

Er sieht in die Richtung, in die ich zeige. Seine Miene wird hart und dann, ich glaub's nicht, zieht er sich langsam wieder an der Leiter hoch.

»Was machst du denn?«, schreie ich. Vaughan taucht neben mir auf. Alex hält an, fädelt die Beine durch die Leiter und setzt sich hin.

»Ich warte.« Er sieht zu uns nach oben. »Wem werden sie wohl glauben? Dem durchgeknallten Mädchen und dem seltsamen Neuen – wo so viele Indizien gegen sie sprechen? – oder mir, dem Goldjungen?« Er lässt sein bestes Lächeln aufblitzen. »Lust auf ein kleines Spiel?«

»Aber immer.« Vaughan kniet sich hin. »Denn inzwischen müsstest du doch wissen, Alex, dass ich nichts unvorbereitet mache. Wieso bin ich überhaupt verschwunden? Weil ich Zeit brauchte, um dich zu kriegen. Ich habe jeden Tastenanschlag zurückverfolgt, den Skulk gemacht hat – zu dir. Zu deinem Tablet und deinem Laptop und den Computern, auf denen du dich in der Schule eingeloggt hast.«

»Du laberst doch nur Scheiße!«, höhnt Alex. »Wenn du doch sagen kannst, wer welcher Nutzer war, dann hättest du das schon vor Tagen der Polizei gesteckt!«

Vaughan schüttelt den Kopf. »Ich brauchte Zeit, um an den Code ranzukommen und Skulk auf Crypt eine Falle zu stellen. Was glaubst du denn, wieso er weiterhin die Seite besuchen konnte?«

»Ja und? Selbst wenn ich Skulk war, beweist das noch lange nicht, dass ich für die Mordanschläge verantwortlich bin.«

Vaughan guckt total ernst. Mir krampft sich das Herz zusammen. »Nein«, sagt er leise. »Tut es nicht.« Er steckt eine Hand in die Tasche. »Aber das hier.« Er hält Teshas Minikamera hoch. »Das sind tolle kleine Dinger. Wasserdicht und robust.« Er schüttelt den Kopf. »Gute Aufnahmequalität.«

»Ha!« Alex schnaubt. »Denkst du echt, dass ich jetzt glaube –«

»›Das ist mein Spiel!‹« Alex wird von seiner eigenen Stimme unterbrochen. »›Mein Spiel wird das meistdiskutierte in der Geschichte von Umfraville Hall sein, es wird alle vorherigen vergessen machen!‹«

»Alex?« Vaughan zuckt mit den Schultern, schaltet die Kamera aus. »Du bist gekillt.«

Alex schreit und streckt sich nach der Kamera, aber er ist zu weit unten. Er sieht zur Insel und den Scheinwerfern und dann trifft er seine Entscheidung. Er klettert die Leiter hinunter, lässt sich ins fast schon hüfthohe Wasser fallen und watet zu Mr Flynns Auto. Doch ob es am Wasser liegt oder an den verdammten Schlössern, er bekommt die Fahrertür nicht auf. Er greift durch das eingeschlagene Fenster, aber nichts tut sich – stattdessen schrillt die Alarmanlage los und der verbliebene Scheinwerfer blinkt hektisch. Alex brüllt frustriert, wirft einen letzten Blick zur Insel und watet dann die Dammstraße runter Richtung Festland.

Wir sehen ihm nach. Das Orange seiner Rettungsweste bleibt noch ein oder zwei Minuten sichtbar, aber schließlich verschluckt ihn die Dunkelheit und er ist weg.

»Keine gute Entscheidung«, sagt Vaughan. »Zwei Meilen Wasser in diese Richtung. Glaub mir, ich hab selbst darüber nachgedacht.«

Die Alarmanlage von Mr Flynns Auto macht ein komisches ersticktes Unterwassergeräusch, als wäre sie am Ertrinken. Dann geht sie ganz aus. Ich lehne mich gegen die Hütte, Vaughan kommt auf den Knien angerutscht und lässt sich neben mich fallen. Gemeinsam schauen wir nach hinten zur Insel. Dort tut sich was. Noch mehr Scheinwerfer. Ich vermute, sie organisieren gerade ein oder zwei Boote und verständigen die Küstenwache. Ich frage mich, wen sie zuerst einsammeln. Ich hoffe wirklich, wir müssen uns kein Boot mit Alex teilen, das wäre echt merkwürdig.

»Hast du Skulk wirklich zu Alex zurückverfolgt?«, frage ich. Vaughan lacht leise, dann seufzt er und legt den Kopf nach hinten an die Hüttenwand.

»Nein. Ich hab die letzten drei Nächte im Freien geschlafen, das ist dem Programmieren ausgefeilter Onlinefallen nicht gerade förderlich. Ich hatte gerade mal genug Zeit, Crypt für alle außer dich und Skulk zu sperren, damit ich ihn online erwischen konnte. Ganz ehrlich? Ich wusste erst, dass es wirklich Alex war, als er hier bei der Rettungsstation aufgetaucht ist und mir das Brett über den Schädel gezogen hat.«

»Echt?« Ich setze mich schockiert auf. »Aber du hast sein Geständnis mit der Minikamera aufgenommen. Das war ein genialer Schachzug. Hattest du das von Anfang so geplant?«

»Klar. Gute Idee, oder?«

»Besser geht's nicht.« Ich lasse mich wieder zurücksinken, schließe die Augen und atme die Meeresluft ein.

»Danke.« Er räuspert sich. »Bloß dass die Minikamera ausgegangen ist, bevor er wirklich irgendwas eingestanden hat.«

»Was?« Ich sehe ihn an. »Wieso das denn?«

Er macht ein verlegenes Gesicht. »Ich hab anscheinend nicht verstanden, wie das Teil funktioniert.«

KAPITEL 27

Ich packe meine Kunstsachen zusammen und gebe mein Skizzenbuch bei Mrs Ellington ab. Sie ist nicht so attraktiv wie Flynny, aber darüber bin ich ehrlich gesagt froh.

»Wollen wir uns noch einen Kaffee holen?«, fragt mich das Mädchen mit den blonden und pinken Haaren. Ich schüttele den Kopf.

»Kann heute nicht. Vielleicht morgen?«

Sie nickt. »Klar. Ich schreib dir nachher.«

Ich ziehe meinen Parka an und wage mich nach draußen, überquere den rissigen Asphalt des Schulhofs und trete durch die grünen Eisentore auf die Straße hinaus. Es fängt an zu schneien, aber die Flocken sind winzig und schmelzen, sobald sie das feuchte Londoner Pflaster berühren. Ich checke mein Handy.

16:15 Uhr. Komm nicht zu spät!

Grinsend stelle ich meinen Kragen hoch und eile an den Jugendlichen vorbei, die an der Bushaltestelle stehen. Ich überquere die Straße, schlängele mich zwischen dem Berufsverkehr hindurch und passiere den U-Bahn-Eingang, wo mir jemand eine kostenlose Zeitung hinhält. Ohne nachzudenken, greife ich danach, werfe sie dann aber auf die nächstbeste Bank. Da steht garantiert wieder was über *ihn* drin und ich will das nicht mehr lesen.

Das Kino liegt nur ein paar Bushaltestellen weiter die Straße rauf und ich beschließe trotz des Wetters zu laufen. Das Gefühl von Freiheit, das Wissen, dass ich überall hingehen kann – überall! –, ist das stärkste Gefühl, das ich in der letzten Zeit erlebt habe. Am Anfang war es fast zu viel. Jetzt heilen mich die vielen Fußwege, geben mir Zeit zum Nachdenken, zum Verdauen der ganzen Sachen, die passiert sind, und das kann nur gut sein.

In der Nacht auf der Dammstraße haben Vaughan und ich gewartet, dass sie uns retten. Wir hatten es nicht eilig. Als sie uns schließlich holten, brachten sie uns zum Festland ins Krankenhaus, unter Polizeischutz. Während man sich um unsere Verletzungen kümmerte, wurden wir befragt. Meine Eltern waren sogar dort.

Ms Lasillo war auch im Krankenhaus. Ich hab ja schon immer gewusst, dass sie hart im Nehmen ist. Mr Flynn hatte die Polizei verständigt und deshalb trudelten sie bei uns so spät ein, sie hatten alle Hände voll mit Ms Lasillos Rettung zu tun und mussten es im Schnellboot der Schule zum Festland schaffen. Und Gott sei Dank ist sie durchgekommen.

Flynny kam mich einmal im Krankenhaus besuchen, nachdem er bei ihr gewesen ist. Er hat sich tausendmal entschuldigt – dass er mich in die Garage gesperrt hat, damit ich nicht ohne ihn abhaue, weil er den Motor laufen ließ und weil er versucht hat, Ms Lasillos Leben zu retten, und nicht auch noch nach mir sehen konnte. Ich hab gesagt, er solle sich keine Sorgen machen, ich hab mich ganz gut selber retten können.

Seitdem habe ich ihn aber nicht mehr gesehen. Er hat meine

Kunstsachen an meine neue Schule geschickt. Mit einem netten Brief, meinte Mrs Ellington.

Umfraville Hall wurde geschlossen. Ezra hat neunzig Prozent seiner Schülerschaft verloren, als herauskam, dass dort ein Möchtegernserienmörder sein Unwesen trieb. Ich würde gern wissen, wer die anderen zehn Prozent waren.

Und Alex? Den haben sie zwei Meilen weiter halb tot treibend aus dem Meer gefischt. Er war Richtung Festland geschwommen, aber die Strömung hatte anderes mit ihm vor und ihn Richtung Irland getragen. Eine Zeit lang habe ich die Nachrichten über ihn verfolgt, aber jetzt will ich nichts mehr darüber wissen. Es wird eine Gerichtsverhandlung geben. Bis dahin verbanne ich ihn aus meinen Gedanken.

Nach der Genesung, den Befragungen durch die Polizei und der Flucht vor der Presse hatte ich das seltsamste Weihnachten aller Zeiten – meine Eltern haben so getan, als wäre alles normal. Und wenn doch mal irgendwelche dramatischen Sachen zur Sprache kamen, dann haben sie die Aufmerksamkeit immer auf sich gelenkt. Anscheinend macht das Finanzamt wegen Skola Island irgendwelchen Ärger. Sie wollen nach Spanien ziehen und verkaufen die Insel – an die *Royal Society for the Protection of Birds*, glaube ich. Da werden sich die Vögel aber besonders lautstark freuen. Und ich wohne jetzt bei der Cousine meines Vaters, zwei Straßen von unserem alten Haus in Südlondon entfernt, und gehe auf die öffentliche Schule, in die ich auch gegangen wäre, wenn uns nicht dieser Geldsegen erwischt hätte. Manche Mitschüler hier sind nett und der Rest beurteilt mich nur nach den Marken, die ich trage, und den Bands, die ich höre. Womit ich leben kann. Es gefällt mir sogar ein bisschen.

Von meinen Internatsfreunden habe ich kaum etwas gehört und

fürs Erste ist das auch gut so. Ich muss immer an die Nutzer denken, die sie gewesen sind – und ja, am Ende haben wir die Namen alle rausgekriegt. Daniel war Nimrod, der insgesamt dreimal was geschrieben hat. Darauf hätte ich allein schon deswegen kommen müssen, aber auch wegen »Nimrod«. Wir haben es gegoogelt, es ist ein berühmtes Geigenstück und außerdem das Slangwort für jemanden, der sozial ungeschickt ist.

Kurz vor Weihnachten hat Daniel mir einen Brief geschickt. Richtig mit der Schneckenpost. Der Brief war lang, voller Entschuldigungen und kam aus Amerika. Seine Eltern haben mir auch geschrieben und sich ebenfalls entschuldigt. Sie meinten, sie wollten ihn auf die Juilliard kriegen und in der Zwischenzeit geht er zur Therapie. Was wahrscheinlich gut ist.

Marcia und ich haben uns getroffen, einmal, in London. Sie ist wieder nach Spanien zurückgekehrt – ziemlich genau in die Ecke, wo meine Eltern aufgeschlagen sind. Vielleicht besuche ich sie mal. Ich hab ihr gemailt, aber sie hat noch nicht geantwortet. Sie hat bestimmt ein komisches Gefühl. Mal sehen.

Emily hat sich anscheinend vollständig von der Spinnenattacke erholt, sie genießt einen langen Genesungsurlaub auf Barbados, was schön ist. Und Rick? Es hätte uns nicht überraschen sollen, dieser Junge besteht aus massivem Stein und Stahlträgern. Er lag zwei Wochen lang im Koma, habe ich in der Zeitung gelesen … und dann ist er wieder aufgewacht. Es geht ihm ganz gut. Er ist nicht mehr der Muskelmann von früher, aber das ist vielleicht gar nicht so schlimm. Wenigstens hat er sein Leben noch vor sich.

Das Schneetreiben wird jetzt dichter. Das Kino ist noch ein Stück die Straße rauf, die Lichter funkeln einladend zwischen den wirbelnden Flocken. Beim Eingang wartet jemand auf mich, mit Popcorn.

»Ich hab doch gesagt, du sollst dich beeilen!«, ruft er.

»Vaughan, du Depp, du musst doch nicht draußen in der Kälte stehen.« Ich stapfe die Stufen rauf und lächele ihn trotzdem an. »Und wenn du hier arbeitest, kannst du den Film dann nicht später anfangen lassen?«

Er guckt mich schief an. »Du überschätzt wie immer meine bescheidenen Fähigkeiten. Hier.« Er drückt mir das Popcorn in die Hand. »Es wird schon kalt.«

Wir eilen hinein. Vaughan bringt mich durch die kleine Eingangshalle, nickt dem Kartenabreißer zu und führt mich den Gang hinunter durch die massive Zuschauertür. »Such dir einen Platz. Ich bin in zwei Minuten da.«

Er springt die Stufen rauf, ich gehe langsam hinterher. Gerade laufen die Trailer, im Saal sind nur ein Dutzend Leute verstreut. Hmm, welche Reihe? Wenn ich die hinterste nehme, ist das nicht ein bisschen offensichtlich?

Ich begnüge mich mit der vorletzten. Im Vorführraum bewegt sich sein Schatten. Er meint, es gefällt ihm hier. Zukunftsaussichten gleich null – Filmvorführer ist ein aussterbender Beruf –, aber dafür viel Spaß in der Gegenwart. Keine Computer.

Ein paar Minuten später fängt der Hauptfilm an. Es ist ein alter, aus den Sechzigern? Der Vorspann läuft und auf der Leinwand erscheint ein kleines Mädchen, das eine Halskette mit einem großen rosa Diamanten geschenkt bekommt. Was *ist* das für ein Film? Dann folgt die Zeichentrickanimation und diese Musik mit der klingelnden Triangel und da weiß ich es natürlich sofort. Der Titel leuchtet auf:

DER ROSAROTE PANTHER

Ich lache. Inspektor Clouseau. Vaughan, du Scherzkeks.

Er springt von hinten in den Sitz neben mir. »Gute Wahl?«

Ich sage nichts, sondern horte nur mein Popcorn und lächele Richtung Leinwand. Ja, wir lassen es langsam angehen. Vaughan weiß das zwar noch nicht, aber trotzdem.

Der Film ist witzig – alt, an manchen Stellen ein bisschen kitschig und an anderen ein bisschen langweilig und voller verrückter Frisuren. Aber es ist schön, hier zu sein, mit Vaughan, dass wir lachen und Popcorn essen können, einfach zusammen was machen. Nach einer Weile flüstert er mir ins Ohr.

»Ich muss mal eben die Rolle wechseln. Bin gleich wieder da.«

Ich nicke und er klettert wieder über die Lehne und verschwindet im Vorführraum. Mein Mund ist total trocken von diesen ekligen braunen Häutchen. Schade, dass er nichts zu trinken besorgt hat – nein, Moment, ich hab ja meine Wasserflasche im Rucksack. Ich stelle den Rest Popcorn auf die Armlehne und bücke mich nach meinem Rucksack, aber dabei stoße ich den blöden Karton runter und Popcorn fliegt in alle Richtungen.

»Mist!«, zische ich und hebe die leere Schachtel auf. Hoffentlich ist Vaughan nicht sauer, wahrscheinlich muss er das nach Filmende alles sauber machen. Ich stelle die Schachtel auf den Boden und sammle das Popcorn auf, und als ich es in die Schachtel werfe, sehe ich, dass da irgendwas drin ist. Ich halte die Schachtel hoch, kratze das Popcorn zur Seite, aber im Dunkeln kann ich es nicht richtig erkennen. Ich kippe das Popcorn wieder auf den Boden. Mein Herz fängt an zu klopfen. Steht da etwas? Ich hole mein Handy raus und leuchte in die Schachtel. Auf der Innenseite steht:

ICH HAB DICH IM BLICK

Mein Herz macht einen Satz und ich springe von meinem Sitz auf. Den Beutel vor die Brust gepresst, taste ich nach meinen Schlüsseln und halte sie wie Messer in der Hand, renne ans Ende der Reihe, die Stufen runter und zur Tür. Ich kann vor Tränen kaum sehen, stürze halb stolpernd, halb rennend nach draußen.

»Cate!« Auf einmal ist Vaughan da, legt mir eine Hand auf die Schulter. »Was ist denn?«

»Lass mich!« Ich platze durch die Tür, hinaus ins Helle.

»Was hast du denn?« Er folgt mir, während ich den Gang hinunterrenne und im Rucksack wieder nach meinem Handy wühle. Wie ging das mit dem Notruf? »Bleib doch stehen!« Er packt mich bei der Schulter.

»Lass mich los!«, schreie ich.

»Nun beruhige dich doch. Was ist denn? Erzähl es mir.«

»Die Popcornschachtel«, stammele ich. »Eine Botschaft, von ihm. ›Ich hab dich im Blick.‹ Er ist hier, Vaughan, wir müssen die Polizei anrufen!«

Vaughan wird ganz blass. »O nein, entschuldige bitte.«

»Was?« Ich sehe mich um. »Wir müssen hier weg!«

»Nein!« Er nimmt meine Hand. »Tut mir leid, ich bin gar nicht auf die Idee gekommen – schau doch.« Er zieht mich zu einer Wandreklame. »Hier.«

Ich sehe nach oben, die Worte und Bilder tanzen vor meinen Augen. Schwärze, ein blutunterlaufenes Augenpaar, lange Wimpern. Dahinter eine rot verwischte Spur. Und über den Augen ein Schriftzug, ein Filmtitel:

ICH HAB DICH IM BLICK

»Der kommt demnächst raus und auf der Popcornschachtel wird Werbung dafür gemacht.« Er läuft zum Tresen, beugt sich darüber und holt eine leere Schachtel. »Guck, das steht in allen drin.«

Ich nehme die Tüte. Dieselben Worte unten am Boden, auf der Innenseite. Ich stütze mich mit einer Hand an der Wand ab. »Und ich dachte schon …«

»Ich weiß. Aber es ist nicht von ihm. Er sitzt im Gefängnis, Cate.«

Ich sehe in seine ruhigen grünen Augen. »Wir haben Alex nie gefragt, ob er mir diese Botschaften geschrieben hat, oder? Wir haben gedacht, dass sie von Skulk kommen, aber wir haben es nie endgültig …«

»Komm.« Vaughan legt einen Arm um mich. »Gehen wir wieder rein und sehen uns den Rest an.«

Ich nicke und er hält meine Hand und bringt mich zurück in den Kinosaal. Als wir die Stufen zu unseren Plätzen hinaufsteigen, gucken die paar Leute zu uns runter. Ich zähle sie im Gehen. Elf. Plus Vaughan und mich macht dreizehn. Dreizehn Spieler, ein Meister …

Wir setzen uns im Dunklen und gucken wieder den Film. Vaughans Hand schiebt sich in meine und ich halte sie fest. Mein Atem beruhigt sich jetzt, mein Herz auch.

Diesmal rennt niemand davon und niemand wird zurückgelassen.

Danksagung

Ich danke wie immer allen, die mir den Rücken freihalten und mich in den Hintern treten: Veronique Baxter, Laura West, Imogen Cooper, Barry Cunningham, Laura Myers und das ganze prächtige Team bei Chicken House, John Mawer, Didi McKay, den JP-Moms und zu guter Letzt den Gripers (vor allem Sonia Miller, die mich unablässig mit Fritten und Frappés versorgt hat). Einen ganz herzlichen Dank an meine Leserinnen und Leser, ihr seid die Besten. Nein, wirklich, das seid ihr. Absolut.

Buch zu Ende? Hier ist das nächste!

➳

Leseprobe

Lies jetzt rein!

»Er sieht gar nicht gut aus«, kommentiere ich das Offensichtliche.

»Ach echt mal, ja?« Alice quetscht sich mit in die Luke. »Ich hab euch doch erzählt, dass er versucht hat mich zu packen und dass seine Augen total krank ausgesehen haben.«

»Nicht nur seine Augen.« Smitty hält mir das Fernglas hin. »Guck ihn dir mal an.«

Ich halte es mir vor die Augen und die Okulare drücken sich schwer gegen meine Wangenknochen, während ich es so einstelle, dass ich etwas erkennen kann. Gar nicht so einfach, Mr Taylors Kopf im Bild zu behalten. Ich stütze die Unterarme am Dach ab. Schon besser. Das Gesicht unseres Lehrers ist grünlich-braun und voller Blutergüsse, seine Augen sind geschwärzt und zugekniffen und sein Mund steht offen wie eine Falltür, bei der die Scharniere abgebrochen sind. Und was noch schlimmer ist, ihm läuft irgendwas am Kinn herunter. Was bloß? Ich blinzele und schaue noch mal hin. Es ist Blut, es läuft ihm zwischen den Zähnen hindurch und tropft in den weißen Schnee. Langsam gebe ich Smitty das Fernglas zurück.

»Ich glaube nicht, dass er an dein Sandwich gedacht hat.«

»Lasst mich mal sehen!« Alice versucht mich mit dem Ellbogen wegzuschieben, rutscht dabei unten auf dem Sitz mit dem Fuß ab und fällt fast herunter, kann sich aber im letzten Moment am Lukendeckel festhalten. Er klappt kurz hoch und knallt dann wieder aufs Dach.

Mr Taylor reißt den Kopf nach oben. Er sieht uns. Dann stößt er ein langes Ächzen aus, streckt die Hände vor und kommt direkt auf den Bus zugewankt.

Er wirkt … hungrig.

Lies jetzt rein!

Oskar stützt sich an den Tank. Das Wasser ist klar und blau, winzige silberne Luftbläschen steigen aus muschelförmigen Pumpen auf. »Das kommt alles ziemlich plötzlich«, sagt er. »Natürlich tut es das. Aber K, wir können eine neue Welt erschaffen, eine, in der die Menschen sicher sind. Es muss im kleinen Maßstab anfangen, mit Leuten wie dir und mir, denn wir kennen den wahren Preis. Wir müssen entschlossen und mutig sein. Und denk dran, du bist nicht allein. Du wärst Teil einer größeren Sache.« Ein gelb gestreifter Fisch zischt hinter Oskars gespreizten Fingern vorbei.

Er hält mich für mutig. Ich blicke in seine ruhigen grauen Augen. Ist das wahr? Wird er für mich da sein? Für immer? Ich klopfe leicht an die Scheibe, wo das Gesicht eines seltsamen dunkelblauen Fisches schwebt. Ich würde ihn gerne mit bunter Tusche malen, so, dass die Farben ineinanderfließen.

»Und ich kann nicht oft genug betonen«, fährt Oskar fort, »dass du nicht als Spitzel am Institut sein würdest. Du musst nur dort sein und dich als Brotherhood-Mädchen einfügen.« Er versucht es ganz einfach klingen zu lassen.

Ich unterbreche ihn. »Ich könnte das nicht. Ich müsste – ich müsste vorgeben ein Mädchen aus der … *Brotherhood* zu sein.« Ich denke an ihre langen Röcke und Hüte. Lange Haare für Frauen, kurze für Männer. Jung heiraten.

Oskar bleibt stumm und beobachtet die vorbeischwimmenden Fische.

»Ich wäre da ganz allein an der Schule.«

»Du hast Recht.« Oskar lächelt wieder warm. »Aber du wärst Teil des Kampfes gegen Angst und Chaos. Insgeheim wüsstest du, dass du eine von uns bist.«

Lies jetzt rein!

KAPITEL 4

Nicht die Augen von einem Mädchen starren mich an, sondern seine. Jon Shepherds Augen, in einem Mädchengesicht. Die gleichen blaugrauen Augen wie gestern im Gerichtssaal: die Augen, die Ashlee als Letztes gesehen haben muss. Und sie warten, sind ganz ruhig. Ich will sie zudrücken, mit Gewalt. Will, dass sie weinen.

Ich zwinge mich das Mädchen richtig anzuschauen. Shepherds Tochter. Nach dem, was gestern bei Gericht passiert ist, kann ich mir schon vorstellen, warum sie sich geprügelt hat. Jeder in der Schule muss sie jetzt hassen. Meine Finger krallen sich noch fester in ihren Pulli. Ich könnte ihr alles Mögliche ins Gesicht brüllen und auch noch Schlimmeres tun. Ich könnte sie bezahlen lassen für das, was Ashlee passiert ist: Auge um Auge und so. Diese Augen für Ashlees Augen. Wäre doch fair, oder? Das Mädchen starrt mich immer noch an, wartet immer noch.

Dann kapiere ich, warum.

Ich habe die Prügelei beendet, zum ersten Mal seit Wochen habe ich mich wie ein verantwortlicher Präfekt verhalten. Jetzt muss ich entscheiden, was passieren soll, wie ich sie bestrafe. Eine Sekunde lang bin ich so irrsinnig froh, dass ich am liebsten laut lachen würde. Ich kann mit diesem Mädchen, *seinem* Mädchen, machen, was ich will. Ich will sie fühlen lassen, was Ashlee gefühlt hat. Will ihr wehtun. Will sie bestrafen. Aber eine ganze Weile lang kann ich nichts tun, als sie anzustarren. Ihre Augen sind größer als seine, schöner irgendwie. Als mir dieser Gedanke kommt, will ich sie gleich noch mehr schlagen.

Von Kirsty McKay bereits erschienen:
Untot – Lauf, solange du noch kannst
Untot – Pausensnack (exklusiv als E-Book)
Untot – Sie sind zurück und hungrig
Untot in drei Gängen (exklusiv als E-Box)

MIX
Papier aus verantwortungsvollen Quellen
FSC® C014496
FSC www.fsc.org

Ein *Chicken House*-Buch im Carlsen Verlag

Originaltitel: Killer Game
Aus dem Englischen von Frank Böhmert
Lektorat: Leonie Busse
Umschlaggestaltung: Henry's Lodge, Vivien Heinz
Umschlagbild: Henry's Lodge
Layout und Herstellung: Tobias Hametner
Satz: Dörlemann Satz, Lemförde
Lithografie: Margit Dittes Media, Hamburg
Gesetzt aus der Minion
Druck und Bindung: GGP Media GmbH, Pößneck
ISBN 978-3-551-52083-8
Printed in Germany